말 도둑놀이
UT OG STJÆLE HESTER

PER PETTERSON

심장에 박힌다. 헤밍웨이를 읽은 느낌.
노르웨이의 전 국민이 이 책에 대해 말했다.
당연한 일이다. 직접 읽어보라.
(Politiken, Denmark)

"독자의 영혼에 이식되는 소설." (Sunday Herald)

"직감과 의식의 흐름이 완벽한 균형을 이루고 있는 소설." (Daily Express)

"아담하면서도 빛나는 진정한 보석 같은 소설." (Independent on Sunday)

"눈 덮인 노르웨이의 숲, 막 벌채된 삼나무의 향기가 느껴진다."
(Sunday Telegraph)

"퍼 페터슨은 조각적으로 뒤를 힐끗 돌아보는 기억의 장인이다. 최고다."
(Jyllands-Posten, Denmark)

"끝도 없이 넋을 잃게 만드는 소설." (Göteborgsposten, Sweden)

"자연과 동물에 대한 감각적인 묘사, 그리고 전쟁 드라마. 남성의 세계에 대한
활기찬 묘사. 건초 만들기와 벌채, 자작나무 전기톱 대학살, 굉장하다."
(Aftonbladet, Sweden)

"인생의 비밀에 다가가는 방법을 혼란스러우면서도 명백하게 서술하고 있다.
감탄스럽다". (SWR, Germany)

"그토록 많은 일이 일어나면서도 이렇게 평화롭다는 사실이 놀랍다.
평화롭고, 강렬하면서도 자연스러운 산문체의 미덕." (Die Zeit, Germany)

"인생의 여러 단계에 관한 놀라운 소설.
영원히 자신을 바꿔가는 순간들에 관한 소설" (Lire, France)

"아주 특별한 기적 같은 책. 작가는 한 남자의 기억을 통해 인생을 창조하고 작은
구성 요소들을 하나로 모으고 관찰하는 감각을 불러일으키는 데 성공했다."
(The Irish Times)

"특별한 일이 일어나지 않은 것처럼 느껴지는 스토리 텔링, 그러나 독자들은
이내 그 고요함이 외부적인 허구란 사실을 깨닫게 된다. 왜냐하면 잠잠한 수면 속에
거친 바다가 있고, 그 바다는 언제나 끔찍한 폭풍을 일으킬 수 있기 때문이다."
(Que Leer, Spain)

"놀라운 힘을 지닌 소설. 주인공의 어린 시절과 노년의 직관 사이에
교묘한 상호작용 힘을 발휘한다." (The NewYorker, US)

"청춘의 묘미를 완벽하게 표현하고 있다." (The Seattle Times, US)

"엄청나다/훌륭하다." (Baltimore Sun, US)

"레이몬드 카버의 단편 소설과 흡사하다." (The Boston Globe, US)

"작가의 솔직함과 천진난만한 스타일이 마음을 사로잡는다."
(The Spectator, UK)

"접근하기 쉽고 재치 있는 글. 이미지즘적 강렬함과 캐릭터의 몽롱함이
장편소설보다 긴 단편소설 같은 느낌을 준다.
헤밍웨이의 〈닉 아담스 이야기〉를 상기시켜주는 작품"
(Houston Chronicle, US)

"튼튼한 로맨스의 명작." (The New York Sun, US)

"어린 시절의 끝을 길잡이 해주는 명쾌한 이야기, 진정한 예술 작품이다."
(The Independent, UK)

"사건의 연대순 배열은 경쾌하게 헝클어져 있지만 결국 감정적인 충격을 통해
깔끔하게 한 점으로 모인다." (Entertainment Weekly, 평점: A)

"마음에서 떠나지 않는 미니멀리스트의 산문, 노르웨이 출신 작가의 이 고요한
속에는 더할 나위 없는 권위가 존재한다." (Kirkus Reviews)

"북유럽 땅에서의 죽음과 현혹에 관한 작은 명작." (The Guardian, UK)

"아주 훌륭한 책이다." (The Philadelphia Inquirer, US)

"노르웨이의 숲을 배경으로 펼쳐지는 소년의 성장과정.
독자의 영혼에 이식되는 소설." (Sunday Herald)

"디킨즈처럼 사람과 환경을 정확하고 상세하게 묘사한다."
(Fyens Stiftstidende, Denmark)

"청소년 시절과 노년기, 이 소설이 지닌 가장 큰 미덕은
항상 존재하는 아버지와 아들의 관계를 다루고 있다는 점이다."
(Såmlandsposten, Sweden)

The original Norwegian title of the work :
"Ut og stjæle hester"
written by PER PETTERSON
Copyright ⓒ 2003 Forlaget Oktober All rights reserved

Korean translation copyright ⓒ 2009 by Publishing Company Gasse.
Korean translation copyright arranged with Forlaget Oktober
through Book Seventeen Agency, Seoul, Korea

이 책의 한국어판 저작권은 북세븐틴 에이전시를 통한 Forlaget Oktober 사와의
독점계약으로 한국어 판권을 '도서출판 가쎄'가 소유합니다.
저작권법에 의하여 한국 내에서 보호를 받는 저작물이므로 무단전재와 복제를 금합니다.

gasse

I

1

 이른 11월. 시각은 아홉시. 작은 박새들이 창문을 향해 날아들고 있었다. 가끔씩 창문에 부딪친 박새들이 어지러운 듯 다시 푸른 하늘로 날아가기도 했고 또 어떤 새는 창에 부딪친 충격을 이기지 못한 채 땅에 떨어져 눈 속에서 한참을 씨름한 후 다시 날갯짓을 하기도 했다. 그들은 도대체 뭘 원하기에 내게로 날아드는 걸까. 창을 통해 바라본 숲. 바다를 향해 줄지어 서 있는 나무들 위에 붉은 빛이 어려 있었다. 바람이 불기 시작했다. 바람이 수면을 스치면서 만든 무늬들이 하나 둘씩 생겨나고 있었다.
 나는 노르웨이의 동쪽 끝에 있는 강가의 작은 집에 살고 있다. 강으로는 피오르에서 바닷물이 흘러들고 있다. 강은 크지도 깊지도 않아서 한 여름에는 거의 바닥을 볼 수 있을 정도이다. 하지만 봄과 가을에는 제법 물이 차서 헤엄치는 숭어들도 볼 수 있다. 사실은 이 강에서 숭어를 잡아본 적도 있다. 내가 사는 곳은 강어귀에서 겨우 몇 백 미터 거리에 있다. 자작나무 잎이 떨어지는 계절이 오면 부엌 창문에서 듬성듬성한 나뭇가지 사이로 강어귀를 두 눈에 담을 수도 있다. 지금이 바로 그런 계절이다. 강가에는 작은 별장이 하나 있다. 현관문을 나서 계단에 서면 그 별장에서 새어나오는 불빛이 보인다. 그곳에는 한 남자가 살고 있다. 그는 나보다 조금 더 나이가 많은 것 같았다. 확실히는 알 수 없지만 그렇다고 생각했다. 하지만 그런 생각이 드는 건 어쩌면 나 자신의 모습을 객관적으로 볼 수 없어서인지도 모른다. 그의 지난 삶이 나의 그것보다 훨씬 힘들었기 때문에 나보다 더 늙어 보였던 걸까. 충분히 가능한 일이다. 그는 스코틀랜드산 양치기견인 콜리와 함께 살고 있었다.

마당 한 구석에 새모이를 담은 그릇을 놓아두었다. 동이 트고 날이 밝아오면 난 커피 한 잔을 앞에 두고 부엌 식탁에 앉아서 그곳에 모여드는 작은 새들을 바라보곤 한다. 지금까지 그곳에 모여든 여덟 가지의 다른 새들을 보았다. 내가 지금까지 살아왔던 곳들의 정경과 비교했을 때 훨씬 많은 종류의 새라고 할 수 있다. 하지만 창으로 날아드는 새는 박새밖에 없었다. 그랬다. 나는 지금껏 여러 곳에서 살아왔다. 그리고 지금은 이곳에 자리를 잡았다. 동이 트면 나는 침대에서 일어나 몇 시간이고 멍하니 앉아 있곤 한다. 그리곤 벽난로에 불을 지피고 집 안을 어슬렁거리며 걷는다. 지난 신문들을 읽기도 하고 많지는 않지만 어제 못 다 한 설거지를 하기도 한다. 나는 거의 하루 종일 BBC 라디오를 틀어놓는다. 그건 아주 오래 된 습관이라 이제는 벗어날 수 없을 정도가 되어 버렸다. 하지만 라디오를 듣는다 해도 지금은 어디에 써먹어야 할 지 알 수 없다. 요즘 사람들은 67세 정도의 나이에 대해 별다른 느낌을 갖지 않는다. 물론 나도 내 나이가 아주 많다고 생각하지 않는다. 늙었다는 것을 느끼기에는 너무 이르지 않은가. 예전이나 지금이나 변한 건 아무것도 없다.

하지만 가끔 라디오로 뉴스를 듣다보면 내 삶이 예전 같지 않다는 생각을 할 때가 있다. 라디오에서 들려오는 뉴스는 옛날처럼 세상을 향한 내 관점을 흔들어 놓지 못한다. 어쩌면 뉴스 자체가 달라졌는지도 모른다. 너무나 많은 새로운 일들이 시시각각으로 일어나니 내가 무덤덤한 반응을 보이는 것도 당연한 일은 아닐까. BBC 뉴스의 좋은 점이라면 이른 아침 시간에 방송한다는 것이다. 저녁 시간에 듣는 국내 뉴스와는 느낌이 다르다. 물론 BBC 뉴스는 대부분 외국에서 일어난 일들을 전해준다. 노르웨이에 대한 뉴스는 거의 없다. 하지만 나는 그 뉴스를 통해 자메이카, 파키스탄, 인디아, 또는 스리랑카 등에서 벌어진 크리켓 경기에 대한 최근 소식을 접할 수 있다. 크리켓은 내가 한 번도 직접 해 보지 못한 운동 경기이며 앞으로도 구경할 기회가 전혀 없는 스포츠이긴 하지만 말이다. 크리켓에 관한 뉴스를 들을 때 한 가지 주목할 만한 점이라면 이 스포츠가 처음 생겨난 나라인 영국이 경기에서 상대팀에게 지는 일이 다분하다는 것이다. 어쨌든 항상 뭔가 새로운 소식을 접할 수 있는 건 사실이다.

나에게도 개가 한 마리 있다. '라이라'라는 이름의 개이다. 어떤 종의 개인지는 모르지만 그런 건 그다지 중요하지 않다. 라이라와 난 이미 이른 아침의 산책을 마쳤다. 손전등을 들고 항상 다니던 길목을 한 바퀴 돌고 왔다. 산책로와 인접한 강 표면은 몇 밀리미터의 얇은 얼음으로 덮여 있었다. 가을의 끝을 아쉬워하는 담갈색 나뭇잎이 길 위에 흩어져 있었고 어두운 하늘에서 조용히 내리기 시작한 새벽의 눈송이 때문에 라이라는 쉴 새 없이 재채기를 했다. 지금 라이라는 벽난로 옆에 바짝 붙어 누워서 자고 있다. 눈은 그쳤다. 해가 뜨면 눈은 모두 녹아내릴 것이다. 온도계를 보니 빨간 기둥이 햇살과 함께 점점 위로 올라가고 있다.

평생 동안 난 지금처럼 홀로 조용하게 살 수 있기를 바랐다. 심지어 만사가 순조롭고 평화롭던 시절에도 이렇게 조용히 혼자 살 수 있으면 얼마나 좋을까하고 생각했다. 내 지난 시절에 평안한 날이 별로 없었던 것도 아니다. 오히려 반대라고 할 수 있을 정도로 안정되고 편안한 삶을 살아왔다. 그 점에서 난 행복한 사람이라고 말할 수 있다. 하지만 그런 때조차도 - 예를 들어 내가 듣고 싶은 말을 귓가에 속삭여주는 사람의 품속에서조차도 - 아무 소리가 들리지 않는 조용하고 평화로운 곳을 동경할 때가 있었다. 어쨌든 많은 해가 지났고 그 동안 난 이런 동경에 대해 그다지 깊이 생각해 보지 않았다. 그러나 마음 깊은 곳에는 항상 조용하고 평화로운 곳을 향한 동경심이 존재하고 있었다는 것을 난 알고 있다. 그리고 이제야 마침내 동경해왔던 그런 삶을 살고 있다. 내가 바랐던 바로 그런 삶을······.

이제 약 두 달 후면 새로운 세기가 시작된다. 내가 살고 있는 이곳에서도 축제와 불꽃놀이를 할 것이다. 하지만 난 어디에도 가지 않을 생각이다. 라이라와 함께 내 집에 머무는 걸로 만족할 것이다. 만일 강에 얼음이 얼면 그 위를 걸어볼지도 모르겠다. 아마도 올해의 마지막 날에는 영하 10도의 날씨에 청명한 밤하늘에 달이 뜨는 모습을 볼 수 있을지도 모른다. 그러면 벽난로에 불을 지피고 낡은 전축에 빌리 홀리데이의 은은한 목소리를 들을 수 있는 음반을 얹어 놓을 것이다. 50년대에 오슬로에서 열린 그녀의 콘서트에 간 적이 있다. 지금 생각하면 그때의 일이 꿈만 같다. 무척 피곤했지만 마법에 걸린 듯한 느낌을 받았던 그날 밤, 난 콘서트를 다녀와서 부엌 선반 옆에 선 채 맥주 한 병을 마셨고 아주 기분 좋게 취했다. 음반의 연주가 끝나면 나는 잠자리에 들어 죽은 듯이 깊은 잠을 잘 것이다. 그리고 새로운 천 년이 시작되면 아무것도 아닌 것처럼 무덤덤히게 새 아침을 맞을 것이다. 그렇게 되기를 진정으로 바란다.

얼마 남지 않은 올해의 마지막 날이 올 때까지 집안을 여기저기 수리하고 보수할 것이다. 허름한 집을 싸게 사서 그런지 이 집에는 손 볼 곳이 적지 않다. 하지만 이미 내 손으로 하나하나 고치기로 결심했고 기쁜 마음으로 해 나갈 것이다. 물론 목수를 부를 수도 있다. 목수를 부르지 못할 만큼 가난하지는 않다. 하지만 난 직접 일을 하는 게 더 좋다. 더구나 사람을 불러서 집을 수리하면 너무 빨리 진행이 되어 버린다. 내가 할 일은 하나도 없다. 나는 시간을 들여서 직접 일을 하고 싶은 것이다. 가끔씩 난 현재의 시간이 매우 중요한 거라고 혼잣말을 한다. 시간이 천천히 가건 빨리 가건 중요하지 않다. 내게는 시간 자체가 중요한 것이다. 시간 속에서 내가 좋아하는 일을 하며 몸을 움직이면서 시간을 채워가고 싶은 것이다. 그러면서 시간을 더 선명하게 느끼고 싶고 비록 내가 시간에 대해 생각하지 않을 때라도 시간이 헛되이 가지 않길 원한다.

그 일은 어젯밤에 일어났다. 부엌 옆에 있는 작은 방의 창 아래 놓여 있는 간이침대에서 눈을 붙이려 할 때였다. 언뜻 잠에 빠졌다고 생각한 순간, 난 다시 몸을 일으켰다. 시간은 이미 자정을 넘었고 창 밖은 칠흑같이 어두웠다. 잠자리에 들기 전에 마지막으로 소변을 보려고 마당 뒤쪽으로 나섰을 때에는 몸이 떨릴 정도로 추웠다. 집 안에는 화장실이 없었다. 그래서 나는 수리를 하기 전까지 만이라도 당분간 자연 속에서 볼 일을 보는 자유를 누리는 것도 나쁘지 않겠다고 생각했다. 어차피 보는 사람도 없었다. 서쪽으로는 한 치 앞도 구분할 수 없을 정도로 빽빽한 숲이 있었으니 말이다.

갑자기 귀를 찢는 듯한 굉음이 짧은 간격을 두고 들려왔다. 난 깜짝 놀라 침대에서 일어나 앉았다. 얼어붙은 창을 조금 열고 내다보니 강 옆의 산책로에서 비쳐오는 한 줄기의 노란 불빛이 어둠을 뚫고 다가왔다. 내가 들었던 굉음은 손전등을 든 사람이 만들어낸 소리가 틀림없었다. 하지만 그게 무슨 소리인지 왜 생겨난 소리인지는 알 수 없었다. 만약 그 소리가 손전등을 든 사나이와 관련된 소리였다면 말이다. 잠시 후 손전등 불빛이 뭔가를 찾고 있는 듯 좌우로 움직였다. 순간 나는 그 불빛 사이로 이웃집 남자의 얼굴 윤곽을 볼 수 있었다. 그는 입에 시가처럼 생긴 것을 물고 있었다. 곧 이어서 다시 귀를 찢을 듯 날카로운 소리가 들렸다. 그제야 난 그 소리가 개를 부르는 호루라기 소리란 걸 알았다. 비록 호루라기를 한 번도 본 적은 없지만 말이다. 호루라기 소리가 그치자 이번에는 개를 부르는 이웃집 남자의 목소리가 들려왔다. "포커!" 그가 소리쳤다. 포커는 개의 이름인 듯싶었다. "포커! 어디 있니? 얼른 이리와!" 그는 계속해서 소리를 질렀다. 난 침대에 누워 눈을 감았다. 하지만 다시 잠이 드는 건 거의 불가능했다.

　내가 바라는 건 그저 다시 잠드는 것뿐이었다. 난 시간을 효율적으로 사용하고 싶었다. 앞으로 내게 돌아올 시간은 그리 많지 않았기 때문에 적어도 지금까지와는 다른 방법으로 시간을 이용하고 싶을 뿐이었다. 밤잠을 제대로 못 자면 이후 며칠 동안은 한낮에도 어두운 그림자 속에서 생활하는 것 같은 느낌이 든다. 짜증도 나고 마치 일상에서 내 자리를 잃어버린 것 같은 생각도 하게 된다. 지금 내게는 그런 식으로 시간을 허비할 여유가 없다. 집중을 해야 했다. 그럼에도 불구하고 나는 결국 침대에서 일어나고 말았다. 두 다리를 비틀비틀 움직여 바닥에 내려놓고 의자 등받이에 걸어둔 옷가지들을 주섬주섬 챙겨 입었다. 갑자기 방 안의 한기를 느낀 나는 숨을 깊이 들이마셨다. 그리고 부엌을 통해 현관으로 나가 벽에 걸려 있던 낡은 외투를 걸쳐 입고 손전등을 집어 들었다. 문을 열고 밖으로 나가니 칠흑 같은 어둠 때문에 한치 앞을 볼 수가 없었다. 그래서 나는 다시 문을 열고 되돌아가서 벽에 붙은 야외등의 스위치를 올렸다. 작은 전등이지만 없는 것보단 나았다. 희미한 야외등의 불빛을 머금은 붉은 외벽이 따스한 느낌을 주었다.

　나는 내가 운이 좋은 사람이라고 생각했다. 한밤중에도 개를 찾고 있는 이웃 남자를 만날 수 있으니 말이다. 비록 밤잠을 못자서 며칠 고생을 할지도 모르지만 그리 오래 가지는 않을 것이다. 어쨌든 며칠만 지나면 내 몸과 일상의 리듬은 다시 정상으로 돌아올 테니 말이다. 손전등을 켜고 난 이웃집 남자가 서 있는 길 아래쪽으로 걸어갔다. 그는 손전등으로 커다란 원을 그리며 숲을 향해 가더니 다시 길을 건너 강둑을 따라 처음의 자리로 향하고 있었다. 포커! 포커! 그는 개의 이름을 부르며 쉴 새 없이 호루라기를 불었다. 한밤의 정적 속에 울려 퍼지는 호루라기 소리는 귀가 찢어질 듯 날카로웠다. 그의 얼굴과 몸은 어둠에 가려 잘 보이지 않았다. 나는 그를 잘 알지 못한다. 이른 아침 라이라와 함께 산책을 하며 그의 집을 지나칠 때 몇 번 인사를 나눈 일 밖에 없었다. 발걸음을 돌려 모른 척 다시 집 안으로 돌아갈까 하는 생각을 해봤다. 모든 일을 없었던 것으로 했으면 좋겠다는 생각이 들었다. 하긴 그럴 수도 있었다. 하지만 그가 이미 나의 손전등 불빛을 보았을 수도 있기 때문에 발걸음을 돌리기에는 늦은 감이 없지 않았다. 게다가 한밤중에 허허벌판에 홀로 서 있는 이웃 남자를 모른 척 할 수도 없는 일이었다. 그는 절대로 이런 늦은 시간에 집 밖으로 나오는 일이 없었다. 뭔가 일이 잘못되지 않고서는…….

"안녕하세요."

나지막하고 침착한 목소리로 난 그에게 말을 건넸다. 그가 나를 향해 몸을 돌렸다. 그 순간, 그의 손전등이 내 눈을 정면으로 비추는 바람에 아무것도 보이지 않았다. 그는 곧 알아차린 듯 손전등을 아래로 향했다. 난 몇 초 동안 가만히 서서 눈앞이 다시 보이기를 기다렸다. 그리고 그를 향해 걸어가 어깨를 나란히 하고 섰다. 우리는 각자 손에 들고 있는 손전등으로 우리 앞에 펼쳐진 벌판을 비추었다. 낮에 보던 풍경과는 확연히 다른 모습이 눈에 들어왔다. 어느새 내 시야는 어둠에 적응이 된 듯했다. 어둠을 두려워했던 기억은 없다. 짐작컨대 아주 어렸을 때를 제외하고는 말이다. 나는 벌판을 감싸고 있는 칠흑 같은 어둠 속에서 말할 수 없을 정도로 자연스럽고 안전하며 또 투명한 기분을 느꼈다. 저 어둠 속에 무엇이 숨겨져 있든 내겐 아무 의미를 줄 수 없었다. 그 어떤 것도 인간의 신체적 자유와 경쟁할 수는 없다. 높이도 거리도 마찬가지다. 그런 것들은 어둠속에서는 찾아볼 수 없다. 어둠이란 그 속에 내재된 움직임들에 무한한 가능성을 줄 수 있는 공간일 뿐이다.

"또 사라져 버렸어요."

그가 말했다.

"포커 말입니다. 제가 키우는 개의 이름입니다. 가끔 이렇게 사라져 버릴 때가 있어요. 하지만 꼭 다시 돌아오곤 했는데……. 사실 포커가 이렇게 집을 나가 버리면 맘 편하게 잠을 잘 수가 없어요. 숲 속엔 늑대들도 살고 있지 않습니까. 그리고 포커가 언제 돌아올지 모르기 때문에 대문을 잠글 수도 없어요."

말을 마친 그는 조금 무안한 표정을 지었다. 내가 그였더라도 그런 표정을 지었을 것이다. 하지만 만약에 라이라가 집을 나간다면 그처럼 한밤중에 홀로 나와 손전등을 들고 찾아 헤매게 될지는 의문이었다.

"콜리는 세상에서 가장 영리한 견종입니다. 알고 계셨나요?" 그가 말했다.

"예, 들은 적이 있는 것 같아요."

"포커는 저보다 더 똑똑해요. 포커도 그 사실을 잘 알고 있지요."

그는 고개를 절레절레 흔들었다.

"포커는 아마 곧 제 머리 꼭대기 위에 앉아 저를 내려다볼 것 같아요. 저는 사실 그게 두렵답니다."

"글쎄요, 그다지 좋은 일은 아닌 것 같군요. 만약 그렇게 된다면 말이지요."

"그럼요, 절대 좋은 일은 아니지요."

불현듯 우리가 단 한 번도 정식으로 인사를 나눈 적이 없단 생각이 머리를 스쳤다. 난 악수를 청할 심정으로 손을 들어올렸다. 손전등으로는 들어 올린 손을 비추어 그가 볼 수 있도록 했다.

"트론 산데르입니다."

갑자기 그가 당황스런 표정을 지었다. 짧은 순간 생각을 정리하는 듯하더니 그는 얼른 들고 있던 손전등을 왼손으로 넘겨 쥐었다. 그리고 오른손을 내밀어 내게 악수를 청했다.

"라스라고 합니다. 라스 헤우그."

"반갑습니다."

문득 한밤중에 낯설지 않은 이웃과 첫인사를 나누는 이 상황이 너무나 기이하게 느껴졌다. 마치 깊은 숲속에서 오랜만에 만난 지인에게 이미 수 년 전에 있었던 장례식을 언급하며 위로를 전하는 것과 비슷한 심정이었다고나 할까. 나는 방금 그에게 인사말을 건넨 것을 후회했다. 하지만 라스 헤우그는 내 생각을 눈치 채지 못한 것 같았다. 어쩌면 그는 내가 한 말이 상황에 적절한 말이라고 생각했는지도 모른다. 하긴 두 명의 성인 남자가 허허벌판에서 마주쳤을 때 인사말을 주고받는 것 외에 달리 할 말이 뭐가 있겠는가.

주변은 정적으로 가득했다. 지난 며칠 동안은 밤낮으로 비가 왔고 바람이 불었다. 소나무와 전나무 향이 바람에 묻어 습기 찬 들녘을 은은하게 덮고 있었다. 지금 숲속에는 정적만이 있을 뿐이다. 개미 한 마리는커녕 그 그림자도 얼씬거리지 않았다. 우리는 침묵을 지키고 서서 어둠을 응시했다. 갑자기 내 뒤편에 뭐가 있다는 느낌이 들었다. 등골이 서늘해지며 한 발자국도 움직일 수가 없었다. 라스 헤우그도 마찬가지였다. 그가 손전등을 들어 내 등 뒤를 비췄고 나는 그제야 몸을 돌려 뒤를 돌아봤다. 포커가 서 있었다. 개는 뻣뻣한 몸짓으로 경계심을 늦추지 않고 있었다. 나는 개들이 어떤 방식으로 죄의식을 느끼고 그걸 표현하는지 이전에도 본 적이 있다. 그건 인간들의 모습과 별반 다르지 않다. 특히 개의 주인이 어린아이를 어르는 듯한 목소리로 말할 땐 더욱 그렇다. 자기 주인이 주름진 얼굴로 어젯밤처럼 매서운 날씨 속에 흔치 않은 일을 겪은 후 맞바람이 부는 허허벌판에 서서 평소보다 더 무거운 중력감을 느끼고 있을 때라면 말할 것도 없을 것이다. 나는 그와 악수를 할 때 이 모든 걸 느낄 수 있었다.

"도대체 어디에 있었니? 이 멍청한 녀석아, 아빠 말을 듣지도 않고 말야. 부끄럽지도 않아? 앞으론 절대 그러면 안 된다. 알았지?"

그는 말을 마친 후 개를 향해 한 발자국 다가섰다. 그러자 개가 목 안 깊은 곳에서 나오는 그르렁 소리를 내며 귀를 납작하게 눕혔다. 라스 헤우그는 그 모습을 보더니 얼른 발을 멈추었다. 그리고 개를 비추던 손전등의 방향을 바꾸어 땅을 비추었다. 나는 개의 하얀 털이 부르르 떨리는 것을 보았다고 생각했다. 검은 색 부분은 칠흑 같이 어두운 밤과 섞여 있었다. 나는 어디라고 꼭 집어 말할 수 없는 그 어떤 지점에서 만들어지는 개의 나지막한 소리가 참으로 이상하게 들린다고 느꼈다. 그때 이웃 남자가 말문을 열었다.

"옛날에 개 한 마리를 쏘아 죽인 적이 있어요. 그 이후로 다시는 개를 쏘지 않겠다고 스스로 다짐했지요. 하지만 지금은 잘 모르겠어요."

그는 자신감을 잃어버린 듯 보였다. 분명 그랬을 것이다. 그는 뭘 어떻게 해야 할지 감을 잡지 못하고 있었다. 갑자기 난 그가 불쌍해졌다. 그 느낌은 내가 모르는 곳에서부터 시작되었다. 어쩌면 그것은 저 어둠의 한 중간에서부터 온 것인지도 모르겠다. 전혀 다른 시간, 바로 그곳에서 일어났던 어떤 일에 대한 강한 기억 때문일 수도 있을 것이다. 또는 내가 잊고 있었던 과거의 한 지점에서부터 시작된 것일 수도 있다. 문득 긴장이 되고 기분이 불쾌해졌다. 나는 헛기침을 한 뒤 스스로도 통제할 수 없는 목소리로 말을 시작했다.

"그 개는 어떤 종류의 개였습니까?"

그건 내가 알고 싶어 하던 것도 아니고 관심도 없었지만 갑자스럽게 느껴지는 가슴 한 복판의 긴장된 떨림을 진정시키기 위해 무슨 말이라도 해야만 했다.

"독일산 셰퍼드였어요. 하지만 제 개는 아니었습니다. 그 일은 제가 자랐던 농장에서 일어났어요. 개를 처음 본 사람은 어머니였습니다. 그 개는 자주 숲의 외곽지역에서 노루 떼를 쫓곤 했지요. 그러던 어느 날 우리는 창을 통해 농장의 북쪽 가장자리에서 겁에 질린 노루 두 마리가 우왕좌왕하는 모습을 보았습니다. 그 노루들은 항상 붙어 다녔어요. 예, 그 땐 그랬어요. 그런데 그 셰퍼드가 노루들을 쫓아다니면서 괴롭혔던 겁니다. 예전에도 여러 번 그랬어요. 하지만 그날은 개가 노루의 뒷발을 물어서 거의 몸을 지탱할 수 없게 만들었습니다. 그때 제 어머니는 그 모습을 더는 못 보겠다고 하며 한숨을 쉬셨어요. 그리고 경찰서에 전화해서 어떡하면 좋을지 하소연을 했답니다. 그러자 전화를 받은 경찰이 뭐라 했는지 아십니까? '그냥 쏘아 버리세요.' 하더랍니다."

"어머니는 전화를 끊은 후, '라스, 네가 할 일이 생겼다.' 하시더군요. '할 수 있겠니?' 라고 물으시는데 그러기 싫다고 대답했습니다. 총을 제대로 만져본 적도 없었으니 오죽했겠습니까. 하지만 노루들을 생각하니 불쌍한 마음이 들어서 가만히 있을 수가 없었어요. 그렇다고 어머니에게 총을 들라고 할 수도 없었습니다. 그땐 집에 어머니와 저 밖에 없었거든요. 큰 형은 바다에 나가 있었고 새아버지는 숲에서 이웃과 함께 장작을 패고 있었습니다. 그래서 전 어쩔 수 없이 총을 들고 목장을 가로질러 숲으로 갔습니다. 그런데 개가 보이지 않더군요. 그래서 그 자리에 잠자코 서서 귀를 기울였습니다. 그때는 가을이었어요. 한낮인데도 공기가 아주 청명했고 기분 나쁠 정도로 조용했습니다. 저는 몸을 돌려 집 쪽을 바라보았습니다. 어머니가 창을 통해 저의 일거수일투족을 지켜보고 있단 걸 알 수 있었지요. 그런 어머니의 눈을 벗어나기란 그리 쉬운 일이 아니었습니다. 저는 숲속으로 난 길을 향해 다시 눈을 돌렸습니다. 그때 갑자기 두 마리의 노루가 제 쪽으로 달려오더군요. 전 무릎을 꿇고 총을 제 얼굴에 바짝 당겨 들었습니다. 커다란 노루가 제 모습을 발견하더니 겁에 질려 어쩔 줄 몰라 하더군요. 아마 적이 하나 더 생겼다고 생각했겠지요. 하지만 노루들은 방향을 바꾸지 않았습니다. 저를 향해 전속력으로 돌진하더니 제 어깨에서 한 뼘 정도의 거리를 두고 스쳐지나갔습니다. 그 순간 노루의 거친 숨소리가 들렸고 겁에 질린 희번덕거리는 눈동자도 보았습니다."

라스 헤우그는 잠시 말을 멈추고 손전등으로 포커를 비추어 보았다. 개는 그 때까지도 내 등 뒤에서 꼼짝 않고 자리를 지키고 있었다. 나는 몸을 돌려 개를 보진 않았지만 나지막하게 으르렁거리는 포커의 소리를 들을 수 있었다. 그 소리를 들으니 조금 짜증이 나는 것도 같았다. 내 앞에 서 있는 남자는 입술을 지그시 깨물더니 왼손을 들어서 손가락으로 이마를 문질렀다. 확신을 할 수 없는 어떤 행동을 하기 직전의 행동처럼 보였다.

"두 마리의 노루 뒤로 약 30미터의 간격을 두고 셰퍼드가 보였습니다. 엄청나게 몸집이 큰 개였어요. 저는 즉시 방아쇠를 당겼습니다. 명중을 시켰다고 생각했는데 개는 속력을 늦추거나 방향을 바꾸지 않았습니다. 그래서 전 총알이 개의 몸을 아슬아슬하게 비켜 갔나 보다 생각했지요. 한 방을 더 쐈습니다. 그러자 개가 자리에 주저앉더군요. 하지만 곧 몸을 일으켜 저를 향해 달려 왔고 전 거의 절망적인 상태에서 한 방을 더 쐈습니다. 저와 개 사이의 거리는 불과 몇 미터밖에 되지 않았습니다. 세 번째 총알이 발사된 후 개는 공중에서 몸을 한 바퀴 비틀고선 제 발 바로 앞에 떨어졌습니다. 하지만 숨이 멎지는 않았습니다. 순간적으로 몸이 마비된 것 같았습니다. 개가 바닥에 누워 제 눈을 똑바로 쳐다보더군요. 문득 개가 불쌍하다는 생각이 들었습니다. 그래서 개의 숨이 끊어지기 전에 마지막으로 한 번 쓰다듬어 주려고 몸을 굽혔습니다. 그런데 그 순간 개가 낮은 목소리로 으르렁거리더니 제 손을 확 물더군요. 저는 깜짝 놀라 뒤로 물러섰고 분한 마음에 개의 머리에 대고 두 발의 총알을 연신 발사했습니다."

라스 헤우그의 얼굴은 캄캄해서 보이지 않았다. 피곤한 듯한 그의 손 안에서 손전등이 덜렁거리며 황금색 불빛을 바닥으로 내뿜고 있었다. 솔잎과 자갈돌, 두 개의 솔방울. 포커는 소리를 죽인 채 꼼짝 않고 앉아 있었다. 나는 개의 숨이 끊어진 건 아닐까 하는 생각까지 해 보았다.

"끔찍한 기억이군요."

"그때 저는 열여덟 살이었습니다." 그가 말했다. "아주 오래 전 일이지요. 하지만 저는 그때의 일을 아직도 잊을 수가 없습니다."

"얘기를 듣고 보니 왜 다시는 개를 쏘지 않겠다고 했는지 이해가

가네요."

"글쎄요, 그건 두고 봐야 알겠지요." 라스 헤우그가 말했다.

"지금은 얼른 이 놈을 집으로 데려가야겠습니다. 벌써 시간이 많이 늦었어요. 포커, 이리 와!"

그의 목소리는 조금 전보다 날카로워져 있었다. 그가 발걸음을 옮기자 포커가 약간의 간격을 두고 얌전하게 그를 따라갔다. 그들이 작은 다리 위에 이르자 라스 헤우그는 몸을 돌려 손전등을 좌우로 흔들어 보였다.

"만나서 반가웠습니다!"

그가 어둠 속에서 외쳤다. 나는 그의 말에 대답하듯 손전등을 흔들어 주고 집쪽으로 나있는 비탈길로 발길을 옮겼다. 집으로 돌아와서 나는 현관에 불을 켜고 대문을 잠갔다. 왜 그랬는지는 모르겠다. 이곳으로 이사를 오고 나서 한 번도 해 보지 않은 일이었다. 대문을 잠그면서도 그런 나의 행동이 마음에 들지 않았다. 곧 나는 옷을 벗고 침대에 누워 새털을 넣어 만든 이불을 덮었다. 그리고 천장을 바라보며 온 몸에 온기가 스며들기를 기다렸다. 왠지 내가 바보 같단 생각이 들었다. 눈을 감았다. 잠을 자고 있는 동안 눈이 내렸다. 잠이 들었는데도 창밖에 눈이 내리고 있다는 걸 느낄 수 있었다. 날이 새면 기온이 뚝 떨어질 거란 사실도 알 수 있었다. 나는 겨울이 두렵다. 눈이 많이 오는 것도 두려워한다. 눈이 많이 내리면 집 밖으로 나가기 힘들어지니 말이다. 그리고 꿈을 꾸었다. 여름에 대한 꿈이었다. 꿈은 잠을 깬 후에도 내 머릿속에 선명하게 남았다.

그건 여느 여름에 대한 꿈이 아니었다. 아주 특별한 여름이었다. 지금도 부엌 의자에 앉아 강가의 나무들을 비추는 햇살을 바라보고 있을 때면 그 여름의 꿈을 떠올리게 된다. 아무것도 어젯밤과 똑같이 보이는 것은 없었다. 그리고 대문을 잠가야 할 이유도 전혀 생각할 수 없었다. 피곤했다. 잠을 설친 후엔 항상 있는 일이었기에 별로 신경 쓰진 않았다. 그렇다고 낮잠을 자거나 하진 않을 것이다. 나는 자리에서 일어났다. 몸의 여기저기가 뻐근했다. 허리도 예전 같지 않았다. 난로 옆에 앉아 있던 라이라가 고개를 들어 나를 쳐다보았다. 밖으로 나가볼까? 하지만 밖으로 나가지 않았다. 아직은 너무 이르단 생각이 들었고 할 일도 많았다. 게다가 내게 불편함으로 다가오는 그 해 여름에 대한 생각을 정리해야 할 필요성도 느꼈다. 여러 해 동안 잊고 있었던 기억이기도 했다.

2

"우리는 말을 훔칠 거야."

아버지와 함께 여름을 보냈던 그 오두막집 문 앞에 서서 그가 한 말이었다. 그때는 1948년 7월 초순이었고 나는 열다섯 살이었다. 그 해로부터 3년 전, 독일군이 후퇴를 했고 우린 더 이상 전쟁에 대해 이야기하지 않았다. 적어도 아버지는 그랬다.

욘은 시도 때도 없이 우리 집 문 앞에 서 있곤 했다. 산토끼를 잡으러 가자거나 차가운 달빛으로 가득한 고요한 밤 숲속을 함께 거닐자고 하거나, 아니면 강에서 숭어 낚시를 하자며 날 집밖으로 끌어내려고 했다. 가끔은 오두막 옆으로 흘러들어온 통나무 위에서 균형 잡기를 하자고 했다. 그건 위험한 놀이였지만 나는 그의 청을 거절하지 않았다. 물론 아버지에게는 우리가 어떻게 시간을 보내는지 절대로 말하지 않았다. 부엌 창에서는 들녘을 따라 쭉 뻗어 있는 강을 볼 수 있었다. 그래서 우리가 통나무 위에서 균형 잡기 놀이를 할 때에는 우리 집 부엌에서 정면으로 보이는 곳은 피했다. 우리가 통나무 놀이를 할 때는 항상 집에서 1킬로미터쯤 더 내려가곤 했다. 가끔은 통나무를 타고 너무 빨리 강 하류로 떠내려가는 바람에 놀이를 마치고 집에 돌아올 때면 흠뻑 젖은 몸을 오들오들 떨기도 했다. 그럴 때 숲을 지나 집까지 오려면 한 시간 정도 걸어야만 했다.

욘은 나를 제외하면 친구가 없는 것 같았다. 그에게는 두 명의 남동생이 있었다. 라스와 오드. 하지만 욘은 동갑내기인 나와 함께 노는 걸 더 좋아했다. 내가 없을 때 욘이 누구와 함께 지내는지는 알 수 없었다. 그 부분에 대해서 욘은 한 마디도 하지 않았다. 나 역시 학기 중에 오슬로에서 어떻게 지냈는지 욘에게 털어놓지 않았다.

그는 오두막에 올 때 절대로 노크를 하는 법이 없었다. 타고 왔던 작은 보트를 강기슭에 매어 두고 조용히 오솔길을 지나 오두막집 대문 앞에 말없이 서 있을 뿐이었다. 내가 보지 않으면 그는 하루 종일이라도 그렇게 서 있을 사람이었다. 하지만 그가 대문 앞에 서서 오래 기다리는 일은 별로 없었다. 심지어 평소 같으면 내가 아직 잠에 빠져 있을 이른 아침시간이라도 그가 오래 기다리는 일은 없었다. 그가 대문 앞에 서 있을 때면 잠결에서조차도 난 이유 없이 불안한 느낌이 들었다. 어떨 땐 화장실에 가기 위해서라도 잠자리에서 일어나야 할 것만 같았다. 하지만 눈을 뜨면 내가 안절부절 했던 건 화장실 때문이 아니라는 걸 알게 된다. 그럴 때면 난 바로 대문 앞으로 가서 문을 열었다. 그곳엔 어김없이 그가 서 있었다. 욘은 항상 보일 듯 말 듯한 미소를 지으며 눈을 가늘게 뜨고 날 바라보았다.

"갈 거야?"

그가 물었다.

"우린 말을 훔칠 거야."

그는 '우리' 라고 했지만 그건 그와 나를 지칭하는 말일 뿐이었다.

그리고 만약 내가 함께 가지 않는다면 그는 혼자라도 갈 사람이었다. 그렇게 된다면 결코 재미있는 일은 생기지 않을 것이다. 뿐만 아니라 혼자서 말을 훔치기는 힘든 일이다. 사실 거의 불가능한 일이라 해도 틀린 말은 아니다.

"오래 기다렸니?"

"아니, 방금 왔어."

그의 대답은 항상 똑같았다. 그게 사실인지 아닌지 확인해 본 적은 없다. 난 속옷만 입은 채 현관에 서서 그의 어깨 너머로 밖을 내다보았다. 밖은 이미 환했다. 강 표면에는 안개가 자욱했고 한기가 서려있었다. 곧 기온이 오르긴 할 것이다. 허벅지와 배에는 소름이 오돌오돌 솟아올랐다. 그럼에도 나는 여전히 그 자리에 서서 강을 바라보았다. 강은 안개의 장막 아래에서 부드럽게 반짝이며 빠른 속도로 상류에서 굴곡을 이루며 흘러 내려오고 있었다. 나는 눈을 감고도 강 주변의 지리를 환하게 그려낼 수 있다. 가끔은 겨울 내내 강 앞에 그렇게 서 있기를 바라기도 했다.

"어떤 말?"

"바르칼씨의 말을 훔칠 거야. 목장 뒤에 있는 숲속에 작은 방목장을 만들어 둔 걸 봤어. 거기에 말이 몇 마리 있어."

"응, 그건 나도 알고 있었어. 옷 갈아입을 동안 잠깐 들어오지 않을래?"

"아니야, 여기서 기다릴게."

그는 내가 무슨 말을 해도 집 안으로 들어오는 일이 없었다. 그건 어쩌면 내 아버지 때문인지도 몰랐다. 그는 아버지에게 인사를 하는 법이 없었다. 가끔씩 상점에서 마주치는 일이 있어도 고개를 숙인 채 모르는 척 지나가 버리곤 했다. 그러면 아버지는 발걸음을 멈추고 아는 척을 했다.

"저기 저 아이……. 욘이 아니니?"

"맞아요."

"저 아이에게 혹시 무슨 문제라도 있니?"

아버지는 욘을 만날 때마다 이렇게 말했다. 그럴 때마다 난 당황한 목소리로 "잘 모르겠어요."라고 대답할 수밖에 없었다.

사실 잘 모르겠단 대답이 틀린 건 아니다. 그렇다고 욘에게 솔직하게 물어본 적도 없다. 욘은 지금 현관 앞에 서서 강을 바라보고 있다. 그 틈에 난 재빨리 거실 나무의자 등받이에 걸어놓았던 옷을 가져왔다. 나는 그가 문 밖에 서서 기다리는 게 맘에 안 들었다. 더구나 열린 문틈으로 내가 뭘 하는지 다 보고 있을 때는 더 그랬다.

7월의 그날 아침엔 분명히 뭔가 특별한 게 있었다. 강 위의 짙은 안개와 산기슭의 안개 때문에 그렇게 느꼈는지도 모른다. 어쩌면 하늘에 걸쳐 있는 한 줄기 은색 빛 때문이었는지도 모르고 욘의 목소리와 현관 문 앞에 목석처럼 우두커니 서 있던 그 특별한 분위기 때문이었는지도 모른다. 하지만 난 그때 겨우 열다섯 살이었고 내가 딱히 눈치 챈 게 있다면 그가 총을 가지고 있지 않다는 것뿐이었다. 만약에라도 길을 가로지르는 산토끼가 보이면 사냥을 하기 위한 총 말이다. 이런 것들은 그다지 특별하다 할 수 없는 것들이다. 그날 우리가 하려던 일은 말을 훔치는 것이었고, 말을 훔치기 위해서 총이 필요한 건 아니었으니까. 그날 욘의 모습은 평소와 다르지 않았다. 적어도 내 눈엔 그렇게 보였다. 언제나처럼 조용했고 졸음을 머금고 가늘게 뜬 두 눈에는 강한 집중력과 열정이 동시에 보였다. 성급함이라고는 조금도 찾아볼 수 없었다. 그건 내게 좋은 일이기도 했다. 왜냐하면 우리 둘의 관계와 또 함께 하는 일에 있어서 서툰 쪽은 거의 항상 나였으니까 말이다. 욘은 뭐든지 경험이 많았고 그와 비교해서 굳이 내가 더 잘하는 일을 들자면 그건 강 하류 쪽으로 통나무를 타고 내려가는 것이었다. 욘은 그런 나에게 선천적인 균형 감각이 있다고 칭찬해 주었다. 그가 정확히 '선천적'이라는 단어를 사용한 건 아니었지만 난 그가 의도하는 바를 잘 이해할 수 있었다.

그가 내게 가르쳐 준 것은 저돌성이었다. 욘은 하고 싶은 일이 있으면 앞뒤 돌아보지 않고 해야 한다고 했다. 만약 어떤 일을 하기 전에 필요 이상으로 많은 생각을 하고 계획을 세우다 보면 꿈꾸는 일은 평생 이루지 못 할 거라고 했다.

"오케이! 하나, 둘, 셋! 하고 그냥 돌진 하란 거지?"

우린 강 옆의 오솔길을 따라 걸었다. 이른 시각이었다. 태양은 산기슭 위로 미끄러지듯 떠올라 빛을 뿌렸고 주변의 생명들에게 새로운 색을 부여했다. 강 표면을 흐르던 안개는 어느새 녹아버린 듯 사라지고 없었다. 문득 스웨터를 뚫고 들어오는 온기를 느꼈다고 생각했다. 나는 눈을 감고 둑이 있는 곳 까지 한 걸음도 헛디디지 않고 걸었다. 거기에서부터는 눈을 뜨고 빗물에 씻긴 둥근 바위를 기어 내려가 작은 보트 뒤쪽에 자리를 잡고 앉았다. 욘은 보트를 힘껏 밀더니 껑충 뛰어 올라탔다. 그리고 짧고 강하게 노를 비스듬히 저어 물살을 헤쳐 나가기 시작했다. 보트는 잠시 방향을 잃고 표류하는 듯했지만 이내 둑에서 오십 미터 쯤 떨어진 하류 쪽으로 뱃머리를 향했다. 물론 오두막 집 창에서는 우리가 배를 정박시키려 하는 하류 쪽을 볼 수 없었다.

우리는 배를 묶어두고 경사가 심하지 않은 비탈길을 올랐다. 욘이 앞장을 섰고 그 뒤를 내가 따랐다. 우린 목장을 둘러싸고 있는 뾰족한 철조망 옆을 걸었다. 목장에는 옅은 안개의 장막 아래로 키가 큰 풀들이 빽빽이 들어서 있었다. 조만간에 베어져 일렬로 늘어선 뒤에는 햇살아래서 건초 더미로 변할 것들이었다. 난 건초더미에 물을 뿌려 보고 싶단 생각을 자주 했었다. 옛날 한 때 물을 좋아하던 시절의 얘기이다.

그곳은 바르칼씨의 목장이었다. 우린 잡지나 군것질 거리, 또는 그저 용돈을 쓰는 재미로 상점에 갈 때 그곳을 자주 지나쳤다. 그럴 때면 발걸음을 옮길 때마다 많지 않은 용돈이지만 경쾌하게 짤랑짤랑 들려오는 소리에 행복했다. 가끔씩 욘의 집을 방문할 때도 난 그 길을 이용했다. 만나기만 하면 필요이상으로 과장된 인사를 건네는 욘의 어머니와 마주치지 않기 위해서였다. 어쩌다 골목 어귀에서부터 그녀의 환대를 받을 때면 집 안으로까지 이어지는 그 떠들썩한 인사에 난 왕자가 된 것 같은 기분이 들었다. 반면에 욘의 아버지는 신문에 얼굴을 묻어 버리거나 갑자기 급한 일이 생긴 것처럼 허둥지둥 헛간으로 자취를 감추곤 했다. 나는 그를 이해할 수 없었다. 하지만 그렇다고 신경이 쓰이거나 기분이 나쁜 건 아니었다. 어쩌면 그는 나 때문에 헛간으로 갑작스럽게 자리를 옮겨야만 했을 수도 있다. 하지만 난 상관하지 않았다. 어차피 여름이 끝나면 오두막 별장을 떠나 오슬로의 집으로 돌아갈 것이기 때문이었다.

바르칼씨의 목장은 숲을 향해 자리한 ㄱ자 땅이었고 길 반대쪽에 있는 전토 뒤편에 위치하고 있었다. 해를 번갈아가며 귀리와 보리를 심는 곳이었다. 목장 주변에는 나무와 나무 사이를 잇는 철조망을 치고 네 마리의 말을 들여놓았다. 숲의 주인은 바로 그였다. 숲은 어마어마하게 넓었다. 그는 이 지역에서 가장 넓은 땅을 소유한 사람이었다. 이 지역의 사람들 중에 감히 그의 의견에 반대하는 사람은 거의 찾아볼 수 없었다. 나는 그 이유를 알 수 없었다. 내가 아는 한 그는 지역 사람들에게 단 한 번도 불쾌한 언행을 하지 않았다. 그는 단지 광대한 토지의 소유주일 뿐이었다. 반면 욘의 아버지는 그의 소작농 중 한 사람이었다. 스웨덴과 국경을 접한 곳에서 불과 몇 킬로미터밖에 떨어져 있지 않는 이곳 강 주변에 사는 사람들은 대개가 소작농이었다. 이들의 대부분은 지금도 여전히 농사를 지어서 생활하거나 낙농으로 우유를 배달하며 생계를 꾸려갔다. 벌목 기간이 다가오면 이들은 바르칼 소유의 숲이나 베룸의 돈 많은 무뢰한이 소유한 수 천 평방미터의 엄청난 땅에서 벌목꾼으로 일하기도 했다. 벌목공으로 일하면 많은 돈을 벌 수 있을 것 같지는 않았다. 적어도 내 계산에 의하면 말이다. 짐작컨대 바르칼에게는 적지 않은 돈이 있는 듯했지만 욘의 아버지에게는 돈이 거의 없는 것 같았다. 하긴 돈이 없는 건 내 아버지도 마찬가지였다. 때문에 아버지가 여름 별장을 구입할 수 있을 정도로 넉넉한 돈을 모았단 사실이 신기하게 여겨졌다. 솔직히 말해서 난 아버지가 어떤 방법으로 돈을 벌어 우리 가족의 생계를 꾸려왔는지 알지 못한다. 아버지 자신의 삶은 물론 나의 뒷감당을 어떻게 하며 살아 왔는지도 몰랐다. 아버지의 일이라는 건 세월에 따라 다르게 변해왔다. 한 가지 확실한 건 그게 무엇이든 간에 아버지가 하는 일에는 수많은 종류의 연장과 이름 모를 작은 기계들, 가끔은 엄청난 계획과 연필로 직접 그린 청사진, 그리고 수많은 여행이 항상 포함되어 있었다는 것이다. 아버지가 일 때문에 여행한 곳들은 내가 이름도 들어보지 못한 낯선 장소였으며 우리 가족에게 직접적인 수입원이 되지도 못했다. 아버지의 일은 때로는 시간이 모자랄 정도로 많기도 했다. 하지만 어떤 때는 일이 없어서 시간이 남아돌기도 했다. 그런데도 아버지의 수중에는 언제나 적지 않은 돈이 있었다. 가끔씩 아버지는 숲속을 걷고 나무를 쓰다듬으며 미소 짓기도 했고, 강가의 커다란 바위에 턱을 괴고 앉아 마치 친구를 대하듯 그윽한 눈으로 오랜 세월 면면히 흘러 온 강을 내려다보기도 했다. 물론 아버지에게 강과 숲속의 나무들이 오랜 친구처럼 여겨졌을 리는 만무했겠지만 말이다.

욘과 나는 목장에서 벗어나 길 위에 섰다. 이전에도 수 없이 걸었던 길이지만 그날 만큼은 왠지 다른 느낌이 들었다. 우리는 말을 훔치러 가는 길이었다. 우리는 그게 범죄 행위라는 걸 잘 알고 있었다. 범죄 행위는 사람을 변하게 만든다. 그건 범죄를 저지르는 당사자의 눈빛을 변화시킬 뿐 아니라 뭐라 말할 수 없는 이상한 걸음걸이와 행동의 원인이 되기도 한다. 말을 훔친다는 건 우리가 생각할 수 있는 최악의 범죄라고 할 수 있었다. 우리는 페코스 서부 지역의 법에 대해 잘 알고 있었다. 카우보이 잡지를 보고 알게 된 것들이었다. 설령 우리가 페코스의 동쪽 끝에 있어서 지구 반대쪽에 있는 것만큼 멀게 느껴져도 세상을 어떻게 보느냐에 따라 그 거리는 멀게도, 짧게도 느껴질 수 있는 것이 아닌가. 그리고 법이라는 건 거리에 상관없이 적용되는 무자비한 것이다. 만약 법에 저촉되는 행위를 하다 적발되면 당장 목에 칭칭 감겨오는 밧줄을 뿌리치지 못하고 나무에 매달리게 될 것이며 투박한 교수형 밧줄이 부드러운 피부를 뚫고 들어오는 걸 느끼게 될 것이다. 어떨 땐 채찍질에 성난 말을 피해 목숨을 걸고 다리가 보이지 않을 정도로 달려야 하는 일이 생길지도 모른다. 숨을 헐떡이며 생사를 걸고 달리다 보면 결국엔 영화의 한 장면을 보듯 희미해져 가는 그림 속에 서 있는 자신을 보게 될 것이다. 짙은 안개 속에서 칠흑처럼 캄캄한 구덩이 속으로 빠져드는 종말을 경험하며 15년밖에 안 되는 인생이 이제는 끝이라는 생각을 하게 될 것이다. 15년은 그다지 긴 시간이 아니다. 하지만 한 마리의 말에게 그 시간은 상당히 길게 느껴질 게 틀림없다. 뿐만 아니라 말들은 우리가 순간적으로 경험하는 일을 마치 느린 영화처럼 천천히 소화시킬 것이 분명하다. 바르칼의 회색빛 집은 숲의 경계선에 있었다. 들녘에서 바라본 그의 집은 그 어느 때보다 더 위협적으로 느껴졌다. 이른 아침이라 그런지 창에서는 불빛조차 새어나오지 않았다. 하지만 집 안 창가에선 누군가가 가만히 서서 밖을 내다보고 있을 것 같은 생각이 들었다. 마치 우리가 살금살금 접근하고 있다는 걸 알고 있는 것처럼 말이다.

그렇다고 해서 왔던 길을 되돌아 갈 수도 없었다. 우리는 뻣뻣한 두 다리로 200여 미터의 자갈길을 내려가 바르칼의 집 창가에서는 볼 수 없는 ㄱ자 모퉁이에서 방향을 튼 후 옆 목장으로 향하는 길로 접어들었다. 숲의 안쪽에 자리 잡은 그 목장도 바르칼이 소유하고 있었다. 키 큰 전나무들이 빽빽한 숲은 캄캄했다. 무성한 나뭇잎들은 햇살을 차단하고 있었고 발밑에는 축축하고 짙은 녹색 이끼들이 부드러운 담요처럼 펼쳐져 있었다. 우리는 숲속에 나 있는 좁은 길을 따라 서로를 의지하며 걸었다. 축축한 풀은 우리가 발을 내디딜 때마다 흔들리는 그네처럼 좌우로 움직이는 것 같았다. 나는 낡은 운동화를 신고 욘의 뒤를 따랐다. 우리는 원을 그리며 지나왔던 그 길을 벗어나 오른쪽으로 발길을 돌렸다. 얼마쯤 더 가니까 그제야 머리 위에 부서지는 햇살을 조금 느낄 수 있었다. 바르칼의 목장을 둘러싼 철조망에 가까워졌다는 표시이기도 했다. 우리는 개간지 안을 들여다보았다. 그곳에는 잎이 다 떨어진 가문비나무와 어린 소나무, 그리고 받침목도 없이 이상할 정도로 커버린 키를 잘 지탱하고 있는 가문비나무가 있었다. 그 중에는 매서운 북풍에 뿌리까지 뽑힌 채 땅에 널브러져 있는 나무들도 보였다. 전나무의 나무둥치들 사이에는 무성하게 자란 잔디들이 있었고 저 멀리 덤불 뒤에는 파리 떼를 쫓으려고 꼬리를 흔들고 있는 말의 엉덩이가 보였다. 우리가 훔치려고 마음먹은 말들이었다. 말똥 냄새와 젖은 이끼 냄새, 달싹하면서도 코를 벨 것처럼 날카로운 공기가 숲속에 깔려 있었다. 나는 숲의 북쪽을 향해 계속 나아간다면 스웨덴과 핀란드를 지나 시베리아에 도달할 수도 있다고 들은 적이 있다. 만약 이 숲에서 길을 잃는다면 수 백 명의 사람들이 몇 주 동안 뒤져도 쉽게 찾지 못할 것이다. 언젠가 나는 이 숲속에서 길을 잃는다는 게 왜 그토록 암울한 것인지 이해할 수 없다고 생각한 적이 있다. 하지만 그 생각이 얼마나 진지한 것이었는지는 기억할 수 없다.

욘이 몸을 굽혀서 철조망을 들어 올리더니 그 사이를 비집고 들어갔다. 나는 땅에 몸을 바짝 대고 철조망 아래로 기어서 통과했다. 다행히 철조망에 걸려 옷이 찢어지는 일은 없었다. 우리는 조심스럽게 잔디밭 위로 발을 내디뎌 말이 있는 곳으로 다가갔다.

"저기, 저 자작나무 보이지?"

욘이 손가락으로 나무 한 그루를 가리키며 말했다.

"저 나무 위로 올라가."

욘이 가리키는 곳을 보니 말들과 얼마 떨어지지 않은 곳에 굵고 튼튼한 자작나무 한 그루가 서 있었다. 맨 아래 가지가 땅에서 3미터는 떨어져 있을 만큼 거대한 나무였다. 나는 욘의 말이 끝나기 무섭게 주저하지 않고 나무에 올랐다. 말들이 고개를 들고 몸을 돌려서 나를 쳐다보았다. 말들은 내가 다가가는 걸 보면서도 꼼짝 하지 않은 채 계속 우물우물 풀을 씹어 넘기고 있었다. 욘은 나와 반대 방향에서 반원을 그리며 말 주위를 돌았다. 나는 신발을 벗어 던지고 두 팔로 나무를 껴안은 채 발 올려놓을 곳을 찾았다. 한 발로는 나무껍질 사이에 난 틈새 중에서 단단하고 미끄러지지 않을 만한 곳을 더듬으며 다른 한 발로는 나무둥치의 평평한 부분에 올라서서 원숭이처럼 나무를 기어오르기 시작했다. 왼손으로 늘어진 가지를 잡을 수 있을 만큼 올라갔을 때 나는 나무에 몸을 의지한 채 오른손으로 나뭇가지를 잡았다. 그리고 나무기둥에 올려놓았던 두 발을 뗐다. 두 팔로 나뭇가지에 의지하게 된 내 몸이 공중에서 덜렁거렸다. 그렇다. 그 시절에는 이런 일이 가능할 만큼 내 몸이 가뿐했다.

"오케이!"

내가 조용히 말했다.

"준비!"

욘이 몸을 굽혀서 말들 앞에 서더니 나지막한 목소리로 뭐라고 말을 했다. 말들은 욘에게 머리를 향한 채 귀를 쫑긋거리며 욘이 속삭이는 목소리를 듣고 있었다. 내가 있는 곳에서는 욘이 하는 말을 들을 수 없었다. 하지만 욘은 내 말을 알아들을 수 있었던 것 같다. 내가 '오케이'라고 하자 용수철에 튕긴 듯 갑자기 몸을 일으키고 소리쳤으니 말이다.

"휙이!"

욘이 두 팔을 활짝 펼치며 외쳤다. 그러자 말들은 사력을 다해 펄쩍 뛰는가 싶더니 앞으로 달려가기 시작했다. 빠른 속도는 아니었지만 그렇다고 느리지도 않았다. 두 마리는 내 왼쪽으로 지나쳐갔고 다른 두 마리는 내가 매달려 있는 나무를 향해 정면으로 돌진해왔다.

"준비해."

욘은 내게 소리를 치며 보이 스카우트 경례를 하듯 손가락 세 개를 이마 위에 올려 보였다.

"언제든지 준비는 되어 있어!"

나는 그의 말을 되받아쳤다. 그리고 몸을 비틀어 배를 나뭇가지 쪽으로 바짝 붙인 다음 두 손으로 몸의 균형을 유지하면서 두 다리를 가위처럼 허공에서 활짝 벌렸다. 가슴 한 곳에 땅속으로부터 나무둥지를 타고 올라오는 듯한 전율이 느껴졌다. 각각 다른 곳에서부터 들려오는 듯한 그 떨림은 내 안에서도 느낄 수 있었다. 뱃속에서부터 시작되어 엉덩이에 달라붙을 것 같은 떨림이 도움이 될 리가 없단 생각에 더는 마음 쓰지 않기로 결심했다. 준비는 이미 되어 있었다.

말들이 보였다. 말들의 숨소리도 들을 수 있었다. 나무를 통해 점점 더 강하게 전달되는 말발굽 소리는 내 머릿속마저도 꽉 채워버렸다. 가장 앞에서 달려오는 말의 재갈이 코 아래로 다가왔을 때 나는 나무둥치에 기대어 놓았던 두 발을 옆으로 힘차게 내뻗은 후 말등 위로 뛰어내렸다. 아마 목 쪽으로 너무 가까이 뛰어내렸던지 말의 어깨뼈가 가랑이 사이를 아프게 건드렸다. 순간적으로 구토가 치밀어 올랐다. 영화 속에서 말 위로 뛰어내리던 조로의 움직임은 너무나 쉬워 보였지만 실제로는 그렇지 않았다. 난 너무 아파서 눈물을 찔끔 흘렸다. 하지만 말 잔등 위에서 떨어지지 않기 위해 있는 힘을 다해 말갈기를 붙들고 몸의 균형을 유지하는 것을 잊지 않았다. 난 상체를 앞으로 숙인 후 입술을 꼭 깨물었다. 말은 미친 듯이 머리를 좌우로 흔들며 달렸고 뾰족한 어깨뼈는 여전히 가랑이 사이에 통증을 주고 있었다. 말은 점점 속력을 더해 달리기 시작했다. 내가 타고 있는 말의 뒤에서 다른 말이 따라왔다. 두 마리 말은 숲속의 나무들 사이를 헤치며 무서운 속도로 달렸다. 뒤에서 욘이 '야호!'라고 외치는 소리가 들렸다. 나도 소리를 지르고 싶었지만 생각처럼 잘되지 않았다. 입 안에 구토 직전에 나오는 시큼한 침이 가득 고여서 숨을 쉬는 것도 어려웠다. 난 결국 말 잔등에 오물을 토해냈다. 그렇게 얼마간을 달리고 나니 시큼한 냄새는 희미해지고 퀴퀴한 말 냄새만 코를 찔렀다. 욘의 목소리도 들리지 않았다. 그저 땅을 울리는 말발굽 소리만 들릴 뿐이었다. 내 몸은 말 잔등 위에서 마치 북을 두드리는 듯한 심장의 고동 소리와 함께 아래위로 정신없이 흔들렸다. 순간 주위에 정적이 밀려왔고 새가 지저귀는 소리를 들은 것 같았다. 저 어딘가에 있는 전나무 꼭대기에서 들려오는 찌르레기 소리와 너무도 선명한 종다리 소리, 그리고 이름 모를 새들의 소리였다. 참 이상했다. 그 상황이 마치 무성 영화 속의 한 장면 같다고 생각했다. 소리 없는 영화 속에서 들려오는 덧입혀진 또 다른 소리. 동시에 서로 다른 두 곳에 내가 존재한다는 느낌이 들었다. 통증은 느껴지지 않았다.

"야호!"

큰 소리로 외쳤다. 내 목소리를 들을 수는 있었지만 그건 저 멀리서 들려오는 낯선 소리처럼 느껴졌다. 광야를 뒤덮고 있는 정적 사이로 들려오는 새들의 지저귐 속에서 순간적으로 완전한 행복을 느낄 수 있었다. 가슴은 아코디언의 주름상자처럼 부풀어 올랐고 숨을 쉴 때 마다 멜로디가 쏟아져 나오는 듯했다. 내 앞에 서 있는 나무들 사이에서 빛이 보인 것 같았다. 그건 철조망이었다. 우린 어느새 개간지를 지나 반대쪽 울타리를 향해 전속력으로 달리고 있었던 것이다. 가랑이에 통증을 주던 뾰족한 말 잔등도 다시 느껴졌다. 나는 말이 울타리를 뛰어넘을 수 있을 거라 생각하고 말갈기를 꽉 붙잡았다. 하지만 말은 울타리를 뛰어넘지 않았다. 대신 울타리 바로 앞에서 방향을 틀었다. 그 순간 내 몸은 역학의 법칙에 의해 뒤틀어졌고 허공으로 붕 떠올랐다. 철조망 바로 앞에서 나뒹군 내 몸이 땅에 떨어지기 직전에 철조망 가시를 스쳤던 것 같다. 소맷자락을 스쳐가는 통증을 느끼며 난 건초 더미 위에 떨어졌다. 동시에 내 몸의 모든 공기가 빠져나가는 듯한 느낌이 들었다.

몇 초 동안 무의식 상태에 있었던 것 같다. 난 마치 새로운 시작을 기대하고 있는 듯 두 눈을 크게 떴지만 눈앞에 보이는 건 모두 낯설기만 했다. 머리가 텅 빈 듯 아무 생각도 들지 않았고 올려다 본 하늘은 구름 한 점 없이 투명한 푸른색을 띠고 있었다. 내 이름을 기억할 수도, 내 몸을 느낄 수도 없었다. 그렇게 이름 없는 사람이 되어 허공을 표류하며 세상을 바라보았다. 이 세상이 그토록 아름답게 느껴진 건 그때가 처음이었다. 잠시 후 말울음 소리와 함께 천둥 같은 말발굽 소리를 들었다. 그 소리는 바람을 가르는 부메랑처럼 다가와 내 이마를 후려쳤다. 이마에 금이 갔다고 생각하며 나는 욕을 뱉어냈다. 전신이 마비된 것 같았다. 건초 더미 밖으로 불거져 나온 내 발을 내려다보며 그게 내 몸과 더 이상 붙어있지 않단 생각마저 했다.

납작하게 드러누운 채 욘을 바라보았다. 말 위에 앉아 밧줄로 말 목을 감은 욘이 울타리 쪽으로 오고 있는 중이었다. 욘은 고삐만 있으면 얼마든지 말을 통제할 수 있었다. 말은 저항의 몸부림을 치며 울타리까지 옆걸음으로 질질 끌려오고 있었다. 욘이 바닥에 널브러져 있는 나를 내려다보았다.

"거기 누워있는 거야?" 욘이 말했다.

"몸을 움직일 수가 없어."

"그렇진 않은 것 같은데."

"모르겠어."

난 다시 내 발을 내려다 봤다. 그리고 땅을 딛고 일어섰다. 등과 옆구리에 통증이 느껴졌지만 크게 다친 것 같진 않았다. 이마의 찢긴 상처에서 피가 흘러 내렸다. 철조망에 스쳐 구멍 난 윗옷에서도 피가 새어 나왔다. 하지만 그게 전부였다. 난 소맷자락을 찢어서 상처 난 팔을 단단히 감았다. 욘은 말 위에 침착하게 앉아 있었다. 욘이 내 신발을 들고 있는 게 보였다.

"다시 한 번 해 볼래?"

욘이 내게 물었다.

"아니, 그럴 마음은 없어. 엉덩이가 아파."

사실 아픈 건 엉덩이가 아니었다. 나는 욘이 내 말에 미소를 지었다고 생각했다. 확신할 수는 없었다. 햇살을 정면으로 향하고 있었기 때문에 욘의 얼굴을 제대로 볼 수가 없었다. 욘은 말 위에서 미끄러지듯 내려와 고삐를 느슨하게 풀어 허공으로 던졌다. 이제 이곳을 벗어날 수 있단 생각을 하자 갑자기 행복해졌다.

욘은 들어갈 때와 같은 방법으로 다시 철조망을 기어 나왔다. 긁힌 곳은 한 군데도 없었다. 그는 나를 향해 성큼성큼 다가온 후 건초 더미 위에 내 신발을 던져 주었다.

"걸을 수 있어?"

"응, 걸을 수 있을 것 같아."

난 신발 속에 발을 집어넣고 끈을 묶지도 않은 채 걷기 시작했다. 몸을 구부릴 수 없을 것 같아서였다. 우린 다시 숲으로 향했다. 욘이 앞장을 섰고 난 뻣뻣한 등과 아려오는 가랑이 때문에 조심조심 그의 뒤를 따랐다. 한 발은 질질 끌고 아픈 팔은 몸 쪽에 바짝 붙여 걸었다. 갈 길은 멀었다. 집까지 도저히 걸어갈 수 없을 것 같단 생각이 들었다. 일주일 전에 오두막 뒤편의 잔디를 깎으라고 했던 아버지의 말이 떠올랐다. 잔디는 지금쯤 너무 길게 자라서 이제 곧 땅을 향해 뻣뻣하게 꺾어진 채 시들어 버릴 것이고 그 사이로는 아무것도 자라지 못하게 될 것이다. 아버지는 초보자가 사용하기에는 짧은 낫이 더 나을 거라 말했다.

나는 헛간에서 낫을 들고 와 온 힘을 다해 잔디를 베었다. 아버지가 잔디 깎던 모습을 기억해내려 애쓰며 아버지의 팔 움직임을 그대로 흉내내보려 했다. 땀이 옷 사이로 흥건하게 배어나올 때 쯤, 잔디밭이 그런대로 모양새를 갖추게 되었다. 생전 처음 사용하는 낯선 연장으로 그 정도 일을 해냈다는 만족감도 들었다. 하지만 오두막을 둘러싸고 있는 쐐기풀은 여전히 무성했다. 나는 팔을 휘저으며 쐐기풀 사이를 걸어갔다. 아버지는 고개를 비스듬히 하고 볼을 쓰다듬으며 내 모습을 말없이 지켜보기만 했다. 나는 허리를 쭉 펴고 아버지가 무슨 말을 할지 기다렸다.

"쐐기풀은 왜 뽑지 않는 거지?"

아버지의 말이었다.

나는 낫자루를 내려다본 후 키 큰 쐐기풀을 향해 눈길을 던졌다.

"다칠 것 같아서요."

내 말에 아버지는 보일 듯 말듯한 미소를 지으며 고개를 절레절레 흔들었다.

"다쳐서 아플 것 같은 순간은 네가 결정하는 거야."

갑자기 모든 게 심각하게 느껴졌다. 아버지는 쐐기풀 사이로 성큼성큼 걸어가더니 너무나 침착하게 맨손으로 풀을 뽑기 시작했다. 하나, 둘. 뽑혀진 쐐기풀이 옆으로 던져졌고 곧 커다란 더미를 만들었다. 아버지는 쐐기풀을 다 뽑을 때까지 일을 멈추지 않았다. 아버지의 얼굴에서는 독기가 있는 쐐기풀 때문에 아픈 표정을 전혀 찾아볼 수 없었다. 그런 아버지의 모습을 보며 나 자신이 부끄럽다는 생각을 했다. 욘의 뒤를 따라 걸어가고 있는 지금도 그때와 다르지 않은 생각을 하고 있는 것이다. 그래서 난 상체를 똑바로 펴고 최대한 평소처럼 걸어보려 애를 썼다. 얼마 지나지 않아 나는 왜 처음부터 이렇게 걸을 생각을 못 했을까 후회하게 되었다.

"어디로 가는 거야?"

나는 욘에게 물었다.

"네게 보여줄 게 있어."

욘이 대답했다.

"별로 멀지 않아."

해가 머리 위에 떠 있었다. 나무 그늘 아래조차 덥게 느껴졌고 공기에서도 무거운 냄새가 나는 것 같았다. 끊임없이 숲의 소리가 들렸다. 새들의 날갯짓, 나뭇가지가 움직이는 소리, 하늘을 나는 매의 소리, 산토끼의 한숨 소리, 꽃잎을 스칠 때마다 꿀벌들이 만드는 작은 날개 소리. 심지어 히스 덤불 속과 비탈길을 따라 피어있는 장미꽃 속을 기어 다니는 개미들의 발소리마저 들리는 것 같았다. 나는 코로 심호흡을 하며 앞으로 어떤 긴 여행을 하더라도, 또 나의 생이 어떻게 변한다 하더라도, 지금 이 순간 이곳의 모습을 잊지 못하리란 생각을 했다. 몸을 돌리자 솔잎이 만들어내는 격자무늬 사이로 계곡이 보였다. 반짝이는 물결을 만들어내며 굽이치는 강도 볼 수 있었고, 남쪽의 강둑 근처에 있는 바르칼의 제재소 지붕을 덮은 붉은 타일도 보였다. 좁은 강 옆의 녹지에는 여러 채의 농가들이 보였다. 누가 그곳에 사는지 농가 안에 몇 명의 가족들이 살고 있는지 난 다 알고 있었다. 저 멀리 있는 우리 오두막이 정확히 어느 나무 뒤에 위치하고 있는지도 구별할 수 있다. 문득 아버지가 아직 자고 있을지 궁금해졌다. 어쩌면 아버지는 벌써 자리에서 일어나 내가 어디로 사라졌는지 걱정하며 찾고 있을지도 몰랐다. 내가 곧 돌아오기를 기다리며 아침 식사를 준비하고 있을지도 모른다. 그 생각을 하니 뜬금없이 배가 고파졌다.

"여기야."

욘이 말했다.

"저기 보이지?"

욘은 길에서 조금 떨어진 곳에 보이는 커다란 전나무 한 그루를 가리켰다. 우리는 나무를 보기 위해 제 자리에 멈춰 섰다.

"아주 큰 나무네."

"그렇게 크진 않아."

그가 말했다.

"이리로 와 봐."

욘이 나무에 기어 올라갔다. 나무를 오르는 건 그리 어렵지 않았다. 가장 밑 부분에 있는 나뭇가지는 길고 튼튼해 보였으며 아래쪽으로 길게 늘어져 있어서 타고 오르기 어렵지 않았다. 욘은 순식간에 나무를 타고 올라가더니 꼭대기에서 10미터쯤 떨어진 곳에서 멈췄다. 그리고 내가 올라올 때까지 기다렸다. 그곳에는 둘이 앉아도 넉넉할 만큼의 자리가 있었다. 우린 굵직한 나뭇가지 위에 나란히 앉았다. 욘은 우리가 앉은 나뭇가지 중에서 두 갈래로 갈라진 끝부분을 손가락으로 가리켰다. 거기에는 새둥지가 있었다. 그건 마치 속이 깊숙한 그릇처럼 보이기도 했고 아이스크림콘처럼 보이기도 했다. 나는 지금까지 수많은 새둥지를 보아왔지만 그처럼 작고 가벼워 보이는 둥지는 본 적이 없었다. 이끼와 새의 깃털로 만든 완벽한 둥지이기도 했다. 사실 그건 나뭇가지에 걸려 있다기보다 허공에 떠 있는 것 같았다.

"상모솔새의 둥지야."

욘이 나지막하게 말했다.

"두 번째 부화라고 할 수 있지."

욘이 몸을 앞으로 굽히더니 둥지로 손을 뻗었다. 그리고 손가락 세 개를 펴서 새털로 덮여있는 둥지의 입구를 휘저었다. 그리고는 작은 알을 하나 꺼냈다. 알은 너무 작았다. 나는 차마 그 알을 쥐어볼 생각조차 할 수 없어서 가만히 앉아 있기만 했다. 욘이 둥지에서 끄집어낸 알을 손가락 끝에 올려 내 코앞으로 가져왔다. 더 자세히 보라는 무언의 몸짓이었다. 그 작은 알을 보는 순간 갑자기 어지러웠다. 이제 몇 주만 되면 그 작은 알에서 살아 움직이는 생명체가 날개를 달고 나온다는 생각 때문이었던 것 같다. 알을 깨고 나온 어린 새는 생전 처음 해 보는 날갯짓이 익숙지 않아 땅으로 곤두박질 칠지도 몰랐다. 하지만 곧 본능적인 몸짓으로 힘차게 날개를 움직여 땅을 박차고 중력의 힘을 벗어나겠지.

"세상에!"

난 큰 소리로 외쳤다.

"이렇게 작은 알에서 생명체가 나와서 날아다닐 거라고 생각하니까 너무 이상해."

어쩌면 나의 이 말은 어지럽고 들뜬 내 기분을 적절하게 대변할 수 없었을지 모른다. 순간적으로 난 뭔가 잘못된 것 같은 느낌이 들었다. 그게 뭔지는 몰랐다. 아니나 다를까, 곧 내가 이해할 수 없는 일이 일어났다. 눈을 들어 욘의 얼굴을 바라보니 그의 얼굴이 백짓장처럼 하얗게 변해 있었다. 그건 어쩌면 내가 한 말 때문일 수도 있었다. 그게 아니면 그가 들고 있던 작은 새 알 때문이었을 수도 있다. 정확히 뭐라 말 할 순 없지만 뭔가 그의 심리를 일순간에 변화시켰던 것만은 분명했다. 욘이 내 눈을 똑바로 쳐다봤다. 나는 그의 그런 모습을 이전에 한 번도 본 적이 없었다. 여느 때처럼 사팔뜨기 마냥 곁눈질을 하지도 않았다. 검은 색으로 가득한 동공이 점점 커져가는 것 같았다. 갑자기 그가 손을 펴서 쥐고 있던 알을 땅으로 떨어뜨렸다. 작은 새 알은 나무의 몸통을 따라 밑으로 미끄러져 갔다. 나는 눈으로 알을 쫓았고 땅에 부딪쳐 깨진 알의 창백한 액체가 사방으로 튀는 것도 보았다. 마치 눈송이처럼 사방으로 흩어진 그건 무게라고는 조금도 느낄 수 없을 만큼 가벼워보였다. 조용하고 부드럽게 사라져버린 작은 알의 모습을 난 아직도 기억하고 있다. 하긴 그 일 만큼 나를 절망하게 만든 일도 없었기에 여전히 기억하고 있는지도 모른다. 나는 욘에게로 눈을 돌렸다. 그는 몸을 앞으로 굽히고 나뭇가지에서 새둥지를 미친 듯이 떼어내고 있는 중이었다. 그리고는 떼어 낸 새둥지를 손가락 사이에 끼워 넣더니 내 눈에서 몇 센티미터 밖에 떨어지지 않은 곳에서 마구 짓이겼다. 무슨 말이라도 하고 싶었지만 내 입에서는 단 한 마디도 나오지 않았다. 욘의 얼굴이 백짓장처럼 하얘졌다. 그의 입에서 나오는 소리는 내 피를 얼어붙게 만들기에 충분했다. 그런 소리는 태어나서 한 번도 들어본 적이 없었다. 본 적도 없고 보고 싶지도 않은 무시무시한 괴물이 그르렁하는 소리를 목구멍 사이로 내뱉는 것 같았다. 욘이 손바닥을 나무둥치에 대고 마구 문질렀다. 그러자 그의 손바닥 안에서 꺼칠한 나무껍질과 함께 조그맣게 가루가 되어버린 새둥지의 잔해가 흘러내렸다. 그의 손 안에 남아 있는 게 거의 없어지자 난 기운이 빠져서 더 이상 그를 똑바로 쳐다볼 수도 없었다. 난 눈을 감았다. 다시 눈을 뜨니 욘은 이미 나무에서 내려가고 있었다. 그는 나뭇가지 사이를 미끄러지듯 빠른 속도로 움직였다. 발아래 보이는 그의 갈색 머리카락을 내려다보았다. 욘은 나를 올려다보지도 않았다. 마지막 몇 미터가 남았을 때 그는 땅 위로 몸을 던졌고 난 그 소리를 들을 수 있었다. 곧 그는 빈 자루처럼 풀썩 몸을 굽히더니 땅 위에 자신의 이마를 마구 찧기 시작했다. 그의 이상한 행동을 지켜보며 난 그 짧은 순간을 영원처럼 받아들였다. 숨을 멈추고 난 그를 지켜보았다. 그의 행동을 이해할 수 없었다. 그가 이런 행동을 하는 것이 마치 내 잘못 같단 생각도 들었다. 이유는 알 수 없었다. 마침내 욘이 자리에서 일어나 비틀거리며 걷기 시작했다. 나는 그제야 멈추고 있던 호흡을 조심스럽게 다시 시작할 수 있었다. 가슴 속에서는 휘파람을 부는 듯한 소리가 들려왔다. 마치 천식 환자처럼…….

나는 천식에 걸린 사람 하나를 알고 있었다. 그는 오슬로의 우리 집에서 얼마 떨어지지 않은 곳에 살고 있다. 지금 내 가슴 속에서 들리는 소리는 그의 숨소리와 크게 다르지 않았다. 나는 내가 천식에 걸렸다고 생각했다. 천식은 이렇게 걸리는구나 하는 생각도 했다. 이해할 수 없는 낯선 일을 경험했을 때……. 나는 천천히 나무에서 내려갔다. 온처럼 재빨리 내려가지 않았다. 한 발자국도 헛디디지 않도록 조심해서 내려가며 호흡에 집중했다.

환절기라서 그랬을까? 아무리 생각해도 그게 이유였던 것 같다. 땅으로 내려가 욘을 찾아 두리번거렸지만 그의 모습은 아무데도 볼 수 없었다. 그는 왔던 곳으로 다시 사라져 버렸다. 갑자기 내 발 밑에서 무슨 소리를 들은 것 같았다. 나는 나무를 올려다보았다. 솔잎들이 서로 맞부딪치고 있었고 키 큰 나뭇가지들은 바람에 흔들리고 있었다. 발밑의 숲이 흔들린다는 생각과 함께 난 마치 물 위에 서 있는 것 같은 기분이 들었다. 현기증이 느껴졌다. 나는 몸을 지탱할 수 있도록 뭔가 붙잡아야겠다고 생각했지만 손이 닿을 수 있는 곳에 존재하는 모든 것은 흔들리고 있었다. 투명한 푸른색의 하늘은 어느새 회색빛으로 변해 있었고 맞은편 계곡의 산비탈은 병색이 완연한 것처럼 누렇게 보였다.

순간 비탈길 아래쪽에서 폭발적인 섬광이 보이는 듯했다. 나는 몸이 가는 대로 이끌려 발을 내디뎠다. 갑자기 뚝 떨어진 기온에 한기를 느끼며 두 팔로 여기저기 욱신거리는 몸을 감싼 채 걸었다. 난 가능한 한 빨리 걸어야겠다고 마음먹었다. 그리고 목장이 보일 때 까지 숲속의 오솔길을 거의 뛰듯이 걸었다. 목장 앞에 도착했을 때 난 울창한 나뭇가지 사이로 보이는 울타리를 넘겨다보았다. 그곳엔 조금 전까지 있었던 말들조차 보이지 않았다. 텅 비어 있었다. 나는 개간지를 가로지르는 지름길을 통해 집으로 가려던 생각을 고쳐먹고 목장을 둘러싼 철조망을 따라 걷기 시작했다. 원을 그리며 따라간 길의 끝부분에서 왼쪽으로 방향을 튼 나는 있는 힘을 다해 뛰기 시작했다. 바람은 멈췄고 숲은 고요했다. 하지만 내 가슴 속에 잠입한 천식은 여전히 고통스럽게 나를 갉아먹고 있었다.

 길 위에 섰을 때 난 이마 위로 떨어지는 빗줄기를 받아냈다. 저 아래 편에 욘의 뒷모습이 보였다. 그는 나처럼 뛰어오지 않은 것 같았다. 뛰어왔다면 지금 거기 있을 리가 없었다. 그렇다고 빠른 걸음으로 온 것 같지도 않았다. 느린 걸음이라 하기에도 무리가 있었다. 그는 그저 평상시처럼 걸었던 모양이다. 소리를 질러 욘에게 기다려 달라고 해볼까 생각했지만 곧 생각을 바꾸었다. 그가 있는 곳까지 뛰어가는 건 무리였다. 게다가 욘의 뒷모습에서는 그를 따라가려는 내 발걸음을 멈추게 하는 그 뭔가가 느껴졌다. 그래서 난 그와 일정한 거리를 유지하며 걷기 시작했다. 바르칼의 농장을 지나치며 바라본 그의 집 유리창은 어둑어둑한 하늘을 반사하여 빛을 내고 있었다. 문득 그 집 안에서 누군가가 우리를 지켜보고 있는 것 같은 기분이 들었다. 우리가 어디에서 뭘 했는지 다 알고 있을 것만 같았다.

나는 고개를 들어 하늘을 쳐다보며 비가 더 내리지 않으면 좋겠다고 생각했다. 그 순간, 먼 산 너머에서 번쩍하는 섬광과 함께 굉음이 들려왔다. 난 단 한 번도 천둥소리나 번개를 무서워 해 본 적이 없다. 하지만 그렇게 가깝게 천둥과 번개를 느끼고 보니 금방이라도 내 몸을 내려칠 것만 같아서 두려움이 저절로 생겨났다. 몸을 숨길 수 있는 곳이라고는 전혀 찾아볼 수 없는 길을 홀로 걷는다는 건 아주 특별한 느낌을 주었다. 천둥과 번개에 뒤 이은 빗줄기는 폭포수처럼 내 몸을 감싸왔고 순식간에 빗물의 장벽 속에 서서 온몸을 적시게 되었다. 옷은 아무 소용이 없었다 벌거벗고 있으나 옷을 입고 있으나 마찬가지란 생각이 들었다. 온 세상이 빗줄기와 함께 회색으로 변해 버렸다. 몇 백 미터를 앞서가는 욘의 모습도 빗줄기에 가려 보이지 않았다. 하지만 길을 찾기 위해 욘에게 의지할 필요는 없었다. 내가 갈 길 정도는 알고 있었다. 나는 바르칼의 목장을 가로지른 길을 향해 방향을 틀었다. 설사 내 몸이 젖지 않았다 해도 목장의 젖은 풀은 내 바지를 물기로 진득하고 무겁게 만들기 충분했다. 이미 빗줄기에 온몸이 젖어 있었기 때문에 목장의 키 크고 축축한 풀들은 신경도 쓰이지 않았다. 바르칼이 무성하게 자란 젖은 잔디를 베려면 며칠은 더 기다려야 할 거란 생각이 들었다. 젖은 잔디를 베는 건 쉽지 않다. 그래서 사람들은 정원이나 목장을 손질할 때 햇살에 잔디가 바짝 마르기를 기다리는 것이다. 바르칼이 올해도 건초더미를 만들기 위해 아버지에게 도움을 청할지 문득 궁금해졌다. 궁금한 건 그뿐이 아니었다. 어쩌면 지금쯤 욘이 노를 저어 강둑에

서 나를 기다리고 있지 않을까 하는 생각도 들었다. 난 왔던 길을 되돌아가서 가게 쪽으로 간 뒤에 숲의 다른 쪽을 가로질러서 집에 갈 수도 있다. 하지만 그 먼 길을 가기에 난 너무 지쳐있었다. 헤엄을 쳐서 강을 건널 수도 있지만 강물은 살을 에는 듯 차가울 게 틀림없고 물결도 거셌다. 젖은 옷을 입고 있던 나는 온몸에 한기를 느꼈다. 차라리 옷을 벗어 버리고 싶었다. 길에 멈춰선 나는 스웨터와 셔츠를 벗어던졌다. 젖은 옷이 내 몸에 착 달라붙어 있어서 옷을 벗는 것도 쉽진 않았다. 하지만 곧 나는 옷을 모두 벗어서 돌돌 말아 옆구리에 끼고 걷기 시작했다. 모든 게 다 젖어서 우스꽝스럽단 생각마저 들었다. 벗은 상체를 마구 때리는 빗줄기가 오히려 내 몸을 덥혀주는 역할을 했다 해도 틀린 말은 아니었다. 손으로 몸을 쓸어보았지만 아무 느낌도 없었다. 한기로 인해 손은 물론 몸 전체가 마비된 것 같았다. 피곤했고 졸음이 몰려왔다. 자리에 몸을 뻗고 누워 잠시라도 눈을 감고 쉴 수 있다면 얼마나 좋을까 하는 생각이 들었다. 몇 발자국을 더 걸어간 나는 얼굴의 물기를 닦아냈다. 어지러웠다. 어느덧 난 강기슭에 도착했다. 아무 소리도 듣지 못했다고 생각했는데 욘은 어느새 저만치 보트를 대놓고 날 기다리고 있었다. 뱃머리에 앉은 욘의 머리카락에서는 평상시처럼 뻣뻣한 감을 느낄 수 없었다. 그의 머리카락도 비에 젖어서 마치 풀로 붙인 것처럼 머리에 끈적끈적하게 달라붙어 있었다. 욘은 빗줄기 사이로 나를 바라보며 아무 말 없이 강둑을 향해 노를 저어 다가왔다.

"안녕."

나는 욘에게 말을 건넨 후 미끄럽고 둥근 돌 사이를 걸어 비틀거리며 몇 미터를 걸었다. 한 번 발을 헛디디기는 했지만 다행히 넘어지지는 않았다. 겨우 보트 안에 몸을 던진 나는 배 뒷전에 앉았다. 욘은 내가 배 안에 발을 딛자마자 노를 젓기 시작했다. 뱃전에 정면으로 부딪쳐 오는 거친 물살 때문에 노를 젓는 게 무척 힘들어 보였다. 욘은 피곤해 보였지만 나를 집까지 데려다 주려고 작정한 듯했다. 그는 강 하류 쪽에 살고 있었다. 난 그에게 굳이 오두막 별장이 있는 상류까지 올라가지 않아도 된다고 말하고 싶었다. 그저 강만 건널 수 있도록 도와주면 혼자서 걸어갈 수 있었다. 하지만 난 한 마디도 입 밖에 낼 수가 없었다.

  마침내 목적지에 도착하자 욘이 과감하게 뱃머리를 돌려서 강둑에 배를 바싹 붙였다. 내가 배에서 뛰어내리기 편하도록 마음을 쓴 것이다. 나는 땅에 올라서서 그를 똑바로 쳐다보았다.

  "안녕, 내일 봐."

  욘은 아무 대답도 하지 않았다. 그저 노를 들어올려서, 배가 물결에 따라 흘러가도록 놓아둔 채 나를 가만히 되돌아 볼 뿐이었다. 그는 두 눈을 실처럼 가늘게 뜨고 있었다. 그때 난 그 순간을 평생 잊지 못할 거란 사실을 이미 알고 있었다.

3

아버지와 난 예정보다 보름이나 일찍 집을 나섰다. 오슬로에서 기차를 타고 출발해 엘버룸으로 간 뒤, 다시 버스로 갈아타고 몇 시간을 달렸다. 버스가 어떤 규칙으로 운행되는 건지는 도무지 이해할 수가 없었다. 다만 조그만 정류소를 통과할 때마다 수도 없이 자주 멈춰 섰던 건 기억한다. 난 이글거리는 햇살이 데워놓은 따뜻한 좌석에 앉아 간간히 졸았다. 눈을 뜰 때마다 창밖으로 보이는 풍경이 거의 똑같아서 눈을 붙이기 전보다 몇 밀리미터밖에 안 움직인 것처럼 느껴졌다. 넓은 자갈길 양 옆으로 끝없이 펼쳐진 목장이 보였고, 그 속에 점점이 하얀 페인트칠을 한 농가와 빨간 페인트칠을 한 크고 작은 헛간들이 보였다. 길 옆 철조망 뒤로는 소들이 잔디밭에 누워서 따스한 햇살이 눈부신지 반쯤 감은 눈을 하고 우물우물 되새김질을 하고 있었다. 소들은 거의 대부분 갈색이었다. 그 중 몇 마리는 갈색이나 검은 색 털에 하얀 점이 있었다. 목장 뒤로 보이는 숲은 언제나 변함없이 그 자리에 서 있었던 것 같은 푸른 산마루의 그림자를 품에 넣고 있었다.

여행은 꼬박 하루가 걸렸다. 이상한 건 그 긴 여행 속에서도 내가 전혀 지루함을 느끼지 않았다는 사실이다. 난 졸음이 몰려와서 눈

꺼풀이 무거워질 때까지 창밖을 내다보는 걸 즐겼다. 버스여행을 하는 동안 잠깐씩 졸다가 깨고, 잠이 들었다가 눈을 뜨는 일을 아마도 수천 번은 반복했던 것 같다. 가끔은 아버지 쪽으로 눈을 돌려서 뭘 하고 있는지 보기도 했는데, 그럴 때마다 아버지는 책에 코를 처박고 있었다. 그 책은 건축이나 기계, 또는 엔진에 관한 기술서적이었던 것 같다. 아버지는 그런 분야에 관심이 많았다. 내 눈길을 느낄 때마다 아버지는 책에서 얼굴을 들고 고개를 끄덕이며 내게 미소를 지었다. 나는 그런 아버지에게 미소로 답했고 아버지는 곧 다시 책에 집중했다. 나는 잠을 자면서 따스하고 부드러운 것들에 대해 꿈을 꾸었다. 마지막으로 눈을 뜬 건 아버지가 내 어깨를 흔들었기 때문이었다.

"자, 대장님."

아버지가 내게 말했다. 나는 눈을 뜨고 주위를 두리번거렸다. 엔진 소리가 들리지 않았다. 버스는 어느 가게 앞에 있는 커다란 참나무 그늘 아래 멈춰 있었다. 나는 강을 가로지르는 다리 쪽으로 나있는 길을 보았다. 강은 폭이 넓지 않았고 빠르게 흐르는 물살 때문에 하얀 거품을 만들고 있었다. 그 부서지는 물결 위로 하늘에 나지막이 걸린 태양이 빛을 내리비추고 있었다. 우리는 그 버스의 마지막 손님이었고 그 정류장은 종점이었다. 버스는 더 이상 갈 데가 없었던 것이다. 이렇게 멀고 긴 여행을 하면서도 여전히 노르웨이라는 나라를 벗어나지 못했단 사실을 생각하며 난 아버지이기 때문에 이런 일을 계획할 수 있다고 생각했다. 참으로 전형적인 내 아버지의 모습이었다. 그럼에도 불구하고 난 하필이면 왜 여행의 목적지가 '이곳' 이어야만 하는지 물어보지 못했다. 왜냐하면 이 여행은 아버지가 나를 두고 한 일종의 시험이었기 때문이다. 난 더 이상 상관하지 않기로 마음먹었다. 아버지를 믿었던 것이다.

우리는 버스의 짐칸에서 배낭과 장비들을 꺼내들고 강 위의 다리를 향해 걸었다. 다리 중간에서 잠시 멈춰 선 우리는 거의 녹색에 가까운 물을 내려다보았다. 우리는 각자 대나무로 만든 낚싯대를 강 위로 힘차게 드리웠다.

"야콥, 기다려 봐. 이제 내가 정말 멋진 걸 보여줄게!"

아버지가 말했다.

야콥은 아버지가 모든 물고기에게 붙여준 이름이었다. 오슬로 피오르의 짠 바닷물 위로 몸을 굽혀서 이제 금방 잡힐 물고기를 향해 빈정거리는 미소를 지을 때나, 깊은 물 위로 마치 권투를 하듯 장난기를 담아 주먹을 휘두를 때 항상 하는 말이었다. 기다려, 맛을 보여줄게. 야콥, 이제 너는 내 손안에 있어! 아버지의 그 말은 스웨덴 국경에서부터 반원을 그리며 흐르고 있는 이 강에서도 되풀이되었다. 나는 작년에 흐르는 강물을 내려다보며 이 강물의 맛을 본다면 스웨덴을 의미하는 특별한 맛이 날까하고 궁금해 했던 것을 기억해 냈다. 그땐 지금보다 훨씬 어렸고 세상에 대해 많이 모르고 있을 때였다. 그 시기에는 그저 외국 거라면 다 좋아보였으니까. 아버지와 난 다리 위에 서서 서로를 바라보며 미소를 지었다. 문득 뱃속을 스쳐 지나가는 희미한 기대감이 느껴졌다.

"어때?"

아버지가 물었다.

"좋아요."

나는 대답과 동시에 웃음을 터뜨렸다.

나는 강을 벗어나 빗속의 오솔길을 걷고 있었다. 내 등 뒤로는 물살을 헤치며 욘이 노를 젓고 있었다. 문득, 내가 혼자 있을 때 그러듯이 욘도 지금쯤 큰 소리로 혼잣말을 하고 있는 건 아닐지 궁금해졌다. 내가 방금 무슨 짓을 했는지, 또 그게 정당했는지에 대해 생각하며 대개는 다른 선택의 여지가 없었다고 자조하던 것처럼 말이다. 하지만 난 욘이 나처럼 혼잣말을 하지는 않을 거라고 마음속으로 단정해 버렸다.

온몸은 한기로 인해 떨렸고 이빨은 딱딱 소리를 내며 맞부딪치고 있었다. 옆구리에 끼고 있던 옷을 다시 입어볼까 잠시 생각했지만 이내 생각을 고쳐먹었다. 이미 늦었던 것이다. 하늘은 평소보다 훨씬 더 어두웠다. 아버지는 오두막 안에 양초를 켜 두었고 창을 통해 흘러나오는 노란 불빛은 참 따스해보였다. 굴뚝에서 솟아오르는 연기는 바람 때문에 허공에 모습을 드러내자마자 옆으로 꺾여 사라져 버렸고, 멀리서 본 담장에서 흘러내리는 빗물과 모락모락 나는 연기는 한데 섞여 회색의 죽처럼 보였다. 참으로 이상한 광경이라는 생각밖에 들지 않았다.

오두막의 문은 열려 있었다. 나는 현관으로 바로 걸어 들어갔고 문 틈새로 흘러나오는 구운 베이컨 냄새에 코를 쿵쿵거렸다. 잠시 발을 멈추고 집 안에서 나는 소리에 귀를 기울였다. 처마 밑에 선 나는 그제야 내 머리 위로 흘러내리는 빗줄기를 느끼지 않아도 된다는 사실에 안도했다. 난 그 자리에 일이 분쯤 더 서 있다가 문을 열고 오두막 안으로 들어갔다. 아버지는 오븐 옆에서 아침식사를 준비하고 있었다. 나는 카펫에 물을 뚝뚝 흘리며 문지방을 밟고 섰다. 아버지는 내가 오는 소리를 듣지 못한 것 같았다. 난 그때가 몇 시인지도 알 수가 없었다. 하지만 아버지가 나를 위해 아침 식사를 평소보다 훨씬 늦게 준비하고 있다는 건 짐작할 수 있었다. 아버지는 셔츠 위에 낡고 구멍 난 스웨터를 걸치고 있었다. 아버지는 일을 할 때면 언제나 그 스웨터를 입었다. 그리고 보니 우리가 오두막에 도착한 후 아버지는 한 번도 면도를 하지 않은 것 같았다. 어느새 길게 자란 턱수염을 쓰다듬으며 아버지는 털북숭이만이 누릴 수 있는 자유라고 말했다. 나는 그런 아버지가 좋았다. 내가 헛기침을 하니 그제야 아버지가 비스듬히 고개를 돌려서 날 바라보았다. 나는 아버지가 무슨 말을 하기를 기다렸다.

"세상에! 온몸이 흠뻑 젖었구나."

난 고개를 끄덕였다.

"예."

난 부딪치는 이빨 사이로 힘겹게 대답했다.

"얼른 이리로 오렴."

아버지는 오븐 위에 있던 프라이팬을 옆으로 밀쳐놓고 침실로 가서 커다란 수건 한 장을 가져왔다.

"신발과 바지를 벗어."

난 아버지가 시키는 대로 했다. 그건 쉬운 일이 아니었다. 하지만 곧 나는 내 몸에서 젖어 있는 모든 것들을 떼어냈고 카펫 위에 벌거숭이가 되어 서 있었다. 작은 소년이 된 듯한 기분이었다.

"난로 옆으로 오렴."

나는 난로 옆으로 걸어갔다. 아버지는 닫혀 있는 작은 문을 열고 두 개의 새 장작을 꺼냈다. 난로 문에 달린 작은 댐퍼 사이로 치솟아 오르는 불꽃이 보였다. 곧 더운 열기가 검은 석붙이를 점령해 갔고 그 옆에 앉아 있는 내 살갗에 통증으로 느껴질 만큼 뜨겁게 다가왔다. 아버지는 수건으로 내 몸을 감싼 후 문질러주었다. 아버지의 손길은 처음에는 조심스러웠지만 점점 세게 변했다. 불꽃 속에서 내 몸이 폭발할 것 같은 느낌이 들었다. 인디언이 두 개의 나무 꼬챙이를 비벼서 불을 지피는 것과 비슷하단 생각도 들었다. 처음에는 뻣뻣하고 마른 나무 꼬챙이였다가 빨갛고 뜨거운 불꽃으로 변해가는 것 같았다.

"자, 여기. 직접 들고 있는 게 어때?"

아버지는 수건을 내게 건네주며 말했다. 난 수건을 받아서 내 어깨에 둘렀다. 아버지는 그 모습을 보더니 다시 침실로 가서 깨끗한 바지 한 벌과 두꺼운 스웨터, 양말 한 켤레를 가져왔다. 난 천천히 옷을 입었다.

"배고프니?"

아버지가 물었다.

"예."

그게 내가 마지막으로 한 말이었다. 그리고는 한참 동안 아무 말도 하지 않았던 것 같다. 난 식탁에 앉았고 아버지는 구운 베이컨과 달걀, 그리고 오븐에서 직접 구운 빵을 두껍게 썬 다음 그 위에 마가린을 발랐다. 난 아버지가 준비한 음식들을 모두 먹어치웠다. 아버지도 내 곁에 앉아서 함께 식사를 했다. 우리는 지붕을 두드리는 빗소리, 강물 위로 내리는 빗소리, 그리고 욘의 보트 위로 내리는 빗소리는 물론 길 가의 상점과 바르칼의 목장에 내리는 빗소리를 들었다. 비는 목장에 있는 말들과 숲, 그리고 나무 위 새둥지, 그리고 마을에 있는 모든 집들의 지붕 위로 내렸다. 하지만 우리가 있는 오두막 안은 전혀 물기를 느낄 수 없었고 따스하기까지 했다. 벽난로에서는 장작 타는 소리가 들려왔다. 나는 접시를 깨끗이 비웠고 그런 내 모습을 보며 아버지는 여느 아침과 다름없이 입가에 반쯤 걸린 미소를 지었다. 하지만 그날은 여느 아침과 분명히 달랐다. 난 갑자기 온몸을 덮쳐오는 피곤함을 이기지 못하고 식탁 위로 몸을 숙였다. 그리고 두 손으로 머리를 받친 채 잠에 빠져 버렸다.

얼마나 지났을까, 눈을 뜨고 보니 내가 이층 침대의 아래 칸에 누워 있었다. 그곳은 아버지가 주로 사용하는 잠자리였다. 여전히 옷을 입은 채였다. 오두막 뒤쪽으로 떠오른 해가 창을 통해 침실을 비추고 있었다. 난 이미 정오가 지났다고 생각했다. 담요를 밀쳐내고 침대에서 빠져나와 마른 바닥에 발을 디뎠다. 말할 수 없이 기분이 좋았다. 다리 아래 부분이 조금 아픈 것 같긴 했지만 걱정할 정도는 아니었다. 나는 거실로 나갔다. 밖으로 향하는 문은 활짝 열려 있었고 마당에는 햇볕이 내리쬐고 있었다. 젖은 잔디는 햇살에 반짝이고 있었고, 자욱한 안개가 땅에서 몇 미터 떨어져서 카펫처럼 눈앞에 펼쳐져 있었다. 파리 한 마리가 창가에서 윙윙거렸다. 아버지는 부엌 선반 옆에 서서 배낭 속의 짐을 꺼내 차곡차곡 선반 위에 올려놓고 있었다. 아마 내가 잠든 동안 가게에 다녀온 듯했다.

아버지는 나를 보더니 한 손에 가방을 든 채 하던 일을 멈추었다. 정적이 감돌았고 그 속에 보이는 아버지의 표정은 심각하게만 느껴졌다.

"기분은 어떠니?"

아버지가 물었다.

"좋아요."

"그럼 됐어."

아버지는 한 동안 침묵을 지키더니 다시 내게 물었다.

"아침에 나갔을 때, 욘과 함께 있었니?"

"예."

"뭘 했니?"

"말을 훔치려고 했어요."

"지금 뭐라고 했니?"

아버지는 놀라움을 감추지 못하고 한 발자국 뒤로 물러섰다.

"어떤 말을?"

"바르칼의 말들을 훔치려고 했어요. 하지만 진짜 훔치지는 않았어요. 그저 말을 한 번 타보고 싶었을 뿐이에요. 우린 그걸 말 도둑 놀이라고 불러요. 그렇게 말하면 훨씬 재밌거든요."

난 조심스럽게 미소를 지었다. 하지만 아버지는 내게 미소 짓지 않았다.

"오늘 아침의 말 도둑 놀이는 별로 성공적이지 않았어요. 말에서 떨어져서 철조망 위로 나동그라졌거든요."

나는 팔을 들어서 상처를 아버지에게 보여주었다. 하지만 아버지는 내 팔에는 눈길도 주지 않고 내 얼굴만 빤히 바라보았다.

"욘은?"

"욘이요? 평소와 같았어요. 마지막에 조금 이상하긴 했지만요. 욘은 제게 숲속 전나무 꼭대기에 있는 상모솔새의 둥지와 새 알을 보여주고 싶어 했어요. 그런데 갑자기 새둥지를 움켜쥐더니 손으로 으깨버렸어요. 이렇게요."

난 다시 팔을 내밀어서 주먹으로 뭔가를 짓이기는 흉내를 냈다. 아버지는 그런 내 모습을 보더니 아무 말도 하지 않고 다시 선반 옆으로 걸어갔다. 그리고는 다시 고개를 돌려서 나를 한참 바라보더니 고개를 끄덕였다. 선반의 문을 닫은 아버지가 면도한 턱을 어루만졌다. 난 다시 말문을 열었다.

"그리고나서 우린 집으로 돌아왔어요. 오는 도중에 천둥과 번개를 만났고요."

아버지는 배낭을 현관 문 옆에 가져다놓고 내게 등을 돌린 채 마당을 바라보았다. 그리고는 목을 긁적거리더니 다시 돌아와서 탁자 앞에 앉았다.

"가게에서 만난 사람들이 뭐라고 말했는지 알고 싶니?"

나는 사람들이 가게에 모여서 무슨 말을 하는지 별로 알고 싶지는 않았다. 하지만 아버지는 내 대답을 기다리지도 않고 얘기를 시작할 게 분명했다. 그래서 난 어쩔 수 없이 '예'라고 대답할 수밖에 없다고 생각했다.

그 전날, 욘은 총을 들고 밖으로 나갔다. 여느 때와 마찬가지로 산토끼 사냥을 하기 위해서였다. 난 그가 왜 그렇게 산토끼 사냥에 열성을 보이는지 알 수 없었다. 하지만 그에게 있어서는 특별한 일이 분명했다. 욘은 능숙한 사냥꾼이기도 했다. 두 마리 중 한 마리는 꼭 명중시키고야 마는 솜씨는 자랑할 만 했다. 산토끼가 조그맣고 재빠른 동물이란 걸 감안하면 그의 총 솜씨는 결코 나쁘다고 할 수 없었다. 난 그의 가족들이 잡아 온 토끼 고기를 먹는지 궁금했다. 욘이 잡아온 산토끼마다 다 요리를 해서 먹는다면 지금쯤 토끼 고기에 틀림없이 질려있을 거란 생각도 들었다. 어쨌든 욘은 그날도 두 마리의 토끼를 잡아서 귀를 한 줄에 꿰고 집으로 돌아왔다. 그의 자랑스러운 미소는 마치 햇살을 보는 듯했다. 왜냐하면 그날은 이른 아침에 두 마리의 토끼를 쏘았고 두 마리 모두 명중시켰기 때문이다. 그건 자주 있는 일이 아니었다. 그는 집으로 돌아와서 전리품을 자랑하기 위해 어머니와 아버지를 찾았다. 하지만 그의 어머니는 시내에 있는 친구를 방문하러 집을 나선 후였고 아버지는 이미 숲으로 가고 없었다. 쌍둥이들도 보이지 않았다. 아침에 급하게 집을 나서느라 욘이 잊고 있었던 것이다. 그의 의무, 즉 집에 있는 쌍둥이 동생들을 돌보는 일을 깜박 잊고 집을 나섰던 그는 아차 하는 마음에 산토끼들과 총을 거실에 두고 쌍둥이들을 찾아 나섰다. 하지만 쌍둥이들의 모습은 보이지 않았다. 헛간과 창고 주변을 돌며 찾았지만 허탕을 치고 말았다. 정신이 번쩍 들었다. 욘은 강으로 가서 쌍둥이들이 자주 놀던 방파제 주변도 돌아보았다. 강의 상류와 하류를 오르내리며 찾아보았지만 전나무를 기어오르는 다람쥐 한 마리 밖에 보이지 않았다.

"젠장!"

욘은 물표면 위로 상체를 굽히고 물속을 자세히 보기 위해 손으로 물결을 갈랐다. 물론 그건 의미 없는 짓이었다. 강은 욘의 무릎 정도 깊이였고 바닥까지 선명하게 보일 정도로 맑았기 때문이다. 욘은 허리를 펴고 심호흡을 한 뒤에 곰곰이 생각해 보았다. 그 순간, 집 쪽에서 총소리가 들렸다.

총. 욘은 총을 안전한 곳에 두는 걸 잊었다. 쌍둥이들을 찾으려고 서두르는 바람에 마지막 탄알을 제거하지 않고 그대로 거실에 두었다. 집으로 돌아오면 습관처럼 항상 탄알을 총에서 빼 두곤 했는데, 그날은 정신이 없어서 그대로 두었던 것이다. 총은 욘에게 단 하나의 소중한 물건이기도 했다. 자식이라도 되듯 평소에도 잘 닦고 점검하는 일을 게을리 하지 않았다. 열두 살이 되던 해에 아버지로부터 총을 선물로 받은 뒤부터 단 하루도 거르지 않고 해온 일이었다. 총을 쓸 때와 쓰지 말아야 할 때를 엄격히 구분했고, 사냥에서 돌아오면 항상 탄알을 제거하고 쌍둥이의 손이 닿지 않는 높은 벽에 걸어두었다. 하지만 지금은 이 모든 걸 다 잊고 거실에 그대로 둔 채 나온 것이다. 쌍둥이를 돌보는 건 그의 의무이기도 했다. 쌍둥이는 이제 열 살밖에 안된 아이들이었다.

  욘은 강가에서 일어나서 둑을 따라 집으로 달렸다. 그때처럼 집까지 가는 길이 멀게 느껴진 적은 없었다. 바지는 무릎까지 흠뻑 젖었고 신발에서는 빌을 옮길 때미다 물 튀기는 소리가 났다. 욘은 토할 것 같은 기분이 들었다. 집으로 가는 도중 욘은 숲속에서 달려오는 아버지를 보았다. 나무 사이에서 크고 건장한 몸집의 중년 남자가 양 팔을 어깨까지 들어 올리고 숨을 헐떡이며 겁에 질린 채 뛰어나오는 모습은 두려움 그 자체를 담고 있었다. 욘은 그 모습을 보고 달리던 발길을 멈춘 채 잔디 위에 무릎을 꿇고 털썩 주저앉아 버렸다. 무슨 일이 일어났건 이미 돌이키기에는 늦은 것이다. 집으로 먼저 들어간 사람은 욘의 아버지였다. 욘은 집 안에서 무슨 일이 있었는지 알고 싶지 않았다.

  쌍둥이들은 오전 내내 지하실에서 낡은 옷가지들과 신발을 서로에게 던져 주고받는 놀이를 하고 있었다. 그리고 여전히 장난기 넘치는 웃음을 멈추지 않은 채 지하실에서 나와 현관으로 갔다. 그때, 그들의 눈에 들어온 것은 벽에 세워져있는 한 자루의 총이었다. 쌍둥이들은 그게 욘의 총이라는 걸 잘 알고 있었다. 큰 형 욘은 쌍둥이들에게 영웅이나 다름없는 존재였다. 내가 그 아이들과 같은 나이였을 때 영웅처럼 떠받들던 데이비 크로겟과 하츠풋, 그리고 허클베리 핀을 한데 모아놓은 것과 같은 존재가 바로 욘이었던 것이다. 쌍둥이들은 욘이 하는 일이면 뭐든지 흉내 내려고 했고, 그건 그들에게 커다란 의미를 지닌 놀이가 되기도 했다.

총에 먼저 손을 댄 건 라스였다. 라스는 손에 총을 들고 허공에서 한 바퀴 돌린 뒤 이렇게 외쳤다.

"자, 내 모습을 잘 봐!"

그리고, 방아쇠를 당겼다. 그 충격의 여파로 라스는 비명을 지르며 마룻바닥에 나동그라졌다. 라스는 아무것도 조준하지 않았다. 그저 멋진 총을 들고 큰 형처럼 행동해 보고 싶은 마음뿐이었다. 라스가 쏜 총알은 거실에 있는 나무 상자를 맞출 수도 있었고, 작은 유리창을 맞출 수도 있었다. 벽에 걸려 있는 황금색 액자에 담긴, 긴 턱수염을 지닌 할아버지의 사진을 맞출 수도 있었을 것이다. 단 한 번도 스위치를 내린 적이 없는 현관의 전등을 명중시킬 수도 있었다. 하지만 라스가 쏜 총알은 그중 어느 것도 명중시키지 않았다. 총알은 자신의 쌍둥이 형제인 오드의 심장을 정확히 맞췄다. 만약 이런 일이 미국 서부극을 주제로 한 소설 속의 내용이라면, 오드의 이름은 탄창에 새겨졌거나 보안관의 반짝이는 별모양 배지에 새겨졌을 것이다. 아니면 두꺼운 운명의 책에 이름을 올릴 수도 있었을 것이다. 한 번도 들은 적 없고 본 적도 없는 일은 불꽃이 이글거리는 그

결정적 순간을 설명하는 한 줄의 문장으로 표현되었을 것이고, 어쩌면 현실과 다른 결말을 맺을 수도 있었을 것이다. 인간의 힘에 의해 통제되지 않는 어떤 힘이 그 순간, 총구를 운명의 정중앙에 들이댔다고 표현될 수도 있었을 것이다. 하지만 그날 일어난 일이 서부 영화와 다르다는 건 누구나 알고 있었다. 목장의 잔디 위에 쓰러진 채, 축 늘어진 오드를 안고 나오는 아버지의 모습을 보고서 욘은 이미 오드의 이름이 새겨질 곳이 교회의 사망 신고서라는 것을 직감했다.

아버지는 내게 이 모든 이야기를 자세하게 해 주지는 않았다. 하지만 내 머릿속에 펼쳐지고 기억 속에 각인된 이야기는 대충 그런 모습을 지니고 있다. 세월이 지나면서 나는 내가 기억하고 있는 이 이야기가 그때 이미 완성된 모습을 지니고 내 머릿속에 들어왔는지, 아니면 시간이 지나면서 여기저기 채색을 더해 왔는지 확신할 수 없다. 다만 확실한 건, 그날 그 일이 실제로 일어났다는 것, 그리고 식탁을 마주하고 날 쳐다보던 아버지의 진지한 표정을 보면서 내가 뭔가 현명한 한 마디를 해야 할 것 같은 느낌을 받았단 사실이다. 아버지는 내가 누구보다 더 그 사건에 대해 잘 알고 있을 거라고 확신하고 있었다. 그래서 뭔가 캐묻는 듯한 표정으로 나를 바라보았을 것이다. 하지만 내가 알고 있는 것, 그리고 그날 보았던 거라고는 욘의 백짓장처럼 하얀 얼굴, 그리고 폭포처럼 쏟아지는 빗줄기 속에 노를 접어둔 채 강물 흐르는 대로 배에 몸을 맡기고 떠가던 그의 체념어린 표정뿐이었다.

"그게 다는 아니란다. 그보다 더한 일도 있었지."

아버지는 계속해서 말을 이어갔다.

라스가 쌍둥이 형제인 오드를 쏘기 하루 전날, 욘의 어머니는 가게에서 온 배달차를 얻어 타고 시내로 가기 위해 이른 아침 집을 나섰다. 다음 날 그러니까 사고가 있은 직후, 욘의 아버지는 아내를 데려오기 위해 말과 마차를 보낼 생각이었다. 그들이 소유하고 있던 말은 '브라미나'라는 이름을 가진 말이었다. 열다섯 살이나 되는 그 늙은 말은 하얀 말발굽과 색 바랜 몸통을 지닌 노르웨이산이었다. 그렇긴 해도 그 말의 외양은 어디 한 군데 흠잡을 데 없이 훌륭했다. 물론 그건 전적으로 나만의 생각이었고 브라미나의 걸음걸이는 젊고 건강한 말과 달리 힘이 없고 약하기만 했다. 욘은 숨을 헐떡이며 힘겹게 걷는 말을 보고 건초열에 시달린다고 생각했다. 하지만 그런 병에 걸린 말은 잘 찾아 볼 수 없는 것이 사실이었다. 브라미나를 데리고 시내로 나갔다가 다시 집으로 돌아오는 날이면 하루 온 종일을 투자해야 할 정도로 긴 시간이 걸렸다.

아버지는 죽은 자식을 팔에 안고 마당에 힘없이 서 있었고 큰 아들은 숨소리조차 내지 않고 죽은 듯 잔디밭에 누워 있었다. 그는 가야만 한다는 것을 잘 알고 있었다. 그러겠다고 이미 말을 해 놓은 터였다. 다른 선택은 있을 수 없었다. 시내에 도착하자마자 곧바로 다시 집으로 돌아갈 채비를 해야 한다는 것도 알고 있었다. 라스는 침묵을 지키며 여전히 현관에 뻣뻣이 서 있었다. 욘의 아버지는 그런 라스의 모습을 말없이 지켜보았다. 아무 생각도 할 수 없었다. 한 번에 한 가지 이상의 일을 하기에는 너무나 충격적인 일을 경험했기 때문이었다. 그는 침실로 가서 죽은 오드를 침대 위에 눕혔다. 그리고 담요를 찾아서 작은 소년의 차가운 몸을 덮어 주었다. 피에 흥건히 젖은 옷과 속옷까지 갈아입힌 다음 마구간에 있는 브라미나를 향해 걸어갔다. 그 와중에 그는 욘이 잔디밭에서 몸을 일으켜 마구간으로 가는 것을 보았다. 욘이 마구간에 도착했을 때, 말은 이미 여행 준비를 끝내고 통로에 서 있었다. 욘의 아버지가 욘의 양 어깨를 힘껏 잡고서 그를 바라보았다 - 세월이 흐른 뒤 그때를 회상할 때마다 항상 욘은 자신의 어깨를 잡았던 아버지의 손에 필요 이상으로 힘이 들어가 있었다고 생각했다 - 아버지는 아무 말도 하지 않았다.

"내가 집을 비우는 동안, 라스를 돌봐야 한다. 적어도 그 일은 해낼 수 있겠지?"

말을 마친 아버지는 작열하는 한낮의 태양 아래 맞은편에서 걸어오는 라스를 쳐다보았다. 그리고는 라스의 얼굴을 조용히 쓰다듬으며 한 동안 눈을 감았다. 잠시 후 그는 헛기침을 하고 말안장에 올라 채찍질을 했다. 곧 마차는 움직이기 시작했고 대문을 나서 천천히 시내를 향해 움직였다. 잠시 후 대로의 상점들 사이로 마차의 모습이 사라졌다.

욘은 라스를 데리고 강으로 갔다. 배를 타고 낚시를 할 생각이었다. 그 외에는 라스와 함께 할 수 있는 일을 생각해 낼 수가 없었다.

두 사람은 강에서 몇 시간을 보냈다. 그때 둘이서 무슨 이야기를 나누었는지 나는 전혀 짐작할 수가 없다. 어쩌면 아무 말도 하지 않고 서로 거리를 둔 채 둑 위에서 각자 낚싯대를 던지고 잡아끄는 일을 반복했는지도 모른다. 그리고 주변에는 깊은 숲의 정적만이 존재했을 거라고 짐작할 수 있을 뿐이다.

두 사람은 강에서 잡은 고기를 가지고 돌아온 후에도 집 안으로 들어가지 않고 헛간에 앉아서 시간을 보냈다. 그러다가 저녁 늦게 마차 바퀴가 구르는 소리와 함께 자갈길을 밟는 브라미나의 말발굽 소리를 들었다. 두 사람은 누가 먼저랄 것도 없이 서로를 쳐다보았다. 말은 하지 않았지만 그 자리에 좀 더 앉아 있고 싶단 생각은 변함이 없었다. 자리에서 먼저 일어난 건 욘이었다. 라스는 할 수 없이 욘의 뒤를 따라 일어났고 욘이 라스의 손을 잡아 주었다. 아주 어렸을 때를 제외하면 거의 없었던 일이었다. 두 사람은 서로 손을 잡고 마당으로 나가서 막 도착하고 있는 마차를 보았다. 브라미나의 천식에 걸린 듯한 힘겨운 숨소리와 상냥한 어조로 말에게 뭔가를 속삭이는 아버지의 목소리가 들렸다. 아버지가 누군가에게 그렇게 친절하고 부드럽게 말하는 걸 지금까지 단 한 번도 본 적이 없었다.

어머니는 여전히 마차 안에 앉아 있었고 그녀의 무릎 위에는 노란 꽃다발과 손가방이 놓여 있었다. 어머니는 마중을 나온 아이들에게 이렇게 물었다.

"이제야 집으로 돌아왔구나. 엄마가 돌아오니까 좋지? 그렇지?"

어머니는 말을 마치고 마차바퀴 위에 발을 의지해 뛰어내렸다.

"그런데, 오드는 어디 있니?"

욘은 대답 대신 아버지를 쳐다봤다. 하지만 아버지는 아무 말 없이 무심하게 헛간 쪽을 바라보며 담배연기를 머금은 입을 우물거리고 있었다. 그랬다. 욘의 아버지는 어머니에게 아무 말도 하지 않은 게 분명했다. 단둘이서 숲을 지나오는 긴 시간 동안 집에서 무슨 일이 있었는지 단 한 마디도 하지 않았던 것이다.

장례식은 3일 후에 있었다. 아버지는 내게 장례식에 함께 갈 거냐고 물었고 난 그러겠다고 했다. 생전 처음 참석해 보는 장례식이었다. 외삼촌 중 한 명이 독일군 점령하의 경찰서에서 도망치려다 독일군의 총에 맞아 세상을 떠난 적이 있었다. 1943년 남쪽 바닷가 쇠르란데 지방에서 있었던 일이다. 물론 그 일이 있었을 때 난 그곳에 있지 않았다. 외삼촌의 장례식이 있었는지조차 전혀 모르고 있었다.

오드의 장례식에 관해서는 두 가지 일을 기억하고 있다. 하나는 나의 아버지와 욘의 아버지가 단 한 번도 제대로 눈을 마주친 적이 없었다는 것이다. 아버지는 그저 욘의 아버지와 악수를 하며 형식적인 조문의 말을 건넸을 뿐이었다. 두 사람은 서로의 눈을 똑바로 바라보지 않았다. 애도를 표하는 아버지의 말도 내 귀엔 너무나 낯설게 들렸다.

또 다른 기억은 라스의 행동이었다. 관을 묻기 위해 교회 밖으로 나갈 때부터 그는 점점 침착성을 잃어갔다. 관 앞에 선 목사의 말이 반쯤 진행되었을 때, 양 옆 손잡이 부분에 밧줄이 걸린 오드의 작은 관이 땅 속으로 내려가기 시작했다. 그 모습을 보던 라스가 급기야 더는 참지 못하고 자리를 벗어났다. 어머니의 손을 뿌리친 그는 교회마당의 비석 사이를 달리다가 돌담 쪽으로 뛰어갔다. 그리고 제정신을 잃은 사람처럼 시선을 땅으로 향한 채 원을 그리며 달리기 시작했다. 그가 계속해서 달리는 동안 목사의 말은 점점 느려졌다. 처음에는 검은 옷을 입고 선 한 무리의 사람들 중에 라스를 돌아보는 사람이 한두 명밖에 되지 않았다. 하지만 점점 더 많은 사람들이 고개를 돌려 라스를 향했다. 결국에는 관을 보고 서 있는 사람이 한 명도 없을 정도로 모두가 라스의 기이한 행동에 관심을 보였고, 그중 한 사람이 조용히 잔디밭을 지나 그 때까지도 빙빙 원을 그리며 달리고 있던 라스를 붙잡아서 들어 올렸다. 라스의 두 발은 여전히 허공에서 달음질 치고 있었다. 하지만 그의 입에서는 아무 소리도 나오지 않았다. 나는 욘을 바라보았다. 욘도 나의 시선을 눈치 챘는지 나를 향해 고개를 돌렸다. 나는 눈에 보일 듯 말 듯 고개를 흔들어 보였다. 욘은 아무 반응도 보이지 않았다. 눈 한 번 깜박이지 않고 내 눈을 똑바로 바라보기만 했다. 그때, 난 다시는 욘과 밖으로 나가 예전처럼 함께 시간을 보낼 수 없을 거란 생각을 했다. 그 생각은 그날 교회에서 있었던 그 어떤 일보다 더 슬픈 것이었다. 여기까지가 내 기억의 전부다.

4

아버지가 구입한 목초지에는 나무들이 무성했다. 대부분은 가문비나무였지만 소나무도 있고 가느다란 자작나무도 가끔 보였다. 나무들은 주로 강기슭에서 자랐고 해안의 자갈길에 있는 소나무 위에는 이상한 나무 십자가들이 걸려 있어서 흐르는 강물 위에 닿을 듯 늘어져 있는 모습도 보였다. 숲은 목초지 안에 헛간이 딸린 오두막과 목초지 끝에 맞닿은 좁은 길 까지 짙푸른 그림자를 드리우며 빙 둘러싸고 있었다. 자갈길은 울퉁불퉁했고 양 옆에 줄지어 늘어선 소나무 뿌리들이 여기저기 땅 위로 삐죽이 솟아올라 있었다. 그 길은 강을 따라 동쪽으로 뻗어서 상점과 교회가 있는 시내로 가는 나무다리까지 이어져 있었다. 바로 그 길이 지난 6월 말 우리가 버스를 타고 왔던 곳이었다. 어떤 머저리가 보트를 동쪽인지 서쪽인지 아무튼 우리의 갈 곳을 예상치 못하고 반대편에 묶어두었던 곳이기도 했다. 물론 그 머저리는 바로 나였다. 그렇지 않았더라면 우리는 바르칼의 목장을 따라 걸은 뒤에 노를 저어서 강을 건널 수도 있었다.

정오 무렵 남쪽의 우거진 숲 때문에 오두막에는 한 두 시간 정도 그림자가 짙게 드리워졌다. 나는 바로 그 어둑한 그림자 때문에 아버지가 갑자기 숲의 나무를 모조리 베어서 목재로 팔아버리려고 결심한 건 아닐까란 생각이 들었다. 물론 아버지는 돈도 필요했을 것이다. 하지만 그 정도로 절박하게 돈이 필요했을 거라고는 생각하지 않는다. 강의 상류 쪽으로 걸어가며, 난 아버지에게 과거로부터 벗어나 새로운 삶을 계획하기 위한 시간과 안정이 필요했던 건 아닐까하고 다시 한 번 생각해보았다. 이전과는 다른 장소에서 새로운 시각으로 오슬로에서의 삶을 벗어나 새 삶을 꾸려갈 계획 말이다. 아버지는 우리가 교차로에 서 있다고 말한 적이 있었다. 새로운 길을 가는 여정에 동반할 수 있는 사람은 바로 나였으며 그러한 아버지의 확신은 내게 어떤 자신감을 주기도 했다. 덕분에 난 내 위에 군림하던 누나의 입지를 달갑지 않게 볼 수 있는 눈을 가질 수 있었다. 누나는 어머니와 함께 오슬로에 남아야 했다. 누나는 나보다 나이가 세 살이나 많았다.

"난 아무데도 가고 싶지 않아. 아버지와 네가 낚시를 하는 동안 여기 남아서 뒷정리나 할래. 난, 그렇게 멍청하진 않거든."

누나는 항상 그렇게 말했다. 누나는 스스로 말한 것처럼 아무데도 가지 않고 그 자리에 남아 있을 게 분명했다. 나는 아버지가 의미하는 바가 어떤 것인지 알 것 같았다. 아버지는 당신의 새로운 인생에 어떤 여자도 포함시키고 싶지 않다고 자주 말했다. 사실 그건 내게 아무런 문제가 되지 않았다. 난 아버지의 말에 동의했고 아버지의 방식대로 생활하는 게 훨씬 좋다고 여겼다.

나중에야 든 생각이지만 그때 아버지가 의미했던 건 이 세상의

'모든' 여자를 가리켰던 건 아닌 것 같다.

어쨌든 아버지는 그림자에 대해서 말했다. 그 빌어먹을 어둑한 그림자 말이다. 아버지는 휴일인데도 불구하고 어머니가 옆에 없을 때 자주 하던 욕설까지 해가며 오두막을 컴컴하게 덮고 있는 그림자에 대해 불평했다. 어머니는 시골 마을에서 자랐는데 그곳에서는 온 마을 사람들이 시도 때도 없이 욕을 입에 달고 다닌다고 내게 이야기해 준 적이 있다. 그래서 어머니는 결혼 후 무슨 일이 있어도 욕을 듣는 일이 없었으면 좋겠다고 단호하게 말했다. 개인적으로 난 숲이 드리우는 그림자에 대해 불만이 없다. 햇살이 한창 뜨거운 낮 시간, 잠시나마 그 뜨거운 태양열로부터 해방시켜 주는 나무 그림자 아래에서 온몸을 나른하게 만들어주는 숲의 향을 맡으며 낮잠을 자는 것도 나쁠 건 없다고 생각했기 때문이다.

이유야 어떻든 간에 아버지는 이미 결심을 한 것 같았다. 숲에 있는 대부분의 나무들은 벌목될 것이고 강물을 타고 스웨덴의 제재소로 향할 것이다. 나는 그 이유가 바르칼의 목장에서 생산되는 목재의 양이 너무 적어서는 아닐까 생각해 보았다. 목재를 구입하려는 스웨덴 업자들은 생산지에서 구입하는 것을 꺼려했다. 뿐만 아니라 목적지까지 온전하게 배달된 목재에 한해서만 돈을 지불하는 게 그들의 관례였다. 하류로 흐르는 강물에 의존해 운반되는 목재 역시 운반과정에 대해서는 책임을 지지 않으려고 했다. 적어도 7월에는 운반에 대해 아무 책임을 지지 않는다고 그들은 말했다.

"한꺼번에 벌목을 하는 것보다 조금씩 베는 게 어떨까요?"

난 아버지에게 이렇게 제안했다.

"올해 조금 베어놓고 내년에 또 베는 게 좋을 것 같은데요."

"내 땅에 있는 나무를 베는 문제는 내가 결정한다."

아버지의 단호한 대답이었다. 사실 내 질문의 요지는 그게 아니었다. 누가 결정을 내리는가에 대해 물은 게 아니지 않은가. 하지만 난 더 이상 아무 말도 하지 않았다. 내게 있어 그다지 중요한 일도 아니었다. 내가 관심을 두었던 것은 통나무를 강물에 띄울 때 나도 그 일을 도울 수 있을까 하는 것이었다. 그리고 누가 그 일에 참여할지도 궁금했다. 그건 아주 힘든 일이었다. 그리고 일에 대해서 잘 모르고 있다면 아주 위험한 일이 될 수도 있었다. 내가 아는 한 아버지는 한 번도 그 일을 해 보지 않았다. 오늘 아버지의 모습을 보니 내 짐작이 틀림없단 생각이 들었다. 하지만 아버지의 모습에서는 무슨 일이든 할 수 있다는 자신감과 그 어떤 일에도 성공 할 수 있다는 믿음이 보였다.

하지만 우리는 건초 만들기부터 먼저 해야 했다. 지난 번 천둥 번개가 친 그날 이후 비는 거의 오지 않았다. 그리고 한 여름의 화창한 햇살은 단 이틀 만에 풀을 바짝 말려버렸다. 바르칼이 찾아온 것은 바로 그 즈음이었다. 단정하게 빗어 넘긴 머리를 하고 두 손은 호주머니에 넣은 채 그는 우리에게 건초 모으는 일을 이틀 정도 해줄 수 있냐고 부탁했다. 그는 아버지와 나의 도움이 없었더라면 작년의 건초 만들기 작업은 거의 불가능했을 거라고 말했다. 그는 특히 내

도움이 아주 유용했다고 말했다. 난 그의 칭찬을 액면 그대로 받아들일 만큼 순진하지 않았다. 그의 과장된 칭찬 뒤에는 공짜로 일을 시킬 수 있는 인부가 필요하다는 의미가 숨어 있었다. 그렇다고 그의 말이 완전히 틀렸다고 생각하진 않는다. 지난여름에 우린 정말로 있는 힘을 다해서 열심히 일했으니까.

아버지는 금방 면도를 한 매끈한 턱을 쓰다듬으며 해를 향해 눈살을 조금 찌푸려보였다. 그리고 아래쪽 계단에 서 있던 나를 옆 눈으로 내려다보았다.

"네 생각은 어떠니, 트론 T?"

아버지가 내게 물었다. 물론 T는 나의 중간이름인 토비아스를 지칭하는 것이다. 평소에는 거의 쓰지 않는 이름이지만 말이다. 아버지는 장난기를 담아 심각한 척 할 때면 언제나 토비아스라는 이름 대신 머릿글자인 T를 넣어서 날 불렀다. 그건 내가 대답 속에 농담을 섞어도 된다는 신호이기도 했다.

"글쎄요……. 생각해 봐야 할 것 같은데요."

"그래. 사실, 우리도 해야 할 일이 많아."

아버지가 말을 이었다.

"그렇지만, 하루 이틀 정도 억지로 시간을 내면 가능할 수도 있을 것 같아요."

"가능하긴 하겠지만, 쉽지는 않을 것 같아."

아버지의 말이었다.

"예, 쉽지 않을 거예요. 하지만 물물 교환의 의미라면 나쁘지는 않겠지요."

"맞는 말이야."

아버지는 호기심 어린 눈길을 내게 던지며 맞장구를 쳤다.

"물물 교환도 나쁘진 않지."

"마구를 포함한 말 한 마리."

나는 기회를 놓치지 않고 말을 이었다.

"다음 주나 그 다음 주 중, 며칠 동안……."

"바로 그거야."

아버지는 환한 미소를 지었다.

"바로 그거라고. 자, 바르칼 우리 아이의 제안이 어떻습니까?"

바르칼은 찌푸린 얼굴로 기괴한 표정을 지은 채 마당에 서서 우리의 대화를 듣고 있다가 우리가 서 있는 계단 앞으로 성큼 다가왔다. 그리고는 머리카락을 한 번 쓸어 넘기더니 이렇게 말했다.

"알았습니다. 거절할 이유도 없군요. 브로나를 빌려드리도록 하지요."

나는 그의 얼굴에서 우리가 왜 말을 빌리려고 하는지 궁금해 하고 있단 걸 알 수 있었다. 하지만 그는 예상치 못했던 우리의 제안에 정신을 잃은 듯 멍하니 아무 말도 하지 않았다. 아마 그 상황에서 입을 열면 스스로를 우습게 만드는 꼴이 될까봐 염려했을지도 모르는 일이다.

바르칼은 당장 내일부터 아침이슬이 마르기 시작하면 건초 베는 일을 시작하겠다고 말했다. 목장 북쪽부터 일을 시작하면 된다고 일러주며 그는 손을 번쩍 들어 작별인사를 했다. 마치 그 자리를 뜨려고 벼르던 사람처럼 종종걸음으로 강으로 내려가 보트에 몸을 실었다. 아버지는 그의 등을 바라보며 내 어깨에 손을 얹었다.
"아주 좋은 생각이었어. 어떻게 그런 생각을 해냈지?"
아버지는 내가 벌목을 해서 운반하는 작업에 대해 얼마나 면밀히 생각해 보았는지 알 리가 없었다. 그리고 아버지는 그 일에 말을 이용할 계획을 세워본 적도 없었다. 하지만 나는 말이 필요할 거라고 확신했다. 왜냐하면 아무리 건장한 성인 남자라 해도 두 명이 손으로 커다란 나무를 강까지 운반하는 건 무리였기 때문이다. 나는 아버지의 질문에 그저 어깨만 으쓱해 보였다. 아버지는 내 머리를 두 손으로 감싸고 점잖게 흔들었다.
"우리 아들이 멍청이는 아닌 게로구나."
아버지의 말에는 틀린 것이 없었다. 나 또한 항상 그렇게 생각해 왔으니까. 나는 바보와는 거리가 먼 사람이다.

오드의 장례식이 있은 지 나흘이 지났다. 그날 이후로 난 욘을 보지 못했다. 묘한 기분이 들었다. 이전에는 매일 아침마다 마당을 거쳐 오두막 앞 계단 위를 오르는 그의 발소리에 잠이 깨곤 했다. 노를 젓는 소리, 육지에 뱃머리를 대고 정박시키는 소리도 마찬가지였다. 하지만 지금은 매일 아침 정적 속에서 잠을 깬다. 새들의 지저귀는 소리와 여름이면 산기슭으로 오르는 소들의 목에 달린 소방울이 딸랑거리는 소리, 오후 다섯 시 경이면 오두막 뒤편에서 소젖을 짜는 아낙네들이 일을 마친 후 노래를 부르며 집으로 돌아가는 소리를 제외하면 하루 종일 정적 속에 있다 해도 과언이 아니었다. 나는 열어놓은 창 밑에 있는 침대에 누워서 바람의 방향이 바뀔 때 마다 울려 퍼지는 처마 밑의 상쾌한 종소리를 들으며 아버지와 함께 단 둘이서 시간을 보낼 수 있는 이 오두막을 떠나고 싶지 않았다. 무슨 일이 일어난다 해도 말이다. 사실 욘의 모습을 볼 수 없는 게 이상하긴 했지만 매일 아침 문 앞에 서서 나를 훔쳐보는 욘의 눈길을 의식하며 옷을 갈아입지 않아도 된다는 사실에 안도감을 느끼기도 했다. 하지만 그 안도감은 약간의 부끄러움을 동반했다. 목구멍이 따갑기도 했다. 그 목구멍의 따가운 아픔이 사라지기까지는 몇 시간이 걸렸다.

강가에서도 그를 볼 수는 없었다. 낚싯대를 들고 강둑을 따라 어슬렁거리는 그의 모습은 물론 강을 아래위로 노 저어 가는 모습도 볼 수 없었다. 아버지는 내게 근래에 욘과 함께 시간을 보낸 적이 있는지 묻지 않았다. 나 또한 아버지에게 최근 그를 본 적이 있는지 물어보지 않았다. 그렇게 며칠이 흘렀다. 우리는 아침 식사를 막 끝낸 후 작업복을 입고 낡은 거룻배를 저어 강을 건넜다. 오두막을 구입할 때 덤으로 딸려온 배였다.

햇살이 따스하게 비추고 있었다. 나는 배의 후미에 앉아 햇살과 눈에 익은 아버지의 얼굴을 등진 채 눈을 감고 앉아 있었다. 아버지는 힘들이지 않고 쉬엄쉬엄 노를 저었고 나는 어린 나이에 세상을 떠나면 어떤 느낌이 들지에 대해 생각했다. 생명을 잃는다는 건 손에 들고 있던 새 알을 땅바닥에 떨어뜨리는 것과 다르지 않단 생각이 들었다. 새 알이 땅에 떨어져 산산조각 날 때 알 속의 생명은 분명 아무 느낌도 가지지 못할 것이다. 생명을 잃는다는 것, 죽는다는 것. 그 순간에는 아무 느낌이 없을 것이다. 하지만 생명을 잃기 몇 십 분의 일 초 전, 어쩌면 우린 이게 끝이라는 걸 자각하게 될지도 모른다. 그렇다면 그때의 느낌은 어떨까. 그곳에 좁은 구멍이 있다. 마치 목이 좁은 항아리의 입구처럼. 나는 그곳으로 내 몸을 밀어 넣었다. 그 안으로 들어가 보고 싶었다. 그 속에는 한 줄기의 황금빛이 틈새로부터 흘러 들어오고 있었다. 그 빛은 내 눈썹 사이로 비추어 내리는 햇살이었다. 순간 나는 미끄러지듯 그 안으로 들어갔고 눈 깜짝할 사이에 다시 빠져나왔다. 전혀 두렵지 않았다. 그저 슬픈 마음이 생겼을 뿐이었고 너무나 고요해서 놀랐을 뿐이다. 내가 눈을 떴을 때에도 그 느낌은 여전히 내 가슴 속에 남아 있었다. 나는 저 멀리 보이는 강둑을 바라보았다. 강둑도 그 자리에 변함없이 있었고 한 폭의 그림처럼 아련하게 보이는 아버지의 얼굴도 변함없이 내 눈앞에 있었다. 나는 수차례 눈을 깜박였고 깊은 숨을 들이마셨다. 몸을 조금 떨었을지도 모른다. 왜냐하면 아버지가 궁금한 듯 미소를 지으며 이렇게 말했기 때문이다.

"대장님, 기분은 괜찮은가요?"

"괜찮아요."

나는 잠시 뜸을 들인 후 대답했다. 하지만 강의 맞은편에 배를 정박시킨 후 목장을 둘러싼 울타리를 따라 걷다가, 난 문득 가슴 한 구석에 조그마한 잔재가 남아있다는 걸 느낄 수 있었다. 그 황금빛 밝은 반점은 어쩌면 평생 나를 떠나지 않을지도 모른단 생각도 언뜻 들었다.

우리가 목장의 북쪽에 도착했을 때 그곳엔 이미 한 무리의 사람들이 도착해 있었다. 바르칼은 풀 베는 기계 옆에서 고삐를 손에 쥐고 서 있었다. 일을 시작할 준비가 이미 끝난 것 같았다. 나는 그 말을 알아볼 수 있었다. 내 가랑이는 여전히 그날의 말 도둑 놀이로 인해 쓰리고 아팠다. 그곳에는 마을에서 온 낯익은 얼굴의 남자 두 명과 한 번도 본 적이 없는 여자 한 명이 있었다. 그녀는 이 지역 농부의 아내처럼 보이지 않았다. 어쩌면 이곳 주민의 먼 친척인지도 몰랐다. 바르칼의 아내는 욘의 어머니와 이야기를 나누고 있었다. 두 여인은 머리를 느슨하게 묶어 올렸고 꽃무늬가 보이는 색 바랜 면직물의 헐렁한 원피스를 입고 있었다. 종아리까지 올라오는 부츠 위로 보이는 두 다리는 양말을 신지 않아서 매끈해 보였다. 그들은 자신의 키보다 두 배나 커 보이는 쇠갈퀴를 들고 있었다. 우리는 아침 공기가 길 아래까지 실어 나르는 그들의 목소리를 멀리서부터 들을 수 있었다. 목장에 서 있는 욘의 어머니는 비좁은 집 안에서 보던 모습과 달랐다. 욘의 어머니를 보는 순간 난 한 눈에 뭔가 달라졌다는 생각이 들었다. 아버지도 나와 같은 생각을 한 게 분명했다. 우리는 거의 불가항력적으로 서로를 향해 고개를 돌려 눈을 마주친 후 머릿속에 든 생각을 교환했고 또 그걸 확인했다. 내 얼굴은 붉게 달아올랐으며 왠지 긴장감도 느껴졌다. 난 그게 갑자기 떠오른 내 생각에 스스로 놀란 탓인지 아니면 아버지도 나와 같은 생각을 하고 있었단 사실이 낯설게 느껴져서인지 정확하게 알 수 없었다. 아버지는 빨갛게 달아오른 내 얼굴을 보며 조용하고 부드럽게 웃음을 터뜨렸다. 하지만 결코 나를 얕보는 웃음은 아니었다. 아버지는 그저 웃음을 만들어냈을 뿐이었다. 기분 좋은 웃음이었다.

우리는 잔디밭을 지나 벌초기계 쪽으로 다가갔다. 그리고 바르칼과 그의 아내에게 인사를 건넸다. 욘의 어머니는 악수로 인사를 대신했으며 지난 번 오드의 장례식에 와 주어서 고맙다고 말했다. 그녀의 태도는 자못 근엄한 데가 있었으며 눈가가 조금 부은 것 같기도 했지만 그렇다고 낙심한 모습은 찾아볼 수 없었다. 그녀의 피부는 햇빛에 그을려 갈색을 띠고 있었고 원피스 색과 잘 어울리는 푸른 눈동자에서는 빛이 났다. 그녀는 내 어머니보다 불과 몇 살 밖에 어리지 않았다. 그녀의 모습은 어딘지 모르게 특별했고 빛이 나는 듯했다. 이렇게 가까이 환한 햇살 아래서 그녀를 본 건 이번이 처음이었다. 나는 그녀의 이런 모습이 그녀에게 일어난 일 때문이 아니었을까 잠시 생각해봤다. 살다가 뜻밖의 일을 겪고 그것을 이겨낸 사람들은 어딘지 모르게 특별한 분위기를 가지게 되는 게 아닐까. 나는 줄곧 발아래와 반대편 목장만 바라보며 그녀의 시선을 피하려고 노력했다. 그리고 벌초 장비가 쌓여있는 말뚝 옆으로 가서 쇠갈퀴를 집어 들었다. 쇠갈퀴에 몸을 기댄 나는 멍하니 허공만 바라보며 바르칼이 일을 시작하기만 기다렸다. 아버지는 잠시 그곳에 모인 사람들과 대화를 나눈 뒤 내가 있는 쪽으로 왔다. 그리고 잔디밭 위 두 묶음의 철사 사이에 놓여있는 벌초용 쇠갈퀴를 집어 들었다. 아버지는 쇠갈퀴를 끌고 벌초지를 향해 가며 나를 기다리는 듯한 몸짓을 했다. 물론 아버지는 내 눈을 쳐다보지 않았지만 난 아버지가 원하는 게 뭔지 알 수 있었다. 바르칼이 벌초 기계에 앉아 말에 채찍질을 가하며 커터를 땅으로 내려 벌초를 시작하려는 참이었다.

벌초지는 네 구역으로 나누어져 있었다. 각각 울타리로 구분되어 있었고 바르칼은 첫 번째 구역의 중앙에 일직선을 그리며 벌초기계를 밀기 시작했다. 목장의 경계선에서 몇 미터 떨어진 곳에 우리는 튼튼한 말뚝을 박아놓고 철사를 단단히 감았다. 그리고는 반짝반짝 빛이 나는 릴의 손잡이를 두 손으로 들고 감겨있는 철사를 풀어나가기 시작했다. 바르칼이 벌초를 하고 있는 곳에서 나는 철사 줄이 팽팽하게 유지될 수 있도록 적당히 잡아당기며 뒷걸음질로 영역을 표시해나갔다. 철사가 감긴 릴은 꽤 무거워서 얼마동안 그 일을 하고 있자니 손목이 아파왔다. 어깨에도 통증이 느껴지기 시작했다. 나는 그 무거운 릴을 들고 세 가지 일을 동시에 해야만 했던 것이다. 내 근육은 아직 충분한 준비가 되어있지 않았나보다. 철사가 어느 정도 풀어져 나가고 릴이 가벼워지니 그제야 일이 쉽게 손에 잡혔다. 하지만 그때는 이미 온몸이 파김치가 되도록 지쳐있었다. 몸을 움직이는 모든 일은 무조건 피하고 싶을 정도였다. 나는 그런 나 자신이 마음에 들지 않았다. 다른 사람들에게 전형적인 도시 아이라는 인상을 심어주기 싫었던 것이다. 특히 빠져들듯 깊고 푸른 눈동자로 날 바라보고 있는 욘의 어머니 앞에서 지친 모습을 보이기 싫었다. 나는 몸에 통증을 느끼고 안 느끼고는 마음먹기에 달렸다고 생각했다. 그래서 잠시 통증을 잊어버리리라 결심하고 무표정한 얼굴을 만들었다. 그리고 릴을 들고 있는 두 팔을 높이 치켜들고 목장의 끝에 도달할 때까지 묵묵히 철사 줄을 풀어냈다. 그리고는 릴을 짧은 잔디 그루터기 위에 놓아두고 천천히 등을 곧추세웠다. 두 팔을 호주머니에 넣고 그제야 두 어깨에 깃든 힘을 풀어줄 수 있었다. 마치 날카로운 칼날이 목을 스쳐가는 느낌이 들었다. 하지만 난 개의치 않고 다른 사람들이 서 있는 곳으로 발길을 옮겼다. 아버지 옆을 지나칠 때 아버지는 한 손으로 내 등을 조용히 쓰다듬어주며 이렇게 말했다.

"아주 잘했어."

그게 전부였다. 하지만 아버지의 그 한 마디로 인해 나는 내 몸을 파고들었던 통증이 사라지는 걸 느낄 수 있었다. 바로 다음 일을 시작할 수 있을 만큼 힘이 솟는 것 같기도 했다.

바르칼이 첫 번째 구역의 벌초 작업을 끝내고 다음 구역의 벌초를 시작하던 참이었다. 그는 말 옆에 서서 우리들이 나머지 일을 해주길 기다리는 눈치였다. 그는 이곳의 책임자였다. 아버지의 말에 의하면 그는 누구보다도 먼저 앉아서 쉬는 건 잘한다고 했다. 잠시 허리를 펴고 일하다 틈만 나면 다시 앉기를 거듭한다고 했다. 난 아버지의 말을 확신할 수 없었다. 하긴 말을 끌고 벌초 작업을 하는 일은 힘든 일이라고 할 수 없다. 바르칼은 이전에도 말을 이용해 벌초 작업을 하는 일을 수없이 해 왔기에 지금은 눈을 감고서도 그 일을 할 수 있을 것이다. 말의 입장에서 보면 지금쯤은 벌초 작업이 지루하게 느껴지기도 할 것이다. 하지만 말은 더 이상 일을 하면 안 되는 모양이었다. 왜냐하면 바르칼은 자신만의 원칙을 가지고 있었기 때문인데 그 원칙이라는 게 바로 무계획이었다. 한 구역을 벌초하고 난 뒤 다음 구역으로 이동하는 것 외에는 별다른 계획이 없었으니 말이다.

구름 한 점 없는 하늘에 해가 떠 있는 동안은 바르칼을 따라 그렇게 일하는 수밖에 없었다. 뜨거운 한낮의 태양으로 인해 인부들의 셔츠는 땀으로 흠뻑 젖었다. 무거운 것을 들어 올릴 때마다 땀이 소나기처럼 이마에서 흘러내렸다. 뜨거운 햇살을 가려줄 구름은 찾아볼 수 없었다. 계곡을 흐르는 강이 햇살을 받아 보석처럼 반짝였다. 우린 일을 하면서도 상점 옆 다리 아래로 빠르게 흐르는 물소리를 들을 수 있었다. 나는 팔 한가득 말뚝용 나무토막을 들고 철사 줄로 만든 경계선 옆에 일정한 간격으로 배치했다. 그리고 다시 새 나무토막들을 가지러 제자리로 돌아오는 일을 반복했다. 아버지와 마을에서 온 한 남자는 나무토막들 사이의 간격을 잰 후 철사 줄로 만든 경계선을 따라 2미터 정도 사이를 두고 땅에 구멍을 팠다. 철사 줄의 양 옆에 교대로 번갈아 가며 만든 구멍은 모두 서른 두개였다. 그 일을 끝낸 후 아버지는 겉옷을 벗어던졌다. 하얀 속옷과 짙은 머리카락, 그리고 햇볕에 잘 그을린 피부와 땀에 젖은 아버지의 팔과 함께 커다란 나무토막들이 공중으로 들어 올려 졌다가 무거운 한숨을 내쉬는 듯한 소리와 함께 기계처럼 젖은 땅에 박히는 모습이 눈에 들어왔다. 아버지와 욘의 어머니는 한 팀이 되어 철사 줄을 감고 있는 릴이 있는 곳까지 말뚝을 함께 박았다. 한 개의 말뚝을 박고 나서 곧이어 다음 말뚝을 박을 곳에 철사 줄을 팽팽하게 만들기 위해 쐐기를 임시로 박는 작업이 뒤따랐다. 그들의 모습에서 난 눈을 뗄 수가 없었다. 그녀가 잠시 일손을 놓고 쉰 적이 있다. 손에 들고 있던 말뚝을 내려놓은 후 몇 발자국 물러나 우리에게 등을 보인 채 강을 내려다보았다. 나는 그녀의 어깨가 바르르 떨리고 있다고 생각했다. 아버지는 등을 펴고 장갑 낀 손을 말뚝 위에 올려놓은 채 그녀를 기다렸다. 그러자 그녀가 눈물에 젖은 눈을 하고 고개를 숙였다. 아버지는 위로의 미소를 머금고 그녀에게 고개를 끄덕여 보였다. 아버지의 머리카락이 바람에 날려 눈썹을 덮었다. 아버지는 말뚝을 들어 올렸고 그녀는 어느새 마음을 가라앉혔는지 진지하고 맑은 미소를 머금은 채 다시 아버지의 곁으로 돌아왔다. 그리고 그녀는 자신의 몫으로 돌아온 말뚝을 들어 올렸고 있는 힘을 다해 말뚝을 박으려는 듯 몸을 비틀었다. 그들은 다시 원래 속도대로 일을 해 나갔다. 그곳에는 욘은 물론 욘의 아버지 모습도 보이지 않았다. 그들은 작년에도 이곳에서 벌초작업을 했기 때문에 난 이곳에 오면 만날 수 있을 거라고 확신했다. 하지만 그들의 모습은 찾을 수 없었다. 어쩌면 그들에게는 올해 다른 일이 생겼는지도 모른다. 아니면 이곳에서 다른 사람들과 함께 일 할 수 없는 특별한 사정이 생겼는지도 모를 일이었다. 사실 그렇게 따진다면 욘의 어머니가 이곳에 와서 일을 하고 있는 이 상황이 이상했다. 하지만 그녀의 모습을 한참 지켜보고 있자니 이상하다고 생각했던 마음은 슬그머니 사라져버렸다. 어쩌면 우리 오두막 뒤편의 숲에서 벌목을 할 때 아버지는 그들 가족 모두에게 일을 부탁할지도 모른다. 불가능한 일도 아니었다. 왜냐하면 욘의 아버지는 벌목을 한 경험이 많았기 때문이다. 하지만 지난번의 사고로 서로 마주 대할 수 없을 만큼 관계가 악화되었다면 모두가 함께 일을 하는 건 무리일 수도 있었다. 마침내 모든 말뚝이 제자리를 찾았고 경계를 표시했던 철사 줄은 양 옆에 교대로 세워진 말뚝에 의해 무릎 높이에서 팽팽하게 늘어섰다. 철사 줄을 고르는 일은 마을에서 온 두 명의 남자들이 맡았다. 그 중 한명은 키가 컸고 다른 한 명은 땅딸막했다. 언뜻 보면 그래서 오히려 어울리는 것도 같았다. 일하는 모습도 서툴지 않았다. 두 사람은 이전에도 이 일을 해 본 적이 있는 것 같았다. 씩씩하게 효율적으로 철사 줄을 마지막 말뚝까지 팽팽하게 연결시켰다. 그들이 철사 줄을 쐐기에 안전하게 감으면 바르칼은 반대편에서 못질을 했다. 나를 포함한 나머지 사람들은 각자 쇠갈퀴를 가지고 일정한 간격을 유지하며 부채꼴 모양으로 한 걸음씩 옮기며 풀을 쓸어 모으기 시작했다. 일을 하다 보니 쇠갈퀴의 손잡이가 왜 그렇게 길어야 하는지 이해되었다. 여러 사람이 함께 일을 할 때 적절한 행동반경을 유지하려면 손잡이가 길어야만 했던 것이다. 바르칼이 벌초 기계를 몰고 지나간 자리에 남아있는 잔풀더미가 많지는 않았다. 하지만 쇠갈퀴를 수 천 번씩 앞뒤로 흔들며 잔풀을 긁어모으는 일은 결코 쉽지 않았다. 그 일을 하다 보니 한 시간도 지나지 않아 손바닥에 통증이 느껴졌다. 우리는 손바닥의 살갗이 찢어지고 물집이 생기는 걸 방지하기 위해 장갑을 꼈다. 얼마 지나지 않아 우린 첫 번째 구역의 벌초 작업을 끝낼 수 있었다. 몇몇은 균형을 맞추며 빈틈없는 동작으로 건초용 쇠스랑을 이용해 일했고 아버지와 나처럼 이 일에 경험이 없는 사람들은 손으로 일을 마무리했다. 하지만 결과는 만족스러웠다. 시간이 조금 흐르자 우리의 팔 안쪽은 풀물이 들어 녹색으로 변해갔고 동시에 철사 줄로 경계를 만든 자리도 베어진 풀들로 채워져 갔다. 그렇게 차례차례 다섯 개의 건초 더미가 제자리를 찾아간 후 우리는 각각의 더미 위에 남은 풀 지푸라기들을 흩어서 덮어 놓았다. 양쪽으로 늘어진 지푸라기들은 지붕의 처마를 연상시켰다. 비가 오면 빗물이 고이지 않고 땅으로 흘러내리도록 하기 위해서였다. 그러면 몇 달은 온전하게 버틸 수 있었다. 바르칼은 이런 식으로 베어낸 풀을 말리면 헛간 안에서 말리는 것만큼 효과를 볼 수 있다고 했다. 물론 모든 게 제대로 되었을 때에 한해서였지만 말이다. 하지만 내가 보기에 잘못된 건 아무것도 없어보였다. 베어낸 풀 더미들은 그 자리에서 영원히 서 있을 것 같았다. 햇살을 받으며 자신의 그림자를 만들어 내고 자연 속에서 조화롭게 역할을 수행한 뒤 단순한 본연의 모습으로 돌아갈 것이다. 비록 그때 내 머릿속에 떠오른 단어는 정확히 이게 아니었지만 말이다. 나는 건초 더미를 보는 것만으로도 희열을 느낄 수 있었다. 지금도 여전히 책에서 높이 쌓아 놓은 건초 더미를 찍은 사진을 볼 때 마다 난 그때 느꼈던 희열이 내 몸을 스쳐가는 걸 느낄 수 있다. 하지만 모든 건 이제 과거의 한 부분일 뿐이다. 요즘은 아무도 그런 식으로 건초를 만들지 않는다. 그저 사람이 트랙터에 올라타고 풀을 벤 후 땅 위에 쌓아 놓으면 기계로 그것들을 고른 후 역겨운 냄새가 나는 사일로(Silo)로 감싼다. 그러면 풀 더미들은 반듯한 하얀색 플라스틱에 둘러싸여 제각기 필요한 손에 넘겨질 것이다. 지난 일을 기억해 낼 때의 기쁨은 곧 더 이상 같은 일을 경험할 수 없다는 아련함으로 이어진다.

그렇다. 아주 오래 전 일을 기억해 낼 때면 문득 나는 나 자신이 나이가 들어간다는 생각을 하게 되는 것이다.

5

 그를 보았을 때 난 그를 알아보지 못했다. 그래서 라이라를 데리고 그를 지나쳐가며 고개만 끄덕였을 뿐이다. 내 기억력은 제자리를 찾지 못했던 것이다. 살면서 모든 걸 기억하고 지낼 수는 없지 않은가? 그가 오두막 옆 처마 밑에서 장작을 쌓아 올리고 있을 때 난 그 옆을 지나치며 전혀 나른 생각을 하고 있었다. 그가 내게 인사를 건네며 자신의 이름을 말했을 때도 난 그냥 흘려들었다. 하지만 어젯밤 잠자리에 들면서 그가 떠올랐고 궁금증이 피어올랐다. 그의 이름과 흐릿한 손전등 불빛 사이로 보았던 그의 얼굴에는 뭔가 나의 오랜 기억 한 조각과 연관된 것이 틀림없이 있었던 것이다. 갑자기 난 한 가닥 확신을 느꼈다. 그는 라스였다. 마지막으로 보았을 때 그의 나이는 불과 열 살이었지만 그가 라스라는 걸 확신할 수 있었다. 그의 나이는 지금 환갑을 넘었을 것이다. 만약 이게 소설속의 상황이라면 이 상황은 분명 내 신경을 거슬리게 했을 것이다. 난 그동안 많은 책을 읽었다. 특히 지난 몇 년 간은 거의 책만 읽으며 살아왔다고 해도 과언이 아니다. 난 그동안 읽었던 책들을 떠올려 보았다. 이런 일은 소설 속 허구의 세계에서나 일어나는 거 아닌가! 현대 소설이라 하더라도 마찬가지일 것이다. 이런 일은 극적인 우연이 아니고서는 설명할 길이 없는 상황이었다.

문득 난 받아들이기 힘든 우연에 대해 생각하며 디킨즈의 소설들을 떠올렸다. 디킨즈의 소설들은 거의 모두가 먼 나라의 동화요 전설이 아니었던가. 마지막에 가서는 소설 속 여기저기서 보였던 우연의 조각들이 맞아 들어가며 균형을 이루고 신경에 거슬렸던 불쾌한 일들이 다시 신의 미소 아래 선의 힘으로 응당한 결과를 맞게 되는 것. 그것은 애도의 형태로 나타날 수도 있고 선로를 벗어나 허우적거리는 이 세상을 향한 반항의 형태로 나타날 수 있다. 하지만 현실에서는 그렇지 않다. 내가 속한 이 세상은 디킨즈의 소설 속 세상과 거리가 멀다. 더욱이 나는 항상 운명에 의해 삶이 결정된다는 사고방식에 반대해왔다. 그들은 조그만 불행에도 용기를 잃고 넋두리를 하며 타인의 동정과 연민을 요구한다. 사람들은 각자의 삶을 스스로 개척해야 한다. 적어도 난 그렇게 생각한다. 왜냐하면 삶과 생명이라는 것은 절대로 그냥 내버려 둘 수 없을 만큼 가치 있고 귀중한 것이기 때문이다. 자신의 삶에 대해서는 완전한 책임을 져야 한다는 것이 내 생각이다.

그 동안 난 여러 곳에서 살아봤다. 그리고 이곳에서 남은 인생을 보내기로 결심했다. 어제 라스를 우연히 만났다고 해서 삶에 대한 내 가치관을 버린 건 아니다. 이곳에 대한 나의 사랑과 계획도 변한 것은 없다. 이곳에 살면서 가지게 되는 나의 감정과 기분, 정서도 이전과 비교해서 변한 건 없다. 다시 생각해보니 그 역시 나를 알아보지 못했다는 생각이 든다. 어쩌면 나는 아무것도 아닌 것처럼 어제 일을 잊어버리고 변함없는 하루하루를 꾸려갈지도 모르는 일이다. 그렇긴 하지만 어제 일이 이곳 생활에 약간의 변화를 가져온 건 사실이었다.

이곳에 대한 나의 계획은 꽤 간단한 것으로 이곳이 나의 마지막 집이 될 거란 생각이 바탕을 이루고 있다. 이전에는 오래도록 뿌리를 내리고 살 공간이나 장소에 대해 깊이 생각해 본 적이 없었다. 하지만 그런 생각은 이 오두막으로 옮겨 오면서 변했던 것 같다. 어쨌든 이곳에서는 하루하루 최선을 다하며 살아야 한다. 우선은 이곳에서 올 겨울을 무사히 나는 게 최우선 과제였다. 만약 눈이라도 내린다면 어떻게 할 것인가. 라스의 오두막까지는 적어도 2백 미터를 걸어가야 한다. 그리고 대로까지 나가려면 다시 50미터는 더 가야 한다. 등이 좋지 않은 나는 허리를 굽히고 눈을 치우는 일을 생각도 할 수 없다.

쌓인 눈을 치우는 건 매우 중요한 일이다. 기온이 떨어지면 성능 좋은 자동차용 배터리를 구비하는 것도 잊어서는 안 된다. 시내에 있는 슈퍼마켓까지 가려면 적어도 6킬로미터는 가야 하니 차는 이곳에서 필수라고 할 수 있다. 이 오두막에는 벽에 붙어있는 두 개의 전기난로가 있다. 하지만 완전 구식이라 열에 비해 전기 소모량이 너무 많을 것이다. 사실은 기름을 넣어서 사용하는 최신식 난로를 살 생각도 해봤다. 바퀴가 달려 있으니까 집 안 어디든 전기 콘센트가 있는 곳이면 옮겨가며 사용할 수 있어서 편할 것도 같았다. 하지만 난 결국 기름난로를 사지 않았다. 그래서 지금 내겐 집 안을 따뜻하게 만들어줄 도구가 없다. 불행 중 다행이라면 헛간에 쌓아놓은 오래된 자작나무 장작을 벽난로에 넣어 지필 수 있다는 것이다. 내가 이 오두막에 이사를 올 때부터 헛간에 있던 장작들이다. 하지만 장작은 많지 않았고 매우 건조한 상태였기 때문에 그걸로 불을 지피면 오래 가지 않을 것 같았다. 난 결국 며칠 전에 구입한 전기톱으로 숲속의 죽은 소나무들을 베었다. 지금 내가 해야 할 일은 바로 이 소나무들을 적당한 크기로 잘라서 더 늦기 전에 헛간의 오래된 장작 위에 차곡차곡 쌓아두는 일이었다. 헛간에 있던 자작나무들은 이미 많이 사용했기 때문에 남아 있는 게 별로 없었다.

전기톱은 욘세레드 회사에서 만든 것이었다. 물론 욘세레드 브랜드가 가장 좋다고는 할 수 없지만 이곳에서는 모두 욘세레드 제품을 쓰는 것 같았다. 마을의 가게에 갔을 때 주인은 자신의 가게에서는 욘세레드 제품만 취급한다고 말했다. 그리고 수리 역시 욘세레드 제품만 해준다고 했다. 내가 구입한 건 새 물건이 아니라 최근에 수리를 해서 새 톱날을 장착한 전기톱이었다. 하지만 주인은 내게 그 전기톱을 팔기로 단단히 결심한 것 같았다. 게다가 그곳엔 어차피 욘세레드 제품밖에 없었다. 자동차도 마찬가지였다. 지금까지 난 한 마을에서 이렇게 많은 볼보자동차를 본 적이 없다. 최신형 모델부터 오래된 아마존까지 있었다. 우체국 앞에서 아주 오래된 PV모델도 본 적이 있다. 이런 마을의 모습은 내게 뭔가 이곳의 특징적인 것을 말해주고 있는 듯했다. 하지만 그게 뭔지는 확신할 수 없다. 단 한 가지 생각할 수 있는 게 있다면 이 마을이 스웨덴 국경에서 얼마 떨어지지 않은 곳에 있다는 것. 그래서 부품을 구입할 때도 운반비 같은 경비를 절감할 수 있다는 것 정도였다. 그렇다. 어쩌면 이유는 이처럼 간단할 지도 모르는 일이다.

 차를 몰고 집을 나섰다. 강 위의 다리를 건넜고 라스의 오두막을 지나고 숲을 지나서 대로로 향했다. 오른편에 줄지어 선 나무들 사이로 강 표면이 햇살에 보석처럼 반짝이는가 싶더니 어느새 뒤편으로 사라졌다. 양 옆으로 추수가 끝난 들판이 펼쳐졌다. 그 위로 한 무리의 까마귀들이 날고 있었지만 소리는 들리지 않았다. 반대편 늘판 저 멀리 강가에 있는 제재소도 보였다. 제재소는 내 오두막에서 볼 때보다 훨씬 커 보였다. 하지만 그건 같은 건물이 틀림없다. 왜냐하면 그 옆의 강 또한 집에서 보던 강과 같았으니까 말이다.
 예전엔 이곳이 래프팅 장소였다고 한다. 그런데 제재소가 들어서기에 아주 적당한 장소였기 때문에 얼마 지나지 않아 이곳의 모습이 바뀌게 되었다고 한다. 아주 오래 전 일이라고 했다. 사실 요즘 같아선 제재소를 어디에 지어도 상관없다. 이제는 더 이상 수로를 통해서 통나무를 운반하지 않기 때문이다. 하긴 그 때문에 불편한 점이 있긴 하다. 가끔씩 육로를 통해 통나무를 운반하는 트럭 운전사들과 좁은 길에서 마주치는 일은 결코 유쾌한 일이 아니다. 그들은 좁은 시골길을 종횡무진하며 브레이크 대신 경적을 무기로 삼는 무법자나 다름없었다. 며칠 전 나는 논두렁에 처박히는 일을 경험했다. 천둥 같은 소리를 내며 거대한 트럭이 내 차선을 침범하며 쏜

살 같이 질주해왔고 난 급정거를 하며 방향을 틀었다. 그 순간, 눈을 감고 이게 마지막이란 생각을 했다. 하지만 오른쪽 계기판의 유리가 가로수에 부딪쳐서 깨졌을 뿐 더 이상의 불상사는 없었다. 핸들에 이마를 기댄 채 난 한참동안 가만히 앉아 있었다. 날은 어두웠고 차의 엔진은 멈춰버렸다. 하지만 헤드라이트는 꺼지지 않은 상태였다. 핸들에서 머리를 들고 밖을 내다보았다. 약 50미터 전방에 살쾡이처럼 보이는 동물의 빛나는 눈동자가 있었다. 실제로 살쾡이를 본 적은 한 번도 없다. 하지만 내 눈앞에 있는 게 살쾡이라는 것쯤은 알 수 있었다. 나를 둘러싼 저녁은 말할 수 없이 고요했다. 그리고 내 앞에 서 있는 살쾡이는 꿈쩍도 하지 않고 날 바라보고 있었다. 그러더니 조용하고 부드러운 발걸음으로 옆도 돌아보지 않은 채 걷기 시작했다. 문득 지금까지 운전을 하면서 그때처럼 온몸을 통해 살아있다는 것에 대해 강렬한 기쁨을 느꼈던 적이 없었단 사실을 깨달았다. 나의 피부 밑에서 모든 감정과 의지들이 팽팽히 생을 즐기고 있다는 걸 느꼈던 것이다.

 다음 날, 난 가게에서 만난 사람들에게 내가 본 살쾡이에 대해 설명해 주었다. 그들은 내 말을 믿지 않았다. 그들은 내가 본 게 살쾡이가 아니라 분명 평범한 개였을 거라고 우겼다. 그날 내가 만난 사람들은 하나같이 이 부근에서는 살쾡이를 한 번도 본 적이 없다고 입을 모았다. 그런데 이곳에 산 지 불과 한 달 정도 밖에 안 된 사람이 살쾡이를 보았다고 하니 믿을 수 없는 모양이었다. 하긴 내가 그들 중 한 명이었더라도 믿지 못했을 것이다. 하지만 지난밤에 내가 본 건 분명 살쾡이였다. 내 기억 속에는 커다란 들고양이 같은 그 살쾡이의 모습이 너무나 선명하게 자리 잡고 있고 내가 원할 때마다 기억 속에서 그 모습을 꺼내어 즐길 수도 있었다. 물론 언젠가 다시 한 번 그 살쾡이를 볼 수 있기를 바란다. 그렇게 된다면 더 바랄 게 없을 것이다.

난 '스타트 오일' 이라는 간판이 걸린 주유소 앞에 정차했다. 계기판의 부서진 유리는 아직도 갈아 끼우지 못했다. 전구도 마찬가지였다. 하지만 상관없다고 생각했다. 그리고 이미 날이 어두워졌기 때문에 수리를 한다는 건 쉬운 일이 아니었다. 하지만 언젠간 해야 할 일이었다. 하나밖에 없는 헤드라이트로 운전을 하는 건 불법이었다. 그래서 난 주유소에 있는 작업장 안으로 들어갔다. 미닫이 문 옆에 서서 창으로 나를 보고 있던 남자는 내가 들어가자 내 차의 헤드라이트 전구를 당장 교체해 주겠다고 했다. 그리고 고철 폐기장에 계기판에 끼울 수 있는 새 유리가 있는지 살펴보고 없으면 주문해 놓겠다고 했다.

"이렇게 오래 된 차에 새 부품을 갈아끼워 주려고 돈을 쓰는 건 무의미하죠."

그의 말에도 일리는 있었다. 내 차는 10년이나 된 닛산자동차였다. 난 새 차를 구입할 수도 있었다. 돈이 없는 것은 아니었다. 하지만 오두막을 구입하고 난 뒤에는 여기저기 나가는 돈이 적지 않았다. 그래서 난 새 차 구입하는 일을 조금 미뤄 두었다. 처음엔 4륜구동차를 사고 싶었다. 이곳에 살려면 그런 차는 필수였다. 하지만

4륜 구동차를 구입하면 주변 사람들에게 벼락부자 같은 인상을 줄 수도 있단 생각이 언뜻 들었다. 그래서 생각 끝에 구입한 게 바로 이 차였다. 차를 구입하고 나서는 수도 없이 정비소를 들락거렸고 가장 자주 문제가 생긴 건 바로 발전기였다. 정비소 직원은 내가 갈 때마다 고철 폐기장에 부품을 주문하겠다는 말만 되풀이했다. 그는 이 일로 큰돈을 요구하지 않았다. 나로서는 나쁘지 않은 일이었다. 그는 작업장에서 일을 할 때마다 라디오를 들으며 휘파람을 불었다. 그의 라디오는 항상 뉴스 채널에 맞춰져 있었고 덕분에 최근의 뉴스를 쉽게 들을 수 있었다. 나는 항상 라디오를 뉴스 채널, 특히 경제뉴스를 들을 수 있게 맞춰 놓은 게 고의는 아닌가 생각해 본 적이 있다. 하지만 그는 항상 친절했고 내게 과도한 비용을 요구한 적도 없기 때문에 가끔 놀라기도 하고 의아해 하기도 했다. 사실 난 그의 불친절을 예상하고 있었다. 그건 내가 이 마을 사람들과는 달리 볼보를 몰지 않았기 때문이다. 어쩌면 그 역시 나처럼 다른 지방에서 이주해 온 사람일지도 몰랐다.

차를 주유소 안의 정비소에 맡겨놓고 걷기 시작했다. 교회를 지나고 길을 건넌 뒤에 나는 상점 안으로 들어갔다. 내게는 자주 있는 일이 아니었다. 이곳 사람들은 거리와는 상관없이 항상 차를 타고 다녔다. 슈퍼마켓은 시내 사람들이 모여 사는 곳에서 겨우 백 미터 정도밖에 떨어져 있지 않았지만 그곳까지 걸어가는 사람은 나밖에 없었다. 차들이 즐비한 주차장을 걸어가며 스스로 나를 노출시키는 것 같은 기분이 들었다. 그러면서도 한편으론 걸어서 가게 안으로 들어간다는 사실이 즐겁기도 했다.

  가게 안에서 만난 사람들에게 내가 인사를 건넸다. 그들은 내가 단순히 이곳에 휴가를 즐기러 온 사람이 아니라 살기 위해 이주했단 걸 알고 있었으며 나라는 존재에 대해 어느 정도 익숙해진 것 같았다. 부활절이나 여름휴가 때마다 커다란 차를 몰고 와서 유유자적하며 낚시를 즐기거나 포커게임을 하고 저녁이면 맥주를 들이키는 도시 사람들 가운데 한 명으로 낙인찍히는 건 내 입장에서도 달가운 일이 아니었다. 마을 사람들이 내게 조심스럽게 개인적인 얘기를 묻게 되기까지는 이곳으로 이사를 온 후 적지 않은 시간이 걸렸다. 이제는 마을 사람들 대부분이 내가 누군지 어디에 살고 있는지 알고 있다. 내가 무슨 일을 하는지, 나이가 몇 살인지는 물론이고 3년 전에 있었던 사고로 아내가 세상을 떠나고 나만 겨우 목숨을 부지했단 사실도 알고 있다. 그들은 그때 세상을 떠난 아내가 나의 첫번째 부인이 아니란 것도 알고 있으며, 내게는 이전에 결혼에서 얻은 장성한 두 아들이 있다는 것도 알고 있다. 나는 그들이 물어오는 질문에 모두 답해 주었다. 뿐만 아니라 아내가 죽은 뒤 더 이상 일을 하고 싶지 않아서 하던 일에서 손을 뗐으며 이전과는 전혀 다른 곳에 살고 싶어서 이곳으로 왔단 얘기도 해주었다. 마침내 이곳에서 내가 살 집을 찾을 수 있었고 이곳에서 여생을 보낼 수 있단 생각에 내가 얼마나 기뻤는지도 물론 말해주었다. 그들은 내 이야기를 듣는 걸 좋아했다. 그리고 내가 집을 구입할 때 이곳 사람들의 자문을 구했더라면 좋았을 거란 말을 했다. 사실 많은 사람들이 내가 지금 살고 있는 오두막집이 살기에는 더 없이 좋은 곳이란 얘기를 했다. 하지만 수리할 곳이 너무 많아서 아무도 구입할 엄두를 내지 못했다고 했다. 나는 그들에게 그 사실을 미리 알지 못했던 게 오히려 잘된 일인지도 모른다고 대답했다. 만약 집의 상태에 대해서 정확한 정보를 얻을 수 있었다면 그 집을 구입하지 않았을 테니 말이다. 하긴 집을 구입하고 보니 손 볼 곳이 한두 군데가 아니었다. 그 모든 걸 한꺼번에 수리하는 일은 거의 불가능했다. 그래서 난 하나씩 고쳐나가기로 결심했다. 그건 내게 딱 알맞은 일이기도 했다. 내게는 충분한 시간이 있었고 딱히 갈 곳도 없었기 때문이다.

사람들은 이런 이야기들을 해 주면 좋아했다. 한 번에 듣기에 지치지 않을 정도로 적당하고 신중하게, 그리고 진솔하게 얘기를 해 주면 듣는 사람들은 나를 알고 있다고 생각하기 마련이다. 하지만 그건 사실과 달랐다. 그들은 내 이야기들을 들으면서 나에 대해서 알게 될지 모르지만 내 감정과 의견, 내 생각들에 대해서는 전혀 알 수가 없다. 어떻게 그런 일들이 내게 일어났으며 그 과정에서 내가 내린 결정들로 인해 어떻게 지금의 내 모습이 만들어졌는지에 대해서는 모를 수밖에 없는 것이다. 그들이 하는 일이란 바로 내 이야기에 자신들의 감정과 의견을 대입시키고 유추하며, 자신들의 삶과는 전혀 관계없는 새로운 삶을 마치 소설처럼 만들어내는 것이다. 바로 그 점 때문에 개인적인 일에 대해 이야기를 하더라도 궁지에 몰릴 일은 거의 없다. 적어도 내 경우에는 말이다. 아무도 내가 원하지 않으면 내 몸에 손가락 하나 델 수 없다. 그저 이야기를 할 때 진실하고 예의바르게 미소를 지어가며 하면 된다. 동시에 가슴 속에 있는 집착적인 생각들에 대해서는 잊어버리는 게 좋다. 왜냐하면 그들은 내가 얼마나 어색해 하는지 또는 수치스러워 하는지에 상관없이 자기들끼리 나에 대한 얘기를 할 게 뻔하기 때문이다. 그건 피할 수 없는 일이다. 사실 그들뿐만이 아니라 나 역시 이런 종류의 사람에 포함된다.

내가 원하는 건 거의 없다. 그저 한 덩어리의 빵과 몸에 걸칠 옷이면 충분하다. 슈퍼마켓 안에서 내 쇼핑카트를 들여다보고 난 놀라움을 금치 못했다. 남들에 비해 너무 텅 비어 보였기 때문이다. 혼자 사니까 필요한 것도 없었다. 물건 값을 지불하려고 계산대 앞에 섰을 때 여직원이 내 이마를 바라보았다. 순간 난 주머니에 넣어둔 돈을 찾기 위해 허둥거렸고 동시에 무의미하고도 슬픈 감정이 북받쳤다. 아마도 그녀는 눈앞에 서 있는 남자에게 '홀아비'라는 낙인을 찍었을 것이다. 하지만 그녀는 내 감정과 생각에 대해서 아는 게 없다. 그것으로 나는 스스로를 위로했다.

"여기 있습니다."

잔돈을 내 주며 말을 건네는 그녀의 목소리는 비단처럼 고왔다.

"고맙습니다."

나는 거의 눈물을 쏟을 뻔했다. 젠장. 얼른 그곳을 벗어나고 싶었다. 총총걸음으로 가게를 나오며 안도의 숨을 내쉬었다. 또 한 번의 행운이라 말 할 수도 있을 것이다. 그녀는 어차피 아무것도 이해할 수 없었을 테니······.

그는 자동차의 헤드라이트 전구를 갈아 끼워 놓았다. 나는 쇼핑백을 조수석에 놓고 사무실로 들어갔다. 계산대 앞에서 미소로 나를 맞이한 사람은 그의 아내였다.

"안녕하세요."

"안녕하세요, 전구 값이 얼마죠?"

"비싸지 않아요. 당장 지불하지 않아도 됩니다. 그보다 커피 한 잔 하시겠어요? 올라브를 만나려면 5분 정도는 더 기다리셔야 되거든요."

그녀는 사무실 뒤에 있는 작은 방의 열린 문을 엄지손가락으로 가리키며 말했다. 난 그녀가 가리키는 쪽으로 머뭇거리며 걸어가 방 안을 들여다보았다. 기계공 올라브가 방 안에서 의자에 앉아 컴퓨터 화면을 들여다보고 있었다. 화면 속에 길쭉하고 빛나는 물건들이 보였다. 그 어느 것도 붉은 색을 띠고 있지는 않았다. 그는 김이 펄펄 나는 커피 잔을 한 손에 들고 다른 한 손에는 초콜릿을 들고 있었다. 그는 나보다 스무 살은 어려 보였다. 나는 나이가 꽤 들어 보이는 사람들을 보면서 그들이 사실은 나보다 훨씬 어릴 수 있단 사실에 더 이상 놀라지 않는다.

"여기 앉아서 잠시 쉬세요."

그는 플라스틱 컵에 커피를 채운 뒤 탁자 위에 올려놓았다. 그리고 내게 빈 의자를 권하며 등을 떠밀고 다시 자기 자리로 돌아가 무겁게 털썩 주저앉았다. 만약 그가 나처럼 아침에 일찍 일어난다면 지금쯤 피곤할 수도 있겠단 생각이 들었다. 난 그가 권하는 의자에 앉았다.

"그 '꼭대기'에서의 생활은 어떤가요? 이제는 좀 살만 한가요?"

내가 살고 있는 오두막은 이곳에서 '꼭대기'라는 이름으로 불린다. 강을 한 눈에 내려다볼 수 있는 높은 곳에 위치하고 있기 때문이었다.

"그곳에 두 번 정도 가 본 적이 있어요."

그가 말했다.

"그 집을 둘러보면서 구입할까 망설였지요. 이것저것 취미로 목공일을 하기에 적합할 정도로 방이 많아서요. 하지만 수리할 곳이 너무 많아서 포기했습니다. 저는 차를 수리하고 손보는 일에 관심이 많아요. 집을 수리하는 일과는 거리가 멀죠. 어쩌면 당신은 저와는 반대일 것도 같군요."

그의 말이 끝나자마자 우리는 누가 먼저랄 것도 없이 내 손으로 눈길을 돌렸다. 예술가의 손이라고 하기에는 거리가 먼 손이었다.

"뭐, 그런 것도 아니에요. 저도 집을 고치거나 손질하는 일에는 자신 없습니다. 하지만 시간이 충분히 주어지면 하나씩 천천히 고쳐나갈 자신은 있어요. 가끔은 다른 사람의 도움도 필요할 때가 있겠지요."

내가 다른 사람들에게 말하지 않은 것 중 하나는 집 안의 허드렛일을 할 때를 제외하고 다른 중요한 일을 할 때, 항상 눈을 감고 아버지라면 어떻게 했을지 곰곰이 생각해 본다는 것이다. 그렇게 아버지의 모습을 상상하며 난 아버지의 손놀림을 '복사'해 보려 노력

한다. 그러다보면 어느새 내 몸의 움직임에 리듬이 생겨나기 시작한다. 그 리듬 속에서 일을 하다보면 결과가 눈에 보이기 시작한다. 마치 오랫동안 그 일을 해 왔던 것처럼 자신감도 생긴다. 그건 마치 손이 해야 할 일에 대해 나머지 신체 부분이 어떻게 움직여야 하는지 미리 계산하고 또 힘의 정도를 예상해서 반응하는 기계적 작용과 같다. 각각의 일은 저마다의 방식을 가지고 있으며 일을 하는 내 손과 몸은 각각의 일이 지닌 특성을 익혀나가는 것이다. 그건 일이 행해지는 방식 속에 이미 존재하고 있는 어떤 리듬을 따라가는 거라고도 할 수 있다. 몸을 움직여 일을 시작할 때에는 그것을 둘러싸고 있는 장막을 옆으로 밀쳐두어 제 3자로 하여금 과정을 볼 수 있도록 해야 한다. 아버지가 일을 할 때 그 제 3자의 역할을 하는 관찰자는 나였다. 그리고 내가 관찰하고 있던 그 사람은 바로 나의 아버지였다. 그의 익숙한 몸놀림과 손동작을 보았던 마지막 때 아버지는 갓 마흔을 넘겼고 옆에서 지켜보고 있던 나는 열다섯 살이었다. 그 후 아버지는 내 삶에서 사라져버렸다. 물론 현재까지의 내 기억 속에 살아있는 아버지는 그때 이후 더 늙지도 않았다.

이 모든 것을 지금 내 앞에 앉아 있는 저 친절한 기계공에게 설명하는 건 무리일 것이다. 그래서 난 그저 한 마디만 했다.

"제게는 여러 면에서 경험이 풍부한 아버지가 있었어요. 그 분에게 아주 많은 걸 배울 수 있었죠."

"모든 아버지는 위대해요."

그가 말했다.

"제 아버지는 교사였어요. 오슬로에서 교직에 몸담고 계셨지요. 아버지는 제게 책을 읽는 법을 가르쳐 주셨어요. 그 외에는 이렇다 하게 배운 게 별로 없었던 것 같아요. 아버지는 실용적인 기술과는 거리가 먼 사람이었지만 아주 훌륭한 분이셨죠. 우린 언제나 함께 이야기를 나눴어요. 보름 전에 돌아가셨답니다."

"저는 전혀 모르고 있었네요. 많이 상심하셨겠습니다."

"당신이 어떻게 알 수 있었겠어요? 괜찮아요. 아버지는 지병을 앓고 계셨죠. 어쩌면 그렇게 떠나신 게 오히려 잘됐단 생각도 들어요. 하지만 가끔 아버지가 그리워요. 정말 그리워요……."

그는 잠시 말을 멈추고 멍하니 앉아 있었다. 그의 얼굴에서 진심으로 아버지를 그리워하고 있는 모습이 보였다. 솔직하면서도 복잡하지 않은 표정이었다. 그의 얼굴을 보면서 나 역시 아버지를 그렇게 그리워할 수 있다면 얼마나 좋을까하고 생각해 보았다. 그게 전부였다.

나는 자리에서 일어섰다.

"이제 가 봐야겠습니다. 제게는 기다리고 있는 허름한 집이 있으니……. 틈나는 대로 손볼 곳이 많거든요. 곧 겨울이 다가오니 서둘러야겠습니다."

"그러세요."

그는 미소를 지으며 대답했다.

"만약 도움이 필요하거나 궁금한 점이 있으면 언제든 연락 주세요. 저는 항상 여기 있으니까요."

"사실 도움이 필요한 일이 있긴 합니다. 저희 집 앞에 있는 길 말인데요. 아시다시피 짧지는 않은 도로입니다. 그런데 그 길에 눈이라도 쌓이면 아무 장비도 없이 손으로 눈을 치우는 건 너무 힘이 듭니다. 저에겐 트랙터가 없거든요."

"그런 일이라면 문제도 되지 않습니다. 여기 이 사람에게 전화해보세요."

기계공 올라브는 노란색의 메모장에 이름과 전화번호를 적기 시작했다.

"이 사람이 아마 당신과 가장 가까운 이웃일 겁니다. 트랙터를 가지고 있어요. 겨울이면 그 트랙터로 자기 집 앞에 쌓인 눈을 치우는데 당신 집 앞의 도로도 얼마든지 함께 치워줄 수 있을 겁니다. 그는 농부예요. 그래서 오전에도 집에 있어요. 집 앞의 밭길을 오르락내리락 하는 일이 전부거든요. 제 생각이지만 집 앞 눈을 치울 때 조금만 더 손을 뻗으면 당신도 도울 수 있으니 거절하지는 않을 것 같아요. 하지만 대가는 지불해야 할 겁니다. 한 번 눈을 치워줄 때마다 50크로네 정도면 충분할 겁니다."

"그 정도라면 얼마든지 지불할 용의가 있습니다. 도움이 되는 정보를 주서서 감사합니다. 그리고 커피 잘 마셨습니다."

정비소를 나오면서 헤드라이트의 전구 값을 지불했다. 계산대 앞에 있던 올라브의 아내가 미소를 지으며 내게 남은 하루를 잘 보내라고 인사를 건넸다. 난 그녀에게 고개를 끄덕여 대답을 대신하고 집으로 차를 몰았다. 호주머니 안에 들어있는 노란 메모지 한 장을 생각하니 가까운 미래의 문제점 하나는 벌써 해결된 것 같아 마음이 푸근해졌다. 기분이 좋아진 나는 '이렇게 쉬웠던 것일까' 하는 생각을 해봤다. 어쨌든 이제는 겨울이 와도 큰 신경이 쓰이지 않을 것 같아서 좋았다.

나는 '꼭대기'로 돌아와서 안마당에 있는 나무 앞에 차를 세웠다. 늙은 자작나무로 나무둥치에 구멍이 움푹하게 패어 있었다. 조만간 받침대를 설치해 주지 않으면 언젠간 쓰러질 지도 몰랐다. 부엌으로 들어가 쇼핑백을 내려놓고 커피머신의 스위치를 올렸다. 그리고 다시 밖으로 나가서 헛간에 있던 전기톱과 귀 보호개를 가져왔다. 귀 보호개는 전기톱을 구입할 때 덤으로 얻었던 것이다. 그리고 창고로 가서 휘발유와 기름을 가져왔다. 마지막으로 여기저기서 가져온 기구들을 현관에 내려놓고 허리를 펴고 하늘을 올려보았다. 한낮이라 그런지 조금은 더운 기운도 느껴졌다. 난 곧바로 다시 안으로 들어가 보온병을 찾아놓고 커피머신이 작동을 멈추기를 기다렸다. 김이 무럭무럭 나는 뜨거운 커피로 보온병을 가득 채운 뒤 겨울용 작업복을 입고 밖으로 나가 현관 앞에 앉았다. 전기톱의 날을 능숙한 손놀림으로 세워갔다. 톱날이 날카롭게 반짝거릴 때까지 그 일을 계속하면서 도대체 내가 언제 이 일을 배웠는지 생각해 보았다. 영화를 보면서 익혔던 손놀림은 아니었을까. 거대한 숲에 대한 영화이거나 또는 울창한 숲이 배경으로 나오는 다큐멘터리 영화를 보며 익혔던 것 같다. 사실 기억력만 좋다면 영화를 통해 많은 것을 배울 수 있다. 영화 속에 나오는 사람들이 무슨 일을 어떻게 해 나가는지를 눈여겨보면 배울 게 적지 않다. 하지만 현대 영화 속에서는 실제로 배울 수 있는 것들이 거의 없다. 그저 아이디어만 가득할 뿐이다. 깊이 없는 생각들과 소위 유머라고 불리는 것들. 요즘은 영화를 보면 온통 웃겨야 한다는 강박증에 빠진 아이디어만 보이는 것 같아 착잡하다. 나는 그런 쓸 데 없는 웃음을 만들어내는 영화나 오락을 경멸한다. 내게는 그런 것들을 보고 웃음을 흘릴 시간이 없다.

나는 전기톱의 날을 세우는 법을 아버지에게 배운 적이 없다. 아무리 기억을 되짚어 보아도 아버지는 전기톱의 날을 세운 적이 없었기에 내가 보고 배울 기회가 없었던 것이다. 사실 1인용 전기톱이 노르웨이에서 사용되기 시작한 건 1948년이 되어서였다. 그 전에는 말을 이용하거나 건장한 남자 다섯 명은 있어야 운반할 수 있는 커다란 톱이 주로 쓰였다. 개인은 구입할 수 없을 정도로 비쌌던 것은 물론이다. 그래서 매해 여름마다 아버지가 소유하고 있던 숲에서 벌채 작업이 이루어질 때면 동가리톱과 손도끼를 든 몇 명의 장정들이 동원되었다. 숨 쉬는 게 행복할 정도로 깨끗한 공기 속에서 벌목을 하기 위해서는 잘 훈련된 말 한 마리도 반드시 필요했다. 숲에서 강까지 이어진 밧줄을 따라가면 둑 위에 이미 벌목된 통나무들이 쌓여 있는 모습도 보였다. 나무껍질을 잘 벗긴 후 벌목 관리자가 도장을 새기면 통나무들은 강으로 옮겨진다. 긴 작대기를 손에 든 두 사람이 통나무더미의 양 옆에 서서 적당한 양의 통나무들을 강으로 굴려 보내는 일을 통제했다. 모든 통나무들이 강으로 굴러들어가 물에 뜨고 나면 그제야 육지에 서 있던 사람들은 통나무들에게 특별한 말로 작별 인사를 고한다. 그건 아주 오래전부터 사용되어 온 단어로 지금은 어느 누구도 뜻을 알 수 없는 말이었다. 강으로 떨어진 통나무들은 철썩 물방울을 튀기며 물살을 타고 천천히 하류로 이동하는 동안 점점 속도가 빨라질 것이다. Bon voyage!

나는 날을 세운 전기톱을 들고 몸을 일으켰다. 그리고 전기톱을 비스듬히 눕혀 나사를 돌려서 열고 휘발유와 기름을 채워 넣은 후 다시 단단히 돌려 잠갔다. 그리고 휘파람을 불어서 라이라를 불렀다. 뒷마당에서 심각하게 땅을 파고 있던 개는 얼른 내 앞으로 뛰어왔다. 나는 보온병을 옆구리에 끼고 숲의 가장자리를 따라 걸었다.

땅바다에 널브러지 있는 죽은 소나무들은 허옇게 말라비틀어져 있었다. 언젠가는 나무둥치를 잘 덮고 있었을 나무껍질은 이미 벗겨져서 찾아볼 수 없었다. 난 전기톱의 엔진을 두 번 정도 당겨 시동을 건 후 공기 흡입 장치를 조절하고 공중에서 전기톱을 두어 번 작동시켜보았다. 그러자 숲속이 전기톱의 울부짖는 듯한 소리로 가득 찼다. 나는 준비해 온 귀마개를 끼우고 나무 기둥 사이로 전기톱을 쑤셔 넣었다. 톱밥이 바지 위로 흩날리기 시작했고 온몸이 전기톱의 떨림에 흡수되어 함께 떨리기 시작했다.

6

갓 베어낸 통나무에서는 향기가 났다. 그 향은 강으로 뻗은 길에서부터 퍼져왔고 공기를 메우며 강 저편까지 존재하는 모든 것들 사이로 번져나갔다. 나는 그 향속에서 온몸이 마비되는 것 같은 느낌과 함께 현기증을 느꼈다. 내 몸에는 송진 냄새가 짙게 배었다. 입고 있던 옷에서는 물론이고 자려고 누우면 머리카락과 피부에서도 송진 냄새가 풍겼다. 나는 송진 향과 함께 자리에 눕고 또 그 향과 함께 잠에서 깨어났으며 온 종일 송진 향과 함께 생활했다. 나는 숲 그 자체였다. 난 아버지가 시키는 대로 손도끼를 소나무 잔가지 사이로 깊이 박아 넣어 가지를 베어냈다. 나무의 몸통을 마치 면도하듯 말끔히 베어서 삐죽이 튀어나온 가지가 없게 만드는 일은 무엇보다도 중요했다. 왜냐하면 벌목된 나무가 강을 통해 운반되면서 행여 물살을 잘못 타고 움직이지 못하는 경우라도 생기면 누군가 나무 위에 올라서서 다시 방향을 잡아줘야 했기 때문이다. 그럴 때 통나무에 잔가지들이 있으면 그 위에 서 있는 사람들은 발에 상처를 입기 십상이다. 난 마치 최면술에 걸린 것처럼 손도끼를 좌우로 흔들며 가지를 베어냈다. 쉽지 않은 일이었다. 손도끼가 향하는 곳마다 반항하는 힘이 느껴졌고 그 어느 것도 단번에 베어낼 수 있는 건 없었다. 하지만 그렇다고 짜증이 나진 않았다. 몸이 지치는 것 같지도 않아서 난 계속 일을 했다. 그런 나를 보며 함께 일하던 사람들은 내 어깨를 눌러 나무둥치에 앉히며 잠시 쉬라고 했다. 하지만 나무둥치에는 송진이 흥건했고 좀 있으니 다리에 따끔따끔한 기운이 느껴졌다. 난 얼른 자리에서 일어났다. 끈적끈적한 것이 바지에 달라붙어 떨어지지 않으려는 듯 찌이익 거리는 소리를 들으며 손도끼를 다시 잡았다. 작열하는 태양 아래서 그런 내 모습을 본 아버지는 크게 웃음을 터뜨렸다. 아버지 눈엔 분명 내가 술에 취한 사람처럼 보였을 것이다.

그곳엔 욘의 아버지도 있었다. 욘의 어머니는 잠시 모습을 보였다. 보트에서부터 음식을 담은 양동이를 들고 숲을 향해 오는 그녀의 옅은 금발은 짙은 녹색의 나뭇잎과 대조되어 눈에 잘 띄었다. 함께 일하던 사람들 중에는 프란츠라는 남자가 있었다. 넓은 이마가 인상적인 사람으로 왼쪽 다리에 별 모양의 문신이 새겨져 있었다. 그는 다리 옆에 있는 작은 집에 살고 있어서 매일 강을 볼 수 있었다. 강의 물살이 어떻게 변하는지는 물론이고, 강에 관한 모든 걸 안다 해도 과언이 아닐 정도로 아는 게 많았다. 그리고 아버지와 내가 있었고 브로나도 있었다. 욘은 그곳에서 일하지 않았다. 들리는 말에 의하면 장례식이 있은지 며칠 뒤에 버스를 타고 시내로 갔다고 했다. 욘이 왜 시내로 갔는지에 대해서 난 물어보지 않았다. 다만 앞으로 다시는 그를 볼 수 없을까봐 걱정이 되었다.

우리는 아침 7시부터 저녁까지 쉬지 않고 일했다. 하루 일을 마치고 잠자리에 들면 모두 죽은 사람처럼 깊은 잠을 잤고 해가 뜨면 또 일을 시작했다. 처음에는 계획했던 일을 다 해 낼 수 없을 것 같아서 낙심도 해봤다. 숲에 난 오솔길을 걸으며 주위를 둘러보면 보기 좋고 자잘한 나무들이 대부분이었지만 일단 그 나무들을 베어서 땅에 쓰러뜨려놓고 하나하나 세어보니 마무리해야 할 일이 끝없이 많았던 것이다. 도저히 계획했던 작업을 끝낼 수 없을 것 같았다. 하지만 일을 하면서 리듬감이 몸에 배어오자 시작과 끝은 아무 의미도 없단 생각이 들기 시작했다. 중요한 건 모든 게 각자의 열기 속에서 나의 일정한 호흡과 심장의 고동 소리에 흡수되고 일치될 때까지 계속 일하는 거라 할 수 있지 않을까. 그리고 적당한 때 휴식을 취하고 다시 일을 시작하며 적당한 음식을 먹고 음료수를 마시면서 때가 되면 잠을 자는 것도 중요하다. 여덟 시간의 밤잠, 그리고 적어도 한 시간의 낮잠은 필수다.

  나는 낮잠을 잤다. 아버지도 물론이었다. 욘의 아버지와 프란츠도 낮잠을 잤지만 욘의 어머니는 낮잠을 자지 않았다. 쉬는 시간이 되면 우리는 나무 아래 각자 자리를 잡고 히스 덤불 위에 몸을 눕혔다. 그러면 욘의 어머니는 강으로 내려가 배를 저어 집으로 갔다. 혼자 있는 라스를 돌보기 위해서였다. 우리가 깨어날 때쯤이면 욘의 어머니는 어느새 숲으로 돌아와 있었다. 가끔은 강 아래에서부터 들려오는 그녀의 노 젓는 소리에 잠을 깰 때도 있었다. 그녀는 자주 돌아오는 길에 우리에게 필요한 장비나 신선한 음식을 가져오곤 했다. 그녀가 집에서 직접 만들어 온 음식이 일에 지친 우리에게 새로운 활력소가 되었던 것은 물론이다. 난 그녀가 어떻게 이 모든 일을 할 수 있는지 궁금했다. 그녀는 피곤하지도, 지치지도 않는 걸까. 그녀의 활동력은 건장한 성인 남자와 다를 게 없었다. 나는 아버지가 휴식시간이면 땅에 누워 반쯤 감은 눈으로 우리에게 다가오는 그녀를 훔쳐보는 걸 알고 있었다. 나도 마찬가지였다. 그녀를 몰래 훔쳐보는 걸 멈출 수는 없었다. 아버지가 그랬기 때문에 그랬던 것일까……. 욘의 아버지도 가끔 실눈을 뜨고 자신의 아내를 훔쳐보았다. 그의 눈길이 이전에 그녀를 향해 던졌던 시선과 다르다는 걸 나는 알 수 있었다. 어쨌든 그건 전혀 이상한 일이 아니었다. 하지만 난 우리가 실눈을 뜨고 그녀를 훔쳐보며 같은 생각을 했다고는 생각하지 않는다. 그는 조금의 당혹감과 명백한 놀라움을 느꼈을지도 모른다. 하지만 나는 그녀를 보며 숲속에서 가장 키 큰 소나무를 베고 그 나무가 쓰러져서 땅에 부딪치는 소리가 온 숲을 채우는 메아리를 만들어 낼 때 잽싸게 나무로 다가가 순식간에 나무껍질을 깨끗이 벗겨내는 내 모습을 상상했다. 그리고 혼자 하기에는 거의 불가능한 일이긴 하지만 전혀 개의치 않고 맨 손으로 그 소나무를 강까지 운반하는 것이다. 물론 아무 도움도 받지 않고 말이다. 그리고 그 나무를 철퍼덕 강에 던져 띄운다. 그러면 그 반향으로 집채만한 물살이 공중으로 튀어오를 것이다.

그녀를 보며 내 아버지가 무슨 상상을 했는지 짐작하기는 어려웠다. 하지만 욘의 어머니가 우리 주변을 맴돌 때면 아버지는 평소보다 더 활기차게 일했다. 물론 그녀는 우리가 일하는 동안 거의 숲에서 함께 생활했기 때문에 저녁 무렵이면 아버지와 나는 기진맥진해지기 일쑤였다. 그럼에도 불구하고 아버지는 언제나 미소 짓는 얼굴로 농담 섞인 말을 던지는 걸 잊지 않았다. 나도 마찬가지였다. 그렇다. 우리는 이렇다 할 분명한 이유도 없이 최상의 에너지를 유지하며 일을 해 나갔다. 그게 욘의 어머니 때문이었을까. 난 아직도 확신할 수 없다. 프란츠 역시 항상 활기를 잃지 않았다. 그가 도끼질을 할 때면 불끈불끈 솟아오른 근육과 숲을 쩌렁쩌렁 울리는 웃음소리가 불거져 나왔다. 한 번은 그가 조심하지 않고 나무를 쓰러뜨린 적이 있었다. 굵은 가지 하나가 그의 머리를 내리쳤고 동시에 그의 모자가 벗겨졌다. 그는 도끼를 땅에 던지고 얼굴에 커다란 미소를 지으며 마치 춤을 추듯 두 팔을 쭉 뻗어 이렇게 외쳤다.

"이제 나의 피는 운명과 함께 섞였으니 내 벌린 두 팔에 무엇이 안겨오든 나는 상관하지 않으리라!"

나는 그의 말을 들으며 쿵 하고 쓰러지는 커다란 나무 밑에서 머리에 솟아오르는 붉은 피로 뒤범벅된 그의 모습을 상상했다. 두 팔을 벌리고 영웅처럼 죽음을 맞이하는 그의 이마에 별 모양의 문신 사이로 핏방울이 쉴 새 없이 솟아오르는 모습을 그렸던 것이다.

내 아버지는 그의 모습에 턱을 긁으며 고개를 절레절레 흔들었다. 하지만 떠오르는 미소를 억지로 감추지는 않았다.

"네 아버지는 지금 무리해서 일을 하고 있어. 운에 맡기고 일을 하는 거라고."

프란츠는 휴식 시간에 내게 다가와 이렇게 말했다. 나는 강가의 돌 위에 앉아 아픈 어깨를 문지르며 강을 바라보고 있었다. 프란츠는 내 곁에 서서 말을 이었다.

"너도 알다시피, 네 아버지는 한 여름에 나무를 베어 말리지도 않고 바로 강을 이용해 실어내려고 해. 송진이 채 마르지도 않은 나무들을 말이야."

물론 그건 나도 알고 있었다. 그리고 그 이유로 인해 우리가 더 힘들여 일해야 한다는 것도 알고 있었다. 왜냐하면 한 여름에 막 베어낸 나무들은 다른 때보다 무게가 두 배는 더 나갔기 때문이다. 그리고 늙은 브로나가 운반할 수 있는 통나무의 양에도 한계가 있었다.

"통나무들은 운반 도중에 강바닥에 가라앉을 수도 있어. 한여름엔 물도 깊지 않거든. 하지만 내가 뭐라고 하겠니? 네 아버지가 그러겠다면 따르는 수밖에. 난 상관하지 않아. 여기서는 네 아버지가 책임자니까."

그의 말은 틀리지 않았다. 나는 한 무리의 책임자 역할을 하는 아버지의 모습을 이전에는 본 적이 없었다. 하지만 그 숲에서 함께 해야 할 일들을 공유하고 있는 성인 남자들이 책임자라는 직책을 가지고 있는 다른 한 남자의 권위를 믿고 그의 말을 신뢰하며 또 그의 지시를 기다리는 모습 속에서 또 다른 내 아버지의 모습을 볼 수 있었다. 그들은 아버지의 지시 아래 너무나 자연스럽게 일해 나갔다. 그들이 벌목에 관해 내 아버지보다 더 많이 알고 있으며 경험도 더 많았는데 말이다. 아버지의 말을 주저하지 않고 따르는 사람이 나이외에도 있다는 사실을 발견하는 순간, 나와 아버지의 관계는 이전과 다른 것이 되어 버렸다. 그것은 단순한 부자관계와는 또 다른 것이었다.

강가에 쌓여가는 통나무더미들은 시간이 지날수록 많아졌고 더 이상 그 위에 쌓을 수 없을 정도가 되면 우린 그 옆에 새로운 더미를 만들었다. 브로나는 숲의 위쪽에서 와서 우리가 일하고 있는 곳에 멈춰 섰다. 그곳엔 쇠사슬 부딪치는 소리가 있었고 강물 위로 뜨겁게 내리쬐는 햇살이 있었다. 브로나의 짙은 밤색 몸뚱이에서는 땀이 비 오듯 흘렀고 말에게서만 나는 유난히 퀴퀴한 냄새를 풍겼다. 하지만 난 그 냄새가 싫지 않았다. 도시에서는 경험할 수 없는 색다른 것이기 때문이었다. 브로나가 한 차례 숲과 강 사이를 오가며 임무를 마치면 나는 그녀의 옆구리에 이마를 대고 뻣뻣한 털을 피부로 느끼며 심호흡을 했다. 숲과 강 사이에 난 길로 브로나를 인도하는 일은 필요 없었다. 한두 번 길을 오간 뒤로 브로나는 이미 지리를 완전히 익힌 것 같았다. 하지만 욘의 아버지는 브로나의 곁을 따르며 지키는 일을 멈추지 않았다. 그에게서는 송진 향이 강하게 풍겼고 어슬렁거리며 쉬지 않고 몸을 움직였다. 아버지는 영국 기사도 시절 그림 속에 등장하는 창처럼 긴 통나무용 갈고리를 들고 만반의 준비를 끝낸 뒤 강가에 서 있었다. 곧 두 사람은 숲에서 운반된 통나무들을 정해둔 장소에 높이 쌓아올렸다. 처음에는 힘들어 보이지 않았으나 통나무더미가 높아질수록 그 일은 점점 더 눈에 띄게 힘들어 보이기 시작했다. 하지만 어느 누구도 일을 먼저 그만두고 휴식을 권하지 않았다. 둘 사이에 보이지 않는 경쟁 심리가 작용한 게 분명했다. 둘 중 어느 한 사람이 더 이상 같은 곳에 통나무를 쌓아 올릴 수 없다고 말하면 다른 한 사람은 아직 충분히 더 쌓을 수 있다고 고집을 부렸다.

"자, 계속해 보자고!"

욘의 아버지가 소리를 쳤다. 곧 두 사람은 통나무의 양 끝에 서서 갈고리를 찍어 내렸다.

"들어올려!"

아버지가 소리쳤다.

그러자 욘의 아버지가 뒤를 이어 지지 않으려는 듯 큰 소리로 말을 했다.

"먼저 잡아당겨야지, 젠장!"

그는 자기가 하는 일에 대해 통제력과 자신감이 없는 것 같았다. 그럼에도 불구하고 아버지의 권위에 도전하려고 애를 쓰고 있었다. 적어도 내 눈엔 그렇게 보였다. 그들은 통나무에 갈고리를 찍어 끌어당기고 또 흔들어 옮기는 일을 계속했다. 등으로 흘러내린 땀에 젖어 두 사람의 셔츠가 짙은 색으로 변했다. 이마와 목, 그리고 팔뚝에는 푸른 핏줄이 곤두서서 마치 세계지도에 그려진 넓은 강처럼 보였다. 리오그란데, 브라마푸트라, 나일……. 마침내 우리는 같은 일을 더 이상 하지 않아도 되었다. 그럴 필요가 없었던 것이다. 남아 있는 통나무더미는 이제 하나 밖에 없었다. 우리는 이 일을 벌써 일주일째 해 오고 있었고 이제 벌목은 물론 운송을 위해 통나무들을 쌓아올리는 일도 거의 마무리 단계에 들어섰다. 우리 일은 거의 끝났고 통나무들은 햇빛을 받으며 강둑에 줄을 지어 자리를 잡았다. 그 모습을 보고 있자니 나 역시 이 일의 일부였다는 사실이 믿어지지 않았다. 어쨌든 그들은 일을 멈추지 않았다. 피곤에 지쳐 손가락 하나도 까딱할 수 없을 것처럼 보였지만 마지막 남은 두 개의 통나무를 들어 올리는 일을 뒤로 미루지는 않았다. 두 사람은 통나무를 굴려 쌓아놓았던 나무더미 곁에 십자형으로 포개 놓았다. 십자형으로 두 개의 통나무를 포개어 놓을 때는 매우 정확한 각도를 유지해야 하기 때문에 보통은 밧줄을 이용해서 통나무의 양 옆을 매고 두 사람이 들어 올리는 게 관례였다. 그러면 통나무를 들어 올릴 때 무게가 반으로 줄어들기 때문에 더욱 정확히 각도를 유지할 수 있었다. 프란츠는 예전에 내게 그 일을 어떻게 하는지 직접 보여준 적이 있었다. 하지만 욘의 아버지와 내 아버지는 밧줄을 사용하지 않았다. 두 사람은 커다란 쇠갈고리만으로 통나무의 양 옆을 찍어서 들어올렸다. 그 작업은 너무 힘들어보였고 위험하기까지 했다. 왜냐하면 두 사람에게는 안전하게 발을 디딜 곳도 없었고 따라서 안전하게 일을 하기가 거의 불가능했다.

휴식이 필요할 것 같았다. 나는 멀리서 들려오는 피곤과 절망감에 지친 프란츠의 목소리를 들었다.

"커피! 누가 커피 좀 가져다줘요! 피곤해 죽겠다고요!"

나는 통증으로 쑤시는 팔을 문지르며 통나무 사이에서 일하고 있는 두 남자를 바라보고 있었다. 그들 또한 무더운 날씨 속에서 비명인지 신음인지 모를 소리를 지르고 있었으나 일을 멈추고 쉴 생각은 없는 것 같았다. 욘의 어머니는 배를 저어 집에 홀로 있는 라스에게로 돌아가려는 듯 강가로 내려왔다. 그녀는 내 곁에서 잠시 발을 멈추고 눈앞에서 정신을 잃은 듯이 일하고 있는 두 남자를 바라보았다.

난 그녀가 내 곁에 서 있다는 걸 느낄 수 있었다. 색 바랜 푸른 원피스 아래로 느껴지는 그녀의 훈훈한 피부를 통해 그녀의 존재를 알 수 있었던 것이다. 그녀는 평상시와 달리 보트로 가서 노를 젓지 않았다. 내 곁에서 뭔가에 홀린 듯 발을 멈춘 그녀 때문이었을까. 나는 곧 무슨 일이 일어날 것 같은 예감이 들었다. 그것은 어떤 징조였다. 난 아버지에게 소리를 질러서 이제 그만 멈추고 좀 쉬라고 말하고 싶었다. 하지만 내가 그렇게 말한다 해도 내 말을 들을 아버지가 아니었다. 비록 아버지는 내가 논리 정연하게 말할 때면 항상 심각하게 귀를 기울이기는 했지만 말이다. 사실 나는 자주 분별력 있는 말을 했고 그럴 때마다 아버지가 내 말을 무시하는 일은 거의 없었다. 난 욘의 어머니를 돌아봤다. 지금 이 순간만큼은 그녀는 욘과 상관없는 사람이었다. 그녀가 욘과 상관없는 개별의 인격체라는 것은 예나 지금이나 변함없는 사실이지만 내가 그것을 인지한 것은 그 순간이 처음이었다. 어쨌든 그녀는 지금 이전과는 전혀 다른 사람으로 내게 다가왔다. 우리는 키도 엇비슷할 뿐 아니라 태양 아래 빛나는 옅은 머리카락 색마저 비슷했다. 문득 그녀의 얼굴이 변했다는 것을 느꼈다. 조금 전까지만 해도 세상을 향해 활짝 열린 듯 숨김없던 표정이 갑자기 아무도 다가갈 수 없을 만큼 폐쇄적이고 비밀스럽게 변했던 것이다. 오직 그녀의 두 눈동자만이 내 시선과 같은 방향으로 고정되어 있을 뿐이었다. 하지만 그녀의 눈빛은 동공이 향해있는 그 너머 뭔가 다른 것을 보고 있었다. 내 시선과 상상을 넘어선, 더 커다란 어떤 것을 향해 있었던 것이다. 하지만 난 그녀 역시 두 남자의 일손을 멈추기 위해 어떤 말도 하지 않으리라는 걸 알고 있었다. 어쩌면 그녀는 두 남자가 언제 일을 멈출 것인지 알고 있는지도 몰랐다. 그건 어쩔 수 없이 취해야만 하는 고통스럽기까지 한 최후의 휴식이라는 걸 그녀는 짐작하고 있는 것 같았다. 어쩌면 바로 그게 그녀가 원했던 건지도 몰랐다. 그 생각을 하니 갑자기 긴장감이 밀려왔다. 나는 그걸 일종의 경고라고 생각했던 것이다. 하지만 나는 그 경고를 떨쳐버리려 노력하는 대신 오히려 그 속에 나를 파묻어버렸다. 그 순간 내가 할 수 있는 일은 없었다. 몸을 피할 곳도 없었다. 혼자서만 그곳을 벗어날 수는 없는 일이었다. 나는 그녀에게 한 발자국 가까이 다가가 그녀 바로 곁에 몸을 세웠다. 그래서 그녀의 엉덩이가 거의 내 엉덩이와 맞닿을 정도로 가까이 서게 되었다. 나는 그녀가 나의 존재를 의식하지 못하고 있다는 느낌을 받았다. 하지만 내 몸은 전기충격을 받은 듯 움찔거렸다. 그런 내 느낌을 의식했던 걸까. 통나무더미 위에서 일하던 두 남자도 동시에 나를 향해 고개를 돌렸다. 그들이 하던 일도 몇 초간 멈춰진 것 같은 느낌이었다. 그 순간 나는 스스로 생각해도 놀라지 않을 수 없는 짓을 하고 말았다. 팔을 들어 그녀의 어깨에 얹은 다음 그녀의 몸을 내게로 바싹 끌어당겼던 것이다. 그때까지 어머니를 제외하고 그 어떤 여자에게도 하지 않았던 행동이었다. 물론 그녀는 내 어머니가 아니었다. 햇살 아래서 송진 향을 풍기고 있던 그녀는 바로 욘의 어머니였다. 하지만 내가 현기증을 느꼈던 것은 그녀가 욘의 어머니라는 사실 때문만은 아니었다. 나는 가끔 숲속에서 느꼈던 약간의 어지럼증과 눈물이 쏟아질 정도의 감동을 다시 느꼈다. 그건 바로 그녀가 그 순간만큼은 어느 누구의 어머니도 아니었으면 좋겠다고 바랐던 내 생각 때문이었다. 이상한 것은 그런 나의 행동에 대해 그녀가 아무런 반항도 하지 않았다는 사실이다. 그녀는 내 어깨에 가볍게 머리를 기댔다. 나는 그녀가 원하는 게 뭔지 알 수 없었다. 내가 원했던 것은 그녀를 더욱 가까이 내 곁으로 당겨오고 싶다는 것뿐이었다. 나는 약간의 두려움과 행복감을 동시에 느꼈다. 어쩌면 그녀가 내 어깨에 머리를 기댔던 이유는 그 자리에 몸을 기댈 수 있었던 사람이 나 밖에 없었기 때문일지도 몰랐다. 그리고 어쩌면 내가 그곳에 있던 어떤 이의 아들이었기 때문일지도 몰랐다. 그 생각을 한 순간, 나는 생전 처음으로 내가 그 누구의 아들도 아니었으면 좋겠다고 바랐다. 오슬로에 있는 어머니의 아들도, 저 통나무더미 꼭대기에서 거친 일을 하다가 놀란 눈으로 나를 바라보고 있는 아버지의 아들도 아니기를 바랐다. 아버지는 들어 올리던 통나무의 한 끝을 겨우 잡고 허리를 폈다. 분명 아버지에게는 내 행동이 집중력을 흩어놓는 원인으로 작용했을 것이다. 욘의 아버지도 마찬가지였다. 그 또한 놀란 눈으로 날 바라봤고 하던 일을 순간적으로 멈췄다. 통나무를 계속 손에 들고 있기도 힘겨워 보였다. 곧 그의 손에서 미끄러져 내린 통나무는 프로펠러처럼 공중에서 빙글 돌더니 통나무더미 위에 서 있던 그의 발목을 찧은 다음 땅으로 곤두박질 쳤다. 나는 뼈가 부러지는 소리를 들었다. 그건 마른 나뭇가지가 부러지는 소리를 연상시켰다. 그는 앞으로 고꾸라졌고 둔탁한 소리를 내며 어깨부터 먼저 땅으로 떨어졌다. 이 모든 일들은 순식간에 일어났기에 나는 그가 땅에 누워 신음소리를 내기 전까지 전혀 손을 쓸 수가 없었다. 그저 바라보기만 했을 뿐이다. 아버지 또한 몸의 균형을 잃은 채 쇠갈고리를 든 손을 휘젓고 있었다. 아버지의 뒤에 있는 강과 푸른 하늘은 한 여름의 뜨거운 열로 인해 거의 하얗게 보였다. 나무더미 밑에서는 욘의 아버지가 비명을 지르고 있었고 조금 전까지만 해도 내 팔에 안겨 비스듬히 내 어깨에 머리를 기대고 있던 욘의 어머니는 꿈에서 깬 듯 내 팔을 뿌리치고 남편에게 달려갔다. 그녀는 무릎을 꿇고 허리를 굽혀 그를 안고 자신의 무릎에 그의 머리를 올려 놓았다. 하지만 그녀는 아무 말도 하지 않았다. 그저 칠백 오십 번쯤 부모 몰래 나쁜 짓을 하다 들킨 어린 소년처럼 고개만 절레절레 흔들고 있을 뿐이었다. 내 눈에는 그녀가 이제 항복을 하려는 것처럼 보였다. 그 순간, 나는 태어나서 처음으로 아버지를 향해 씁쓸한 마음을 가졌던 것 같다. 왜냐하면 아버지는 난생 처음으로 내가 맛본 희열을 뭉개버렸기 때문이다. 난 내 생각에 스스로 놀라지 않을 수 없었다. 동시에 솟아오르는 울분도 감출 수 없었다. 뜨거운 햇살이 내리쬐는 한낮이었지만 온몸을 감싸오는 한기를 느꼈다. 손이 부들부들 떨리기 시작했다. 욘의 아버지가 불쌍하다는 생각도 들지 않았다. 그는 부러진 다리와 어깨의 통증으로 인해 말할 수 없는 고통을 느끼고 있는 게 분명했지만 말이다. 그는 신음 섞인 비명을 멈추지 않았다. 비명소리에는 비통함도 묻어나왔다. 얼마 전에 아들을 잃은 아버지, 자식 중 하나가 집을 나가서 어쩌면 영원히 안 돌아오지도 모를 상황에 처해있는 아버지의 절망감이 느껴졌다. 그를 이해하는 건 어렵지 않았다. 그럼에도 불구하고 난 그에게 연민을 느낄 수가 없었다. 왜냐하면 나 역시 가슴이 터질 듯한 느낌에 사로잡혀 몸을 가눌 수 없었기 때문이다. 고개를 숙인 그의 아내는 비통함에 여전히 온몸을 떨고 있었다. 어디선가 숨을 헐떡이며 프란츠가 뛰어와 내 뒤에 서서 그 모습을 바라보고 있었다. 브로나는 송진을 털어내려 갈기를 흔들고 있었다. 바로 그 순간 나는 모든 것이 변할 거란 생각을 했다. 이제 모든 건 어제와 같을 수 없었다.

며칠 동안 숨을 쉴 수도 없을 만큼 더웠다. 그리고 그날은 특히 더 더웠다. 사람들은 공기가 이상하다고 말했다. 습기가 많아서 견딜 수 없을 만큼 눅눅한 공기 때문에 사람들은 평소보다 몇 배나 많은 땀을 흘렸다. 오후가 되자 하늘에 여기저기서 모인 구름들이 뭉쳐졌다. 하지만 그렇다고 해서 기온이 내려가진 않았다. 저녁 무렵에는 하늘이 완전히 컴컴해졌다. 우리는 욘의 아버지를 강 건너로 옮겼고 마을에 두 대 밖에 없는 차 중에서 한 대를 빌려 그를 병원으로 옮겼다. 물론 그 차는 바르칼의 차였고 바르칼이 직접 운전을 했다. 욘의 어머니는 홀로 있는 라스를 두고 갈 수가 없어 집으로 돌아가야 했다. 나는 말할 상대도 없이 어린 아이 하나만 데리고 긴 시간을 집에서 보내야 하는 그녀가 외로움과 두려움을 느낄 거라고 생각했다. 차 안에서 두 남자가 어떤 대화를 나누었는지 나는 짐작할 수가 없었다.

번개가 쳤다. 아버지와 나는 오두막집에 앉아 창밖을 내다보았다. 우리는 방금 저녁 식사를 마쳤다. 식사를 하면서 우린 아무 말도 하지 않았다. 평소 같으면 그 시간의 창밖은 환했을 것이다. 7월임에도 불구하고 그날 저녁은 10월의 한 밤중 같았다. 우리는 벌목된 나무들과 강둑에 쌓인 나무더미들 사이로 번쩍이는 번개를 볼 수 있었다. 강 저편의 하늘은 화창했다. 그 순간, 오두막이 무너질 듯한 천둥소리가 들렸다.

"벌을 받을 것 같아요."

내가 말했다. 아버지는 창으로 향하고 있던 눈길을 내게 돌리며 의아한 표정을 지었다.

"지금 뭐라고 했니?"

"벌을 받을 것 같다고요."

아버지는 고개를 절레절레 흔들며 한숨을 쉬었다.

"그런 생각은 말거라. 그건 그렇고, 이젠 다가올 견진 성사 준비를 해야 하지 않겠니?"

아버지의 말이 끝나자마자 비가 내리기 시작했다. 처음에는 부드럽게 창을 어루만지듯 내리던 비가 조금 시간이 지나자 점점 그 양을 더해갔다. 결국은 지붕 위로 쏟아지는 빗줄기가 만들어내는 소리 때문에 우리는 서로가 무슨 생각을 하는지 전혀 들을 수가 없을 정도였다. 아버지는 등을 기대고 천장을 바라보았다. 마치 판자벽과 대들보와 슬레이트 사이로 떨어지는 빗방울을 보고 있는 것 같았다. 어쩌면 아버지는 얼굴 위로 쏟아지는 시원한 빗줄기를 갈망하고 있었는지도 몰랐다. 아버지는 눈을 감았다. 무덥고 힘겨운 하루를 보내며 저녁 무렵에 얼굴에 떨어지는 시원한 물줄기를 느낀다는 건 분명 나쁘지 않은 일일 것이다. 순간 아버지 또한 나와 같은 생각을 했던 게 틀림없었다. 아버지가 갑자기 자리에서 빌떡 일어서며 내게 이렇게 말했기 때문이다.

"우리, 샤워할까?"

"아니요."

하지만 나는 대답과 함께 마음을 고쳐먹었다. 그리고 자리에서 일어나 총알처럼 빠른 속도로 옷을 벗어 내렸다. 아버지도 마찬가지였다. 아버지는 샤워대로 다가가 양동이에 비누를 담갔다. 아버지의 벗은 몸은 이상하게만 보였다. 하긴 나도 아버지와 다를 것이 없었지만 말이다. 우리는 머리에서 배꼽까지는 햇빛에 그을려 짙은 갈색을 띠고 있었고 배꼽 아래서부터는 피부가 분필처럼 하얀 빛이었다. 아버지는 온몸이 거품으로 뒤덮일 때까지 문질렀다. 그리고 비누를 내게 던져주었다. 나는 빠른 손놀림으로 몸에 비누칠을 했다.

"누가 먼저 끝내나 내기할까?"

아버지는 소리를 치는 것과 동시에 문 쪽으로 달려갔다. 나는 아버지의 뒤를 따라가 마치 럭비 선수처럼 아버지를 막았다. 아버지는 순간적으로 몸의 균형을 잃었으나 곧 내 어깨를 꽉 잡고 나를 밀어내려고 했다. 하지만 온몸에 비누칠을 한 나를 그런 식으로 막기는 불가능했다. 너무 미끄러웠기 때문이다. 아버지는 웃음을 터뜨리며 "이 미꾸라지 같은 놈!"이라고 소리를 질렀다. 우리는 다시 현관 문 쪽으로 달리기 시작했다. 문을 열고 선 우리는 땅 위로 퍼붓는 소나기를 바라보았다. 그 모습은 거의 위협적으로 느껴질 만큼 장관이었다. 우리는 잠시 아무 말도 하지 않고 눈앞에 펼쳐진 광경을 물끄러미 바라보았다. 갑자기 아버지가 심호흡을 하더니 마치 영화배우처럼 가다듬은 목소리로 말했다.

"지금이 아니면 우리에게 기회는 없어!"

그리고 아버지는 빗속으로 달려 나가 벌거벗은 몸으로 춤을 추기 시작했다. 두 팔을 벌리고 어깨로 떨어지는 빗물을 받으며 춤을 추는 아버지의 모습을 보며 나도 소나기 속에 몸을 묻었다. 껑충껑충 뛰며 노래를 부르자 아버지도 나를 따라 노래를 부르기 시작했다. 곧 우리의 몸을 덮고 있던 비누 거품은 비에 씻겨 내렸고 온몸을 감싸고 있던 한낮의 온기도 사라졌다. 우리의 몸은 마치 두 마리의 바다표범처럼 미끈해졌고 분명 조금의 한기도 머금고 있었을 것이다.

"추워요, 아버지."

"나도 그래. 하지만 조금 더 이러고 있어도 될 것 같지 않니?"

"그래요."

나는 큰 소리로 대답했다. 그리고 마치 북을 치듯 손바닥으로 배를 두드리며 한기로 마비된 듯한 피부에 조금이라도 열기를 주려고 했다. 곧 나는 물구나무를 서는 게 좋겠단 생각이 들었다. 나는 물구나무서기를 곧잘 했고 그것만큼은 자신 있었다.

"아버지도 이렇게 해 보세요."

나는 땅에 손을 짚고 몸을 거꾸로 세웠다. 아버지도 나처럼 물구나무를 섰다. 우리는 젖은 풀 위로 한참을 그렇게 걸어 다녔다. 하지만 벗은 엉덩이로 차갑게 내리치는 빗줄기를 견딜 수 없어서 다시 땅에 발을 디뎌야만 했다. 집 안으로 뛰어 들어가면서 난 아무도 우리처럼 깨끗한 엉덩이를 가질 수는 없을 거라고 생각했다. 우리는 두 개의 커다란 수건을 꺼내 젖은 몸을 닦았고 거친 천 조각으로 소름이 돋은 피부에 열기를 주기 위해 마사지를 시작했다. 아버지는 마사지를 하며 내게 머리를 비스듬히 돌려 바라보았다.

"이제 너도 어른이 다 되었구나."

"아직 멀었어요."

아직도 난 나 자신을 비롯해 주변에서 일어나는 일들을 모두 이해할 수는 없었다. 어른들만 이해할 수 있는 것들……. 하지만 거기에 다다르기까지 멀지 않았다는 건 느낄 수 있었다.

"그래, 아직은 완전한 어른이 되었다고 할 수 없겠지."

아버지의 말이었다. 아버지는 허리에 수건을 두르고 머리를 긁적거리며 벽난로를 향해 걸어갔다. 그리고 날짜가 지난 신문들을 찢어서 뭉친 다음 벽난로 속에 던져 넣었다. 신문 뭉치 주변에 세 개의 장작을 서로 맞물리게 잘 세워 놓은 다음 아버지가 성냥불을 붙였다. 벽난로 문을 닫은 후 환기구를 열어 통풍이 되도록 하자 잘 마른 장작이 불에 타들어가는 소리가 들렸다. 아버지는 양 팔을 들어 올리고 허리를 굽힌 채 한참을 벽난로 옆에 서 있었다. 검은 철판을 통해 흘러나오는 열기가 그의 배와 가슴을 타고 올라가는 것이 느껴지는 듯했다. 나는 그 때까지도 움직이지 않고 가만히 서서 아버지의 등을 바라보았다. 나는 아버지가 분명히 곧 무슨 말을 하게 될 거라고 생각했다. 그는 나의 아버지였고 나는 그를 잘 알고 있었다.

"오늘 있었던 일은……."

아버지가 말문을 열었다. 여전히 내게 등을 향한 채로였다.

"일어나지 않았어야만 했어. 불필요한 일이었지. 그런 식으로 일을 계속하면 결국은 좋지 않은 끝을 가져오게 마련이야. 모두 지쳐 있었지. 휴식이 필요했던 것 같아. 나는 그 일의 책임자였어. 욘의 아버지는 아무 책임이 없단다. 이해할 수 있지? 우리는 성인이야. 오늘 있었던 일은 바로 내 책임이란다."

나는 아무 말도 하지 않았다. 아버지가 말했던 성인이라는 사람은 나와 아버지를 가리켰던 것일까 아니면 욘의 아버지와 내 아버지를 가리켰던 것일까. 나는 곰곰이 생각한 끝에 아버지가 의미했던 것은 내가 아닌 욘의 아버지라고 결론을 내렸다.

"용서받을 수 없는 일이야."

그럴지도 몰랐다. 아버지의 말에는 틀린 것이 없었다. 하지만 나는 아버지가 그런 식으로 책임을 스스로에게 돌리는 것이 싫었다.

나는 아버지의 말을 두고 충분히 토론할 여지가 있다고 생각했다. 만약 아버지가 책망을 받아야 한다면 나 또한 책망을 받아야 마땅했다. 그런 일이 일어난 데 대해 책임을 져야 한다는 게 기분 좋은 일은 아니었다. 하지만 동시에 아버지가 내게 면죄부를 주려 한다는 사실을 생각하니 문득 나 자신이 작아지고 소외된 듯한 느낌이 들었다. 낮에 느꼈던 씁쓸한 기분이 다시 나를 감싸기 시작했다. 하지만 지금은 낮에 느꼈던 것처럼 강하게 느껴지지는 않았다. 아버지가 벽난로 쪽에서 몸을 돌려 나를 바라보았다. 나는 아버지의 표정에서 내 생각을 읽은 것이 틀림없다고 짐작했다. 하지만 간단히 토론할 문제는 아니었다. 그건 아주 복잡한 문제였다. 난 너 이상 생각하고 싶지 않았다. 적어도 그날 저녁만큼은……. 문득 더 심한 피곤함이 나를 덮쳐왔고 내 어깨는 축 늘어졌다. 눈이 감기기 시작했다. 나는 주먹 쥔 손으로 눈두덩을 비볐다.

"피곤하니?"

"예."

그랬다. 난 피곤했다. 몸과 마음이 모두 피곤했다. 피부에도 따끔따끔한 통증이 느껴졌다. 그저 누워서 자고 싶은 생각밖에 없었다. 더 이상 잠을 잘 수 없을 때까지 자고 또 잤으면 좋겠다고 생각했다.

아버지는 팔을 뻗어 내 머리를 쓰다듬었다. 그리고 벽난로 위의 선반에서 성냥갑을 가져와 탁자 위에 있는 파라핀 램프에 불을 붙였다. 성냥불을 훅 불어 끈 다음 아버지는 벽난로 문을 열고 성냥개비를 던져 넣었다. 갈색과 하얀색이 섞인 우리들의 이상한 몸은 노란 불빛 속에서 더 이상해 보였다. 아버지는 미소를 지으며 내게 말했다.

"먼저 들어가서 자렴. 나도 곧 자러 들어가야겠다."

하지만 아버지는 잠자리에 들지 않았다. 한 밤중에 소변을 보기 위해 자리에서 일어난 나는 아버지를 찾아 두리번거렸지만 아무데도 보이지 않았다. 나는 잠에 취해 비틀거리며 안방 문을 열어보았지만 그곳에도 없었다. 창밖에는 어느새 비가 그쳐있었다. 대문을 열고 밖을 내다보았지만 아버지의 모습은 찾을 수 없었다. 난 아버지의 침대로 가 보았다. 군대식으로 잘 정돈된 침대는 어제 아침과 변함이 없었다.

7

난 죽은 소나무 가지들을 전기톱으로 일정하게 잘랐다. 그리고 한 번에 세 개씩 외바퀴 손수레에 실어서 마당에 있는 헛간 쪽으로 가져가 차곡차곡 쌓았다. 거의 2미터 높이의 장작들이 피라미드 모양으로 처마 밑 벽에 쌓였다. 내일은 통나무 가지들을 도끼로 자르는 일을 시작할 수 있을 것이다. 지금까지 내가 해 왔던 일들은 만족스러운 결과를 가져왔고 덕분에 약간의 자랑스러움도 느낄 수 있었다. 등이 아파왔다. 시각은 이미 다섯 시였고 해는 서남쪽으로 사라지고 있었다. 한낮에 일을 하던 숲에 황혼이 스멀스멀 모습을 드러냈다. 일손을 멈춰야 할 때가 된 것이다. 난 톱날에 묻은 톱밥과 기름 찌꺼기를 닦았다. 톱날이 어느 정도 깨끗해졌을 때 헛간 안 벤치 위에 올려놓고 빈 보온병을 옆구리에 끼고 마당을 가로질러 오두막을 향했다. 나는 계단 위에 털썩 주저앉아 습기가 가득 찬 장화를 벗고 장화에 묻은 나무껍질을 털어냈다. 그리고 장갑 낀 손으로 작업복 엉덩이에 묻은 먼지와 양말도 털어냈다. 라이라는 솔방울을 입에 물고 내 옆에 앉아있었다. 뾰족이 튀어나와 있는 솔방울은 마치 불을 붙이지 않은 뚱뚱한 시가를 연상시켰다. 라이라는 내가 그걸 받아서 멀리 던져주기를 바랐다. 그러면 개는 얼른 뛰어가 그것을 다시 주워 올 참이었다. 하지만 내겐 더 이상 힘이 없었다. 라이라는 그 일을 한 번 시작하면 멈출 줄을 몰랐기 때문이다. 난 라이라에게 "미안해, 지금은 할 수 없구나. 다음에 하자."라고 말했다. 그리고 그녀의 누런 머리와 목을 부드럽게 쓰다듬어 주었다. 귀를 살짝 잡아당기기도 했다. 라이라는 그걸 좋아했다. 곧 그녀는 솔방울을 뱉어내고 현관 앞 매트 위에 앉았다.

난 현관 앞에 장화를 벗어놓았다. 장화 뒤꿈치를 벽쪽으로 놓고 양말만 신은 채 좁은 현관을 지나 부엌으로 걸어갔다. 부엌에서 김이 나도록 뜨거운 물을 틀어 보온병을 씻은 다음 선반 위에 올려 두었다. 그러고 보니 보일러를 설치한 지 2주도 채 되지 않았다. 이전에는 집에 보일러가 없었다. 난 부엌의 개수대 밑 찬물이 나오는 수도꼭지 아래 벽에 보일러를 설치했다. 그러기 위해 이 집을 잘 아는 동네 배관공에게 전화를 했고 그는 내게 오두막의 외벽에서부터 2미터 정도 땅을 파야 한다고 말했다. 우물에서 물을 끌어오는 파이프의 방향을 부엌 쪽으로 바꾸기 위해서는 꼭 그렇게 해야 한다고 했다. 그는 기온이 내려가 땅이 얼기 전에 서둘러야 할 거라고 말하며 자기는 못한다고 덧붙였다. 자긴 배관공이지 노동자가 아니라고 하면서 말이다. 난 상관없다고 했다. 충분히 내 손으로 할 수 있는 일이지만 무척 힘든 건 사실이었다. 땅을 파고 보니 그곳에는 자갈과 바위밖에 없었다. 어떤 돌은 조금 과장하면 집채만큼 컸다. 나는 빙퇴석 위에 지은 오두막을 가지고 있었던 것이다.

어쨌든 나는 다른 이웃들과 마찬가지로 적당한 싱크대를 갖게 되었다. 싱크대 너머 벽에 걸린 거울 속의 나를 바라보았다. 67세라는 나이를 감안했을 때 충분히 예상할 수 있는 얼굴이 그 속에 있었다. 그렇게 보자면 나는 나이에 걸맞은 외모를 가지고 있다고 말할 수도 있겠다. 이것은 내가 나의 외모에 만족 하는지의 여부와는 또 다른 문제다. 하지만 그리 중요한 건 아니다. 내가 얼굴을 보여줘야 할 사람들은 많지 않다. 나는 집안에 단 한 개의 거울만 두고 있을 뿐이다. 솔직히 말하자면 거울 속에 비친 내 얼굴에 대해 딱히 할 말이 없다. 거부하고 싶지도 않다. 그저 있는 그대로의 나를 받아들이고 나 자신을 인지할 뿐이다. 더 이상 바라는 것도 없다.

 라디오가 켜져 있었다. 뉴스에서는 다가올 새로운 세기에 대해 이야기하고 있었다. 그들은 97, 98, 99년에 이어 다가올 2000년에는 컴퓨터 시스템에 심각한 문제가 생길지도 모른다고 했다. 그게 뭔지는 확실히 모르지만 어쨌든 우리는 있을지도 모르는 재앙을 위해 만반의 준비를 해야 한다고 했다. 노르웨이 산업계는 이 문제에 너무 안이하게 대처하고 있다고 전문가들이 지적하기도 했다. 나는 그들이 무슨 말을 하고 있는지 도저히 이해할 수 없었다. 흥미를 느낄 수 없었던 것은 물론이었다. 하지만 한 무리의 전문가들이 앞으로 무슨 일이 일어날지 그 원인에 대해 한 가닥의 실마리조차 없으면서 그저 한 밑천 잡기에 혈안이 되어 있단 사실만은 알 수 있었다. 어쩌면 그들은 이미 한 밑천을 잡았을지도 모르는 일이었다.

 나는 부엌 선반에서 가장 작은 냄비를 꺼냈다. 그리고 감자껍질을 깎은 다음 냄비에 넣고 물을 부어 오븐 위에 올려놓았다. 배가 고팠다. 하루 종일 나무 베는 일을 했더니 식욕이 그 어느 때보다 왕성해진 것 같기도 했다. 지금은 며칠 전 가게에서 산 감자를 먹겠지만 내년부터는 헛간 뒤에 있는 밭에서 캐낸 감자를 먹을 것이다. 그곳은 오랫동안 손보지 않아서 잡초가 무성했다. 제대로 일구려면 적지 않은 힘이 들 게 분명했다. 하지만 난 자신 있었다. 충분한 시간만 있다면 얼마든지 가능한 일이었다.

혼자 있을 때 식사를 소홀히 하지 않도록 노력을 기울이는 건 매우 중요하다. 사실 한 사람 몫의 음식을 만드는 건 재미없는 일이기도 하지만 간단한 일이기도 하다. 우선 감자는 반드시 있어야 한다. 소스와 채소, 그리고 냅킨과 깨끗한 유리잔은 물론 식탁 위를 밝히는 초가 있으면 더 좋다. 작업복을 입은 채로 식사를 하는 건 좋지 않다. 그래서 난 감자가 익는 동안 침실로 가서 깨끗한 바지와 다려 놓은 흰색 셔츠로 갈아 입었다. 그리고 부엌으로 다시 돌아가 식탁 위에 청결한 식탁보를 깔고 프라이팬에 버터를 발라 강에서 직접 잡은 생선을 구웠다.

창밖에는 어스름한 저녁의 푸른빛이 깔리기 시작했다. 저녁이면 모든 것이 더 가깝게 느껴진다. 헛간들, 나무의 실루엣들, 나뭇가지 사이로 보이는 강……. 그건 마치 옅은 저녁의 공기가 이 세상을 이루고 있는 자연의 선을 단 한 번의 끊어짐도 없이 잇고 있는 것 같았다. 아름다운 생각임에는 틀림없었지만 그게 사실인가 아닌가는 또 다른 문제일 것이다. 난 언제나 홀로 살아가는 독립적인 생활을 선호해왔다. 하지만 지금 이 순간만큼은 어둑하고 푸른빛의 자연이

주는 위안을 물리치고 싶지 않다. 내가 그것을 원하는지, 그것을 필요로 하는지 장담할 수는 없지만 어쨌든 난 거부하고 싶지 않았다. 식탁에 앉아서 난 기분 좋게 식사를 시작했다.

그때 누군가 대문을 두드렸다. 이상한 일은 아니었다. 왜냐하면 우리 집 대문에는 초인종이 없었기 때문이다. 하지만 내가 이 집에 이사 온 이후로 누가 대문을 두드린 적은 한 번도 없었다. 사람들이 방문할 때면 나는 그들이 타고 오는 차 소리를 듣거나 현관 앞 계단을 올라오는 발소리를 듣고 서둘러 문을 열어 주곤 했다. 그러나 지금은 차 소리도 들리지 않았고 창밖으로 불빛도 보이지 않았다. 나는 노크 소리에 막 시작하려던 식사를 앞에 두고 자리에서 일어났나. 조금 짜증이 나기도 했지만 개의치 않고 현관문을 열었다.

라스였다. 그의 뒤에는 포커가 얌전한 자세로 앉아 있었다. 그의 등 뒤로 보이는 저녁의 풍경은 마치 영화 속에서 볼 수 있는 것처럼 인공적인 경관을 만들어내고 있었다. 무대 위를 덮고 있는 듯한 푸르스름한 빛. 그 빛의 근원지가 어디인지는 찾아볼 수 없었다. 내 눈을 파고 들어오는 모든 것들은 이 푸르스름한 빛 속에서 너무도 또렷하게 보였고 동시에 동일한 물질로 만들어져 동일한 카메라 필터 속에 자리하고 있는 것 같았다. 심지어는 라스의 뒤에 앉아 있는 개마저도 푸른빛을 띠고 있었다. 개는 마치 진흙으로 빚은 장난감처럼 꼼짝 않고 앉아 있었다.

"안녕하세요."

때는 오후 시간에 불과했지만 해 짧은 겨울날의 빛으로 인해 어둑어둑한 저녁 같은 기분이 들었다. 라스는 조금 당황하고 있는 것처럼 보였다. 어쩌면 그건 내 생각뿐일 수도 있다. 그의 얼굴 표정에는 뭔가 꼭 집어 말하기 힘든 분위기가 담겨 있었다. 개도 주인과 다르지 않았다. 그들은 뻣뻣하고 어색한 몸짓을 공유하고 있었다. 둘 중 어느 하나도 내 눈을 똑바로 쳐다보지 않았다. 그들은 말없이 뭔가를 기다리고 있는 것만 같았다.

"안녕하세요."

마침내 입을 연 그가 낮은 목소리로 인사를 건넸다. 그가 뭘 원하는지에 대해서는 일언반구도 없었다. 나는 어떤 방법으로 그를 도와야 할 지 알 수 없었다.

"막 식사를 하려던 참이었어요. 하지만 괜찮습니다. 들어와서 함께 드시겠습니까?"

나는 문을 활짝 열고 그에게 안으로 들어오라는 몸짓을 했다. 현관 앞 계단에선 하고 싶은 말을 꺼내지 않을 거란 생각에서였다. 그는 내 제안을 받아들이기로 결심한 듯했다. 그가 한 발자국 문 쪽으로 다가선 후 뒤에 있는 포커를 돌아보았다.

"너는 여기에 있어."

라스가 현관 앞 계단을 가리키며 말했다. 포커는 주인의 말을 따라 계단 위로 몸을 옮긴 후에 다시 앉았다. 라스가 안으로 들어올 수 있도록 난 문에서 옆으로 조금 비켜섰다. 라스는 내 뒤를 따라 부엌으로 들어섰다. 열린 문으로 스며든 한 줄기 바람에 식탁 위에 있는 양초 불빛이 흔들렸다. 나는 식탁 옆을 걸어가며 그에게 물었다.

"저녁 식사 하셨습니까? 아직 식사 전이라면 함께 드시지요. 음식은 충분합니다."

그건 틀린 말이 아니었다. 난 항상 필요한 양보다 조금 더 많이 요리를 했다. 내 식욕을 과대평가한 탓이다. 때문에 거의 매번 남는 음식이 생겼고 그건 주로 라이라의 몫으로 돌아갔다. 라이라는 그걸 알고 있었다. 그래서 내가 식탁에 앉아 음식을 먹을 때면 항상 기뻐했다. 곧 자신에게 돌아올 음식이 생길 거란 기대감 때문이었다. 라이라는 스토브 옆에 누워 주의 깊게 나를 바라보며 기다리고 있었다. 라스가 부엌으로 들어오자 라이라는 자리에서 일어나 꼬리를 흔들며 라스의 바지에 코를 대고 쿵쿵거리며 냄새를 맡았다. 라스의 바지는 곧 세탁을 해야 할 정도로 지저분했다.

"여기 앉으시죠."

난 그의 대답을 기다리지 않고 한쪽 구석에 있는 선반으로 가서 접시를 가져왔다. 그리고 나이프와 포크, 냅킨과 유리잔을 가져와 식탁 위에 올려놓고 그의 잔에 맥주를 따랐다. 그리고 내 잔에도 맥주를 채웠다. 창밖에는 눈이 내리고 있었다. 마치 크리스마스를 연상시키는 저녁시간이었다. 그는 자리에 앉으며 내 하얀 셔츠에 흘낏 눈길을 던졌다. 나는 그가 무슨 옷을 입고 있는지 상관하지 않았다. 때문에 그도 내가 뭘 입고 있는지 개의치 않았으면 좋겠다고 바랐다. 내가 만든 식사 시간의 규칙은 나만 지켜도 되는 것이니 말이다. 나는 그가 무슨 말이라도 하기를 바랐다. 하지만 그건 쉽지 않은 일처럼 보였다. 나는 의자에 앉으며 그에게 음식을 권했다. 그는 작은 생선 한 조각과 두 개의 감자를 가져가 그 위에 소스를 부었다. 나는 라이라를 쳐다 볼 용기를 낼 수 없었다. 왜냐하면 라스가 자신의 접시로 가져간 그 음식은 바로 라이라의 몫이라 할 수도 있었기 때문이다. 우리는 식사를 시작했다.

"아주 맛있습니다. 직접 잡으셨나요?"

"예, 강 상류 쪽에서 잡았습니다."

"아, 그 강엔 물고기들이 아주 많지요. 특히 농어가 많습니다. 갈대밭 옆에는 꽁치들도 자주 보입니다. 운이 좋으면 송어도 잡을 수 있어요."

나는 그의 말에 고개를 끄덕이며 식사를 시작했다. 그리고 그가 요점을 말하기를 인내심을 갖고 기다렸다. 그가 아무 목적도 없이 그냥 지나가다 들렀다고는 생각지 않았기 때문이다. 그는 맥주를 한 모금 꿀꺽 마시더니 냅킨으로 입가를 닦고 무릎 위에 손을 내려놓았다. 그리고 헛기침을 한 후 입을 열었다.

"저는 당신이 누군지 알고 있습니다."

난 순간적으로 음식을 씹던 동작을 멈췄다. 그리고 거울 속에 비친 내 얼굴을 생각해냈다. 지금 내 앞에 앉아 있는 저 남자가 그 얼굴을 알고 있단 말인가? 그 얼굴의 주인이 누구인지 정확히 아는 사람은 나밖에 없다고 생각했는데. 어쩌면 그는 3년 전 신문에 실린 내 사진을 보았을지도 모른다. 얼음처럼 차가운 빗속에서 도로 한복판에 서 있던 내 모습을 말이다. 머리에서는 피와 빗물이 범벅이 되어 이마와 셔츠로 유리창을 타고 내리듯 미끈미끈하게 흘러내렸고 카메라를 쳐다보고 있던 내 눈동자에는 혼란스러움이 묻어있었다. 내 뒤에는 푸른색 아우디 한 대가 바위산에 처박혀 고꾸라져 있는 모습이 흐릿하게 찍혔고 어둑하게 젖은 산비탈의 실루엣 아래에는 들것에 실려 구급차의 뒷문으로 가던 아내의 모습이 보였다. 경찰차의 헤드라이트는 푸른빛을 머금고 있었고 난 푸른 담요로 어깨를 감싸고 있었다. 도로의 중앙선에는 탱크처럼 거대한 트럭이 서 있었고 아스팔트는 차가운 비에 젖어 그 위의 모든 것들을 두 겹으로 투영해 내고 있었다. 나는 그날 이후 거의 보름 동안이나 그때 아스팔트가 만들었던 것처럼 내 눈앞에 보이는 모든 것들이 이중으로 존재하는 듯한 착각 속에서 지냈다. 모든 일간지에 그 사진이 실렸다. 사고가 있은 지 반 시간 정도 지난 후 마침 우연히 그곳을 지나던 프리랜서 기자에게 찍힌 사진이었다. 그는 다른 목적으로 그곳을 지나던 참이었으나 사고 때문에 차가 막혀 하려던 일을 하지 못했던 것으로 알고 있다. 하지만 대신 그는 그때 빗속에서 찍은 사진 한 장으로 상을 받았다. 낮은 회색빛 하늘, 부서진 가드레일, 언덕 위의 하얀 양떼들……. 이 모든 것이 한 장의 사진에 담겨있었다.

"잠깐만 이쪽을 보세요!"

사진기자가 내게 던진 말이었다.

하지만 라스의 말이 의미했던 건 결코 그런 내 모습이 아니었다. 그가 신문에 실린 사고 현장 속의 내 모습을 기억하는 것도 충분히 가능한 일이었지만 그가 한 말의 의미는 다른 종류의 것이 틀림없었다. 그는 내가 그를 기억하고 있는 것과 마찬가지로 내 모습을 기억하고 있을 것이다. 벌써 50년도 더 된 얘기다. 우린 그때 어린 아이에 불과했다. 난 열다섯 살이었고 그는 열 살이었다. 당시에 나는 내 주변의 모든 일을 두려워하고 이해하지 못했다. 내가 팔을 뻗으면 얼마든지 다다를 수 있었고 또 이해가 가능한 일이었을 수도 있다. 어쨌든 적어도 그 당시의 나는 이해할 수 없는 세상 속에서 두려움과 불안함으로 시간을 보냈다. 1948년 어느 여름날, 나는 한밤중에 옷을 움켜쥐고 침실을 뛰쳐나왔다. 그날, 아버지가 내게 해 주었던 이야기를 갑작스레 기억해 내고 엄습해 오는 당혹스러움과 두려움에 떨며 정신적 공황을 겪었던 것이다. 지난 시간 속에서 경험했던 일들이 더는 같은 형태로 되풀이되지 않을 것이며 같은 의미를 지니지 않을 것이란 생각도 들었다. 문득 이 세상이 험난하기 그지없는 것이란 생각도 했다. 삶의 다른 쪽에서 입을 벌리고 있는 또 다른 구멍을 본 것도 같았다. 강까지는 1킬로미터도 채 되지 않았지만 나는 숨을 헐떡이며 죽을힘을 다해 달렸다. 어쩌면 라스는 그 시간에 뜬 눈으로 밤을 지새웠을 지도 모른다. 침대에 홀로 누워 그만의 세상을 있는 힘을 다해 붙잡아 보려 노력하며 말이다. 그가 미처 잡아 멈출 수 없었던 탄알은 그 작은 집 안의 공기를 가르며 총을 떠났고 총소리의 충격에 막혀버린 귀는 주변의 사람들이 하는 말을 전혀 듣지 못했을 것이다. 총소리는 분명 이후에도 아주 오랫동안 그의 머릿속에 남아 있었을 것이다.

그로부터 50년도 넘는 세월을 흘려보내고 우리는 식탁을 가운데 두고 마주앉아 함께 식사를 하게 되었다. 그는 내가 누군지 알고 있다. 그 부분에 대해 난 할 말이 없었다. 그의 말이 책망처럼 들리기는 했지만 정확히 그렇다고 할 수도 없었다. 대답을 요구하는 질문도 아니었다. 그래서 난 그의 말에 아무 말도 되돌려 주지 않았다. 하지만 난 무슨 말이라도 해야만 했다. 그렇지 않으면 우리를 감싼 공기는 무시무시할 정도로 두렵고 껄끄러운 정적을 만들어 낼 것이 틀림없었다.

"그렇군요."

나는 그의 눈을 똑바로 쳐다보며 말했다.

"나도 당신이 누군지 알고 있습니다."

그는 고개를 끄덕였다.

"그럴 거라고 짐작했습니다."

그는 다시 고개를 끄덕이며 나이프와 포크를 들고 식사를 계속했다. 나는 그의 얼굴에서 만족한 표정을 볼 수 있었다. 그게 바로 그가 하고 싶었던 말이었다. 그 이상도 그 이하도 아니었다. 그는 자신의 짐작에 대한 확인을 받은 셈이었다.

그 대화 이후 나는 조금 거북한 느낌이 들었다. 예상치 못한 상황 속에 내 의도와는 상관없이 끌려 들어간 듯한 기분이 들었기 때문이다. 우린 식사를 끝낼 때 까지 그다지 많은 대화를 주고받지 않았다. 식사를 마친 후 우리는 식탁 위에 올린 팔꿈치에 몸을 실어 조용히 그리고 빠른 속도로 창밖에 깔리고 있는 어둠을 바라보았다. 우리는 서로를 쳐다보며 해가 점점 짧아지고 있는 것에 대해 고개를 끄덕여가며 이야기를 나누었다. 마치 그게 새로운 이야깃거리라도 되는 것처럼 말이다. 라스는 접시를 깨끗이 비웠고 흡족한 표정을 지으며 기분 좋게 말했다.

"정말 잘 먹었습니다. 제대로 차린 식사를 한다는 건 아주 즐거운 일이지요."

그는 자리에서 일어날 채비를 했다. 가벼운 발걸음으로 현관까지 걸어간 그는 손전등도 없이 밖으로 나갔다. 그의 뒷모습을 보고 있자니 난 왠지 몸과 마음이 더 무거워지는 것 같았다. 계단 위에 앉아 있던 포커가 그의 뒤를 따라 다리를 건넜고 그들은 곧 강 건너편 작은 오두막집 안으로 함께 사라졌다. 잠시 후 오두막집 안에 불이 켜졌다.

나는 자갈길을 걸어가는 그들의 발자국 소리가 사라진 후에도 한참 동안 대문 옆에 서 있었다. 멀리서부터 어둠을 통해 들려오는 문소리를 들었고 강 옆에 있는 오두막이 불빛으로 환해지는 것도 볼 수 있었다. 나는 주위를 둘러보았다.

불빛이라고는 라스의 오두막에서 새어나오는 불빛 밖에 없었다. 바람이 거세지고 있었다. 하지만 난 어둠 속에 좀 더 머물고 싶었다. 숲에서 불어오는 바람은 살을 에는 듯 차가웠고 셔츠 밖에 입지 않은 난 이빨이 딱딱 부딪칠 정도의 한기를 더 견디지 못하고 집 안으로 들어가 문을 닫았다.

그리고 식탁을 치우기 시작했다. 식탁에 두 개의 접시가 놓인 건 오늘이 처음이었다. 문득 나만의 장소가 점령당한 것 같은 기분이 들었다. 그건 사실이었다. 그리고 그 점령자는 특별하다면 특별하다고 할 수 있는 사람이었다.

  나는 식품저장실에 가서 라이라의 그릇에 가게에서 구입한 개사료를 채워주었다. 그리고 스토브 앞의 바닥에 놓아두었다. 라이라가 의아한 표정으로 나를 슬쩍 올려보았다. 라이라가 원한 건 이게 아니었던 것이다. 그릇에 코를 대고 쿵쿵 냄새를 맡던 라이라는 마지못해 먹기 시작했다. 그리고 입 안 가득 사료를 물고 마치 반항이라도 하듯 천천히 우물우물 씹으며 나를 다시 돌아봤다. 나를 쳐다보는 라이라의 눈동자에는 한숨이 섞여 있는 것도 같았고 마치 독약이 든 잔을 억지로 비워내는 듯한 체념이 보이는 것도 같았다. 문득 라이라가 버릇없는 개란 생각이 들었다.

  라이라가 사료를 먹고 있는 동안 난 침실로 가서 흰색 셔츠를 벗어 옷걸이에 걸어놓았다. 그리고 집에서 입는 셔츠와 스웨터를 머리에서부터 뒤집어쓰고 현관으로 가서 문 옆에 걸어 둔 두꺼운 외투를 걸쳐 입었다. 손전등을 챙긴 후 휘파람을 불어 라이라를 부른 뒤에 신고 있던 슬리퍼를 벗고 장화로 갈아 신었다. 밖에는 거센 바람이 불고 있었다. 난 라이라를 앞장세우고 내리막길을 걸어갔다. 라이라 뒤에서 몇 미터 떨어져 걸어가며 옅은 색의 털을 방향 표시로 삼았다. 손전등을 켜진 않았다. 먼저 어둠에 시야를 적응시킨 후 손전등을 켜도 늦지 않다고 생각했기 때문이었다.

  우리는 다리 위에 이른 후 잠시 휴식을 취했다. 철로가 시작되고 라스의 오두막이 한 눈에 보이는 장소였다. 라스의 오두막에서는 여전히 불빛이 새어나왔고 노란 색 창틀 안으로 그의 어깨와 많지 않은 그의 흰 머리도 보였다. 그 뒤에는 텔레비전이 켜져 있었다. 그는 뉴스를 보고 있었다. 난 마지막으로 뉴스를 본 게 언제였는지 기억해 낼 수 없었다. 이곳으로 이사할 때 난 텔레비전을 가져 오지 않았다. 가끔 긴 저녁 시간이 지루하게 느껴질 때면 후회하긴 하지만 여전히 난 텔레비전 없이 살 거라 마음먹었던 내 결심에 만족하고 있다. 특히 혼자 사는 사람들은 번쩍이는 화면과 밤늦게까지 텔레비전을 시청하기 위해 앉아있게 되는 푹신한 의자에 중독되기 쉽다. 스스로 몸을 움직이지 않고 타인이나 주변의 움직이는 모습만 보며 생활하면 시간이 너무 천천히 간다는 느낌이 드는 것도 당연한 일이다. 난 그런 생활을 원치 않는다. 나는 스스로를 친구삼아 생활할 것이다.

우리는 큰 길을 벗어나 가끔 산책로로 이용하던 강가의 좁은 길로 들어섰다. 하지만 강물이 흐르는 소리는 들리지 않았다. 주변의 나무와 덤불들 사이를 지나는 거센 바람 소리 때문에 물소리를 들을 수 없는 건 당연했다. 나는 손전등을 켜고 길 위를 비추었다. 물소리를 들을 수 없으니 자칫 강에 빠질 수도 있어서였다.

강에 도착한 후에 갈대밭의 가장자리를 따라가 이전에 만들어둔 돌 벤치를 찾아 두리번거렸다. 가끔 산책을 하다 쉴 장소가 필요할 거란 생각에 만들어 두었던 것이다. 나는 그곳에 앉아 강을 바라보기도 하고 가끔 물 위로 뛰어오르는 물고기들을 보기도 한다. 오리나 백조를 볼 때도 있다. 오리와 백조는 겨울에는 이곳에 둥지를 틀지 않는다. 하지만 아직도 가끔씩 아침이면 떼를 지어 강 위를 오가는 오리와 백조를 볼 수 있다. 다 자란 오리와 백조들은 이른 봄에 알을 깬 새끼들을 데리고 유유히 강을 떠다닌다. 어린 백조들은 이제 거의 어미와 비슷한 덩치를 하고 있다. 하지만 깃털색은 아직도 회색을 벗지 못해 그들이 헤엄치는 모습을 보고 있으면 어미와 새끼라기보다 서로 다른 두 조류가 함께 헤엄치는 것처럼 보였다. 그래도 움직임은 역시 너무나 많이 닮아서 어찌 보면 그게 이상하게 느껴지기도 했다. 백조들도 분명 서로를 바라보며 자신의 모습을 그려 볼 것이다. 그리고 자기가 상대편과 똑같이 생겼다고 믿을 것이다. 반면에 멀리서 바라보는 사람들은 그들이 너무나 다른 모습을 하고 있다는 걸 대번에 알 수 있다. 나는 머리에 떠오르는 이런저런 생각을 붙잡지 않고 내버려두었다. 라이라는 여느 때와 마찬가지로 주변을 이리저리 뛰어다니고 있었다.

나는 벤치를 찾아 앉았다. 하지만 눈앞에는 특별히 볼 만한 것들이 없었다. 손전등의 스위치를 끄고 갈대밭 속에서 윙윙 울고 있는 날카롭고 부서질 듯한 바람 소리를 들으며 한참을 가만히 앉아 있었다. 피곤함이 밀려왔다. 오늘은 평소보다 훨씬 더 많은 일을 했고 여느 때와 다른 경험을 하기도 했다. 눈을 감고 지금 여기서 잠에 빠지면 안 된다며 스스로를 세뇌시켰다. 그저 잠시 앉아 있다가 일어날 생각이었다. 그리고 집에 가서 귀를 먹먹하게 만들 정도로 불어닥치는 바람 소리를 들으며 잠을 자고 또 얼어붙은 아침에 잠을 깰 것이다. 문득 나는 라스가 했던 말을 없던 것으로 돌이킬 수 있으면 얼마나 좋을까 생각했다. 라스의 말은 잊고 있었던 과거 속에 나를 다시 옭아매는 역할을 했던 것이다. 50년도 더 된 희미하고 부당하며 음란하기조차 한 그 기억 속에……

나는 추워서 뻣뻣해진 몸을 벤치에서 일으켰다. 휘파람을 불어 라이라를 부르려고 하니 입술조차도 마비된 듯 움직이기가 힘들었다. 하지만 라이라는 내 마음을 알아챘는지 어느새 내 곁으로 다가와 무릎 근처에 코를 부비고 있었다.

손전등을 켰다. 손전등의 불빛에 비친 눈앞의 광경은 거센 바람이 만들어놓은 혼란 그 자체였다. 갈대들은 하얀 물방울이 거품처럼 일고 있는 강 위에 납작하게 누워 있었고, 나뭇잎이 하나도 붙어있지 않은 나뭇가지들은 남쪽으로 몸을 굽혀 우는 듯 날카로운 소리를 내고 있었다. 나는 몸을 굽혀 라이라의 머리를 쓰다듬어 주었다.

"Good dog." 나는 영어로 개에게 말을 했다. 내 귀에 들린 그 소리는 마치 언젠가 보았던 영화 속의 한 장면을 볼 때도 느꼈듯이 조금 바보스럽게 들리기도 했다. 그 영화는 '래시'가 아니었을까. 한때 극장에서 영화 보는 걸 즐긴 적이 있었다. 어쩌면 갑자기 나는 과거의 어느 한 시점을 무의식적으로 생각해 냈을 수도 있다. 놀랄 일은 아니었다. 어쨌든 내가 라이라에게 한 말은 디킨즈의 소설 속에 나오는 말은 아니다. 그의 소설 속에 'Good dog'라는 단어가 나왔던가. 기억을 더듬어 보았지만 도저히 기억해 낼 수 없었다. 나 자신이 바보 같다는 생각을 하며 몸을 폈다. 그리고 외투지퍼를 목이 다 덮히도록 올렸다.

"이제 집으로 가자."

라이라는 내 말에 안도를 하는 것 같았다. 개는 집을 향해 쏜살같이 달렸고 난 그 뒤를 따랐다. 조금 전에 느꼈던, 온몸이 마비될 것 같은 한기는 사라졌다. 하지만 난 여전히 옷깃에 머리를 푹 파묻고 걸었다. 손전등을 쥔 손에 힘이 들어갔다.

8

 난 오두막 안에서 아버지를 찾을 수 없었던 그날 밤을 아직도 선명하게 기억하고 있다. 아버지는 내 뒤를 따라 잠자리에 들겠다고 말했지만 곧 어디론가 사라져버렸다. 침실을 나온 나는 안방으로 들어가서 스토브 앞에서 재빨리 옷을 갈아입었다. 스토브 위로 몸을 굽히니 전날 밤 지펴놓은 불기가 채 사라지지 않은 듯 훈훈함이 느껴졌다. 나는 행여 무슨 소리라도 들릴까 싶어 귀를 기울였지만 들리는 거라곤 물이 끓는 주전자에서 김이 빠져나가는 소리처럼 무겁고 가쁘게 몰아쉬는 내 숨소리밖에 없었다. 적막한 방이 그때만큼 커 보인 적도 없었다. 이쪽 구석에서 저쪽 구석까지 샅샅이 잘 알고 있는 방이긴 했지만 그 순간엔 찬찬히 둘러보기도 힘들 정도로 커보였다. 난 숨을 천천히 쉬어보려고 노력했다. 허파 깊숙이 공기를 빨아들여 조심스럽게 내쉬기를 반복하며 생각했다. '오늘 이 시간까지 나는 행복한 생활을 해 왔다. 지금까지 단 한 번을 홀로 남겨진 적도 없었다. 그러니 지금 아버지가 한동안 자리를 비운다 하더라도 자신 있고 당당하게 이 사실을 받아들일 수 있어야 한다.' 하지만 문제는 당장 내게 자신감이라고는 전혀 찾아볼 수 없다는 것이다. 그것은 7월의 어느 하루, 내게서 갑자기 사라져 버렸다.

뜨거운 태양을 머리 위에 이고 가기엔 먼 길이라 생각했다. 나는 긴 장화를 신고 대문을 연 뒤 밖을 내다봤다. 아무도 없었다. 생각했던 만큼 덥지도 않았다. 한여름 밤이라 칠흑같이 어둡지도 않았다. 내 머리 위에는 어느덧 구름이 조각조각 흩어져 빠른 속도로 모습을 감추고 있는 중이었다. 구름 사이로 어스름한 백야의 빛이 쏟아져 내려 강까지 이르는 길을 찾기는 어렵지 않았다. 비 때문에 불어난 강물은 은빛 물살로 자갈돌을 삼키며 흐르고 있었다. 내 귀에는 흐르는 물살이 내는 소리 외에 아무것도 들리지 않았다.

배가 보이지 않았다. 늘 배를 묶어두던 자리가 비어 있었다. 나는 강물 안으로 몇 발자국 걸어 들어가 어디선가 노 젓는 소리가 들리지 않을까 귀를 기울여 보았다. 하지만 내 무릎까지 차오르는 물소리 외엔 아무것도 들을 수 없었다. 강의 하류와 상류도 둘러보았지만 눈에 들어오는 건 아무것도 없었다. 물론 통나무더미들은 강가에서 여전히 제 자리를 지키고 있었고 습기 찬 공기 중에는 송진 냄새가 그득했다. 길 위쪽으로 뻗은 강 옆의 들판들도 그대로 있었다. 오직 하늘에 떠 있는 구름과 그 사이로 비치는 햇살만이 자리바꿈을 하고 있을 뿐이었다. 억수같이 비가 쏟아진 후라 그런지 강의 물살은 이전보다 훨씬 거세게 강둑을 올려치고 있었다. 나는 하얀 거품을 내며 강가의 바윗돌을 삼키려는 거센 물살을 바라보며 문득 그 순간 내 귀에 들리는 소리라고는 물 흐르는 소리밖에 없다는 것을 깨달았다. 한밤중에 자연 속에 홀로 서 있으니 기묘한 느낌이었다. 마치 이 세상의 모든 빛과 소리들이 내 몸을 거쳐 가는 것 같은 생각이 들었다. 부드러운 달빛과 종소리들, 나의 장화에 부딪쳐오는 물소리. 그것만 제외하면 내 주변의 모든 것들은 너무 거대하고 또 적막하기만 했다. 그렇긴 하지만 난 결코 이 자연 속에서 버림받았다는 생각은 들지 않았다. 그저 완전히 홀로 있단 생각밖에 없었다. 마음은 고요했고 마치 이 세상의 중심이 된 것 같았다. 내 몸은 세상 속에 내려진 닻이라는 생각도 들었다. 아마도 발을 담근 강 때문에 든 생각일 것이다. 나는 강물 속에서 뺨을 어루만지듯 다가오는 물살에 이리저리 흔들리는 것처럼 몸을 맡겼다. 내 몸이 세상의 닻이 된 듯한 느낌은 여전했고 나는 완전한 인간으로 거듭나고 있었다. 나는 몸을 돌려 오두막 쪽을 바라보았다. 창을 통해 새어나오는 불빛은 없었다. 따스함과 밝음이 없는 그곳으로 다시 돌아가고 싶지는 않았다. 오두막 안 두 개의 방은 황량하게 비어있을 것이고 담요는 습기에 차 있을 것이며, 지금쯤은 분명히 열기가 사라졌을 스토브로 인해 어쩌면 바깥 공기보다 훨씬 차가워져 있을 지도 몰랐다. 어쨌든 내게는 지금 오두막 안에 볼 일이 없었다. 나는 강을 벗어나 걷기 시작했다.

우선 강가의 좁은 자갈길을 따라 나무둥치 사이로 발을 옮겼다. 가끔 산책을 하던 북쪽 길을 등지고 대신 남쪽을 향해 걸으며 시내 상점이 있는 다리를 향했다. 구름이 없는 새벽녘 하늘에는 어느덧 어스름한 빛이 비추어내려 길을 찾기는 어렵지 않았다. 희미한 빛이 감싸고 있는 주변의 모습은 마치 하얀 밀가루를 뿌려놓은 듯했다. 하지만 나는 그 새벽의 안개와 빛이 만들어놓은 필터 사이로 모든 것을 뚜렷이 볼 수 있었다. 심지어 내가 원하기만 하면 만져볼 수도 있을 것 같았다. 물론 불가능한 일이긴 했지만 나는 손을 뻗어 보았다. 어둑어둑한 나무둥치 사이로 발을 옮기면서 손가락을 쭉 편 다음 허공을 휘저어보았던 것이다. 가루처럼 흘러내리는 빛 속에서 아래위로 손을 저어 보았지만 내 손에 잡히는 건 아무것도 없었다. 모든 게 변함없이 제 자리를 지키고 있었다. 하지만 산비탈의 거대하고 적막한 그림자가 시간이 지날수록 자리를 옮겨가듯 인생도 어떤 시점에서 그 중심을 옮겨가기 마련이다. 나는 어제의 나와는 전혀 다른 사람이 된 것 같았다. 그게 슬퍼해야 할 일인지 아닌지에 대해서는 알 수 없었다.

지나간 시간을 돌아보기에 난 아직 너무 어렸다. 지나온 길을 돌아보기에도 그간 쏟아 부은 시간이 많지 않았다. 나는 앞만 보며 계속 자갈길을 걸었다. 길 아래쪽의 줄지어 서 있는 나무들 사이로 강물 흐르는 소리가 들려왔다. 오두막의 남쪽에서는 목장의 소리도 들려왔다. 통나무더미 뒤쪽에서 들려오는 소들의 울음소리와 마른 풀을 우물우물 씹는 소리, 건초 더미 위에 몸을 눕히는 소리, 어둠 속에서 이리저리 몸을 움직이는 소리가 들리는 듯 하더니 한 순간 모든 소리들이 사라졌다. 하지만 목장의 소리들은 다시 어둠을 뚫고 내게 다가왔다. 몇 시나 된 건지 궁금해졌다. 도대체 아침은 언제쯤 오는 것일까. 목장의 외양간으로 가서 시간을 보내며 온기를 훔치는 것이 가능한 것일까. 나는 한기를 느끼고 있었고 더 이상 걷기엔 이미 온몸이 피곤한 상태였다. 난 외양간으로 발길을 옮겼다. 창을 통해 내다보는 사람이라고는 아무도 없는 적막한 오두막을 지난 다음 소들이 올라오는 길의 반대로 내려갔다. 그리고 눈앞에 보이는 외양간 문을 열고 안으로 들어갔다. 문을 열자 코를 찌르는 냄새가 확 풍겼다. 하지만 그 냄새는 결코 나쁘다 할 수 없는 것이었다. 외양간 안은 생각했던 대로 따뜻했다. 나는 문 옆의 배수로 사이에서 우유를 짤 때 사용하는 의자를 찾아 그 위에 앉았다. 눈을 감고 평화롭게 들려오는 소들의 숨소리와 목에 달린 방울 소리, 그리고 통나무 벽이 삐걱거리는 소리와 지붕 사이로 속삭이는 어둠의 소리를 들었다. 그건 바람소리와는 거리가 멀었다. 어둠만이 지닐 수 있는 조화로운 콧노래를 들으며 나는 잠에 빠졌다.

누군가가 내 뺨을 어루만졌다. 난 그게 어머니의 손길이라 생각하며 잠을 깼다. 어느새 난 작은 소년이 되어있었던 것이다. 어쩌면 내게도 어머니가 있었단 사실을 깜박 잊고 있었던 건 아니었을까. 문득 어머니의 모습이 떠올랐다. 하나하나 내 머릿속에서 모습을 갖춰 가던 어머니의 모습은 어느새 완전히 한 사람으로 변했다. 하지만 그 얼굴은 내가 기억하고 있던 얼굴이 아니었다. 그 순간 난 반쯤 뜬 눈으로 꿈과 생시를 오가고 있었던 것이다. 내 눈앞에 서 있는 사람은 목장에서 소젖을 짜는 여인이었다. 그녀가 내 눈앞에 서 있다는 사실은 새벽 다섯 시라는 걸 알리는 것이기도 했다. 나는 그녀를 본 적이 있었다. 심지어 길에서 마주치면 인사를 나눈 적도 있었다. 아버지는 소를 몰고 집으로 돌아가는 길에 노래를 부르는 그녀의 목소리가 마치 은빛 플루트 소리 같다고 했다. 그리고 양 손을 들어 올려 비스듬히 고개를 돌리고 입술을 뾰족이 내밀어 플루트를 부는 시늉을 해 보였다. 하지만 그때 나는 은빛 플루트의 소리가 어떤 지 상상할 수 없었다. 누가 플루트를 연주하는 모습을 본 적도 없었다. 그녀는 미소를 지으며 나를 내려다보았다.

"이제 일어났니. 아가야?"

따뜻하고 기분 좋은 목소리였다.

"깜박 잠이 들었나 봐요. 너무 따스하고 좋아서요……"

나는 허리를 곧게 펴고 앉아 주먹 쥔 손으로 내 얼굴을 문질렀다.

"의자가 필요하죠? 미안해요."

그녀는 내 말에 고개를 저었다.

"아니야, 그냥 앉아있으렴. 저기 의자 하나가 더 있단다. 난 저걸 사용하면 돼."

그녀는 말을 마친 후 반짝반짝 윤기가 나는 양동이를 두 손에 들고 통로 저 편으로 가서 첫 번째 소 옆에 있던 의자 위에 앉았다. 그리고 소의 분홍빛 젖을 씻기 시작했다. 그녀는 숙련된 손을 부드럽게 움직였다. 그녀는 이미 톱밥이 뒤덮인 바닥을 청소한 뒤였다. 그녀의 손길이 거쳐 간 외양간은 깨끗하고 기분 좋은 장소로 변해 있었다. 소들은 모두 자리에서 일어나 두 줄로 서 있었다. 양쪽에 줄지어 서 있는 네 마리의 점박이 소들은 우유로 가득 차 통통 불은 젖과 함께 기대감에 가득 차 있는 듯 보였다. 그녀는 양동이를 끌어당긴 후 부드럽게 젖을 짜기 시작했다. 양동이에 쏟아지는 하얀 소젖은 경쾌한 소리를 냈다. 너무나 쉬워 보였다. 나는 이전에 소젖을 짜 보려고 몇 번이나 시도했지만 한 방울도 제대로 짜낸 적이 없었다.

그녀는 마구간 옆 갈고리에 전등을 걸어놓고 불빛으로 환한 벽을 등지고 앉아 있었다. 황금빛 전등이 매듭진 스카프로 머리를 묶어 올린 그녀의 얼굴을 비추고 있었다. 그녀의 눈빛에는 집중력이 느껴졌고 입가에는 희미한 미소가 보였다. 나는 그녀의 드러난 팔과 스커트 아래로 희미하게 빛을 받고 있는 벗은 종아리를 보며 문득 내 바지 속이 팽팽하게 꽉 차는 것 같은 느낌을 받았다. 순간 자제할 수 없을 정도로 헐떡이는 숨소리를 통제하기 위해 난 있는 힘을 다해 호흡을 멈춰야만 했다. 이전에는 그녀를 향해 이런 생각을 한 적이 없었다. 두 손으로 의자를 꽉 붙들고 마음속의 고결하지 못한 감정을 억누르기 위해 노력하던 나는 만약 그 자리에서 1센티미터도 움직이면 그 여파로 이 순간이 파괴될 거란 생각을 했다. 만약 그렇게 된다면, 그녀는 내 가슴을 비집고 나오려 애쓰고 있는 이 난감한 소리를 듣게 될 게 분명했다. 그리고 내가 얼마나 비참하고 부끄러운 감상에 젖어 있는지 알게 될 것이다. 나는 그 상황을 감당할 수 없을 것 같았다. 그래서 가슴을 조여 오는 압박감에서 벗어나기 위해 생각을 다른 데로 돌려보려 했다. 난 우선 마을길을 달려 내려가는 말들을 떠올렸다. 땅을 울리는 말발굽 소리와 바람에 휘날리는 갈기, 교회당과 줄지어 서 있는 집들 사이로 일어나는 마른 먼지들을 노란 커튼처럼 눈앞에 그려보았다. 하지만 그런 생각은 별 도움이 되지 않았다. 내 상상 속의 말들이 뿜어내는 열기와 그들의 목선

이 그려내는 굴곡, 규칙적이고 리드미컬한 말발굽 소리는 물론 말에 대해 한 마디로 설명할 수 없는 그 모든 것들 때문이었다. 그래서 난 달리는 말 대신 분네 피오르의 경관을 떠올렸다. 분네 피오르는 내가 사는 곳에서 멀지 않은 곳에 있었고 그곳에서 난생 처음으로 헤엄치는 법을 배웠다. 정확히 5월 1일에 보았던 회색이 감도는 깊은 초록빛 물, 그리고 그 위를 스쳐지나가는 바람을 상상하며 물이 얼마나 차가왔는지도 기억해냈다. 거울 같은 수면으로 다이빙하기 위해 카텐 해변의 경사진 바위 위에 올라섰을 때 내 몸을 집어삼킬 듯 거세게 불던 바람도 기억해보았다. 모여 있던 아이들이 한꺼번에 물속으로 뛰어내리는 건 금기사항이기도 했다. 혹시나 먼저 물에 뛰어든 아이가 갑자기 경련을 일으킬 경우를 대비해 남아 있는 아이들이 밧줄을 들고 물가에 서서 구조원처럼 대기하는 건 우리들 사이에 존재하는 일종의 규칙이었다.

 누나와 내가 매년 그곳에서 수영을 하기로 결심한 건 내가 일곱 살 때였다. 그곳에서 헤엄을 치는 게 즐거워서만은 아니었다. 우리에겐 단지 뭔가 힘을 쏟을 일이 필요했고 가능하다면 약간의 고통마저 느껴지는 일이 절실했던 것이다. 그런 결심을 하기 3주전 쯤, 독일군들이 오슬로에 들어왔었다. 그들은 카를 요한 거리를 끝이 보이지 않을 만큼 길게 줄지어 행진했다. 그날은 유난히 추웠고 거리는 군인들의 발자국 소리를 빼면 들리는 소리가 없을 정도로 적막하기까지 했다. 군화 소리는 허공을 내려치는 채찍이 만들어내는 소리처럼 대학 건물 앞을 메웠으며 그 반향은 맞은편 건물 쪽에서도 느낄 수 있을 정도였다. 그때 갑자기 시가지의 지붕 위쪽에서 메서슈미트 전투기의 굉음이 들려왔다. 그것은 물론 독일 쪽으로 열려있는 바다의 피오르에서 시작된 소리였다. 사람들은 말없이 서서 하늘만 올려다보았다. 아버지도 아무 말을 하지 않았다. 나는 물론이고 그곳에 서 있던 모든 사람이 한 마디도 내뱉지 않았다. 나는 아버지를 쳐다보았고 아버지는 잠시 나를 내려다보더니 고개를 흔들었다. 나도 아버지를 따라 고개를 흔들어보였다. 아버지는 곧 내 손을 잡고 군중의 무리를 빠져나와 국회의사당을 거쳐 아래쪽 포장도로를 따라 서둘러 걷기 시작했다. 우리는 외스트바네 역으로 가서 모세베이엔을 지나는 버스나 남쪽으로 가는 기차가 있는지 찾아보았다. 그렇게 운행 시간표 위에 눈을 두고 두리번거리면서도 우리는 혹시나 갑작스럽게 시내로 들어온 독일군의 수송차량 말고는 모든 운송수단의 운행이 중지된 게 아닐까 하는 조바심을 지울 수 없었다. 나는 그때 어떻게 시내를 빠져 나왔는지 기억해 낼 수가 없다. 그게 기차였는지 버스였는지, 혹은 우연히 지나가던 자동차였는지 전혀 생각나지 않는다. 어쨌든 우리는 집으로 올 수 있었다. 지금 가만히 생각해보니 집까지 걸어왔던 것은 아닐까 하는 생각도 든다.

  그 일이 있은 후 얼마 되지 않아 아버지는 생전 처음으로 오랫동안 집을 비웠고 나와 누나는 차가운 피오르에서 수영을 시작했다. 우리의 심장은 차디찬 바닷물과 함께 고동쳤고 바닷가의 밧줄은 만약 있을지도 모르는 사고에 대비해 항상 그 자리를 지키고 있었다.

  1940년 그해 여름 아버지의 모습과 분네 피오르의 차가운 바닷물, 그리고 '카텐'에서 '잉예르'로 이르는 해변의 모습을 떠올리니 조금 도움이 되는 것도 같았다. 곧 나는 사력을 다해 의자를 붙들고 있던 손에서 힘을 빼고 자리에서 일어났다. 아무것도 잘못 된 것은 없었다. 소젖을 짜는 여인은 다음 칸으로 옮겨 콧노래를 부르며 계속해서 젖을 짜고 있었다. 그녀는 소의 옆구리에 이마를 기댄 채 오직 소젖 짜는 일에만 열중하고 있는 듯했다. 적어도 내 눈에는 그렇게 보였다. 나는 내가 앉아 있던 의자를 벽 쪽으로 조심스레 밀어두고 외양간을 나서려는 참이었다. 그때 등 뒤에서 그녀의 목소리가 들려왔다.

"우유 한 잔 마시고 갈래?"

난 영문도 모른 채 얼굴을 붉히며 몸을 돌려 대답했다.

"예, 고맙습니다."

나는 금방 짠 신선한 우유를 마시지 못했다. 사실 난 유리컵에 담긴 소젖을 보며 그게 얼마나 뜨뜻한지 얼마나 쩐득할지 상상하는 것만으로도 위장이 뒤틀릴 지경이었다. 하지만 난 그녀의 외양간에서 이미 잠을 잔 후였고 그녀가 짐작도 못 할 상상까지 해 버린 후였다. 그래서 그녀의 권유를 거절할 수가 없었던 것이다. 어떻게 거절을 해야 할지도 몰랐다. 나는 그녀가 건네주는 국자에 넘칠 듯 담겨 있는 소젖을 한 번에 꿀꺽 삼켰다. 그리고 소젖이 무사히 식도를 통과해서 위에 도착할 때까지 기다렸다가 입가를 닦았다.

"잘 마셨습니다. 이젠 정말 가 봐야 될 것 같아요. 아버지가 벌써 아침 식사를 준비해 놓고 기다리실 것 같아서요."

"아, 그러니? 이른 시간에 식사를 하는 모양이구나."

그녀는 나를 바라보며 낮은 목소리로 말했다. 마치 내가 누군지 잘 알고 있는 듯한 눈빛이었다. 그리고 내가 무슨 일을 하려는지도 알고 있는 듯했다. 비록 나 자신도 확신할 순 없었지만 말이다. 난 조금 과장될 정도로 힘껏 고개를 끄덕여 대답을 대신했다. 그리고 발을 돌려 통로 사이를 걸어서 밖으로 나섰다. 큰길에 이르기 직전에 나는 구토를 해 버렸다. 그녀가 소젖 짜는 일을 마치고 외양간을 나서면 그걸 볼까봐 길옆의 풀을 한 움큼 뜯어 오물을 덮어놓았다.

길목이 좁아지는 지점에서 강 쪽으로 발길을 돌려 이슬에 젖은 키 큰 풀들 사이를 헤치며 걸었다. 동쪽 갈대밭 뒤에 숨겨진 듯 세워진 방파제에 도착한 나는 그곳에 앉아 장화 신은 발을 수면 위에 올려놓았다. 산기슭을 비추는 햇살을 보고 있자니 어젯밤보다는 기분이 가벼워지는 것 같았다. 갈대밭 사이로 강 맞은편을 바라보았다. 그곳은 욘이 살고 있는 곳이었다. 아니 그가 살았던 곳이라고 하는 게 더 정확할 것이다. 어쨌든 난 욘이 사고 후에 어디에서 무얼 하며 살고 있는지 전혀 몰랐다. 욘의 가족들이 사는 집 앞에도 방파제가 있고 거기엔 세 척의 배가 정박해 있었다. 그 중 하나는 욘이 자주 사용하던 푸른색 배였고 다른 하나는 그의 어머니가 벌목장에 음식을 나를 때 사용하던 붉은 배였다. 나머지 하나는 초록색으로 내가 머물던 오두막 옆에 자주 모습을 보였던 배였다. 어떤 머저리가 강기슭에서 방향을 못 잡고 헤맬 때면 빌려 타고 제 때 돌려주지 못했기 때문이었다. 물론 그 머저리는 나였다. 강 건너편에는 그 초록색 배도 이제 제자리를 찾은 것처럼 보였다. 보아하니 그 사이에 누군가 방파제 위에 벤치를 만들어놓은 것 같았다. 그 벤치 위에는 욘의 어머니가 앉아 있었다. 그녀의 옆에 보이는 남자는 바로 내 아버지였다. 그들은 서로의 몸을 바싹 붙이고 다정하게 앉아있었다. 아버지는 면도를 한 말쑥한 모습이었고 욘의 어머니는 시내에 갈 때 입던 노란색 꽃무늬가 있는 파란 원피스를 입고 있었다. 그녀의 어깨 위에는 아버지의 외투가 걸쳐져 있었다. 아버지는 마치 내가 정확히 스물 네 시간 전에 그랬듯 그녀의 어깨 위에 팔을 두르고 있었다. 하지만 아버지는 내가 하지 않았던 일도 했다. 아버지는 그녀에게 키스를 했다. 나는 그녀가 울고 있단 걸 알 수 있었다. 하지만 아버지가 키스를 해서 우는 건 아니었다. 어쨌든 아버지는 그녀에게 키스를 했고 또 어쨌든 그녀는 울고 있을 뿐이었다.

어쩌면 당시의 나는 상상력이 부족한 아이였을지도 모른다. 지금도 마찬가지겠지만……. 나는 강 건너편에서 일어나고 있는 일이 너무 뜻밖으로 여겨졌기 때문에 입을 벌린 채 그저 그 장면을 정신없이 쏘아보기만 했다. 그때 내 몸에는 한기도, 온기도 심지어는 미적지근한 느낌도 없었다. 그저 텅 빈 머리가 터질 듯했다는 기억 밖에는 없다. 그런 내 모습을 누군가 보았다면 아마도 집을 뛰쳐나온 망나니가 틀림없다고 여겼을 것이다.

나는 내가 본 게 분명 잘못된 거라 생각했다. 강이 너무 넓어서 건너편까지 보기에는 무리라고 생각하며 내 눈에 들어왔던 장면을 조금이라도 희석시켜보려고 했다. 즉, 자식을 잃고 사고로 다친 남편을 수십 킬로미터나 떨어진 병원에 입원시켜놓은 한 외로운 여자를 한 남자가 위로하고 있는 것뿐이라 생각했던 것이다. 하지만 그게 사실이라 해도 두 남녀가 키스를 나누기에는 너무 이른 시간이 아니었던가. 더욱이 그곳은 미시시피 강도 아니요, 도나우 강도 아니며, 심지어는 라인 강도 아닌데……. 사실 내 눈앞의 강은 그리 넓지 않은 강이었다. 내가 앉아 있는 곳과 건너편 방파제 사이를 흐르던 강은 폭이 가장 넓은 지점이라 할 수도 없었다. 그 강은 스웨덴과의 국경선을 따라 흐르는 물이 이 계곡으로 들어와 마을을 감싼 후 다시 남쪽 스웨덴으로 향하는 반달 모양의 좁은 강에 불과했다. 누가 그 물맛을 본다면 노르웨이 맛보다 스웨덴 맛이 난다고 해야 더 정확했다. 장담할 수 없지만 말이다.

 어쨌든 난 잘못 본 게 아니었다. 잘못 보았다고 믿고 싶었을 뿐이다. 그들은 마치 세상의 종말을 앞에 두고 있는 사람들처럼 주변을 아랑곳하지 않고 정신없이 입을 맞추고 있었다. 나는 그런 두 사람을 지켜 볼 수 없었다. 그럼에도 불구하고 나는 그들의 움직임을 하나하나 곁눈질로 따라갔다. 어머니의 모습을 떠올리면 기분이 나아지지 않을까 생각해봤지만 어머니의 모습을 도저히 그려낼 수 없었다. 어머니의 모습을 억지로라도 떠올리면 곧 그 얼굴은 사라지고 분해되어 내 머릿속에서 자취를 감춰버렸다. 사실 어머니는 그 상황에서 아무 상관도 없는 사람이긴 했다. 나는 허무함을 벗 삼아 그 자리에 더 이상 앉아 있을 수 없을 때까지 기다렸다가 몸을 일으켰다. 그리고 갈대 사이에 몸을 숨긴 후 소리를 죽여 조심스럽게 그 자리를 빠져나왔다. 한참을 걸은 후 뒤를 돌아보니 강 건너편의 남녀는 손을 잡고 오두막 안으로 들어가려 하고 있었다.

난 다시 뒤를 돌아보지 않았다. 그저 키 큰 갈대 줄기를 헤치고 걸어가 큰 길로 향하는 교차점에서 방향을 틀었다. 그리고 지난밤 눈을 붙였던 외양간을 향해 오르막길을 걸었다. 벌써 많은 시간이 흐른 것 같았다. 공기도 변했고 빛도 다르게 느껴졌다. 어느새 햇살이 산비탈을 내리비추고 있었다. 따스한 기운이 느껴졌다. 하지만 목구멍에 뭐가 걸린 듯한 따끔따끔한 통증이 느껴졌다. 뭔가 금방이라도 식도를 타고 올라올 것만 같았다. 눈을 지그시 감고 침을 꿀꺽 삼키자 통증은 금방 사라졌다. 나는 푸루산을 향해 비탈길을 올라오고 있는 소떼 소리를 들었다. 그 산은 산이라고 할 수 없을 정도로 나지막한 언덕으로 꼭대기에만 듬성듬성 나무들이 있었다. 문득 반대편에서도 가축들의 목에 걸린 방울이 울리는 소리가 들려왔다.

오두막으로 향하는 길 위에 쌓아놓은 통나무더미가 있는 곳에 도착했을 때 난 발을 멈추고 귀를 기울였다. 나무들이 베어진 숲을 지나 강까지 시야가 트여 있었다. 강에서는 금방이라도 노 젓는 소리가 들려올 것만 같았다. 하지만 아무런 소리도 들을 수 없었다. 햇살 가득한 숲에서 바라보는 오두막은 그 어느 때보다 훨씬 정겹게 보였다. 나는 오두막 안으로 들어가 빵을 썰고 버터를 바르고 혼자서 아침 식사를 할 수도 있었다. 배가 고팠다. 하지만 난 강 위의 다리를 향해 계속 걸어갔다. 20분 정도 걸었을까. 난 프란츠의 집 앞에 도착했다. 그의 집은 다리 옆에 있었다. 열린 대문을 통해 햇살이 스며드는 현관 안쪽이 보였다. 집 안에서 들려오는 라디오의 음악 소리도 들을 수 있었다. 자갈길을 걸어 내려가서 난 대문 앞에 잠시 멈춰 섰다. 그리고 세 발자국을 더 옮긴 다음 집 안을 향해 소리쳤다.
"안녕하세요! 아침 식사는 하셨나요?"
"어, 어서 오게. 막 아침 식사를 하려는 중이었어. 어서 들어와!"
집 안에서 들려오는 힘차고 기분 좋은 목소리였다.

9

밤새 폭풍이 몰아쳤다. 벽을 통해 들리는 바람 소리에 몇 번이나 잠을 깼던 것 같다. 집을 떠받치고 있는 대들보에선 기괴한 소리가 났고 숲에서는 날카롭게 휘파람을 부는 듯한 소리도 끊임없이 들렸다. 헛간에서는 덜컹거리는 쇳소리와 귀를 찢을 듯한 굉음도 들려왔다. 나는 불안감과 걱정에 싸여 뜬 눈으로 천장을 바라보며 누워 있었다. 다행히 담요 밑은 따뜻하고 편안해서 자리에서 일어나고 싶지 않았다. 문득 슬레이트 지붕은 그대로 있는지 궁금해졌다. 거센 바람에 행여 지붕이 날아간다면 마당에 세워놓은 차에 부딪쳐서 차를 망가뜨릴 지도 몰랐다. 난 그런 일은 일어나지 않을 거라고 자위하며 애써 다시 잠을 청했다.

다시 눈을 떴을 때 들려오는 바람소리는 이전보다 훨씬 매섭게 들렸다. 하지만 이번에는 뭔가에 의해 갈라진 듯 지붕의 처마를 타고 줄줄 흘러내리는 한숨소리처럼 느껴졌다. 덜컹거리는 소리도 커다란 굉음도 없었다. 단지 커다란 선박의 밑 부분에서 끊임없이 움직이는 거대한 엔진소리처럼 들렸을 뿐이었다. 바람은 존재하는 모든 것을 이동시키며 어둠과 함께 깊숙이 밀려들고 있었다. 오두막은 돛대와 손전등이 있는 선박이고 하얀 거품을 일구며 몰아치는 파도와 같은 바람이 사방에서 나를 조여 오는 것 같았다. 나는 이 기분이 싫지 않았다. 배를 타는 건 언제나 내가 좋아하던 일 중의 하나였다. 어쩌면 나는 잠을 깨긴 했지만 정신이 멀쩡한 건 아닐지도 몰랐다. 마지막으로 잠깐 눈을 떴을 때 시계를 보니 오전 일곱 시 반이었다. 평소보다 훨씬 늦게 잠을 깬 것이다. 창밖에는 어슴푸레한 회색빛이 가득했다. 유리 한 장을 사이에 두고 내가 있는 곳에는 이상할 정도의 적막감이 흘렀다. 나는 꼼짝 않고 누운 채 혹시나 들려올지도 모르는 바깥의 소리를 들으려 귀를 기울였다. 하지만 내 귀에는 부엌에서 라이라가 물그릇을 찾아가는 발소리밖에 들리지 않았다. 바로 몇 시간 전만 해도 온 우주가 수많은 소리로 터질 듯했지만 지금은 고요함으로 가득 차 있었다. 남은 거라고는 인내심 강한 한 마리 개뿐이란 생각이 들었다. 나는 라이라가 허겁지겁 물을 마시는 소리를 들었다. 그리고는 집 안에서 할 수 없는 일을 하기 위해 밖으로 나가겠다는 신호를 보내왔다. 나지막이 낑낑거리는 소리를 들으니 내게 문을 열어달라고 정중히 부탁하는 것만 같았다.

등에 통증이 느껴졌다. 나는 몸을 돌려 엎드린 다음 침대 가장자리로 기어갔다. 바닥에 먼저 무릎을 내린 후 천천히 몸을 일으키는 건 생각보다 어렵지 않았다. 내 몸은 어제의 과로로 인해 거의 딱딱하게 마비된 듯했다. 난 양말도 신지 않고 부엌을 지나서 현관 쪽으로 걸어갔다.

"라이라, 이리 오렴."

라이라는 천천히 내 뒤를 따랐다. 난 대문을 열고 어슴푸레한 빛

속으로 라이라를 내보냈다. 그리고 다시 침실로 돌아와 옷을 갈아입은 후 장작을 보관해 둔 상자를 열어보았다. 다행히 상자는 장작으로 가득 차 있었다. 벽난로에 장작을 넣어 불을 지폈다. 사실 나는 단 한 번의 시도만으로 장작에 불을 피워 본 적이 없다. 아버지는 항상 한 번에 불을 활활 지피곤 했지만 어쩐 일인지 나에겐 어렵기만 했다. 하지만 어쨌든 여러 번의 시도 끝에 나도 항상 불을 지필 수 있었다. 누나도 단 한 번에 장작에 불을 지피는 일에 성공한 적이 없었다. 그녀는 잘 마른 장작과 낡은 신문지들을 뭉쳐 벽난로 안에 넣곤 했지만 언제나 타들어가는 건 낡은 신문지뿐이었다.

"벽난로를 지피는 일도 이토록 어려운데, 어떻게 집에 불이 날 수가 있는 거지? 도저히 이해할 수가 없어."라고 그녀는 자주 말했다. 문득 누나가 그리워졌다. 그녀 또한 3년 전에 세상을 떠났다. 암이었다. 의사는 더 이상 손을 쓸 수 없다고 했다. 너무 늦게 발견했기 때문이었다. 그녀와 내 아내는 좋은 친구이기도 했다. 저녁이 되면 둘은 자주 전화로 그날 있었던 일을 주제로 수다를 떨곤 했다. 가끔은 내가 그들의 대화 주제로 떠오르기도 했다. 그들은 나를 가리켜 '황금 속옷을 입고 태어난 소년'이라고 하며 숨이 넘어갈듯 웃었다. 나에게 운이 좋은 사람이라 말하며 그건 부인할 수 없는 사실이라고 했다. 아마도 그 별명을 내게 붙여준 사람은 누나였던 것 같다. 내겐 상관없는 일이었다. 그들의 웃음소리에는 전혀 악의가 들어있지 않았기 때문이었다. 그들은 그저 농담을 하며 나를 놀리고 싶었을 뿐이었다. 주위 사람들은 언제나 내가 심각한 사람이라고 말했다. 하지만 지나칠 정도로 심각한 건 아니었다. 물론 내가 운이 좋은 사람이라고 했던 그들의 말에도 일리가 없진 않았다. 나 스스로도 그렇게 생각했으니까.

두 사람이 연이어 세상을 떠난 후 난 사람들과 대화를 나누는 일에 흥미를 느끼지 못했다. 무슨 말을 해야 할지 갈피를 잡을 수가 없었다. 내가 지금 여기 살고 있는 것도 그 때문이다. 이곳으로 옮겨와 살고 있는 또 다른 이유는 숲을 가까이 하며 살고 싶었기 때문이다. 한 때는 숲과 나무들이 내 인생의 일부분이라 여길 때도 있었다. 아주 오래 전 일이다. 그리고 숲을 잊고 산 적도 있었다. 하지만 인생이 곤두박질치고 그 속에서 적막감과 공허감을 느끼게 되었을 때, 난 오로지 숲과 나무만 생각하게 되었다. 다른 건 생각할 수 없을 정도였다. 그저 숲으로 가고 싶을 뿐이었다. 그 느낌은 지금도 여전히 나를 지배하고 있다.

라디오를 켰다. P2의 아침뉴스가 반쯤 진행되고 있었다. 러시아군이 다시 그로즈니에 폭격을 가했다는 소식이었다. 그래도 난 러시아군이 이길 수는 없을 거라고 생각했다. 우선은 무력으로 장악할 수 있을지 몰라도 궁극적인 승리는 그런 방법으로 얻을 수 있는 게 아니기 때문이다. 톨스토이는 이 진리를 이미 백 년 전에 〈하지 무라트〉라는 책에서 이야기했다. 진정 힘과 권력을 쥐고 있는 강대국들은 이렇게 간단한 진리를 이해하지 못하는 것일까. 결국 산산조각으로 붕괴되는 건 그들 자신일 거란 사실을 모르고 있는 걸까. 어쨌든 현재로서는 러시아군에 의해 체체니아가 붕괴될 것으로 보인다. 백 년 전과 비교했을 때 조금 더 가능성이 높아진 것은 틀림없어 보이는 것이다.

벽난로 속의 장작이 잘 타들어가고 있었다. 나는 빵을 꺼내 두 조각을 얇게 썰었다. 그리고 커피를 마시기 위해 물을 끓였다. 현관 문 밖에서는 라이라가 다시 집 안으로 들어오려고 앞발로 문을 긁으며 신호를 보내고 있었다. 그건 초인종을 누르는 대신 선택한 라이라만의 방식이었다. 배가 고프다거나 산책을 하자고 졸라대는 소리와는 다른 몸짓이고 소리였다. 나는 문을 열어 라이라를 안으로 들였다. 그녀는 따뜻해진 벽난로 옆에 몸을 눕혔고 난 아침 식사를 준비했다. 라이라가 먹을 것도 준비했지만 대번에 밥그릇을 내밀지는 않았다. 라이라는 내가 식사를 한 다음에야 먹을 수 있다. 어쨌든 이 집에서는 내가 보스니까.

시간은 정오를 향하고 있었고 숲 쪽에서도 한낮의 기운이 느껴지기 시작했다. 난 창밖을 내다보았다. 그 순간 지난 밤 굉음의 원인이라 할 수 있는 광경을 목격하고 놀라서 입을 다물 수가 없었다. 마당 한 가운데 서 있던 거대한 늙은 자작나무가 폭풍으로 뿌리째 뽑혀 헛간과 자동차 사이에 쓰러져 있었던 것이다. 자작나무에 달려있던 가지는 부엌 창에서 손만 내밀면 닿을 수 있는 거리에 있었고 다른 가지들은 차 지붕 위에 걸쳐져 있었다. 헛간 지붕의 물받이 홈통은 이미 떨어져 나갔고 헛간문은 V자로 뻗어있는 나뭇가지에 막혀 열 수도 없을 지경이었다. 그 모습을 보니 헛간에 있던 장작을 오두막 안으로 미리 가져다 둔 게 다행이란 생각이 들었다.

지난밤의 굉음이 만들어낸 모습이었다. 밖으로 나가보려고 자리에서 벌떡 일어났던 난 이내 마음을 고쳐먹었다. 쓰러진 자작나무는 어차피 사라지지 않을 것이다. 난 다시 자리에 앉아 식사를 계속했다. 그리고 창을 내다보며 어떻게 하면 저 거대한 나무를 치울 수 있을지 머리를 굴려보았다. 우선은 차를 빼내야 한다. 그건 분명한 사실이었다. 그 다음은 헛간 앞을 막고 있는 나뭇가지들을 치워야 할 것이다. 곧 벽난로를 지피기 위해 더 많은 장작이 필요할 것이고 그러려면 헛간에 쌓아둔 장작을 가져와야 한다. 물론 차도 필요하다. 이곳에선 차가 없으면 생활이 마비된다 해도 과언이 아니다. 전기톱의 날도 다시 세워놓아야 한다. 어제 일로 인해 날이 무디어진 건 보지 않아도 알 수 있는 일이다. 휘발유와 기름도 필요하다. 가게에 가려면 차를 타고 가야 하지만 지금 내 차는 발목을 잡혀있다. 문득 공포감과 당혹감이 밀려왔다. 이유는 알 수 없었다. 사실 이 정도는 위기 상황이라 할 수도 없었다. 이곳에 살고 있는 건 내가 스스로 선택한 일이 아니었던가. 냉동실에는 아직 충분한 식량이 있고 물은 수도꼭지만 틀면 나올 것이다. 난 건강하고 아픈 데도 없다. 시간도 충분하다. 그렇지 않은가? 하지만 솔직히 말해서 난 밀려오는 두려움으로 인해 시간이 충분하단 생각을 할 수 없었다. 문득 폐소공포증이 느껴졌다. 갑자기 숨을 멈추고 죽을 수 있을 것 같단 생각도 들었다. 지난 3년 동안 이런 느낌을 종종 느낀 적도 있었지만 난 세월을 통해서 배웠다. 이것은 현실이 아니며 개의치 않아도 되는 무가치한 느낌이라고 말이다. 그러나 막상 그 느낌 속에 있을 때는 벗어나기 쉽지 않은 것도 사실이다. 나는 쓰러져 있는 자작나무를 보았다. 마당 전체를 뒤덮은 자작나무가 주변에 거대한 그림자를 드리우고 있었다. 나는 자리에서 벌떡 일어나 침실로 간 다음 옷을 벗지도 않고 침대에 드러누웠다. 내가 정해놓은 규칙에 어긋나는 일이긴 했지만 지금 당장은 규칙을 따르고 싶은 마음이 없었다. 멍하니 천장을 바라보았다. 내 머릿속은 마치 룰렛 바퀴처럼 빙빙 돌고 있었다. 구슬은 룰렛의 검은 부분과 붉은 부분을 번갈아가며 튀어오르다 구멍 속으로 빠져 내려갔고 그 안에서 나머지 구슬과 뒤섞였다. 물론 구슬의 종착점은 1948년 여름의 어느 날이었다.

더 정확히 말하자면 그날은 여름이 끝나는 날이기도 했다. 나는 가게 앞 떡갈나무 아래 앉아 나뭇잎 사이로 햇살을 올려보고 있었다. 기분 좋은 바람에 살랑살랑 흔들리는 나뭇가지들 사이로 내리쬐는 햇살을 향해 지그시 눈을 감았고 눈물이 찔끔 나오는 걸 느꼈다. 눈두덩에서 열기가 스멀스멀 피어올랐다. 나는 눈을 감고 등 뒤로 흐르고 있는 강물 소리를 들었다. 두 달 동안 들어왔던 그 소리는 그날도 변함없이 내 귀에 들려왔고 난 머지않아 이 소리를 듣지 못하게 된다면 어떤 기분이 들까 궁금해졌다.

떡갈나무 아래는 찌는 듯이 더웠다. 피곤했다. 우리는 새벽녘에 일어나 아무 말도 하지 않고 묵묵히 아침 식사를 했다. 그리고 오두막을 나와 자갈길을 걸어 프란츠의 집을 지난 다음 다리에 도착했다. 프란츠의 집에는 언제나처럼 열려있는 대문 안으로 햇살이 스며들어서 낡은 카펫을 비추다 벽 위에 비스듬히 내려앉았다. 프란츠의 모습은 어디에서도 찾을 수 없었다. 문득 그가 그리워졌다. 슬픔도 느껴졌다.

버스가 디젤엔진을 작동시켜 놓은 채 햇살 아래서 우리를 기다리고 있었다. 나는 그곳을 떠나 엘베룸에서 기차로 갈아탄 뒤 다시 오슬로로 향하는 긴 여행을 할 참이었다. 우리는 가게 앞 광장에 멈춰 섰고 아버지는 등 뒤에 서서 한 손을 내 머리에 얹었다. 아버지는 몸을 숙여서 내 머리를 살짝 헝클어뜨리며 이렇게 말했다.

"잘 될 거야. 엘베룸 역에서 기차로 갈아타는 걸 잊지 않도록 해라. 어느 쪽 선로에서 타야 하는지도 잘 확인해. 물론 승차 시간도 잊지 말아야 한다. 알았지?"

아버지는 아주 중요한 얘기를 하듯 심각한 표정으로 세세한 것까지 모두 지적했다. 어쩌면 아버지는 열다섯 살 소년이 아무런 준비 없이 혼자서 여행하는 게 불가능하다고 생각했을지도 모른다. 사실 난 나이보다 훨씬 더 어른스럽다고 느꼈지만 그걸 표현할 방법은 없었다. 만일 표현을 했더라도 아버지는 분명 내 말을 받아들이지 않았을 것이다.

"올여름에는 참 많은 일이 있었구나. 너도 그렇게 생각하지?"

아버지가 여전히 등 뒤에 서서 내 머리를 잡고 있었다. 하지만 머리카락을 더 헝클어뜨리지는 않았다. 그저 통증이 느껴질 정도로 힘을 주어 꽉 잡고 있을 뿐이었다.

아버지는 내가 아픔을 느끼고 있단 사실을 모르는 것 같았다. 하지만 난 아버지에게 손을 치워달라고 차마 말할 수 없었다. 아버지가 다시 허리를 굽히고 내게 말했다.

"하지만 인생이란 그런 거야. 이런 일들을 통해서 인생을 배우게 되는 거야. 특히 네 나이 땐 주변에서 일어나는 일을 통해서 배우는 게 많지. 넌 그저 주변의 일들을 받아들이고 기억할 수 있도록 노력하면 되는 거야. 후회하거나 괴로워할 필요는 없어. 그저 지나가는 일이려니 하고 받아들이면 되는 거야. 이해할 수 있지?"

"예." 난 큰 소리로 대답했다.

"정말 이해할 수 있겠니?"

난 아버지의 질문에 다시 한 번 같은 대답을 하며 고개를 끄덕였다. 그러자 아버지가 너털웃음을 지으며 내 머리에서 손을 뗐다. 난 아버지의 얼굴을 볼 수 없었다. 아버지의 말을 정말로 이해할 수 있을지도 장담할 수 없었다. 물론 아버지가 왜 정확히 그 순간에 그 말을 하는지도 알 수 없었다. 그날 이후 난 아버지의 말을 수천 번도 더 되새겨 보았다. 버스에 올라탈 시간이 다가왔다. 아버지는 날 돌려 세우더니 내 어깨를 잡았다. 그리고 다시 한 번 내 머리에 손을 얹으며 날 내려다보았다. 아버지의 얼굴에는 미소가 번져 있었다. 난 아버지의 그런 미소를 너무나 좋아했다.

"이제 버스를 탈 시간이구나. 엘베룸에서 오슬로 행 기차로 갈아타는 걸 잊지 말거라. 나도 이곳 일을 마치는 대로 오슬로로 갈 거야. 알았지?"

"예."

대답은 그렇게 했지만 뱃속에서 꿈틀거리는 불안감 때문에 난 긴장하기 시작했다. 이미 수천 번은 같은 대답을 했지만 그날 만큼은 '예'라는 대답이 긍정을 의미하는 것이 아니란 느낌이 들었던 것이다. 그날 이후, 난 아버지에게 갑자기 무슨 일이 일어났을 가능성에 대해 여러 번 생각해 보았다. 어쩌면 아버지는 이미 그때 마음을 정했는지도 모르는 일이었다. 왜냐하면 아버지는 내 뒤를 따라 오슬로로 오지 않았다. 그때가 아버지와 내가 얼굴을 마주할 수 있었던 마지막 날이었다.

나는 버스에 올라탔다. 무릎 위에 배낭을 올려놓고 고개를 돌려 유리창 너머로 가게와 강 위의 다리, 그리고 떡갈나무 아래 그림자 속에서 반짝이는 햇살을 안고 기대어 서 있는 키 큰 아버지를 바라보았다. 1948년, 그 여름의 하늘은 어느 때보다 더 넓고 푸르게 보였다. 버스는 커다란 반원형을 그리며 움직이기 시작했다. 난 유리창에 코가 짓눌릴 정도로 얼굴을 가까이 대고 버스가 만들어내는 회색빛이 섞인 누런 먼지 속에서 희미하게 사라져가는 아버지를 바라보았다. 난 그 상황에서 일어날 수 있는 모든 일을 상상해 보았다. 마치 영화 속의 한 장면처럼 난 자리에서 벌떡 일어나 버스의 뒤쪽을 향해 통로를 달렸다. 마지막 칸에서 난 의자 위로 무릎부터 뛰어올라 가게와 떡갈나무와 아버지의 모습이 보이지 않을 때까지 뒤를 보며 앉아 있었다. 이런 장면을 난 영화 속에서 수없이 보았다. 숙명적인 작별이 이루어지는 이런 장면을 기점으로 주인공의 삶은 극적으로 변하게 되는데, 그런 변화가 항상 긍정적이고 즐거운 것만은 아니란 사실을 난 영화를 통해 알고 있었다. 물론 영화를 보고 있는 모든 관객들이 짐작할 수도 있는 일이다. 그래서 어떤 관객은 손으로 입을 가리기도 하고, 누군가는 손수건으로 뺨에 흘러내리는 눈물을 소리 없이 닦아내기도 하며, 또 다른 이들은 화면 속의 색들이 뒤죽박죽이 되어 마침내 분해되는 것을 쏘아보며 목구멍으로 올라오는 슬픔의 덩어리를 삼키느라 침만 꿀꺽 삼키기도 한다. 몇몇 사람은 용서할 수 없는 자신의 과거를 떠올리며 홧김에 극장을 뛰쳐 나가기도 한다. 그 중 한 사람은 컴컴한 객석에서 벌떡 일어나 이렇게 소리치기도 할 것이다. '이 빌어먹을 놈!' 물론 그의 손가락은 저 떡갈나무 밑에 보이는 한 사람을 가리키고 있을 것이다. 그의 손가락질은 스스로를 위한 것일 수도 있고 나를 향한 것일 수도 있을 것이다. 난 그의 손가락질이 나를 위한 거라고 감사히 생각해야 할 것이다. 하지만 요점을 말하자면 그 당시의 난 그날 이후 내 인생이 어떻게 변할 지 전혀 짐작도 할 수 없었다. 어느 누구도 내게 말해 주지 않았다. 그 장면 속에 서 있던 난 장막 뒤에서 어떤 일이 기다리고 있는지 알 수가 없었던 것이다. 난 그저 버스의 좌석과 좌석 사이를 달리며 창을 통해 뒤돌아보는 일만 계속했을 뿐이었다. 내 몸 속에서는 방향 감각마저 사라져가고 있었다. 난 안절부절 못하며 계속 좌석을 바꿔 앉았다. 승객이라고는 나 혼자뿐이었기 때문에 가능한 일이었다. 백미러를 통해 나를 쳐다보며 운전하는 운전기사도 보였다. 간간이 나를 쳐다보며 먼지로 뒤덮인 길을 운전해 나가는 일은 결코 쉽지 않았을 것이다. 하지만 그는 나를 힐끗거리며 쳐다보는 일을 멈추지 않았다. 내게 말을 건네지도 않았다. 시내로 가는 길의 반쯤 접어들었을 때 버스 안에 새로운 승객들이 올라탔다. 굽은 강이 스웨덴 쪽의 숲속으로 사라져 가는 지점이었다. 적지 않은 짐을 들고 올라탄 새로운 승객들 중에는 아이들도 있었고 개도 보였다. 한 여인은 암탉 한 마리가 들어있는 우리를 들고 버스에 올라탔다. 암탉은 잠시도 쉬지 않고 울어댔다. 난 더 이상 버스 안을 이리저리 돌아다닐 수 없게 되었다. 한 자리에 가만히 앉아 있던 나는 덜컹거리는 창에 머리를 기대고 윙윙거리는 디젤 엔진 소리를 자장가 삼아서 잠에 빠져버렸다.

눈을 떴다. 베개에 푹 파묻혀 있던 머리가 무겁게 느껴졌다. 나도 모르는 사이에 잠이 든 모양이었다. 나는 손목을 들어 올려 시계를 보려고 했다. 잠든 시간은 30분 정도 밖에 안됐지만 낮잠을 잔다는 건 평소의 나답지 않은 행동이었다. 더구나 늦잠에서 깬 지 얼마 지나지도 않았는데 말이다. 벌써 기력이 다한 걸까?

밖이 환했다. 난 침대에서 벌떡 일어나 침대 가장자리로 발을 내밀었다. 갑자기 현기증이 일었다. 앞으로 털썩 쓰러진 나는 바닥에 한쪽 어깨를 댄 채 눈앞에서 번쩍이는 빛을 보았다고 생각했다. 나도 모르게 신음소리를 냈다. 통증이 느껴졌다. 저주를 받은 걸까. 조심스럽게 심호흡을 했다. 될 수 있으면 힘을 들이지 않고 숨을 쉬려고 했지만 그건 결코 쉽지 않았다. 죽기에는 너무 이르단 생각이 들었다. 난 이제 겨우 67세에 불과하며 건강한 몸을 지니고 있다. 적어도 하루에 세 번은 라이라와 함께 산책을 하며 몸에 해로운 음식은 안 먹는다. 담배를 끊은 지도 20년 쯤 됐다. 그걸로 충분하지 않은가. 난 이런 식으로 죽고 싶진 않았다. 몸을 움직여야 한다고 생각했다. 하지만 두려움 때문에 손가락 하나도 까딱할 수 없었다. 만일 생각대로 몸이 움직여주지 않는다면 어떻게 해야 할까? 오두막에는 전화도 없다. 타인과의 접촉을 원하지 않기 때문에 전화를 들이는 일을 지금까지 미루어왔던 것이다. 하지만 전화가 없으니 다른 사람이 내게 접근하기도 쉽지 않을 것이다. 그건 인정해야 한다. 특히 나 지금 같은 상황에서는 말이다.

나는 눈을 감고 한동안 조용히 누워있었다. 뺨에 닿은 바닥에서 한기가 느껴졌다. 먼지 냄새가 코를 찔렀다. 부엌의 스토브 옆에 누워있는 라이라의 숨소리가 들렸다. 이미 오래 전에 산책을 했어야만 했다. 하지만 라이라는 인내심을 가지고 날 기다려 주었다. 보채지도 않았다. 난 내가 병에 걸린 건 아닐까하고 생각해보았다. 하지만 그런 것 같진 않았다. 그저 병에 걸린 것 같은 느낌을 받았을 뿐이다. 갑자기 짜증이 났다. 나는 눈을 꽉 감고 시선을 내면의 어느 한 곳에 고정시킨 후 무릎을 움직여서 몸을 돌려 바닥에 엎드렸다. 그리고 한 손을 들어서 문틀을 잡고 조심스럽게 몸을 일으켰다. 무릎이 떨렸다. 하지만 몸을 일으키는데 성공할 수 있었다. 난 현기증이 사라질 때까지 감고 있던 눈을 뜨고 라이라를 똑바로 바라보았다. 개는 부엌바닥에 앉아 걱정스런 눈빛으로 날 바라보고 있었다.

"Good dog."

예전과 달리 진심어린 목소리로 그 말을 할 수 있었다.

"이제 산책하러 나가볼까?"

나는 떨리는 무릎을 세우고 현관으로 향하는 복도를 걸어갔다. 그리고 벽에 걸린 외투를 걸쳐 입고 단추를 목까지 채운 후 밖으로 나섰다. 생각만큼 어렵지 않은 일이었다. 라이라가 내 뒤를 따라 걷기 시작했다. 산책을 하며 나는 내 몸 안에서 도대체 뭐가 잘못된 건지에 대해 생각을 집중시켰다. 하지만 그걸 찾아내는 일은 결코 쉽지 않았다. 병에 걸린 건 아닐까라는 약간의 의심과 어깨의 통증을 제외하면 모든 게 정상인 것 같았다. 평소보다 조금 더 몽롱한 기분이 드는 것 같았지만 조금 전 침대에서 떨어진 걸 생각하면 그건 이상한 일도 아니었다.

나는 마당에 쓰러져있는 자작나무 쪽을 돌아보지 않으려고 노력했지만 그건 쉽지 않았다. 눈을 돌릴 곳이 한정되어 있었기 때문이다. 그래도 오두막의 담벼락에 몸을 붙여 자작나무의 가지들을 피해가며 걷기 시작했다. 하지만 가끔 발밑에 걸리는 가지를 구부리거나 꺾어가며 걷는 일은 피할 수가 없었다. 마침내 오두막의 마당을 뒤로 하고 강으로 향하는 도로변으로 나올 수 있었다. 라이라는 라스의 오두막 쪽을 향해 가벼운 걸음으로 앞서갔다. 나는 다리 옆에서 방향을 틀어 상류 쪽으로 걸어간 다음 둑 위에 멈춰 섰다. 11월, 어제 저녁 어두운 바람을 맞으며 회색빛 수면 위를 떠돌던 두 마리의 창백한 백조를 바라보았던 그 벤치로 시선을 옮겼다. 잎들이 거의 떨어져나간 나뭇가지들은 창백한 겨울 오전의 햇살을 등지고 서 있었고 광택 없는 녹색의 숲이 강 저편에서 남쪽 방향으로 우윳빛 안개를 머금고 있었다. 이상할 정도로 고요한 풍경이었다. 마치 어렸을 때 일요일 아침이나 부활절을 앞둔 성 금요일이면 느낄 수 있었던 고요하고 침잠한 분위기 같았다. 등 뒤에서 들려오는 라이라의 숨소리는 여전했다. 날카로운 한 줄기 햇살이 눈을 찔렀다. 갑자기 내 온몸에 퍼져가는 불쾌하고 병적인 기운을 느꼈다. 순간적으로 몸을 앞으로 굽힌 나는 마른 풀 위에 구토를 했다. 눈을 감으니 머릿속에서 마치 소용돌이가 치듯 현기증이 일었다. 몸이 제 구실을 못 한다고 생각하자 기분도 나빠졌다. 눈을 떴다. 라이라가 날 쳐다보더니 방금 내가 내뱉은 오물 위에 코를 대고 쿵쿵거리며 냄새를 맡았다.

"안 돼!" 날카로운 목소리로 내가 외쳤다.

"저리가!"

라이라는 내 말에 재빨리 몸을 돌려 길 쪽으로 향했다. 그리고는 발을 멈추어 혀를 쑥 내밀고 나를 뒤돌아보았다.

"괜찮아. 자, 다시 걸어볼까?"

나는 다시 발을 움직였다. 어지럼증이 조금 약해진 것 같았다. 마음을 가라앉히고 천천히 산책을 한다면 강을 한 바퀴 돌 수도 있을 것 같았다. 하지만 자신이 없었다. 나는 손수건으로 입가를 닦고 이마에 흐르는 땀도 닦아냈다. 그리고 갈대밭을 헤치고 들어가 벤치 위에 털썩 앉았다. 결국은 여기에 또 앉게 된 것이다. 백조 한 마리가 육지로 올라왔다. 이제 조금 더 있으면 강에도 얼음이 얼 것이다.

눈을 감았다. 문득 어젯밤의 꿈이 떠올랐다. 이상했다. 아침에 눈을 떴을 땐 전혀 기억나지 않던 꿈이 이제야 선명하게 떠오르다니. 내가 첫 번째 아내와 함께 침대에 누워 있었다. 꿈속의 방은 우리가 사용하던 침실은 아니었다. 우리는 30대 정도의 나이였던 것 같다. 꿈이라 할지라도 그것만은 확실히 느낄 수 있었다. 우리는 사랑을 나누었고 나는 내 행위에 만족했다. 적어도 평소보다는 훨씬 더 만족스럽다고 스스로 여겼다. 그녀는 침대에 누워있었고 나는 자리에서 일어나 침대 옆에 서서 거울에 비친 내 몸을 바라보았다. 거울 속에 머리를 제외한 내 온 몸이 다 보였다. 꿈속이긴 했지만 내 몸은 아주 멋져 보였다. 실제 그 나이 때의 내 모습보다 훨씬 멋있어 보였다. 그녀가 이불을 옆으로 밀치고 나체를 드러냈다. 그녀 역시 매우 아름다웠다. 알아보지 못 할 정도로 멋진 몸을 가진 그녀를 보며 과연 저 여자가 방금 나와 사랑을 나눈 여자였던가 하는 의구심마저 들었다. 그녀는 내가 항상 두려워했던 바로 그 눈빛으로 날 바라보았다.

"당신은 수많은 사람들 가운데 한 명일 뿐이야."

그녀가 자리에서 일어났다. 벗은 몸을 무겁게 일으켜 세우더니 경멸스러운 표정으로 날 바라봤다. 그 순간 난 두려움을 느끼면서 이렇게 외쳤다.

"그건 아니야. 절대로 그렇지 않아!"

나는 울기 시작했다. 이런 날이 올 줄은 알고 있었다. 어쩌면 그래서 눈물이 나왔는지도 모르겠다. 문득 내가 이 세상에서 가장 두려워하는 건 르네 마그리트의 그림 속에 서 있는 한 남자의 모습이란 생각이 들었다. 거울에 비친 자신의 모습을 보고 또 봐도 자신의 머리 뒷부분밖에 볼 수 없는, 악몽 속의 그 남자………..

II

10

프란츠와 나는 강가에 있는 그의 작은 집 부엌에 앉아서 이야기를 나누고 있었다. 창을 통해 내리비치는 햇살이 하얀 접시와 그리고 뜨거운 난로 위에 있던 눈이 부실만큼 잘 닦인 주전자에서 따른 갈색 커피가 담긴 하얀 잔 위로 부서져 내렸다. 그는 자신의 부엌에 있는 난로에서는 사시사철을 막론하고 항상 열기가 뿜어져 나온다고 말했다. 하지만 여름에는 창을 열어놓기 때문에 덥지는 않다고 했다. 부엌의 벽은 푸른색으로 칠해져 있었다. 이 동네에서는 자주 볼 수 있는 모습이었다. 사람들은 푸른색을 칠해 놓으면 파리 떼가 달려들지 않는다고 했다. 틀린 말은 아닌 것 같았다. 프란츠는 집안의 모든 가구들을 직접 만들었다. 나는 그의 집에서 느껴지는 아늑한 분위기를 좋아했다. 커피 잔에 내가 우유를 조금 따랐다. 커피를 좀 더 부드럽게 마시고 싶을 땐 항상 우유를 넣곤 했다. 난 눈을 가늘게 뜨고 창밖에 흐르는 강물을 바라보았다. 강물이 수천 개의 별을 품은 것처럼 반짝이고 있었다. 가을이면 끊임없이 하얀 거품을 만들며 때로는 한 줄기 바람처럼 또 때로는 밤하늘을 가로지르던 은하수처럼 보이기도 했다. 칠흑 같은 어둠 속에서 비스듬한 바위 위에 몸을 눕히고 눈이 시릴 때까지 끝없이 이어지는 별무리들을 바라보며 가슴을 짓누르는 드넓은 우주의 무게를 느끼거나, 반대로 무한한 무중력의 공간 속에서 한 줌 먼지같이 떠돌아 다시는 돌아올 수 없는 육신을 느낄 수도 있을 것이다. 대자연 앞에서는 유약한 존재감을 더욱 강하게 느끼는 것이 세상 이치라고나 할까.

나는 몸을 돌려 프란츠의 이마 위에 찍힌 붉은 별 문신을 바라보았다. 햇살 아래 드러난 문신은 작열하는 불꽃처럼 보였고 그가 손가락을 움직이거나 주먹을 불끈 움켜쥘 때마다 깃발처럼 이리저리 흔들리는 것 같았다. 난 그가 공산주의자라고 생각했다. 아버지는 당시에 많은 벌목꾼들이 공산주의에 동조하고 있다고 말했다. 아마 나름의 이유가 있기 때문이었을 것이다. 다음은 프란츠가 내게 해준 이야기이다.

때는 1942년이었다. 나의 아버지는 북쪽에서 숲을 가로질러 마을에 도착했고 국경 근처에 은신처가 필요하다고 말했다. 가끔 스웨덴에 머물고 있는 레지스탕스들을 위해 신문이나 편지, 영화 필름 등을 배달하는 임무를 마치고 돌아오면 그 흔적을 없애는 동시에 오랜 시간 휴식을 취할 장소를 구하고 있는 중이라 했다. 하지만 그리 급박하지는 않다고 아버지는 덧붙였다. 어쩌면 시간이 촉박하긴 했지만 일부러 내색하지 않았을지도 몰랐다. 아버지는 아무것도 숨기는 게 없는 것처럼 보였으며 만나는 사람들에게 하나같이 솔직하고 친절한 태도로 대했다. 아버지는 생각을 할 장소가 필요하다고 했다. 그리고 무슨 이유에선지는 모르지만 사람들은 그런 아버지의 말을 한 치의 의심도 없이 그대로 믿어주었다. 아버지는 '그곳'에서 오는 중이었다. '그곳'에서 오셨어요? 사람들은 아버지에게 그렇게 물었다. 당시 사람들은 도시로 여행 하는 일이 드물었기 때문이었다. 그곳 사람들은 시골구석의 사람들과는 어딘지 모르게 다른 모습을 하고 있었다. 사람들은 그걸 알았다. 그래서 아버지의 말이 설득력을 지녔을 수도 있다. 아버지에게는 생각을 할 장소가 필요했다. 다른 사람들은 생각할 일이 닥치면 그제야 생각을 하지만 아버지는 달랐다. 그렇다고 웃을 일은 아니었다.

그때 아버지가 원하는 게 무엇인지 정확히 알고 있던 사람은 프란츠뿐이었다. 두 사람은 이전부터 서로 잘 알고 있었지만 오랫동안 연락하지 못하고 지냈다. 그러던 어느 날 갑자기 아버지가 프란츠의 집 대문을 두드렸고 미리 약속된 암호 같은 말을 그에게 던졌다.

"올 건가? 말 도둑 놀이를 할 생각이라네."

나는 창에서 시선을 돌려 프란츠를 향해 말문을 열었다.

"아버지가 정말 그렇게 말씀하셨어요?"

"그럼. 말 도둑 놀이를 할 참이라 했지. 사실 난 그 말을 누가 생각해 냈는지 기억이 나지 않아. 분명 네 아버지였겠지. 그래. 그랬을 거야. 적어도 난 아니었으니까. 하지만 나는 네 아버지가 그 말에 이어서 뭐라고 말을 할지 알고 있었어. 그건 읍내에서 오는 버스에 메시지가 있단 얘기였지."

"그렇군요."

"난 지체하지 않고 네 아버지를 집안으로 들였어."

프란츠가 말을 이었다.

누가 그러지 않았겠는가? 남자들은 모두 아버지를 좋아했다. 여자들도 마찬가지였다. 사실 난 아버지를 좋아하지 않는 사람을 보지 못했다. 굳이 아버지에게 적대적인 감정을 지녔던 사람을 꼽으라면 욘의 아버지 정도나 될까. 하지만 그건 전혀 다른 문제이다. 만약 나의 아버지와 그가 다른 상황에서 얼굴을 마주했다면 서로 불편한 감정을 내비치지 않고 호의적으로 대했을 것이다. 나중에 알게 된 사실이지만 희한하게도 거의 모두가 좋아하는 사람일수록 타인과의 마찰을 피하기 위해 갈등이 있어도 잠자코 지내는 경우가 많고 개성도 없고 우유부단하게 보일 때도 많다. 하지만 내 아버지는 그런 경우가 아니었다. 물론 아버지가 항상 기분 좋은 미소를 머금고 화통한 웃음을 터뜨린 건 사실이지만 그건 너무나 자연스러워 보였다. 결코 다른 사람들과 조화를 이루고 그들을 만족시키기 위해 인위적으로 하는 행동이 아니었다. 그렇다. 적어도 상대방의 감정을 거스르지 않기 위해 일부러 부드럽게 행동한 건 아니었다. 그렇지만 난 아버지를 좋아했다. 비록 가끔은 날 부끄럽게 만드는 행동도 했지만 그건 자식으로서 내가 아버지를 객관적인 눈으로 보지 못했기 때문이라고도 할 수 있다. 지난 몇 년 동안 아버지는 독일군이 마을에 머물 때마다 긴 여행을 떠났다. 그럴 때마다 난 몇 달씩 아버지의 얼굴을 보지 못했다. 마침내 아버지가 집에 돌아오면 다른 사람들과 마찬가지로 길을 걷고 말을 했지만 나는 아버지가 이전과 조금 달라진 듯한 느낌을 받았다. 뭐라고 콕 집어 말할 수는 없지만 아버지는 긴 여행에서 돌아올 때마다 조금씩 달라졌고 그런 아버지에게 적응하기 위해서 난 항상 노력해야만 했다.

그렇긴 하지만 난 아버지의 마음 한 구석에 나에 대한 특별한 사랑이 항상 존재한다고 믿었다. 그건 누나에 대한 사랑과는 달랐다. 그건 내가 남자라서 그랬을 수도 있다. 멀리 떨어져 있다 해도 아버지의 가슴 속에 자리하고 있던 나에 대한 사랑이 사라지는 일은 없었다.

1942년, 아버지가 이 마을에 처음 발을 디뎠을 때 난 오슬로 피오르 가장자리에 있는 집에 머물고 있었다. 그리고 매일 학교에 갔으며 언젠가 독일군이 후퇴하고 이 땅에서 영원히 물러가면 아버지와 함께 할 여행을 꿈꾸곤 했다. 내가 그런 백일몽을 꾸고 있을 때 아버지는 이 마을에서 소위 생각할 수 있는 장소를 물색하고 있었던 것이다. 그리고 그 장소를 은신처는 물론 스웨덴에 있는 레지스탕스들에게 신문이나 영화 필름을 전달할 여행의 기반으로 사용할 생각을 했을 것이다.

아버지에게 지금 머물고 있는 여름 별장을 소개시켜 준 사람은 프란츠였다. 그 별장은 전쟁 직전에 환수권 상실로 비워지게 되었고 그 이후 아버지가 그곳을 차지하기 전까지 4년 동안 아무도 살지 않았다. 별장에 있는 가재도구는 한 때 바르칼이 구입해서 넣어두었던 것들이었기에 실제 소유자가 바르칼이라 해도 틀린 말은 아니었다. 하지만 그는 별장을 필요로 하지 않았다. 때문에 손볼 곳이 있어도 모른 척 넘어갔다. 외양간은 붕괴되기 일보직전이었다. 그러니 가축을 사들일 필요도 없었다. 아버지는 그곳을 본 후 첫 눈에 마음에 들어 했다. 특히 그곳은 가장 가까운 다리까지 가는데 걸어서 20분이면 충분했고 별장 뒤편으로는 스웨덴 국경까지 집 한 채 보이지 않는 탁 트인 자연경관이 펼쳐져있어서 아버지가 머물기에는 적격이었다. 그뿐만이 아니었다. 프란츠는 아버지가 그곳에서 생활하는 걸 매우 만족해한다고 믿었다. 별장을 수리하기 위해 잡다한 일을 하고 있으면 외부인이 보아도 명목상 이곳에 거주하려는 사람처럼 보이기에 부족함이 없었다. 예를 들어 잔디를 깎거나 폐허가 된 외양간의 쓰레기들을 끌어 모아 소각하는 일, 지붕을 손보거나 강둑의 쓰레기를 치우는 일, 그리고 깨진 유리창을 갈아 끼우고 창틀을 수리하는 일 등이 그랬다. 아버지는 굴뚝도 말끔히 청소했으며 두 개의 의자도 직접 만들었다. 아버지는 이 모든 일을 자연스럽게 받아들이고 해냈다. 오슬로 피오르와 분네 피오르가 보이는 리안 역 부근, 스위스의 양치기 오두막처럼 생긴 3층 건물에서 방 세 개와 부엌이 딸린 2층에 세 들어 살 때에는 시간적, 정신적 여유가 없어서 생각조차 못해본 일이었다.

  아버지는 오랜 기간 그곳에 머물 생각은 하지 않았던 것 같다. 아버지의 말에 의하면 그저 강 건너편에 살고 있는 사람들과 얼굴을 익혀가며 틈나는 대로 지붕을 수리하고 들판을 산책하거나 강가의 바위에 앉아 사색을 즐기고 싶었던 게 전부라고 했다. 어쨌든 아버지는 물과 가까이에서 살고 싶다고 했다. 물론 그건 어떻게 보면 이상할 수도 있었지만 그렇다고 뭐라 할 수 있는 일도 아니었다. 마을 사람들은 아버지가 엘베룸이나 읍내에서 오는 버스 시간에 맞추어 빈 가방을 어깨에 둘러메고 바르칼의 목장을 가로질러 가게 쪽으로 가는 모습을 자주 보았다. 가끔은 왔던 길을 돌아가는 모습도 볼 수 있었다. 하지만 스웨덴에서 돌아올 때는 항상 밤을 이용해 은밀히 국경을 넘어왔고 아버지의 가방에는 다른 물건들이 가득 차 있었다. 아버지가 오슬로로 돌아가는 일은 계속 연기 되었다. 해야 할 일들이 거듭 눈에 띄었고 별장을 떠나기 전에 준비해야 할 일들이 속속 드러났다. 그래서 아버지는 별장의 잔디를 깎거나 굴뚝을 청소하며 시간을 보냄으로써 혹여 있을지도 모르는 주위 사람들의 의심을 잠재웠다. 사실 굴뚝은 너무 낡아서 금방이라도 붕괴될 것처럼 보였다. 지나가는 사람의 머리 위에 언제 낡은 벽돌 조각이 떨어져 내릴지 모를 정도였다. 그렇게 아버지는 낡은 별장을 수리하며 2년의 시간을 더 보냈고 그 동안 오슬로에 있던 가족들은 아버지의 별장 생활에 대해 아무것도 모르고 지냈다. 나는 프란츠와 함께 그의 부엌에 앉아 아버지에 대한 이야기를 나누며 내가 몰랐던 사실이 적지 않다는 걸 발견했다. 아버지는 그 후 바르칼의 오래된 작은 농장에서 5년이라는 시간을 더 보냈다. 즉, 전쟁이 노르웨이 땅을 덮친 후 2년 째 되던 해까지 그곳에서 스웨덴과 노르웨이를 은밀하게 넘나들며 소위 '교통'의 중심적 역할을 했던 것이다. 나는 그로부터 한참이나 시간이 지난 후에 그 일이 아버지에게 적격이라는 걸 깨달았다. 아버지는 해마다 오슬로의 집에서와 비슷할 정도로 많은 시간을 그곳에서 보냈다. 하지만 당시 한 가지 우리가 알지 못했고 알아서도 안 되었던 사실은 아버지가 오슬로를 떠나있는 동안 정확히 어디에 머물고 있는가 하는 것이었다. 우린 아버지가 집을 떠나 있는 동안 어디에서 생활하고 있는지 전혀 몰랐다. 아버지는 그저 시간이 되면 집을 떠났다가 다시 돌아오곤 했다. 일주일이 걸린 적도 있고 한 달 이상 걸리는 경우도 있었다. 그런 일이 되풀이 될수록 우리는 아버지 없이 지내는 일에 적응하게 되었다. 하지만 난 단 하루도 아버지를 생각하지 않은 날이 없었다.

프란츠가 해 준 얘기들은 내게는 모두 새로운 사실들이었다. 하지만 난 프란츠의 말을 한 치도 의심하지 않았다. 아버지도 해 주지 않았던 그 당시의 이야기를 왜 지금 와서 내게 해 준건지는 모르지만 난 자리에 앉아서 그의 이야기에 귀를 기울였다. 하지만 정작 궁금했던 부분에 대해서는 물어볼 엄두가 나지 않았다. 대답을 들을 수 있을 거란 확신도 없었다. 프란츠는 내가 이미 모든 걸 알고 있다고 생각했다. 문득 난 욘과 그의 부모님, 읍내 상점주인은 물론 바르칼 역시 4년 전 아버지가 이곳을 그토록 자주 방문했단 사실을 내게 이야기해 주지 않은 이유가 궁금해졌다. 아버지가 묵고 있던 곳이 비록 강 건너 작은 여름 별장이긴 했지만 그곳에서 거의 정착한 사람처럼 생활을 하지 않았던가. 하지만 내 마음 속에 떠오르는 의문을 프란츠에게 내비치지는 않았다.

교회와 상점 가까이에 있는 농장에는 독일군 순찰대가 항상 주둔하고 있었다. 그들은 농장주가 살고 있던 작은 집을 점거하고 그곳에 살던 일가족을 이미 발 디딜 틈 없이 사람들이 꽉 찬 복지시설로 쫓아냈다. 이후 마을 사람들은 다리로 진입하는 자갈길에서 어슬렁거리는 독일군 순찰대를 자주 보았다. 순찰병은 상관이 보지 않을 때면 어깨에 총을 메고 담배 한 개비를 피워 물었다. 가끔씩 그는 총을 바닥에 내려놓고 바위에 앉아 철모를 벗어들고 납작하게 붙어버린 머리카락들 사이로 손가락을 넣어서 긁었다. 자리에 앉아 담배 연기를 뿜으며 그는 벌린 무릎 사이로 땅을 내려다보았다. 그는 자주 그렇게 손가락 사이에서 담배 한 개비가 다 소진될 때까지 앉아 있었다. 등 뒤에서는 빠르게 흐르는 강물 소리가 항상 들렸다. 그는 아무 일도 일어나지 않는 마을에 주둔하는 게 지겹기까지 하다고 말했다. 여전히 전쟁 중이었다. 하지만 동쪽에 주둔하는 것보다 지루하긴 해도 이곳에서 하루하루를 보내는 게 훨씬 낫단 말도 했다.

프란츠의 집을 지나 강 동쪽의 좁은 자갈길을 걸어 다리를 건너려고 마음먹었을 때, 아버지가 가장 먼저 했던 일은 그곳에 있던 독일 순찰병과 대화를 나눈 것이었다. 아버지는 독일어에 능통했다. 하긴 그 당시에는 독일어를 할 줄 아는 사람이 많았다. 70년대 전까지는 원하지 않아도 학교에서 누구나 독일어를 배워야했기 때문이다. 순찰병은 교대로 근무를 했지만 하나같이 비슷해보여서 누가 누군지 구분조차 할 수 없었다. 마을 주민들은 이들을 개의치 않았다. 길을 지날 때도 그들에게 시선을 보내기보다 아예 그들이 존재하지도 않는 것처럼 무심하게 걸어갈 뿐이었다. 학교에서 배웠던 독일어도 막상 독일군 앞에 서면 머릿속에서 까맣게 잊혀졌다. 그러나 아버지는 며칠 지나지 않아 각각 다른 순찰병들의 고향이 어디인지도 알아냈다. 독일에 남겨두고 온 부인이 있는지, 그들이 좋아하는 스포츠는 무엇인지, 또 부모님을 그리워하는지에 대해서도 알아냈다. 그들은 아버지보다 열 살에서 열다섯 살 정도 어렸으며 어떤 이들은 더 어리기도 했다. 하지만 아버지는 그들과 이야기를 나눌 때 항상 공손하고 사려 깊은 태도를 취했다. 다른 마을 주민들과는 눈에 띄게 다른 태도였다.

프란츠는 창문 너머로 아버지가 녹색 군복을 입은 거의 소년처럼 보이는 어린 순찰병과 나란히 서서 서로 담배를 권하는 모습을 볼 수 있었다. 바람이 없는 날에도 둘은 손바닥을 펴서 성냥불을 감싸고 상체를 구부려 담배에 불을 붙였다. 저녁 시간이면 둘의 모습은 노란 성냥불 위에 그림자를 만들어내며 흔들렸고 그렇게 고요한 대기 속에 자갈길에 서서 담배가 다 타들어갈 때까지 이야기를 나눴다. 다 타 버린 담배꽁초가 장화 옆에 떨어지면 아버지는 손을 번쩍 올려 '구테 나흐트(잘 자)!' 라고 독일어로 인사를 건넸고, 그러면 독일 순찰병도 감사한 마음이 담긴 목소리로 아버지에게 '구테 나흐트' 라고 말했다. 그러면 아버지는 미소를 지으며 다리를 건너 등에 맨 낡은 가방과 함께 낡은 별장으로 찾아들었다. 아버지는 방금 독일 순찰병과 아무리 호의적인 대화를 나누었다 할지라도 갑자기 몸을 돌려 뛰어가거나 다른 예상치 않은 행동을 할 경우 그 즉시

'할트(정지)!' 라는 외침과 함께 자신을 향해 총을 겨눌 거란 사실을 잘 알고 있었다. 경고를 해도 걸음을 멈추지 않을 경우 총이 발사되는 건 물론이었다. 목숨을 잃을 수도 있는 일이었다.

한번은 아버지가 평소보다 부피가 큰 가방을 메고 큰 길을 따라 걸어간 적이 있다. 바르칼의 목장을 지나서 배를 타고 강을 건너면서 아버지는 강가에 서 있는 사람들에게 손을 흔들었다. 그들이 노르웨이 사람이든 독일인이든 아버지를 멈추는 사람은 아무도 없었다. 그들은 아버지가 누군지 잘 알고 있었다. 아버지는 바르칼의 낡은 오두막을 보기 좋게 수리해 놓은 사람이라 떠돌고 있던 소문을 확인하기 위해 독일 순찰대원들은 직접 바르칼에게 가서 이 사실을 확인했던 모양이었다. 그들은 오두막을 세 번이나 직접 찾아가 집 안팎을 이리저리 둘러보았다. 그들이 찾아낸 건 집수리에 필요한 기구들과 크누트 함순의 〈굶주림〉이란 소설책 한 권이 전부였다. 트집 잡을 만한 건 없었다. 그들이 의심이 갈 만한 물건을 찾아내지 못한 건 다행스러운 일이었다. 아버지는 마을을 벗어나는 버스를 정기적으로 이용했으며 오랫동안 바르칼의 낡은 오두막을 비우는 일이 많았다. 아버지는 비슷한 성격의 여러 가지 일을 동시에 해내고 있는 모양이었다. 여행을 할 때마다 아버지에게 거주지나 신분증명은 아무 문제가 되지 않았다.

아버지가 계절을 구분하지 않고 국경을 넘나드는 일은 2년쯤 계속되었다. 오두막에 머무르지 않을 때는 마을에서 온 사람이 아버지의 역할을 대신할 때도 있었다. 프란츠도 한두 번 그 일을 했고 욘의 어머니도 여건이 되면 아버지가 없을 때 그 일을 했다. 많은 위험이 따르는 일이었다. 왜냐하면 좁은 고장이었기 때문에 마을사람들은 서로의 사생활을 너무나 잘 알고 있었고, 그 틀에서 조금만 벗어나는 일을 해도 대번에 쉬쉬하며 입방아를 찧기 마련이었다. 그렇긴 하지만 아버지의 일에 대해 정확히 아는 사람은 거의 없었다. 마을 사람들은 무관심으로 일관했고 그 중에는 나와 어머니, 그리고 누나도 포함되어 있었다. 아버지는 가끔 '우편물'을 버스 안에서 전달하기도 했고 상점의 문이 열리거나 닫히기 직전의 시간을 이용해서 전달하기도 했다. 가끔은 욘의 어머니가 '우편물'을 모아서 바르칼이 부탁한 음식과 함께 배로 운반하기도 했다. 바르칼은 그녀에게 음식을 만들어 아버지에게 가져다주라고 자주 부탁했다. 마치 아버지가 여러 가지 일에 신경을 쓰느라 음식을 만들 여력이 없는 사람이거나, 아니면 음식을 요리할 오븐이 없는 사람처럼 말이다. 나는 언뜻 스쳐가는 이상한 느낌을 지울 수 없었다. 사실 아버지는 어머니만큼이나 요리를 잘 했다. 물론 꼭 필요할 때만 하긴 했지만 맛에 관한 한 절대 어머니의 솜씨에 뒤떨어지지 않았다. 지금까지 난 수도 없이 아버지의 요리를 맛보았다. 솔직히 말하면 아버지는 그런 일에 있어서는 좀 게으른 편이라 할 수도 있었다. 그래서 아버지와 내가 단 둘이 있을 때는 소위 '가장 간단한 시골 음식'이라 할 수 있는 계란 프라이를 자주 먹었다. 물론 이렇게 이름을 붙인 건 아버지였다. 어머니가 부엌에서 요리를 하면 우리는 그때서야 '제대로 된 식사'를 할 수 있었다. 돈이 풍족할 때에도 마찬가지였다.

욘의 어머니는 강 건너 아버지의 오두막으로 일주일에 한두 번씩 오곤 했다. 음식을 가져올 때도 있었고 그렇지 않을 때도 있었다. 그녀의 역할은 집안의 요리사와 같았다. 아버지가 허약해지거나 병에 걸리지 않도록 제대로 된 식사를 챙겨주는 사람이라 해도 과언이 아니었다. 혼자 사는 사람은 음식에 신경을 쓰지 않을 때가 많아서 일을 제대로 할 수 없을 때가 많다. 적어도 언젠가 상점에서 만났던 바르칼의 말에 의하면 그랬다.

욘의 아버지는 아무 역할도 담당하지 않았다. 그렇다고 이들이 하는 일에 반대한 건 아니었다. 그는 과묵한 사람이었다. 프란츠와는 성격이 정반대였다. 하긴 프란츠도 아버지의 '교통' 임무와는 아무 상관이 없었다. 욘의 아버지는 새롭게 신경을 써야 할 일이 생기면 오히려 관심이 없는 척 다른 곳에 시선을 두는 사람이었다. 심지어 그의 아내가 음식바구니를 들고 붉은 페인트칠을 한 배를 노 저어 아버지를 방문할 때도 그는 무관심으로 대응했다. 언젠가 한번은 동틀 무렵, 도시 신사들이 쓰는 모자를 쓰고 양 팔로 수트케이스를 보물처럼 움켜 쥔 낯선 남자가 그의 헛간으로 몰래 숨어들어 온 적이 있었다. 그때도 욘의 아버지는 무관심으로 일관했다. 낯선 남자는 이 고장 사람들과는 확연히 구분되는 자신의 옷차림에 당황하며 해가 저물 때까지 헛간 안에서 아무 말 않고 숨어 있었다. 자정이 넘어서 배를 타고 다시 한 번 소리 없이 강가의 둑으로 향할 때에도 그의 입에서는 단 한 마디도 새어나오지 않았다. 어둠을 밝히는 불빛도 없었다. 그 남자를 시작으로 마을을 지나 스웨덴의 국경으로 향하는 사람들이 점점 늘어나기 시작했다. 전쟁이 심해지면서 국경을 넘어 '교통' 되는 건 우편물뿐이 아니었다.

그때는 늦가을이었고 길에는 일찍 내린 눈이 쌓여 있었다. 하지만 얼음이 언 곳은 없었기 때문에 강을 따라 배를 저어 가는 일은 가능했다. 그건 다행스런 일이었다. 어느 날 아침, 수탉이 횃대에서 내려오기도 전에 - 프란츠는 이른 아침 시각을 종종 이렇게 표현했다 - 양복을 입은 한 남자가 등에 배낭을 메고 어둠을 틈타 큰 길에서 눈을 헤치며 욘의 집을 찾아온 적이 있었다. 그 남자는 얇은 여름 신발을 신고 통이 넓은 바지 안으로 불어 들어오는 찬바람 때문에 거의 죽어가는 사람처럼 기진맥진해 있었다. 추위로 심하게 떨리는 두 다리 때문에 엉덩이에서 신발까지 이어진 그의 바지자락마저 함께 떨리는 듯했다. 욘의 어머니는 어깨에 숄을 두르고 양 팔에 담요를 끼고 그를 대문 앞에서 맞아들였다. 그건 참 낯선 광경이었다. 욘의 어머니가 프란츠에게 그때의 이야기를 들려준 건 1945년 5월, 그녀가 스웨덴에서 돌아오고 난 후였다. 그녀는 눈 내리는 차가운 날씨에 여름 양복을 입고 오들오들 떨고 있는 그 남자를 처음 보고 서커스단의 광대를 보는 것 같았다고 했다. 그녀는 남자에게 손에 들고 있던 담요를 건네주며 헛간으로 안내했다.

낯선 남자는 외양간에 있는 건초 더미 사이에 몸을 숨기고 거의 열 두 시간을 보냈다. 다시 어둠이 내리는 오후 다섯 시까지 기다리기 위해서였다. 그러니까 그가 욘의 집으로 찾아들어간 시각은 새벽 다섯 시경이었다. 무슨 이유 때문인지 모르지만 남자는 헛간 안에서 거의 발작 직전의 상태까지 갔다. 오후 두 시쯤 되었을 때 그는 난폭한 사람으로 돌변했다. 알아들을 수 없는 고함을 질렀고 외양간에 있던 쇠몽둥이를 들고 주변의 물건들을 때려 부수기 시작했다. 지붕은 부서져 내렸고 선반 위에 쌓아 둔 건초 더미들도 떨어져 내렸다. 밖에 있는 사람들조차도 이 소동을 쉽게 짐작할 수 있을 정도로 그는 가만히 있지 못했다. 강 상류 쪽에서도 고함 소리를 들을 수 있을 정도였다. 늦가을의 청정한 공기는 그가 울부짖는 소리를 강 건너편까지 전달하기에 충분했으니 말이다. 혹은 하루에 두 세 번씩 순찰을 도는 독일군들이 그 소리를 들었을 수도 있다. 그 뿐만이 아니었다. 외양간 안에 있던 브라미나는 거칠게 울부짖으며 축사 벽에 심하게 발길질을 했다. 소들은 마치 느닷없이 찾아온 봄을 맞으려는 것처럼 외양간을 나가려고 문 쪽으로 우르르 몰려들었다. 빨리 손을 쓰지 않으면 외양간 전체가 난장판이 될 것 같은 분위기였다.

그가 외양간을 떠나지 않으면 도저히 해결될 것 같지 않았다. 다른 방법은 없었다. 오직 지체 없이 그가 외양간을 빠져나가는 길밖에 없었다. 하지만 때는 한낮이었으며 잎이 떨어진 앙상한 나뭇가지들 사이로 멀리서도 남자의 모습이 발각되기 쉬웠다. 쌓인 눈은 땅 위에 움직이는 모든 것들의 실루엣을 명확히 반사했기에 한 발자국만 내디디면 강 건너편에서도 그 움직임을 볼 수 있을 시간이었다. 그렇지만 그는 떠나야 했다. 그렇지 않으면 더 큰 문제를 야기시킬 수도 있었으니까. 욘은 아직 학교에서 돌아오지 않았고 쌍둥이들은 부엌에서 장난을 치며 놀고 있었다. 그녀는 쌍둥이들이 언제나처럼 바닥을 뒹굴며 까르르 웃는 소리를 들으며 조용히 옷을 갈아입었다. 모자를 눌러쓰고 장갑을 낀 다음 계단을 내려가 마당을 가로질러 외양간으로 걸어갔다. 그녀의 남편은 소파에서 낮잠을 자다가 막 잠을 깼고 자리에서 일어서려던 참이었다. 그는 외양간에 있는 유령 같은 존재가 금방이라도 집 안으로 들어와서 그의 멱살을 잡고 전등갓도 없는 벌거벗은 불빛 아래서 그를 때려눕힐 것 같단 생각을 했다. 한겨울에는 밤낮을 가리지 않고 집 앞을 지나는 사람들에게 길을 밝혀주기 위해 켜져 있는 노란 백열등 밑에서, 벽에 걸린 금빛 테두리의 액자 속에서, 긴 턱수염 사이로 미소 짓는 그의 아버지 사진 밑에서, 바람이 많이 부는 날이면 눈발이 집안으로 들어오지 않도록 바깥을 향해 나있는 대문으로 들어온 낯선 이의 맨발 밑에서 그는 쭉 뻗어 있는 자신의 모습을 상상해 보았다. 그는 다른 곳으로는 고개도 돌리고 싶지 않았다. 그저 외양간으로 향하고 있는 아내의 등에만 시선을 고정시키고 있을 뿐이었다. 그녀는 자신의 등 뒤에 꽂히는 따가운 눈길을 느꼈지만 뒤돌아보지 않고 걸었다. 그리고 외양간의 자물쇠를 벗기고 안으로 들어가 한참 머물렀다. 그는 그 자리에 꼼짝도 않고 서서 계속 아내의 보이지 않는 뒷모습을 쏘아보고 있었다.

잠시 후 그녀와 함께 낯선 남자가 외양간 밖으로 모습을 드러냈다. 그녀는 두꺼운 장화를 신고 툭툭한 겨울 외투를 걸치고 있었다. 남자는 여전히 여름 신발에 양복 차림이었고 등에는 회색 배낭을 메고 있었다. 자세히 보니 남자는 양복 재킷 아래 두꺼운 점퍼를 껴입은 것 같았다. 그 때문에 그의 양복은 이상하리만큼 몸에 꼭 끼어 우스꽝스럽기까지 했다. 그의 손에는 조금 전까지 들려있던 쇠방망이가 보이지 않았다. 그녀는 남자의 손을 잡아끌고 있었고 남자는 관절이 없는 사람처럼 힘없이 몸을 흐느적거렸다. 조금 전의 소동에서 짐작할 수 있었던 폭력적인 분위기는 찾아볼 수 없었고 체념한 듯 공손한 태도마저 보였다. 어쩌면 자신도 이해할 수 없었던 광기어린 행위에 지쳐있었는지도 몰랐다. 짐을 지니 마당을 반 정도 가로질러 갔을 때 그녀는 갑자기 뒤를 돌아보았다. 두 사람의 발자국이 눈 위에 너무나 선명하게 찍혀 있었다. 외양간으로 향한 낯선 남자의 발자국, 집에서 외양간으로 걸어간 그녀의 발자국, 그리고 외양간을 출발점으로 나란히 만들어진 두 사람의 발자국들. 낯선 남자의 여름 신발이 만들어낸 발자국은 누가 보아도 구분할 수 있을 만큼 특이했다. 이곳에서는 아무도 늦가을에 그런 신발을 신는 사람이 없었으니 말이다. 그녀는 땅을 내려다보며 생각에 잠긴 듯 입술을 깨물었다. 남자는 그런 모습을 보며 초조함을 감추지 못했고 마침내 그녀의 팔을 잡아끌었다.

"서둘러야 해요."

그는 나지막하게 쉰 목소리로 말했다.

"어서 이곳을 벗어나야 한단 말입니다."

그는 버릇없는 어린아이처럼 그녀를 재촉했다. 그녀는 여전히 대문 앞에 서서 그들을 바라보고 있는 남편에게 눈길을 던졌다. 그는 몸집이 큰 남자였다. 그가 대문 앞에 서 있으면 다른 사람들은 지나가지도 못할 정도였다.

"당신이 우리 발자국을 좀 지워줘야겠어요. 다른 방법은 없어요. 부탁이에요."

아내의 말을 들은 그의 얼굴이 굳어졌다. 하지만 그녀는 남편의 굳은 표정을 보지 못했다. 왜냐하면 양복을 입은 낯선 남자가 그 사이를 참지 못하고 그녀의 팔을 뿌리친 채 둑을 향해 홀로 걷기 시작했고 그녀는 남자를 따라잡기 위해 서둘러야 했던 것이다. 그리고 잠시 후 둘의 모습은 사라졌다.

그는 여전히 신발도 신지 않은 채 그 자리에 서서 밖을 내다보고 있었다. 고요한 늦가을의 공기를 타고 들려오는 소리를 통해 그는 아내와 낯선 남자가 배에 올라탔다는 것을 알 수 있었다. 노가 뱃전에 부딪쳐 삐걱거리는 소리, 노가 물살을 가르는 소리가 마치 박자를 맞추듯 일정한 간격을 두고 들려왔다. 그는 지난 수 년 동안 침대에서 자신의 옆에 누웠던 아내의 건강한 팔뚝을 그려보았다. 지금 그녀는 강의 상류에 자리한 오두막에 살고 있는 오슬로 출신의 한 남자에게 가고 있는 것이다. 무슨 일이 일어날 때마다 아내는 오두막의 그 남자에게 가야만 했다. 중요한 일이 있을 때도 마찬가지였다. 이제 그녀는 추위에 온몸을 떨고 있는 얼간이 한 명을 배에 태우고 그 남자에게 가는 중이다. 아마도 그 얼간이는 오두막에 살고 있는 남자와 같은 도시에서 왔을지도 모른다. 쌓인 눈 위에 반사되는 오후의 햇살은 여느 때보다 더 강렬했다. 그는 마지막으로 한 번 더 그들이 지나간 곳을 향해 눈길을 던지고 평생 후회하게 될지도 모르는 결정을 내렸다. 그리고 문을 닫고 거실로 성큼성큼 걸어 들어가서 소파 위에 몸을 던졌다. 벽 너머로는 여전히 부엌에서 장난치고 있는 쌍둥이들의 웃음소리가 들려왔다. 그들에게 있어서 변한 건 없었다. 아니, 변한 걸 느끼지 못하는 건 그들뿐이었다.

11

 난 벤치에 앉아서 한참동안 강을 바라보았다. 라이라가 여기저기 뛰어다니고 있었다. 이해할 수가 없었다. 갑자기 내 몸에 무슨 일이 일어난 것 같았다. 나를 조이고 있던 설명할 수 없는 어떤 것이 갑자기 사라져 버린 것이다. 구토를 할 것만 같은 현기증도 사라졌고 내 머릿속은 어느 때보다 더 맑아졌다. 체중도 느끼지 못할 정도로 몸이 가벼웠다. 이런 걸 두고 구원받았다고 하는 것인가. 난파선으로부터, 강박관념과 집착, 그리고 악령으로부터……. 악령을 몰아내는 주술사가 내 영혼을 거쳐 가면서 몸 안에 있던 모든 불결한 것들을 가져간 듯한 느낌이었다. 호흡마저 자유로웠다. 내게는 여전히 밝은 미래가 존재한다는 생각도 들었다. 나는 음악을 생각했다. 아마 곧 CD플레이어를 구입하게 될지도 모른다.

 뒤를 따르는 라이라와 함께 나는 다리에서부터 비탈길 쪽으로 올라갔다. 내 오두막집 마당에 라스의 모습이 보였다. 그는 한 손에 전기톱을 들고 있었고 다른 한 손에는 자작나무 가지를 쥐고 있었다. 그는 마당에 쓰러져 있는 나무를 움직여보려 했지만 나무는 꿈쩍도 하지 않았다. 잔가지 몇 개만 움직일 뿐이었다. 어느덧 주홍빛으로 변한 햇살이 내 얼굴을 정면으로 비추고 있었다. 라스는 거의 눈까지 내려오는 모자를 쓰고 있었다. 그는 나를 보자마자 몸을 돌린 후 고개를 뒤로 젖혔다. 넓은 모자챙을 피해 나와 시선을 맞추기 위해서였던 것 같다. 포커와 라이라는 마당을 꽉 채우고 있는 쓰러진 자작나무의 가지들을 피해 이리저리 뛰어다녔다. 함께 뒹굴며 으르렁거리기도 하면서 창고 뒤편의 잔디밭에서 놀고 있었다.

라스가 얼굴을 찌푸리며 자작나무 가지를 다시 한 번 더 흔들어보았다.

"우리가 이걸 치울 수 있을까요?" 그가 내게 물었다.

"그럼요, 함께 하면 얼마든지."

나는 그를 향해 희망적인 미소를 지었다. 내 미소에는 진심이 담겨 있었다. 안도감이 밀려왔다. 라스가 좋아지는 것도 같았다. 이전에는 확신할 수 없었지만 시간이 갈수록 라스를 좋아하게 되었다. 앞으로 더 좋아할 수도 있는 일이었다. 놀랄 일은 아니었다.

"그렇다면 저쪽 가지부터 먼저 치는 게 좋겠어요."

나는 이미 창고 앞 배수관을 엉망으로 망가뜨린 큰 가지 하나를 손가락으로 가리켰다. 그 가지는 문을 가로막고 있었다.

"전기톱이 창고 안에 있거든요."

"그러죠."

그는 흔쾌히 대답하고 자신의 전기톱 엔진에 시동을 걸었다. 그의 전기톱은 '욘세레드' 제품이 아니라 '후스크바르나' 제품이었다. 그걸 보고 있자니 왠지 허락받지 않은 일을 몰래 공모하는 듯한 기분이 들어서 웃음이 났다. 코믹한 상황에서나 느끼는 안도감도 생겼다. 라스는 전기톱의 시동 거는 줄을 힘껏 잡아당겼다. 시커먼 연기와 함께 전기톱의 엔진은 부르르 떨렸고 그는 손잡이를 꽉 잡고 나뭇가지에 톱날을 박아 넣었다. 순식간에 가지 하나가 떨어져 나갔고 네 조각으로 분리되었다. 이제 창고의 문을 가로막고 있던 나뭇가지는 사라졌다. 보기만 해도 힘이 저절로 나는 광경이었다. 나는 늘어져 있는 배수관을 옆으로 치우고 창고 안으로 들어가서 내 전기톱을 가지고 나왔다. 전기톱은 지난 번 사용한 후 놓아두었던 벤치 위에 그대로 있었다. 나는 노란 플라스틱 통에 담겨있는 얼마 안 되는 휘발유도 함께 들고 나왔다. 톱을 잔디 위에 내려놓고 휘발유 통의 뚜껑을 열어 전기톱에 달려있는 작은 연료통에 쏟아 부었다. 연료통은 금방 가득 찼고 노란 휘발유 통은 금세 비워졌다. 나는 휘발유를 단 한 방울도 땅바닥에 흘리지 않았다. 내 손에는 힘이 들어가 있었고 떨림도 없었다. 누군가가 나를 바라보고 있는 상황에서 떨리지 않는 손으로 숙련된 움직임을 보여줄 수 있다는 건 나쁘지 않은 기분이었다.

"우리 집 창고에 여분의 휘발유가 몇 통 더 있어요."

라스가 말했다.

"그러니 일을 마칠 때까지는 그걸 사용하도록 합시다. 도중에 일손을 멈추고 가게까지 가서 휘발유를 사 올 필요는 없지 않겠어요?"

"맞는 말이에요."

나는 라스의 말에 맞장구를 쳤다. 사실 그 시간에 가게까지 가서 휘발유를 사오는 게 귀찮기도 했다. 가게에서 필요한 것은 아무것도 없었다. 필요치 않은 물건을 사기 위해 가게까지 간다는 것은 사회적 낭비일 뿐이요 내게는 그런 낭비를 할 여유도 시간도 없었다. 우리는 함께 자작나무의 가지를 내려쳤다. 두 명의 조금은 뻣뻣한 남자, 나이 육십이 넘은 두 남자가 소음을 막는 귀마개를 하고 서로 머리를 맞댄 채 귀를 찢는 듯한 굉음 속에서 톱을 든 팔을 휘두르고 있었다. 톱을 원하는 방향으로 움직이려면 신중해야만 했다. 자칫 잘못하다가 톱날을 통제할 수 없게 되면 위험천만한 일이 벌어질 수도 있다. 우리는 잔가지부터 자르기로 의견의 일치를 보았다. 그리고 나무둥치를 일정한 길이로 잘라 장작으로 쓸 수 있게 톱질을 했다. 장작으로 쓸 수 없는 것들은 따로 모아서 11월 저녁의 어둠을 밝히기 위한 모닥불 재료로 사용하기로 했다.

  나는 라스가 일하는 모습을 지켜보는 것이 즐거워졌다. 젊은 청년처럼 팔팔하다고는 할 수 없지만 그의 움직임은 능숙했고 상당히 품위 있어보였다. 톱질을 하고 있는 그의 손놀림은 언젠가 한밤중에 보았던 포커를 다루는 어색한 손놀림보다 훨씬 기술적이라는 생각을 하게 만들었다. 그의 일하는 방식은 내게도 영향을 주었다. 나는 일을 할 때 눈어림으로 먼저 배운 후에 반복적인 동작을 통해 이해하는 편이다. 점차 나는 라스가 톱을 어떻게 움직이는지 논리적으로 이해했고 어떻게 하면 균형을 맞출 수 있는지 알아냈다. 몸무게와 톱날의 움직임, 그리고 나뭇가지가 어떻게 반응하는지 지켜보면서 가장 쉽게 효율적으로 일할 수 있는 방법을 찾은 것이다. 위험

부담도 최대한 줄일 수 있었다. 사람의 몸이란 주변의 물건이나 자연에 완전히 노출되어 있어서 언제 있을지 모르는 위험에 항상 대비해야만 한다. 한 순간은 강인함의 극치를 보여주며 이 세상 어느 것도 접근하지 못할 것 같다가 다음 순간은 갑작스런 충격에 의해 먼지처럼 부서지고 인형처럼 톱날에 의해 가루가 되어 영원히 사라질지도 모르는 게 인간의 몸인 것이다. 나는 라스도 이런 생각을 가지고 있는지 확신할 수 없었다. 그는 너무나 침착하게 톱질을 했다. 분명 그는 이런 생각을 하고 있진 않을 것이다. 하지만 난 달랐다. 톱질을 하면서도 언제 있을지 모르는 순간의 위험에 대해 몇 번이나 생각했다. 일단 머리에 떠오른 생각을 지워버리는 일은 쉽지 않았다. 물론 그런 생각을 한다고 일에 도움이 되는 건 아니었다. 적어도 밝은 얼굴로 일을 해 낼 수는 없었다. 그리 중요하지 않은 생각이라 할 수도 있지만 나는 이런 생각들에 적응이 되어 있었다. 그의 어머니도 분명 1944년 늦가을, 낯선 남자 한 명을 배에 태우고 강의 상류로 노를 저어 가면서 온갖 생각으로 머리를 채웠을 것이다. 라스는 그의 쌍둥이 동생 오드와 부엌 바닥에서 뒹굴고 장난을 치면서 3년 뒤에 자신이 오드를 총으로 쏴죽일 거라고는 상상도 못했을 것이다. 그렇다. 앞일이란 건 아무도 알 수 없다. 창밖엔 여전히 땅 위에 쌓인 눈을 회색빛 하늘이 덮고 있었고 강위에서는 그의 어머니가 오두막을 향해 여느 때와 다름없이 노를 저었을 것이다.

모든 것이 한 폭의 그림처럼 스쳐갔다.
그녀의 푸른색 벙어리장갑을 낀 손은 힘껏 노를 저었을 것이고 안개를 머금은 그녀의 가쁜 숨소리가 수면 위를 흘러내렸을 것이다. 여름 신발을 신은 낯선 남자는 그녀의 두 발 사이에 납작하게 누워 몸을 숨긴 채 두 팔로 회색 가방을 꼭 움켜쥐고 있었을 것이고, 얇은 양복바지 사이로 스며드는 한기에 몸을 떨었을 것이다. 그가 몸을 떨었던 건 한기 때문만은 아니었으리라. 너무 심하게 몸을 떨었기 때문에 그녀는 행여 누가 육지에서 바라본다면 낡은 배에 새로운 엔진을 장착한 줄 알겠단 생각을 했을지도 모른다.

 난 마치 내가 그 속에 서 있는 것처럼 스쳐 지나가는 장면들을 선명하게 머릿속에 그려보았다.

 사이드카가 달린 오토바이를 탄 독일군 병사가 내호를 지나 방금 치운 눈길 사이를 달리고 있다. 그는 바로 그 농장 앞에서 방향을 틀었고 그의 움직임은 어떤 의도도 없는 듯 보였다. 아무도 왜 그가 그 시간에 그곳을 찾아왔는지 알지 못했다. 어쩌면 외로움을 이기지 못하고 말상대를 찾아 나섰는지도 모르는 일이었다. 아니면 갑자기 담배가 피우고 싶어서 성냥을 찾다가 마지막 한 개의 성냥을 이미 써버렸단 사실을 깨닫고 눈앞에 보이는 농가를 찾아들어가 성냥을 얻어서 집 주인과 함께 담배를 피우고 싶었는지도 모른다. 하지만 그는 악의 원천인 전쟁을 사이에 둔 채 그와 머리를 맞대고 기분 좋게 담배 한 개비를 함께 피워 줄 사람을 찾지 못했을 것이다. 어쩌면 그때나 지금이나 아무도 짐작할 수 없는 다른 이유가 있었을 것이다. 어쨌든 독일군 병사는 오토바이를 농가의 마당에 세우고 느긋하게 대문을 향해 걸어간다. 그러나 그는 결국 대문까지 가지 못했다. 갑자기 농가 마당에서 뭔가를 발견한 그가 발걸음을 멈춘다. 잠시 후 그가 바닥을 내려다보며 앞뒤로 오가더니 다시 원을 그리며 마당을 맴돈다. 곧 그는 몸을 웅크리고 앉아 뭔가를 자세히 살펴보더니 농가를 지나 강을 따라 둑으로 향한다. 농가의 마당에서 뭔가를 찾아낸 그의 마음속에 갑자기 번개처럼 스쳐가는 생각이 있었던 것일까. 마치 자판기에 동전이 들어가듯 '톡' 하는 소리와 함께 그의 머릿속에 모든 것의 앞뒤가 착착 맞아 들어가는 듯한 생각이 들었던 걸까. 모든 게 명백해지는 느낌과 함께 말이다. 그는 더 이상 지체할 수 없었다. 그는 왔던 길을 되돌아가서 오토바이 위에 몸을 던지고 급히 페달을 밟지만 엔진의 시동은 마음먹은 대로 걸리지 않는다. 다시 수차례 페달을 밟자 마침내 오토바이가 부르릉거리는 소리를 낸다. 그는 손잡이 위로 상체를 숙이고 빈 사이드카와 함께 물보라처럼 흩어지는 눈송이 사이를 달렸다. 그러다가 길이 꺾이는 곳에서 마침 학교에서 돌아오던 욘과 마주친다. 가방을 옆구리에 끼고 걷던 욘은 빠른 속도로 달려오는 오토바이 소리를 듣고 급하게 옆으로 몸을 던져서 충돌을 피할 수 있었다. 조금만 늦어도 오토바이에 치여서 평생 불구로 지낼 뻔 한 순간이었을 것이다. 몸을 피하는 사이에 그의 가방에 달려 있는 단추가 떨어져 나가면서 가방에 들어있던 책들이 길 위에 사방으로 흩어진다. 하지만 오토바이를 탄 독일군은 곁눈질 한 번 주지 않고 앞만 보며 질주한다. 그는 속도를 더해 상점과 교회가 있는 교차로를 달리고 강 위의 다리 위로 사라진다…….

난 이 모든 상황이 너무나 생생하게 머릿속에 그려졌다.

갓길의 도랑에 빠진 욘은 눈에 파묻혀 버린 책들을 주섬주섬 주워 들었다. 그 시간, 그의 어머니는 양복을 입고 배 밑바닥에 납작하게 누워 몸을 숨기고 있는 낯선 남자를 태우고 노를 젓고 있었다. 정면으로 다가오는 물살과 싸우며 두 명을 태운 작은 배를 저어 가기는 쉽지 않았을 것이다. 비록 늦가을의 물살이 다른 때보다 험하다고 할 순 없었지만 어쨌든 적지 않은 힘을 필요로 하는 일이었다. 배는 마음과 달리 천천히 나아갔고 아버지가 있는 오두막까지는 아직도 상당한 거리가 남아있었다. 아버지는 헛간에서 못질을 하고 있었으며 그녀가 오고 있단 사실을 전혀 몰랐다. 배 안의 낯선 남자는 온몸을 떨며 혼잣말을 중얼거리다가 문득 말을 멈추고 눈물을 흘리는 일을 반복했다. 욘의 어머니는 그에게 조용히 하라고 애원하듯 부탁했지만 그는 가방을 꽉 움켜쥘 뿐 미친 사람처럼 초점 없는 눈빛으로 계속 혼잣말을 할 뿐이었다.

프란츠는 부엌의 창문을 열어두고 그 옆에 서 있었다. 숲에서 일을 마치고 돌아오자마자 그는 벽난로에 불을 지폈고 시간이 좀 지나자 집안이 너무 더워져서 창문을 열어야만 했던 것이다. 때는 여전히 한낮이었다. 그는 창가에 서서 담배를 피워 물고 왜 지금까지 독신으로 지내왔는지 곰곰이 생각해봤다. 그는 해마다 추위가 찾아오면 결혼에 대한 생각을 하곤 했다. 크리스마스 전후를 절정으로 결혼에 대한 생각을 끊임없이 하다가 언제나 새해가 되면 결혼 생각을 잊어버리거나 포기해 버리는 일을 반복했다. 구혼하고 싶은 상대가 없는 것도 아니었고 스스로가 모자란다는 생각도 하지 않았다. 그런 건 이유가 되지 않는다고 그는 생각했다. 하지만 막상 창가에 서서 담배를 피워 물고 왜 아직도 결혼을 하지 못했는지 생각해 보니 머릿속에 떠오르는 적당한 이유는 단 한 가지도 없었다. 그저 혼자 사는 게 이상하단 생각이 들었을 뿐이다. 그 순간, 그는 다리 건너편에서 무서운 속도로 질주해 오는 오토바이 소리를 들었다. 다리는 그의 집에서 불과 50미터 떨어진 곳에 있었고, 반대편으로 20미터 쯤 되는 곳에는 회색빛이 도는 초록색 군복을 입은 독일군 한 명이 어깨에 총을 메고 서 있었다. 그는 추위에 몸을 떨고 있었고 지쳐 보이기도 했다. 그 역시 오토바이 소리를 들은 것 같았다. 소리가 나는 쪽으로 얼른 몸을 돌린 독일군이 몇 발자국을 떼었다. 순간적으로 프란츠는 잡목 숲 뒤에서 나타나는 헬멧 쓴 머리를 보았다. 잠시 후 그의 눈에 공기의 저항을 최대한으로 줄이기 위해 상체를 잔뜩 수그리고 오토바이 핸들을 잡은 사람의 모습이 나타났다. 몇 백 미터만 더 달리면 교차로에 도달할 수 있는 거리였다. 그날은 하루 종일 짙은 안개로 인해 어두침침했다. 남서쪽으로 기울기 시작한 황금빛 햇살이 계곡 아래를 비스듬히 내려 비추고 있을 때 프란츠는 오토바이를 탄 남자를 보았다. 강 위로 반짝거리며 흘러내리는 석양빛에 눈이 부셨다. 프란츠는 결혼에 대한 생각, 머릿속에 그려놓은 금발, 또는 짙은 밤색 머리카락을 한 미지의 배우자 그림도 지워버렸다. 창밖에서 벌어지는 광경 때문에 프란츠는 꿈에서 깬 것처럼 현실 속으로 돌아왔다. 그는 창밖으로 담배꽁초를 던지고 서둘러 현관으로 뛰어갔다. 그리고 벨트에 차고 있던 칼을 꺼내서 무릎을 꿇고 앉아 카펫을 둘둘 말기 시작했다. 카펫이 벗겨진 바닥에는 작은 틈이 하나 있었다. 프란츠는 그곳에 칼을 집어넣어 사각형의 나무판자를 들어 올린 후 안으로 손을 집어넣었다. 그는 언젠가 이런 날이 오리라 예상하고 항상 준비하고 있었다. 주저할 시간이 없었다. 단 1초도 허비할 수 없는 상황이었다. 그는 손을 집어넣은 작은 틈새에서 폭파장치를 꺼내어 재빨리 전선이 제대로 이어져 있는지, 그리고 엉키지 않았는지 확인했다. 그리고 그는 폭파장치를 두 무릎 사이에 놓고 깊이 숨을 들이쉰 다음 손잡이를 굳게 잡고 아래로 꾹 눌렀다. 순간 유리창은 물론 그의 집 전체가 흔들렸다. 그는 숨을 내쉬고 다시 폭파장치를 원래 자리에 넣었다. 그리고 나무판자를 덮은 뒤 그 위에 다시 카펫을 덮었다. 모든 것이 이전과 마찬가지로 제 자리를 찾았다. 그는 몸을 일으켜 창가로 달려가 밖을 내다보았다. 다리는 폭파되어 부서져 내렸으며 아직도 허공에는 영화 속의 느린 화면처럼 목재 구조물이 떠돌고 있었다. 어떤 판자들은 강둑의 바윗돌에 부딪쳐 부서져 내렸고 흐르는 강물에 휩쓸렸다. 이 모든 장면들이 몇 초 전의 굉음에 파묻혀 너무도 이상한 정적을 머금고 그의 눈앞을 스쳐갔다. 프란츠는 열려 있는 창 앞에 서있으면서도 마치 유리창을 사이에 두고 이 모습을 구경하고 있는 것만 같은 관조적인 느낌을 받았다.

폭파된 다리 건너편에서 순찰대원이 눈 속에 코를 박으며 고꾸라졌다. 거의 동시에 오토바이는 속도를 늦추었고 눈 위에 쓰러진 순찰대원 앞에서 멈추었다. 오토바이를 탄 남자는 헬멧을 벗어들고 마치 장례식에 참석한 사람처럼 경건하게 쓰러진 순찰대원 앞으로 걸어가 몸을 숙였다. 한 줄기 바람이 그의 머리카락을 휩쓸고 지나갔다. 헬멧을 쓰지 않은 그의 얼굴에서는 앳된 티가 났다. 그는 자신의 둘도 없는 친구일지도 모르는 쓰러진 대원의 옆에 무릎을 꿇었다. 그 순간, 쓰러져 있던 순찰 대원이 몸을 일으키며 손을 허공에 휘저었다. 그는 죽지 않았던 것이다. 어쩌면 그는 갑작스런 굉음에 놀란 나머지 구토를 했을지도 몰랐다. 곧 그는 총대를 의지해 몸을 일으켰다. 오토바이를 타고 왔던 사내도 함께 몸을 일으켰고 무슨 말인가를 했다. 그러자 순찰대원은 그저 고개만 절레절레 저으며 두 손으로 귀를 막는 시늉을 해 보였다. 프란츠는 둘이 무슨 말을 하는지 들을 수가 없었다. 두 사람은 몸을 돌려 폭파된 다리를 돌아보았다. 다리는 이미 사라지고 없었다. 곧 그는 오토바이 위에 몸을 싣고 시동을 걸었다. 방금 땅에 코를 박고 고꾸라졌던 순찰대원이 사이드카에 올라탔다. 시동이 걸린 오토바이는 광장을 벗어나 달리기 시작했다. 하지만 그들은 나머지 순찰대원이 있는 쪽으로 가지 않고 왔던 길을 되돌아 달렸다. 그들은 전속력을 내어 달렸지만 사이드카에 실린 무게로 인해 마음먹은 대로 속력을 내지는 못했다. 하지만 그건 시간문제였다. 오토바이는 곧 속력을 냈고 몇 분 뒤 바르칼의 농장을 지나갈 때에는 위험할 정도로 빠른 속도를 내며 달렸다. 곧 그들은 방향을 꺾어서 대로에서 벗어났고 두 사람은 마치 거센 바람 속에서 범선을 조종하듯 몸의 균형을 잃지 않으려고 애를 썼다. 방향을 꺾는 동안 사이드카는 바퀴가 땅에 닿지 않을 정도로 공중에 뜨기도 했다. 그들은 곧 눈 쌓인 벌판을 지나 목장의 울타리와 출입구를 귀찮다는 듯 그대로 지나쳐버렸다. 그 충격으로 인해 부서져 내린 울타리의 빗장은 허공으로 날렸고 어떤 것들은 그들의 헬멧을 때리기도 했다. 하지만 그들은 멈추지 않았다. 울퉁불퉁한 길 위에서 곡예를 하듯 달리고 풀숲을 헤치며 중심을 잃고 좌우로 동체를 마구 흔들며 달리던 오토바이는 곧 아버지가 '교통' 의 중심 역할을 할 때 자주 이용하던 강 아래쪽 오솔길로 진입했다. 나도 그 길을 걸어본 적이 있었다. 불과 4년 전 어느 날 이세는 갑자기 내 인생에서 사라져버린 친구 욘과 함께 그곳을 걸었던 적이 있다. 욘의 동생이 쌍둥이 형제를 총으로 쏴서 목숨을 잃게 만들었던 날로부터 며칠 지나지 않았던 때였다. 물론 그건 실수로 인한 사고였다. 총탄을 제거하는 걸 잊은 것도 욘이었고, 돌보아야 할 쌍둥이에게서 잠시 눈을 뗀 것도 욘이었다. 한여름의 그날 이후, 순간을 기점으로 모든 것이 변했고 또 파괴되어 버린 것이다.

강 건너편에서는 욘의 어머니가 아버지의 배 옆에 자신의 배를 정박시킨 후 뭍으로 뛰어올라서 있는 힘을 다해 배를 뭍으로 끌어당기고 있었다. 자칫 거센 물살에 배가 떠내려가 반대편 둑에 부딪칠 염려도 있었기 때문에 뱃머리를 육지에 조금이라도 확실하게 걸쳐 놓아야 했다. 양복을 입은 남자는 어리석게도 뱃머리가 채 육지에 닿기도 전에 급히 배에서 뛰쳐나왔다. 물론 성공적이라 할 수는 없었다. 그는 욘의 어머니가 활모양으로 구부러진 뱃머리를 뭍으로 잡아당기는 동안 두 팔로 가방을 꼭 움켜쥐고 배에서 뛰어내리다 중심을 잡지 못해 고꾸라졌고 배 안의 가로장에 머리를 심하게 찧었다. 그녀는 이 모습을 보고 거의 눈물을 쏟을 뻔했다.

"젠장, 당신은 도대체 제대로 할 수 있는 일이 있긴 한가요?"

욘의 어머니가 소리쳤다. 평생 욕설이라고는 입에 담지도 않았던 그녀였다. 그리고 이 상황에서 짜증 섞인 목소리로 외친다는 게 큰 잘못인 것도 알고 있었지만 어찌 할 수가 없었다. 그녀는 남자의 옷자락을 거머쥐고 마치 무거운 돌덩이라도 되는 것처럼 그를 힘껏 뭍으로 끌어올렸다. 남자를 끌어낸 후 허리를 폈을 때, 두 사람은 맞은편에서 돌진해 오는 오토바이 소리와 함께 순찰대원들의 모습을 보았다. 동시에 오두막 옆 헛간에 있던 아버지도 뛰쳐나왔다. 오토바이 소리를 들은 아버지는 순간 뭔가 잘못됐다는 생각을 한 게 분명했다. 아버지는 강 옆 오솔길이 시작되는 곳에 보이는 독일군들의 모습을 보았다. 그리고 챙이 넓은 모자를 쓰고 푸른 장갑을 낀 욘의 어머니와 양복을 입고 땅 위를 엉금엉금 기듯 뭍으로 올라오는 낯선 남자도 보았다. 오토바이는 둑의 가장자리 자갈돌로 덮여 있는 비탈길에서 멈췄다.

"얼른 일어나요!"

욘의 어머니가 양복 입은 남자의 옷자락을 끌어당기며 그의 귓전에 대고 소리쳤다. 동시에 독일 군복을 입은 앳된 얼굴의 군인이 고함을 쳤다.

"할트(Halt, 정지)!"

뒤따르는 동료와 함께 그가 비탈길로 뛰어왔다. 애원하는 목소리로 그가 '제발'이란 뜻을 지닌 독일말도 정말 내뱉었던가? 적어도 프란츠는 내게 그렇게 전해주었다. 그는 자신의 기억이 확실하다고 덧붙였다.

"비테(Bitte, 제발)!"

젊은 군인은 그렇게 외쳤다. 어쨌든 그들은 맞은편 강가에 멈춰 섰다. 물속에 뛰어들 마음은 없는 듯했다. 물은 차갑고 깊었다. 만약 물속에 뛰어들어서 헤엄을 치다면 호르 물살이 난번에 그들을 다른 쪽 둑으로 옮겨놓을 것이 분명했다. 때가 때인지라 물살이 심하게 거세진 않았지만 두 사람의 몸을 의지와 다른 방향으로 실어가기엔 충분했다. 그들의 등 뒤 언덕 꼭대기에는 시동이 꺼지지 않은 오토바이가 성난 짐승처럼 으르렁거리고 있었다. 그들은 어깨에 메고 있던 총을 당겨서 손에 쥐었다. 순간 아버지가 소리쳤다.

"뛰어!"

동시에 아버지가 달리기 시작했다. 숲에는 벌목 시기 전이라 키 큰 나무들이 대부분이었다. 아버지는 큰 나무둥치를 방패삼아 지그재그로 나무 사이를 지나 달렸다. 맞은편에서 보고 있던 독일군들이 총을 발사하기 시작했다. 달리고 있던 아버지와 욘의 어머니, 그리고 낯선 남자의 머리 위에 경고 탄이 울려 퍼졌고 달리는 속도는 마음과 달리 너무 느리게 느껴졌다. 세 사람은 커다란 나무 밑동에 박히는 총탄 소리를 들었다. 욘의 어머니는 나중에 이 일을 회고하며 그 소리가 마치 외계인의 소리 같았다고 했다. 평생 잊을 수 없는 소리였단 말도 했다. 그 순간처럼 두려움에 떨었던 적도 없었다고 했다. 그건 마치 소나무가 울부짖는 소리처럼 들렸다고 했다. 곧이어 발사된 총탄은 양복을 입은 남자를 명중시켰다. 그의 짙은 색 겉옷이 눈 쌓인 둑 위에서 표적이 되기에 알맞았던 것이었다. 그는 들고 있던 가방을 떨어뜨렸고 눈 위에 풀썩 쓰러졌다. 그리고 욘의 어머니를 바라보며 나지막하게 말했다.

"아, 이렇게 될 줄 알았어요."

말을 마친 그는 힘없이 언덕 아래로 미끄러져 내려갔다. 구부러진 소나무 둥치들 사이로 미끄러져 내리던 그는 얇은 여름 신발이 강의 수면에 닿고 나서야 멈췄다. 곧 연이은 총알이 날아와서 다시 그의 몸에 박혔다. 그는 더 이상 아무 말도 하지 않았다.

아버지는 나무둥치를 방패삼아 몸을 숨긴 후 욘의 어머니에게 소리를 쳤다.

"얼른 가방을 가지고 이리로 뛰어와요!"

욘의 어머니가 푸른 장갑을 낀 손으로 낯선 남자가 떨어뜨린 가방을 집어 들고 지그재그로 나무 사이를 가로질러 언덕을 뛰어 올라갔다. 독일군의 총탄 세례도 조금 전보다는 약해진 것 같았다. 아마 그들은 지금껏 아무도 죽여본 적이 없을지도 몰랐다. 어쩌면 눈앞에서 달음질 치고 있는 사람이 여자이기 때문에 격렬하게 총을 쏘지 않았을지도 모른다. 이제 그들이 만들어내는 총소리는 누굴 맞추기보다 겁을 주기 위한 것처럼 들렸다. 욘의 어머니는 오솔길의 수많은 잔가지에 어디 한 군데 긁힌 곳도 없이 무사히 아버지의 오두막 쪽으로 달려갔다. 둘은 급히 안으로 들어가 몇 가지 중요한 물건과 아버지가 숨겨두었던 문서를 챙겼다. 창을 통해서 그들은 대로에서부터 벌판을 가로질러 전속력으로 달려오는 두 대의 차를 발견했다. 차에서 뛰어내린 독일군들은 강 쪽으로 뛰어갔다. 아버지는 낯선 남자가 소유하고 있던 회색 가방에 물건들을 쑤셔 넣은 후 천으로 가방을 다시 감쌌다. 그리고 집 뒤쪽의 창을 넘어 스웨덴과 맞닿은 국경을 향해 욘의 어머니와 손을 맞잡고 달렸다.

해는 어느덧 자리바꿈을 했고 프란츠의 푸른 벽 부엌은 그림자로 뒤덮였다. 나의 커피 잔은 어느새 식어있었다.

"아버지도 해 주지 않았던 이야기를 왜 지금에서야 제게 해 주시는 거죠?"

"그건 네 아버지가 그렇게 하라고 부탁했기 때문이야." 프란츠가 대답했다.

"기회가 오면 말이지. 나는 지금이 바로 그 기회라 생각해."

12

　라스와 함께 쓰러진 자작나무를 베고 치우느라 정신이 팔려 있다 보니 시간 가는 줄 몰랐다. 문득 한기가 느껴졌다. 겨울 햇살은 눈에 띄게 약해졌고 바람도 조금씩 불기 시작했다. 회색 구름이 새털 담요처럼 점점이 하늘에 떠 있었다. 그나마 한 줄기 남아있던 푸른빛은 하늘의 동쪽 가장자리로 밀려나 막 사라지려 하고 있는 참이었다. 우리는 잠시 휴식을 취하기로 했다. 피로로 굳어 뻣뻣해진 등을 쭉 펴고 아무렇지 않은 듯 무표정한 얼굴을 만들어보았지만 생각처럼 쉽지는 않았다. 나는 통증으로 욱신거리는 허리에 손을 얹었다. 그 순간 우리는 약속이라도 한 듯 먼 산으로 눈을 돌렸다. 라스는 담배 한 개비를 말아 불을 붙이고 창고 문에 기대어 평화롭게 담배 연기를 내뿜었다. 예전에 힘든 일을 하고 난 후 동료들과 함께 피워 물었던 한 모금의 담배가 얼마나 위안을 주었는지 문득 머릿속에 떠올랐다. 갑자기 그 시절이 사무치게 그리워졌다. 나는 소리 없는 한숨을 내뱉으며 마당에 널브러져 있는 나무 한 그루와 거기에서 찢겨 나온 수많은 가지들을 바라보았다. 라스도 나의 시선을 따랐다.
　"나쁘지 않군요."
　그는 미소를 지으며 나지막한 목소리로 말했다.

"벌써 반은 치운걸요."

라이라와 포커도 지친 듯했다. 숨을 헐떡이며 현관으로 올라가는 계단 위에 나란히 누워있었다. 전기톱의 엔진은 멎어 있었고 주변에는 정적이 감돌았다. 눈이 내리기 시작했다. 오후 한 시였다. 나는 하늘을 올려보았다.

"젠장!" 나는 큰 소리로 말했다.

그는 내가 바라보는 곳을 눈으로 쫓아왔다.

"쌓이진 않을 거예요. 그러기에는 너무 이르죠. 아직은 땅의 열기 때문에 눈이 쌓이진 않을 겁니다." 그가 말했다.

"그럴지도 모르겠군요. 하지만 나는 눈만 오면 걱정부터 앞선답니다. 저도 그 이유를 잘 모르겠어요."

"혹시 눈이 쌓이면 집 안에 갇히게 될까봐 그런 건 아닌가요?"

"맞아요."

나는 대답과 함께 얼굴이 붉어지는 것을 느꼈다.

"그런 이유도 없지 않지요."

"그렇다면 누군가에게 눈을 치워달라고 부탁해보세요. 저는 그렇게 합니다. 오슬리엔이라고 길 위쪽에 사는 농부가 있어요. 그는 눈이 오는 날이면 언제든지 우리 집 앞에 쌓인 눈을 치워줘요. 벌써 몇 년째 그러고 있지요. 그 사람에게는 눈 치우는 게 일도 아니에요. 트랙터를 끌고 오르막길 위로 올라갔다 다시 내려오기만 하면 되니까요. 길어야 45분밖에 안 걸립니다."

"그렇군요."

나는 헛기침을 해서 목청을 가다듬은 후 말을 이었다.

"사실은 저도 며칠 전에 그 사람의 연락처를 알았고 어제 슈퍼 옆에 있는 간이매점에서 그에게 전화를 걸었습니다. 그는 흔쾌히 우리 집 앞의 눈도 치워주겠다고 하더군요. 필요하다면 말이지요. 대신 시간당 75크로네를 달라고 했어요. 당신도 그에게 같은 돈을 지불하나요?"

"맞아요." 라스가 말했다.

"저도 시간당 75크로네를 지불합니다. 어쨌든 이젠 걱정하실 필요 없습니다. 올 겨울은 맘 놓고 보내셔도 됩니다. 하지만 당장 오늘이 걱정인데……"

그는 거의 불길함마저 느껴지는 어두운 목소리로 마당 한 가운데를 가리키며 말했다. 그리고는 몸을 뒤로 젖혀 하늘을 바라보았다.

"올 테면 오라죠." 그가 아무래도 좋다는 듯한 억지 미소를 지으며 말을 이었다.

"어때요? 이젠 쉴 만큼 쉬었으니 다시 일을 할까요?"

그의 태도에는 전염성이 있었다. 난 그의 말 한 마디에 당장 다시 일을 하고 싶은 마음이 생겼다. 하지만 가슴 한 구석에는 스스로에게 놀라고 있는 또 다른 내가 존재하고 있었다. 한편으로는 걱정스러운 마음도 들었다. 이렇게 쉽고 의무적인 일을 하는 데에도 나 자신이 아닌 타인의 의지에 의해 기운을 얻는다는 게 이상하기도 했고 내 의지의 유약함을 인정하는 건 아닌가 싶어 스스로를 용납하기 어려웠던 것이다. 시간이 없어서 미루어 놓았던 일도 아닌데 말이다. 분명 내 안에 자리하고 있는 무언가가 변한 것 같다는 생각이 들었다. 어쩌면 변한 건 나 자신일지도 몰랐다. 너무도 잘 알아 왔으며 그러기에 맹목적으로 믿고 의지해 오던 나 자신이 변했을지도 모르는 일이었다. 나를 사랑했던 사람들이 '황금 속옷을 입고 태어난 소년'이라 칭했던 바로 그 사람, 바지 주머니에 손만 넣으면 반짝반짝 빛나는 동전을 한 움큼 꺼낼 수 있었던 바로 그 사람이 지금은 자신의 주머니에 어떤 쓰레기가 들어있는지도 모르는 그런 낯선 사람이 되어 있다는 생각이 문득 스쳤다. 불현듯 이 변화기는 얼마나 더 기다려야 끝이 나는지 궁금해졌다. 3년 정도면 충분할까?
"그럼요, 다시 일을 시작해야지요."
니는 라스에게 억지로 꾸민 활기찬 목소리로 대답했다.

일을 마친 후 나는 라스에게 집 안으로 들어와 좀 쉬라고 청했다. 그가 도와준 걸 생각하면 그래야만 할 것 같은 생각이 들었다. 눈은 점점 더 많이 내리기 시작했다. 하지만 땅에 쌓이지는 않았다. 적어도 그 시간에는 말이다. 우리는 창고 벽 옆에 어마어마한 양의 장작을 쌓아놓았다. 마당은 커다란 나무둥치를 제외하면 거의 깨끗이 치워진 셈이었다. 우리는 체인이 달린 차를 이용해 내일 아침에 그것들을 치우기로 했다. 체인은 라스의 창고에 있었는데 오늘은 그냥 넘기는 게 나을 것 같았다. 두 사람 모두 이미 지칠 대로 지쳐있었고 배도 고팠으며 무엇보다도 커피를 마시고 싶어서 눈동자가 돌아갈 지경이었다. 하지만 내 손이 거쳐 간 일의 결과를 보니 마음이 편해졌다. 몸을 파고드는 상쾌한 기분도 싫지 않았다. 피곤했지만 그건 기분 좋은 피곤함이었다. 통증으로 쑤시는 등만 제외하고선 말이다. 하긴 일을 하지 않았더라도 등이 아픈 건 마찬가지였을 테니 크게 불평할 일도 아니었다. 어쨌든 내 일을 자신의 일처럼 도와준 라스가 고맙기 그지없었다.

나는 커피의 양을 눈어림으로 적당하게 재서 필터에 넣고 커피머신에 찬물을 쏟아 부은 후 스위치를 켰다. 그리고 빵을 몇 조각 썰어 쟁반에 담은 다음 버터와 햄, 그리고 치즈를 냉장고에서 꺼내 식탁 위에 올려놓았다. 작은 노란색 주전자에는 커피에 타 마실 우유를 부었고 두 개의 유리잔과 두 개의 나이프도 함께 식탁위에 가지런히 늘어놓았다.

라스는 스토브 옆 장작개비를 넣어둔 상자 위에 자리를 잡고 앉았다. 긴 양말을 신고 있는 모습을 보니 나이보다 훨씬 어려보이는 것 같았다. 사실 누구든 의자 위에 앉아 바닥에 거의 발이 닿지 않을 정도로 하고 있으면 어려보일 것도 같았다. 그의 머리카락은 나와는 반대로 바짝 말라있었다. 그는 일하는 도중 모자를 쓰고 있었기 때문에 눈을 맞지 않았던 것이다. 라스는 집 안으로 들어온 후 거의 말을 하지 않았다. 그저 생각에 잠긴 듯 바닥만 쳐다보고 있었다. 나 역시 아무 말도 하지 않았다. 차라리 그게 더 좋았다. 홀로 살기 시작한 이후에는 사람들과 나누게 되는 형식적이고 간소한 인사치레의 말을 하는데 익숙지 않았기 때문이었다.

문득 그가 입을 열었다.

"벽난로에 불을 피울까요?"

"그렇게 하죠."

사실 집 안에 한기가 가득했기 때문에 그의 말에 반대할 수는 없었다. 하지만 나는 조금 놀라지 않을 수 없었다. 그가 내 집에서 주도권을 잡고 그의 방식대로 내가 하는 일에 자신의 의견을 주입한다는 생각이 들어서였다. 나는 단 한 번도 타인의 영역에서 그래본 적이 없었다. 하지만 먼저 말을 꺼낸 사람은 라스였고 나 또한 이의를 제기할 이유를 찾지 못했기 때문에 상관은 없었다. 라스는 내 말이 떨어지기 무섭게 자리에서 미끄러지듯 내려와 장작이 들어있는 상자의 뚜껑을 열어 세 개의 장작을 꺼내고 지난 주 나그믈라데트 신문 몇 장을 찢었다. 나는 항상 상자 속에 벽난로에 불을 지필 때 사용하려고 날짜가 지난 신문을 모아두곤 했다. 그는 재빠른 동작으로 불을 지폈다. 평소 내가 불을 지피는 속도보다 훨씬 빠른 것 같았다. 그는 오랫동안 이 일을 해온 듯 익숙한 손놀림으로 불을 피워냈다. 낡은 커피머신의 스위치가 내려갔고 커피향이 은은하게 부엌을 채웠다. 나는 커피를 보온병에 채워 넣었다. 그리고 보온병을 손에 든 채로 서서 수 년 동안 매일 아침 함께 커피를 마셨던 사람을 잠시 떠올렸다. 하지만 그녀는 곧 내 머릿속에서 희미하게 사라졌고 더 이상 그녀의 얼굴을 떠올릴 수 없었다. 창 쪽으로 시선을 돌리자 거의 깨끗하게 치워진 마당이 눈에 들어왔다. 황금색 톱밥들이 커다란 나무뿌리 주변에 먼지처럼 흩날리고 있었고 커다란 눈송이가 바람에 실려 내려와 땅 위에서 몇 초 정도 머무른 뒤 신비롭게 자취를 감추는 일을 반복하고 있었다. 만약 밤새 이렇게 눈이 온다면 내일 아침에는 수북하게 눈이 쌓일지도 모르는 일이었다.

참, 오늘 아침에 식사를 했던가? 난 기억해 낼 수가 없었다. 오늘 아침의 일이 너무나 먼 옛날의 일처럼 느껴졌다. 그 이후의 일도 마찬가지였다. 어쨌든 분명한 건 내가 허기 때문에 당장 뭐라도 먹으면 좋겠단 생각을 하고 있었단 사실이다. 나는 창가에서 눈을 돌려 라스를 바라보았다. 그리고 손을 뻗어 식탁 위를 가리키며 말했다.

"많이 드세요."

"감사합니다."

그는 대답을 한 후 장작이 담긴 상자의 뚜껑을 닫고 그 위에 다시 앉았다. 우리는 둘 다 멋쩍은 태도로 말없이 식사를 시작했다.

처음 몇 분간 어느 누구도 먼저 말문을 열지는 않았다. 음식 맛은 놀랄 정도로 좋았다. 그래서 나는 부엌 선반 위 빵을 담아 두었던 상자로 가서 그 빵이 평소 자주 구입했던 빵과 같은 종류의 빵인지 확인을 했다. 여느 때와 다름없는 빵이었다. 나는 다시 자리에 앉아 음식을 먹기 시작했다. 식사를 하며 진정으로 음식 맛을 즐긴 건 정말 오랜만이었다. 나는 그 기분을 오래도록 유지하기 위해 먹는 속도를 늦추었다. 라스는 여전히 접시 위에 눈동자를 고정한 채 음식을 먹고 있었다. 나는 개의치 않았다. 대화의 필요성을 느끼지 않았으니까. 그 순간이었다. 라스가 갑자기 말문을 열었다.

"물론, 농장을 물려받을 사람은 나였어요."

"어느 농장을 말하는 건가요?"

나는 그에게 되물었다. 하긴 그가 가리키는 농장은 하나 밖에 있을 수 없었다. 그렇지만 나는 순간적으로 그의 말을 따라잡을 수가 없었다. 나만의 생각에 빠져있었던 탓일 게다. 문득 오랜 시간을 홀로 살아간다는 것이 바로 이런 것이 아닐까 하는 생각이 들었다. 자신만의 생각 속에 잠겨 있다가 느닷없이 그 생각의 한 부분을 입 밖으로 내어 놓는 것. 침묵과 대화의 경계가 생각이라는 행위로 인해 흐려지는 것. 생각 속에 거주하는 몇몇 되지 않는 사람들과 일상에 대한 끝없는 내면의 대화가 어느 순간 갑자기 불거져 나오는 것. 내면의 생각과 외면의 대화 사이의 경계가 고립된 생활로 인해 희미해지는 것. 그리고 마침내 어느 순간 그 희미한 경계를 넘을 때 자신도 인식하지 못하게 되는 것. 이것이 미래의 내 모습이란 말인가?

"읍내에 있는 그 농장 말이에요."

노르웨이에는 수백, 수천 개의 읍이 있고 우리는 그 중 한 곳에 살고 있다. 하지만 나는 그가 의미하는 농장이 어느 농장인지 확실히 알고 있었다.

"아마 당신은 왜 내가 읍내에 살지 않고 이곳에서 홀로 살고 있는지 궁금했겠지요. 그렇지요?"

사실 난 전혀 궁금해 하지 않았다. 적어도 그가 물어온 그 상황에 대해서는 말이다. 하지만 어쩌면 그것은 내가 궁금해 해야만 하는 것일지도 몰랐다. 내가 진정으로 궁금했던 건 어쩌다가 그와 내가 수많은 해를 뒤로 하고 지금 이 순간 같은 마을에서 살게 되었을까 하는 것이었다. 어떻게 이런 일이 가능할 수 있단 말인가?

"예, 저도 그게 궁금했습니다."

"그 농장을 물려받을 사람은 저였습니다. 집에 있던 사람은 저밖에 없었으니까요. 욘은 바다로 갔고 오드는 세상을 떠났지요. 저는 평생을 그 농장에서 하루도 빠짐없이 일했습니다. 휴가도 없었지요. 아버지는 집으로 돌아오지 않았습니다. 병을 얻었다고 하더군요. 아무도 아버지가 왜 병을 앓았는지 정확히 몰랐어요. 아버지는 1948년에 다리와 어깨가 부러졌고 시내의 병원으로 이송되었습니다. 당신도 그 해를 기억하고 있을지 모르겠군요. 저는 당시 어린 소년에 불과했죠. 어쨌든 아버지는 병원에 입원한 후 다시는 집으로 돌아오지 않았어요. 그렇게 세월이 흘렀죠. 그런데 어느 날 갑자기 욘이 바다에서 돌아왔어요. 나는 처음에 그를 알아보지 못했습니다. 내게는 아버지도 욘도 이미 기억에서 지워진지 오래였으니까요. 그들을 생각하려고 애를 써 보지도 않았어요. 그러던 어느 날, 욘이 버스를 타고 와서 갑자기 우리 집 대문 앞에 서 있더군요. 그는 농장을 물려받을 준비가 되었다고 말했습니다. 그때 욘은 스물네 살이었지요. 그는 농장의 상속 우선권이 자신에게 있다고 말했고 어머니는 욘의 말에 아무런 이의도 제기하지 못했어요. 저를 대변하는 말 한 마디도 못했지요. 하지만 저는 그때의 어머니 표정을 아직도 기억해요. 어머니는 제 눈을 똑바로 바라보지 못했습니다. 그럴 만도 했던 것이, 당시 그 농장은 오직 제 힘으로 일구고 있었고 농장에 대해 모든 걸 잘 알고 있는 사람도 저밖에 없었거든요. 욘은 바다에 질렸다고 말했습니다. 이제는 바다에서 더 볼 것도 없다고 말했지요. 물론 저는 그의 말이 거짓이라고는 생각지 않았습니다. 그는 수 년 동안 집으로 엽서를 보내곤 했는데 발신지는 이집트의 포트사이드(Port Said), 아덴(Aden), 카라치(Karachi), 마드라스(Madras) 등이었죠. 저는 한 번도 그런 이름을 들어본 적이 없어서 세계지도를 펼쳐 보고서야 그게 어디에 붙어 있는지 알았습니다. 선박 중의 하나는 이름이 티유카(M/S Tijuka)였어요. 저는 욘이 보내온 편지 봉투 하나를 유난히 선명하게 기억하고 있었어요. 거기엔 배 이름이 도장으로 찍혀 있었기 때문입니다. 그런 이름은 어디에서도 들은 적이 없어서 더 기억에 남았는지도 모릅니다. 욘은 건강해 보이지 않았습니다. 아주 여위었고 등이 굽어있었습니다. 한 마디로 서진 농장 일을 하기에 적합하다고 볼 수 없는 사람이었지요. 적어도 저는 그렇게 생각했어요. 요즘 오슬로 시내에서 볼 수 있는 마약중독자처럼 보이기도 했어요. 어딘지 모르게 불안해 보였고 까다로운 사람처럼 느껴지기도 했습니다. 하지만 제가 할 수 있는 건 아무것도 없었어요. 욘의 말처럼 농장을 물려받을 우선권은 그에게 있었으니까요."

말을 마친 라스는 침묵을 지켰다. 그가 한 말 중에서는 가장 긴 것이었다. 그는 다시 음식을 입으로 가져갔다. 말을 하느라 내 속도를 따라오지는 못했지만 음식을 즐기고 있는 것은 분명해 보였다. 나는 그에게 커피를 부어주며 우유 잔을 건넸다. 그는 작고 노란 우유 잔을 기울여 커피 잔 위에 몇 방울 떨어뜨렸다. 그리고 침묵 속에서 식사를 마쳤다. 그의 접시가 완전히 비워졌을 때 그는 실내에서 담배를 피워도 되는지 내게 물었다.

"그럼요, 얼마든지."

나의 대답에 그는 레드믹스 담뱃갑을 꺼내 담배를 말고 불을 붙인 다음 한 모금 깊이 빨아들였다. 그리고 담배를 손가락에 끼운 뒤 타들어가는 모습을 말없이 응시했다.

"그래서 그 후에는 어떻게 되었나요?"

나의 질문에 라스는 담배에서 눈을 떼고 다시 한 모금을 깊이 빨아들였다. 연기를 내뿜으며 그는 기괴한 표정과 함께 얼굴을 찌푸렸다. 그 모습은 마치 얼빠진 광대의 가면으로 본모습을 감추려는 것 같았다. 뜻밖의 표정에 난 놀라움을 감추지 못하고 그를 뚫어지게 바라보았다. 이전에는 한 번도 본 적이 없는 그 표정이 우스꽝스럽게 여겨졌다. 마치 서커스 광대가 청중들로 하여금 눈물을 흘리게 만든 뒤 단 몇 초 만에 다시 그들을 웃음의 도가니로 몰아넣는 장면과 비슷하다고 생각했다. 앞뒤가 꽉 막힌 상황에서 어쩔 줄 몰라 하는 채플린의 표정과도 닮아 있었다. 무성 영화에 나오는 고무 가면을 쓴 주인공 같기도 했다. 하지만 나는 라스의 표정에 웃음을 터뜨릴 수는 없었다. 그는 입을 꾹 다물어 일직선을 만들더니 두 눈을 힘껏 비볐다. 그리고 얼굴을 오른쪽으로 거의 45도 비틀어서 귀까지 삼켜버릴 듯한 표정을 만들었다. 도저히 적응할 수 없을 것 같은 그의 표정이 얼굴에 드러나는 주름살 속으로 사라질 무렵, 모든 것이 정지된 것 같은 착각 속에서 그의 표정은 다시 원상태로 돌아왔다. 다시 눈을 뜬 그는 입술 사이에 담배를 물고 연기를 만들어냈다. 나는 방금 내 눈으로 본 그 몸짓과 표정을 어떻게 이해해야 할지 종

잡을 수가 없었다. 거친 숨을 내쉬는 그의 눈에 습기가 가득했다. 그는 내 눈을 똑바로 쳐다보며 말문을 열었다.

"떠났어요. 제가 스무 살 되던 바로 그날 집을 나왔지요. 그리고 단 한 번도 그곳을 다시 찾지 않았어요. 단 5분도 그 안에 발을 들여 놓지 않았습니다."

부엌 안에는 정적이 피어오르고 있었다. 라스도 침묵을 지켰고 나도 그 침묵에 동참했다. 난 가까스로 다시 말문을 열었다.

"저주를 받을 사람은 저예요."

"저는 스무 살이 되던 그 해, 그날 이후 어머니의 얼굴도 보지 못했어요." 그가 말했다.

"어머니가 아직 살아계시나요?"

"알 수 없어요. 알려고 한 적도 없어요."

창밖으로 시선을 돌렸다. 나는 왜 이 모든 것들을 알고 싶어 하는가. 문득 묵직한 피곤함이 나를 덮쳤다. 피곤이 나를 심연으로 끌어들이고 있었다. 나는 그에게 이후의 일에 대해 물어보아야만 할 것 같은 의무감 때문에 입을 떼었을 뿐이다. 라스에게 있어서는 매우 중요한 일처럼 보였기에……. 물론 어떤 면에서 그가 겪은 지난 일들은 내 흥미를 자극하기도 했다. 하지만 나는 그것에 대해 꼭 알고 싶은지 스스로를 가늠할 수 없었다. 내게는 감당할 수 없는 일이기도 했다. 집중력을 잃어버렸고 라스와의 만남으로 인해 나는 삶의 평정도 잃어버렸다. 이곳에서 여생을 보내려던 계획조차 희미해지기 시작했다. 집중해서 생각을 모으지 않으면 머릿속에 떠오르지도 않을 정도로 보잘 것 없는 것이 되고 말았다. 싫지만 인정해야만 했다. 내 기분과 감정은 소용돌이치는 듯한 혼란 속에서 빠져나오지 못했고 거의 몇 시간 동안 다락방과 지하실을 오르락내리락 하는 듯한 불안 속을 헤맸다. 내 생활은 내가 상상해 왔던 것과는 달리 정반대 방향으로 나아가고 있었다. 너무도 작은 일상의 한 부분이 생각지도 못하게 삐걱거리며 틀어져 버렸고 나는 이 틀어진 부분을 머릿속에서 다른 각도에서 확대시켜 더욱 큰 재앙으로 만들고 있었다. 그렇다고 해서 마당에 뿌리가 뽑힌 채 쓰러져 있는 자작나무가 부풀려진 문제의 작은 원인이라 생각하는 것은 아니었다. 내가 의미하는 것은 그게 아니다. 자작나무가 쓰러져 버린 것이 재앙으로 확대되었다고도 할 수 없었다. 라스의 도움으로 오히려 그 반대의 상황으로 돌아서고 있으니 결코 불평할 일은 아니었다. 그저 이 상황에서 혼자 있고 싶은 마음뿐이었다. 내게 닥친 문제들을 맑은 머리와 필요한 도구를 사용해 하나씩 차례대로 홀로 해결하고 싶었다. 그 옛날 오두막에서 눈앞에 산재한 문제점들에 하나씩 순서를 정하고 해결을 위해 필요한 계획을 세우고 도구를 준비한 후 한쪽 끝부터 차근차근 손을 대던 내 아버지처럼 말이다. 머리로는 생각을 하고 손으로는 필요한 일을 해나가며 그 순간을 즐겼던 아버지처럼, 나 또한 내게 닥친 문제점이나 해야 할 일을 풀어나가며 즐기고 싶었던 것이다. 처음과 끝을 철저하게 계획한 후 일을 하고 저녁이면 찾아드는 기분 좋은 피곤함에 몸을 맡기고 싶었다. 그리고 잠에서 깨면 휴식으로 가뿐해진 몸을 느끼고 싶었다. 해가 뜨면 부엌으로 들어가 커피를 끓이고 난로에 불을 지필 것이고 창밖을 내다보며 숲과 강을 덮어오는 어슴푸레한 새벽빛을 만끽할 것이다. 라이라와 함께 산책을 마치면 하루를 채우기 위해 전날 머릿속에 생각해 두었던 일들을 시작할 것이다. 이것이 바로 내가 원하는 삶이었다. 그리고 그건 누가 뭐래도 내가 할 수 있는 일이었다. 홀로 지낼 수 있는 능력은 내 안에 잠재해 있었고 두려운 건 아무것도 없었다. 지금 일일이 자세하게 설명할 수는 없지만 난 그동안 많은 것을 보아왔다. 그리고 수많은 일들의 한 부분으로 존재해 오기도 했다. '황금 속옷을 입고 태어난 소년' 이란 말도 들어보았듯이 내게는 운도 따라주었다. 하지만 지금은 그저 쉬고 싶을 뿐이다.

라스. 그는 좋아하지 않을 수 없는 사람이다. 지금 그는 식사를 마치고 자리에서 일어나 챙 달린 모자를 머리 위에 눌러썼다. 모자가 제 자리를 잡을 때까지 그는 두세 번 이리저리 위치를 바꾸었다. 밖에는 석양이 한낮의 빛과 자리바꿈을 하고 있었다. 그는 매우 정중한 태도로 식사에 대한 고마움을 표시했다. 마치 10마일이나 떨어져 사는 먼 이웃의 집에 오랜만에 초대받아 성탄절 음식을 대접받은 사람처럼 말이다. 그는 도끼나 톱을 들고 밖에서 일을 할 때 더 자연스러워 보였다. 어쨌든 나와는 상관없는 일이다. 나는 그를 이해할 수 있었다. 만약 내가 그의 집에 식사 초대를 받아 갔더라면 아마 지금의 그와 똑같은 태도를 취했을 게 분명할 테니……

나는 현관으로 나가 라스를 위해 대문을 열어주었다. 그리고 그의 뒤를 따라 계단을 몇 발자국 함께 내려갔다. 그곳에는 포커가 앉아

주인을 기다리고 있었다. 내가 작별 인사와 함께 도와줘서 고맙다는 말을 건넸을 때 그는 우리가 함께 일할 수 있었기에 그 모든 것이 가능했다고 대답했다. 그리고 내일 체인을 가지고 와서 나머지 부분도 함께 치우자고 덧붙였다. 포커는 나와 라스 사이에 앉아 주인을 올려다보며 그르렁거리는 소리를 내고 있었다. 라스는 포커를 본 척도 않은 채 계단을 두 발자국 더 내려갔다. 그리고 마당을 가로질러 언덕을 내려가더니 오두막 쪽으로 발을 옮겼다. 포커는 어리둥절한 표정으로 혀를 내민 채 그 자리에 가만히 앉아서 날 쳐다봤다. 개는 이제 자리를 떠도 된다는 명령을 기다리고 있는 것 같았지만 주인은 이미 떠난 후였고 나 역시 침묵으로 일관했다. 포커가 분위기를 파악했는지 고개를 숙이고 마지못해 따라가는 것처럼 절뚝거리며 자리를 떠났다. 만약 내가 그의 입장이었다면 두 배는 빨리 발걸음을 옮겼을 텐데…….

 마당에는 눈이 얇게 쌓여있었다. 언제 눈이 쌓이기 시작했는지는 알 수 없었다. 기온이 떨어졌고 계속 눈이 내리고 있었다. 그칠 기색은 전혀 보이지 않았다. 나는 오두막 안으로 들어가서 문을 닫고 외등을 껐다. 신발장 위에는 라스가 잊고 두고 간 작업용 장갑이 놓여 있었다. 나는 장갑을 집어 들고 얼른 대문을 열고 뛰쳐나가 그를 불러볼까 하다가 생각을 접었다. 어차피 그는 내일도 이곳으로 올 것이니 작업용 장갑은 그때 줘도 될 것이다.
 라스. 그는 욘이 바다로 떠나있는 동안 그에 대해 단 한 번도 생각한 적이 없다고 했다. 하지만 라스는 욘이 보낸 편지 봉투에 찍힌 도장을 보고 욘이 어느 항구를 거쳐 갔는지 세계지도를 펼쳐 짚어 보기도 했다고 말했다.

욘은 여위고 구부정한 몸으로 티유카의 뱃머리 갑판 위에 서서 난간을 힘주어 붙잡고 점점 가까워지는 항구를 반항기 어린 눈길로 바라보았을 것이다. 그들은 아마도 마르세이유에서 오는 중이었을 것이고 세계지도 위를 짚어간 라스의 손가락이 가리키는 경로 그대로 시실리를 지나 이탈리아의 장화 끝을 돌아왔음이 분명했다. 그리스 섬을 비스듬히 돌고 크레테의 남동쪽을 서쳐 가며 하루 전과는 확연히 다르게 느껴지는 공기를 만끽했을 수도 있다. 하지만 욘은 뭔가 다르게 느껴지는 공기 중의 그 무엇이 아프리카 대륙에 속한 것인지는 몰랐을 것이다. 라스는 지중해 가장 안쪽의 포트사이드를 가리키는 부분에서 지도 위를 짚어가던 손가락을 멈췄을 것이다. 아마도 욘이 타고 있던 배는 그곳에서 화물을 내리고 싣는 일을 했을 것이다. 그리고 다시 양 옆의 사막을 바라보며 수에즈 운하를 거쳐 수억의 반짝이는 모래알이 만들어내는 길고 이상한 노란 불빛 속에서 홍해로 향했을 것이다. 지부티 사막에서는 작열하는 햇살을 느꼈을 것이고 세상을 가르는 듯한 좁은 해협의 건너편에 위치한 아덴을 보면서 젊은 시인 랭보를 떠올렸을지도 모른다. 랭보는 새로운 삶을 찾아 그로부터 70여 년 전에 그곳을 지났다. 시인의 등 뒤에는 끝없는 사막이 망각과 사후의 세계처럼 펼쳐졌을 것이다.

나는 이 모든 것을 잘 알고 있었다. 언젠가 책에서 읽었던 내용이기 때문이다. 하지만 라스는 모르고 있는 게 분명했다. 그는 강가에 위치한 오두막집 부엌에 앉아 식탁 위에 펼쳐 놓은 세계지도를 보며 욘이 거쳐 간 길 만을 상상하고 있었음이 분명했다. 물론 욘은 라스가 세계지도를 통해 자신의 뒤를 따르고 있단 사실을 전혀 몰랐을 것이다. 그리고 이전과는 다른 공기를 느꼈을 때 그곳이 아프리카였다는 것도 몰랐을 것이다. 포트사이드에서 그는 생전 처음으로 푸른 하늘 아래 서 있는 야자수를 보았을 것이다. 마을을 덮고 있는 납작한 지붕들과 벼룩시장, 그리고 길마다 빼곡히 들어차 있는 노점상들을 부두에 방금 도착한 배 위에 서서 내려다보았을 것이다. 눈에 들어오는 건 시장뿐이었으며 서로 다른 언어로 호객행위를 하는 상점 주인들의 목소리만 귀에 들어왔을 것이다. 하지만 욘은 배의 난간만 힘껏 움켜쥔 채 실눈을 뜨고 그 광경을 지켜보았을 것이다. 이국적인 광경과 혼을 쏙 빼놓는 호객 행위에 넘어가서 산 물건들은 당장 행복감을 주기에 충분하지만 며칠만 지나면 어디서 왜 구입했는지도 잊어버리기 마련이다. '특별히 당신만을 위해' 라는 단 한 마디의 말은 여기저기서 끊임없이 들려오고 호객을 위한 양철북 소리와 심벌즈 소리, 그리고 현기증을 일으킬 만큼 강렬한 냄새는 그의 귀를 먹먹하게 만들고 거의 정신을 잃게 만들었을 것이다. 잘 익어서 흐드러질 것 같은 이름 모를 야채와 과일들, 이 세상에 존재하는 줄도 몰랐던 이상한 고기들, 셀 수 없이 많은 향신료와 약초들, 그리고 부두 끝에 희미하게 보이는 뭔가를 태우는 연기……. 그는 눈을 뗄 수 없었을 것이다. 하지만 그는 배를 떠나지 않았다. 그저 배 위에서 짐을 내리는 일만 했을 뿐 마을로 내려가지는 않았을 것이다. 곧 어둑한 저녁 공기가 하늘을 감쌌을 것이고 마을 사람들의 움직임은 여기저기 보이는 불빛 속에서 한낮보다 느리게 보였을 게 분명했다. 햇살 아래 선명한 윤곽을 유지하는 움직임과 비교했을 때 이 느릿느릿한 저녁의 움직임은 훨씬 매혹적으로 보였을 수도 있다. 동시에 좁은 골목길을 가물거리는 그림자는 어쩌면 사악하고 음흉하게 느껴졌을지도 모른다. 욘은 열다섯 살에 불과했고 포트사이드에서 배를 떠나지 않았을 것이다. 아덴에서도, 그리고 지부티에서두…….

   나는 한밤중에 잠을 깨서 침대 위에 일어나 앉았다. 그리고 어둠에 휩싸인 창밖을 내다보았다. 여전히 눈이 내리고 있었다. 거센 바람에 실린 눈송이들이 유리창을 때리고 있었다. 강으로 향하는 오솔길 위의 눈은 마치 거대한 담요처럼 땅 위의 윤곽을 지닌 모든 것들을 덮어버렸다. 나는 침대 밖으로 기어 나와 부엌으로 가서 조리기구 위에 있던 작은 램프에 불을 붙였다. 검은색 난로 옆에서 잠자던 라이라가 눈을 뜨고 고개를 들어서 나를 쳐다보았다. 하지만 라이라는 우리가 밖으로 나가지 않을 거라는 걸 잘 알고 있었다. 시간은 겨우 새벽 두시였다. 나는 욕실로 갔다. 그곳은 욕실이라기보다 몸을 움직일 수 없을 정도로 협소한 공간이자 최소한의 욕구를 충족시킬 수 있는 창고라고 해야 더 정확했다. 그곳엔 세숫대야 하나와 물을 가득 채운 커다란 주전자 하나, 그리고 집 뒤쪽으로 나가 볼 일을 보기 귀찮을 때 가끔 사용하는 양동이가 있었다. 나는 볼 일을 본 후 스웨터를 입고 양말을 신은 다음 식탁 위에 그리 독하지 않은 술 한 잔을 놓아두고 〈두 도시 이야기〉라는 책의 마지막 장을 펼쳤다. 시드니 카튼의 생은 이제 종말로 치닫고 있었다. 흘러내리는 피는 온몸을 적셨고 눈앞을 가린 붉은 피의 장막을 통해 그는 단두대가 리듬을 맞춰가며 움직이는 모습을 보았다. 떨어져 내린 목들은 단두대 밑의 양동이를 채워갔고 꽉 채워진 양동이는 새것으로 교체되었다. 축사에서 뜨개질을 하던 여인네들은 양동이 안으로 떨어져 내리는 목을 세고 있었다. 열아홉, 스물, 스물하나, 스물둘. 그는 눈앞에 서 있는 여인에게 키스를 했다. 그리고 슬픔이 존재하지 않는 또 다른 나라에서 다시 만날 날을 기약하며 작별 인사를 했다. 이제 곧 그의 차례였다. 그는 혼잣말로 중얼거렸다. '이보다 더 만족스러운 일은 평생을 두고 찾아볼 수 없을 거야. 내가 한 일 중에서 가장 만족스러운 일이지.' 이러한 상황에서 그의 말에 동의를 하지 않기란 어려울 것이다. 불쌍한 시드니 카튼. 매우 재밌는 소설이었다. 나는 책장을 덮으며 미소를 지었다. 그리고 거실로 가서 디킨즈의 다른 책들과 함께 나란히 책장에 꽂아 두었다. 다시 부엌으로 돌아온 나는 남아 있는 술을 한 모금에 마시고 불을 끈 후 침실로 가서 몸을 눕혔다. 피곤했다. 머리가 베개에 채 닿기도 전에 잠에 빠진 듯했다. 그리고 새벽 다섯 시쯤 트랙터의 윙윙거리는 소리에 잠을 깼다. 제설기의 덜컹거리는 소리가 언덕길을 올라서 나의 오두막을 향하고 있었다. 나는 창을 통해 불빛을 보았고 그게 무엇인지 내 멋대로 짐작하고 다시 잠을 청했다. 단 한 가닥의 의심스러운 생각도 없이.

13

프란츠와 함께 아침 시간을 보낸 이후 계곡은 다르게 보였다. 숲도 다르게 보였고 벌판도 예전과 같지 않았다. 강 또한 변한 게 없었지만 내 눈에는 다르게 보였다. 아버지도 마찬가지였다. 프란츠가 내게 들려준 이야기를 떠올릴 때면 아버지는 마치 이전과 다른 사람처럼 느껴졌다. 욘의 집 앞, 욘의 어머니와 함께 둑 위에 앉아 있던 아버지를 본 후에 느꼈던 생소함과 별반 다르지 않았다. 하지만 나는 아버지가 전보다 더 가깝게 느껴지는지 더 거리감이 느껴졌는지 분간할 수 없었다. 이해하기에 더 쉬워졌는지 아니면 더 어려워졌는지 한 마디로 말 할 수 없을 정도로 혼란스러웠다. 어쨌든 나는 아버지가 변한 것은 틀림없다고 생각했다. 그러나 그런 내 생각을 입 밖에 낼 수는 없었다. 그 문을 열어준 사람은 아버지가 아니었기에 나는 그곳으로 들어갈 수가 없었던 것이다. 사실 그게 내가 원하는 것인지 아닌지도 잘라 말 할 수 없었다.

나는 아버지가 조급해 하는 모습을 보았다. 무뚝뚝하거나 성마른 태도가 아니었다. 아버지의 태도는 우리가 함께 버스를 타고 이곳에 왔던 그날 이후 조금도 변하지 않았다. 그럼에도 불구하고 내 가슴 속에 그려지는 아버지의 모습은 예전과는 확연히 다른 것이었다. 사실을 말하자면 아버지의 외양이나 겉으로 드러나는 태도는 예나 지금이나 조금도 달라진 것이 없었다. 아버지는 기다림에 지쳐있는 듯했다. 하루 빨리 목재 수송을 해 버리고 싶은 눈치였다. 그것은 낮 시간의 일과와는 전혀 별개의 것처럼 보였다. 아버지는 낮에 상점에서 장을 보기도 하고 상류 쪽으로 배를 타고 올라가 다리 옆에서 낚시를 하기도 했다. 마당에서 목수 일을 하기도 했고 두꺼운 작업용 장갑을 끼고 벌목장으로 가서 벌채 이후 남겨진 잔가지들을 말끔히 정리하기도 했다. 아버지는 잔가지들을 모아 날씨가 좋은 날 모닥불을 피우자고 했다. 아버지는 뒷정리를 하지 않은 채 다가올 시간을 맞이하는 걸 싫어했다. 매일 저녁 적어도 두 번 이상 아버지는 강가에 쌓아둔 두 무더기의 통나무들 사이를 거닐며 나무들의 몸통을 잡아당겨보기도 하고 툭툭 쳐 보기도 했다. 그리고 강까지의 거리와 각도를 계산하며 계획대로 차질 없이 통나무들을 수송할 수 있는지 생각해 보곤 했다. 사실 그건 쓸데없는 시간 낭비일 수도 있었다. 어느 누가 봐도 통나무들은 강으로 문제없이 운반될 것이고 또 목적지까지 무사히 수송될 것이 분명했다. 행여나 수송 도중에 장애물이 나타난다고 하더라도 그 거대한 통나무더미들이 장애물 때문에 수로를 이탈하는 일은 없을 것이다. 아버지도 분명 그것을 잘 알고 있었을 테지만 확인에 확인을 더하는 일은 결코 멈추지 않았다. 가끔은 그곳에 아주 오랫동안 서서 나무의 향을 음미하기 위해 잔가지들이 떨어져나간 굵은 몸통에 코를 대기도 했다. 나뭇결 틈새로는 여전히 채 마르지 않은 송진이 보였지만 아버지는 개의치 않고 나무에 코를 대고 깊은 숨을 들이쉬곤 했다. 나는 아버지가 그 일을 좋아서 하는지 궁금해졌다. 내게 묻는다면 나는 자신 있게 좋아한다고 장담할 수 있었다. 어쩌면 아버지의 코는 어떠한 생명체도 접근할 수 없는 나무의 몸통 깊숙한 곳에 자리한 비밀스러운 정보를 읽어낼 수 있을지도 몰랐다. 만약 그렇다면……. 그리고 그 정보가 좋건 나쁘건 내가 알 도리는 없지만 아버지의 조급함을 완화시켜주는 데에는 전혀 도움을 주지 못했다고 말하고 싶다. 이틀 동안 쉬지 않고 비가 내렸다. 3일 째 되는 날, 맑은 하늘이 모습을 드러내자 아버지는 프란츠의 집에 가서 긴 대화를 나누었다. 저녁 무렵 아버지가 돌아왔을 때 나는 이층 침대 위에서 작은 파라핀 램프를 켜 놓고 책을 읽고 있었다. 아버지는 침대 옆으로 바싹 몸을 붙여 이렇게 말했다.

"되든 안 되는 내일 해가 뜨는 대로 일에 착수할 생각이야. 기회라고 생각하고 말이지. 통나무 수송을 하기로 했어."

아버지의 목소리에서 프란츠가 동의하지 않았다는 걸 알 수 있었다. 나는 읽고 있던 페이지에 책갈피를 끼워놓고 침대 난간으로 몸을 돌렸다. 그리고 대롱거리는 팔로 침대 옆에 있던 의자 위에 책을 던졌다.

"그렇군요. 기대되는걸요."

내 말은 진심에서 우러나온 것이었다. 나는 육체노동을 할 때의 신선함을 좋아했다. 두 팔에 느껴지는 압력, 나무둥치의 저항력, 그리고 그 저항력을 눌러 이겼을 때의 승리감은 말로 표현할 수 없는 것이다.

"좋아. 프란츠도 우리를 도우러 올 거야. 얼른 자거라. 내일을 위해서 힘을 비축해야지. 이건 아이들 장난이 아냐. 그것만은 확실해. 쉽지도 않을 거야. 왜냐하면 내일 일을 할 사람은 우리 세 명밖에 없거든. 그리고 운반해야 할 통나무들은 산처럼 쌓여있고 말이야. 난 지금 그곳에 가볼 생각이야. 여기저기 살펴보고 생각을 한 다음에 계획을 세워야지. 아마 한 시간 이내로 다시 돌아올 수 있을 거야."

"그러세요."

아버지는 강가로 가서 바위에 앉아 눈앞을 응시할 게 분명했다. 아버지의 그런 모습은 내게 낯설지 않았다. 난 아버지가 거짓말을 한다고는 생각지 않았다. 왜냐하면 아버지는 종종 강가의 바위에 앉아 생각에 잠기곤 했기 때문이다.

"불을 꺼 줄까?"

나는 아버지의 말에 고개를 끄덕였다. 아버지는 몸을 숙여 손을 양초 뒤로 가져간 후 불을 '훅' 하고 불어서 껐다. 불꽃은 사라졌고 심지를 따라 작고 붉은 한 줄기 연기 같은 빛만 남더니 이내 그것도 사라졌다. 방안은 칠흑처럼 캄캄해졌지만 난 창을 통해 회색빛을 띠고 있는 숲의 윤곽을 볼 수 있었다. 그 위에는 회색빛 하늘이 드리워져 있었다.

"잘 자라, 트론. 내일 보자."

"예, 아버지. 아버지도 안녕히 주무세요."

아버지는 내 말이 끝나자마자 방을 나섰고 난 벽을 향해 돌아누웠다. 잠에 빠지기 직전, 나는 거친 통나무 결이 그대로 드러난 침대 난간에 이마를 대고 여전히 남아있는 듯한 숲의 향기를 깊이 들이마셨다.

한밤중에 잠을 깼다. 난 조심스럽게 침대에서 내려가 방향 감각을 잃지 않도록 왼쪽도 오른쪽도 돌아보지 않은 채 똑바로 문을 향해 걸어갔다. 그리고 오두막 뒤쪽으로 나간 나는 양말도 신지 않고 서서 머리 위에 늘어서 있는 나무들 사이로 들리는 바람 소리에 귀를 기울였다. 하늘에는 납덩이처럼 무거워 보이는 구름이 가득했다. 나는 곧 비가 올 거라 생각했다. 하지만 눈을 감고 하늘을 향한 얼굴에 떨어지는 건 아무것도 없었다. 살갗을 스쳐가는 시원한 새벽 공기 속에 나무와 송진, 그리고 흙냄새가 섞여 있었다. 발 앞의 덤불 속에는 이름 모를 새들이 지저귀는 소리가 가는 피리 소리처럼 쉬지 않고 들려왔다. 몇 발자국 떨어지지 않은 곳, 무성한 잎들 사이에서 흘러나오는 소리를 듣고 있자니 그게 마치 한밤의 외로움을 노래하는 것 같은 이상한 기분이 들었다. 하지만 외로움에 젖어 있는 생명체가 덤불 속의 이름 모를 새였는지 나 자신이었는지 확신할 수가 없었다.

다시 오두막 안으로 돌아왔을 때 침대 위에 누워서 잠을 자고 있는 아버지의 모습이 보였다. 창으로 새어 들어오는 어렴풋한 빛을 이용해 나는 베개 위에 머리를 대고 있는 아버지의 얼굴을 들여다보았다. 짙은 색의 머리카락, 짧은 턱수염, 감은 눈, 그리고 잠든 그 얼굴을 보고 있자니 아버지가 이 오두막이나 나와는 전혀 상관없는 다른 곳에 있는 사람처럼 느껴졌다. 아버지는 내가 다가갈 수 없는 곳에 있는 것 같았다. 아버지의 숨소리는 이 세상의 일에 전혀 개의치 않는 듯 평화스럽고 만족스럽게 들렸다. 어쩌면 그건 사실일지도 몰랐다. 나 또한 세상일에 신경을 쓸 필요는 없었다. 하지만 이유 없이 생겨나는 불안한 마음을 감출 수 없었다. 무엇을 생각해야 할지 감조차 잡을 수 없었다. 잠에 빠진 아버지에게는 숨 쉬는 일이 너무나 쉬울 수 있지만 내겐 그렇지 않았다. 나는 입을 크게 벌리고 깊이 공기를 들이마셨다. 가슴이 활짝 열릴 때까지 서너 번 같은 동작을 계속했다. 아마 그때 어둑어둑한 방 안에 시시 숨을 헐떡이고 있던 내 모습을 누군가 보았더라면 이상하게 여겼을 게 분명했다. 나는 아버지가 누워 있는 아래층 침대를 지나 내 침대로 올라가 담요로 몸을 둘렀다. 잠들기 전에 난 천장의 여기저기에 나 있는 못 구멍과 기괴한 모양의 무늬들을 뚫어지게 바라보았다. 그것들은 다리가 없는 작은 생명체처럼 좌우로 움직이고 있었다. 몸이 굳어지는 걸 느꼈다. 몇 분이 지났을까, 나는 곧 안정을 되찾았다. 아니 어쩌면 안정을 찾기까지 몇 시간이 흘렀을지도 모르는 일이었다. 시간의 개념을 전혀 느끼지 못했으니 뭐라 정확히 말 할 수는 없었다. 주변의 모든 것들이 거대한 마차바퀴처럼 천천히 움직이고 있었다. 바퀴의 중심에 목을 눌리고 둥근 가장자리에는 두 다리가 매인 채 나는 온몸을 조여 오는 듯한 갑갑함에 숨을 헐떡였다. 어지러웠다. 나는 토하지 않으려고 얼른 눈을 크게 떴다.

다시 잠에서 깼을 땐 이미 아침이었다. 창틀에는 눈부신 햇살이 흘러들어오고 있었다. 잠을 너무 많이 잔 것 같았다. 몸은 피곤해서 축 늘어졌고 무겁고 이상한 기분이 머릿속을 떠나지 않았다. 자리에서 일어나고 싶은 마음도 없었다.

거실로 향하는 문은 활짝 열려 있었다. 대문도 마찬가지였다. 덕분에 팔꿈치로 몸을 지탱하고 조금만 몸을 일으킨다면 거실 바닥을 비스듬히 비추는 햇살도 볼 수 있을 것이었다. 마당에서 프란츠와 아버지가 대화를 나누는 소리가 들렸다. 두 사람은 이미 간단한 아침 식사를 마친 모양이었다. 그들이 나누는 말소리에서 억제된 듯한 고요함이 느껴졌다. 만약 어제 의견의 일치를 보지 못했다 하더라도 지금은 그렇지 않은 것 같았다. 어쩌면 프란츠는 이 통나무 수송 작업이 아버지에게 얼마나 중요한 일인지 이해했을지도 모르는 일이었다. 그래서 무모할 수도 있는 이 일을 하기로 동의했을 것이다. 어차피 내겐 한두 달을 기다렸다가 봄이 온 뒤에 작업을 하거나 지금 하거나 마찬가지였지만 말이다. 아무튼 두 사람은 마당 한 가운데에서 머리 위로 내리쬐는 햇볕을 받으며 수송계획에 대해 침착하게 의논하고 있었다. 하지만 난 두 사람이 그날 이루고자 하는 것이 정확히 뭔지 알 수 없었다.

나는 다시 베개 위에 머리를 묻고 이 무겁고 이상한 기분이 왜 생겨났는지 곰곰이 생각해보았다. 이렇다하게 떠오르는 건 아무것도 없었다. 단 한 마디의 말도, 머릿속에 떠오르는 단 하나의 그림도 없었다. 그저 목 안에 느껴지는 메마른 통증이 전부였다. 문득 강가에 쌓여있는 통나무더미들이 떠올랐다. 곧 폭포수처럼 수면 위를 내리칠 수많은 통나무들을 직접 보고 싶은 갈망이 생겼다. 나 또한 그 일의 한 부분이 되고 싶었다. 그리고 강으로 옮겨진 통나무들 뒤로 남겨질 허허로운 벌판도 보고 싶었다. 문득 부엌에서 흘러나오는 음식 냄새에 배가 고파졌다. 나는 대문을 향해 소리쳤다.

"아침 식사는 하셨나요?"

밖에 서 있던 두 사람이 큰 소리로 웃음을 터뜨렸다. 웃음소리가 지나간 후에 내게 대답해준 사람은 프란츠였다.

"아니 아직 식사 전이야. 여기서 널 기다리고 있는 중이지."

"이럴 수가! 미안해요. 곧 나갈게요."

나는 아부데도 아픈 곳이 없다고, 또 그럴 일은 없을 거라고 생각했다. 그렇게 마음을 먹고 나니 온몸이 새털처럼 가볍게 느껴졌다. 나는 번개처럼 몸을 움직여 침대 난간에 손을 짚고 스키점프 선수처럼 뛰어내렸다. 순간 내 허벅지에 마비가 왔고 난 바닥에 닿을 때의 충격을 종아리로 받아내야만 했다. 오른쪽 무릎이 바닥에 정면으로 부딪쳤고 난 옆으로 쓰러져버렸다. 무릎이 너무 아파서 거의 눈물을 흘릴 뻔 했다. 밖에 서 있던 두 남자도 내가 바닥으로 떨어지는 소리를 들은 게 분명했다. 곧 이어서 아버지의 목소리가 들렸다.

"무슨 일이니? 괜찮아?"

다행히 아버지는 내 모습을 보지 못한 것 같았다. 나는 두 눈을 꾹 감으며 대답했다.

"그럼요. 아무 일도 없어요."

물론 그건 거짓말이었다. 나는 침대 옆에 있는 의자로 엉금엉금 기어가서 두 손으로 무릎을 감싸고 앉았다. 손을 대어보니 다리가 부러진 것 같진 않았다. 하지만 통증이 너무 심해서 거의 실신할 지경이었다. 바지를 입는 것조차 힘들었다. 오른쪽 다리를 구부릴 수가 없기 때문이었다. 만약 끝까지 바지를 입지 못한다면 난 포기하고 다시 침대로 기어들어가야 했다. 다행히 갖은 노력 끝에 겨우 바지를 입고 윗도리를 걸칠 수 있었다. 그리고 절뚝거리며 거실로 나가 아버지와 프란츠가 들어오기 전에 탁자 밑으로 뻣뻣한 다리를 숨기고 앉았다.

늦은 아침 식사를 마치고 두 남자는 설거지와 청소를 하기 시작했다. 아버지는 중노동을 하고 집에 돌아왔을 때 어질러져 있는 걸 보면 더 피곤해진다고 말을 했다. 나는 왜 그들이 내게 아무런 도움도 청하지 않은 채 손수 그 일을 하는지 궁금했다. 왜냐하면 오두막에 아버지와 단 둘이 묵을 때면 설거지 당번은 나였기 때문이다. 하지만 난 설거지를 하겠다고 자진해서 말하지 않았다. 이런 일을 피할 수 있다는 것도 나쁘진 않았으니까.

두 남자는 식탁을 등지고 서서 농담을 주고받으며 설거지를 하고 있었다. 접시와 우유 잔이 덜그럭거리는 소리 사이로 프란츠가 어렸을 때 그의 아버지에게 배웠다는 노래를 흥얼거리는 소리도 섞여 있었다. 나무 꼭대기에 매달린 늑대인간에 대한 노래였다. 프란츠의 콧노래를 들은 아버지는 자신도 어렸을 때 그 노래를 배운 적이 있다고 말하며 함께 흥얼거렸다. 결국 두 남자는 거의 고함을 지르다시피 앞치마를 휘두르며 합창을 했다. 설거지용 솔은 냄비를 두드려서 장단을 맞추는데 쓰였다. 그 모습을 보며 난 더 깊은 현기증에 빠져들었다. 불현듯 소나무 꼭대기에 무력하게 매달려있는 늑대인간을 직접 본 것 같은 환상이 일었다. 지독하게 무거운 머리를 두 손으로 감싸 쥐고 식탁을 의지해 겨우 몸을 지탱하고 있으려니 몇 분간 의식을 잃은 듯도 했다.

"자, 여기서 더 시간을 허비하면 안 될 것 같구나. 이제 일어나서 나가볼까?"

나는 정신이 몽롱한 와중에도 아버지의 말을 선명하게 들었다. 대답을 하기 위해 침이 가득 고인 입을 겨우 벌린 내가 이렇게 말했다.

"예. 그래야죠."

나는 머리를 치켜들고 입가의 침을 닦았다. 정신이 말짱해진 것 같기도 했다.

아버지의 뒤를 따라 마당을 가로질러 헛간으로 걸어가며 난 절뚝거리는 모습을 최대한 감추려고 무진 애를 썼다. 그리고 헛간에 쌓여있는 연장들 중에서 쇠갈고리와 한 묶음의 동아줄을 집어서 어깨 위에 걸쳤다. 아버지는 쇠갈고리와 두 개의 도끼를 집었고 날이 잘 선 작은 칼을 칼집 속에 넣었다. 프란츠는 쇠지레와 날을 갈아둔 지 얼마 안 된 날카로운 톱 하나를 손에 들었다. 그렇다. 헛간에는 이런 연장들 외에도 수없이 많은 것들이 있었다. 톱과 망치, 두 개의 낫, 클램프, 대패 두 개는 물론 서로 크기가 다른 끌도 있었다. 벽에 일렬로 보기 좋게 박아 놓은 못에는 수많은 파일이 걸려 있었고 앵글 철도 있었다. 이외에도 어디에 사용하는지도 모르는 이름 모를 연장들이 잔뜩 있었다. 헛간은 바로 아버지의 작업장이었던 것이다. 아버지는 이 모든 연장들에 큰 애정을 가지고 있어서 시간이 날 때마다 날을 세우고 녹을 제거하고 기름칠을 했다. 아버지의 손안에서 이 연장들은 좋은 냄새를 유지하는 건 물론이고 긴 수명을 약속받기도 했던 것이다. 그리고 있어야 할 자리에 항상 질서정연하게 놓여 있어서 우리는 언제든지 연장이 필요하면 주저 없이 헛간으로 가서 가져올 수 있었다.

아버지가 헛간 문을 닫고 빗장을 걸었다. 우리는 각자의 연장을 옆구리에 끼거나 어깨에 둘러메고 나란히 줄을 지어 강가의 오솔길을 지나 두 무더기의 통나무들이 있는 곳으로 갔다. 아버지가 앞장을 서고 나는 프란츠의 뒤를 따라 걸었다. 강에는 햇살이 내리쬐어 반짝이고 있었다. 지난 며칠 동안 계속해서 내린 비 때문에 수면은 평소보다 훨씬 높았다. 한 쪽 다리를 절뚝거리지만 않는다면, 그리고 내 가슴을 짓누르는 무거운 기분만 아니었더라면 난 우리가 해야 할 일을 한여름에 할 수 있는 가장 즐거운 일로 여기고 즐길 수도 있었을 것이다. 내 가슴 속 영혼이 자리한 곳에서 멀지 않은 부분에 있는 뭔가가 피곤에 지쳐 낡고 헤진 듯한 기분이 들었다. 발목과 허벅지는 몸무게를 지탱할 수 없을 정도로 약해진 것 같았다.

강가에 도착해서 우리는 가지고 온 연장들을 바위 위에 올려놓았다. 아버지와 프란츠는 첫 번째 통나무더미 주변을 둘러보다가 햇살이 보석처럼 내리쬐는 강을 등지고 서서 허리에 두 손을 얹은 채 머리를 맞대고 통나무들을 살펴보았다. 두 개의 더미로 높이 쌓아 올린 통나무들은 비스듬히 세워놓은 받침대가 안전하게 지탱하고 있었기 때문에 무너질 염려는 없어보였다. 받침대로 사용했던 커다랗고 긴 통나무들을 바닥에 쓰러뜨리면 쌓여있던 나무더미들은 그제야 아래로 우르르 내려올 것이고 바닥에 쓰러진 받침대를 바퀴삼아 하나씩 강으로 흘러들어갈 것이다. 거리와 경사만 정확하다면 말이다. 아버지와 프란츠에 의하면 적어도 통나무더미와 강 사이의 거리와 경사는 정확했다. 다음에 그들이 한 일은 무릎을 꿇고 땅에 앉아 비스듬히 통나무더미를 받치고 있는 지렛내 주변의 자갈과 흙을 파는 일이었다. 지렛대를 손쉽게 제거하기 위해서였다. 그러고 난 뒤 두 사람은 준비해 온 동아줄을 지렛대 끝에 감고 나머지 줄의 끝부분을 쌓여있는 통나무 끝에 얽어놓았다. 통나무를 수로로 운반하는 방법은 여러 가지가 있다. 그들이 선택한 방법은 프란츠의 아이디어였다. 하지만 프란츠 역시 이 방법으로 통나무더미들을 한 번에 강으로 몰아넣어 본 적은 없었다. 그는 이번에도 역시 성공하리라 생각지는 않는다고 말했다. 경사도의 정확성은 물론 무게라는 상당히 중요한 요소도 무시할 수 없기 때문이었다. 지렛대 역할을 하고 있는 통나무도 견고하게 제 역할을 해주어야만 했다. 행운도 따라야 했다. 그렇다 하더라도 위험한 일인 것만은 분명했다. 하지만 평생을 두고 기억할 만한 일을 하려면 가끔은 위험한 일도 마다하지 않아야 한다고 프란츠는 말했다.

두 사람은 동아줄을 통나무의 양 끝에 감고 발뒤꿈치로 땅을 비벼 문지른 후 무슨 일이 있어도 몸의 중심을 잃지 않을 정도로 자리를 확보했다. 그리고 소리를 모아서 외치기 시작했다. 다섯, 넷, 셋, 둘, 하나. 당겨! 라는 외침과 함께 있는 힘을 다해 줄을 잡아당겼다. 동아줄이 팽팽해지면서 지직거리는 소리를 냈고 두 남자의 이마에 핏줄이 솟아올랐다. 온 얼굴이 붉게 달아오르도록 힘을 다해 줄을 잡아당겼지만 아무 일도 일어나지 않았다. 지렛대는 꿈쩍도 안했다. 프란츠가 다시 한 번 구령을 외쳤다. 그들은 얼굴을 찌푸려가며 또 한 번 줄을 잡아 당겼지만 움직이는 것은 아무것도 없었다. 두 남자의 형체를 담은 그림자만 제외하고선 말이다. 두 사람은 이를 악물고 두 눈을 우직하게 감으며 힘을 써 봤지만 도움이 되지는 않았다. 그들이 무슨 일을 해도 지렛대는 움직일 기미도 보이지 않았다.

"젠장!"

아버지와 프란츠의 짜증 섞인 목소리가 들려왔다.

"아무래도 도끼로 지렛대를 쳐야겠는걸." 아버지가 말했다.

"그건 위험해요. 자칫 잘못하다간 통나무더미가 우리 머리 위로 쏟아져 내릴 수도 있단 말이에요." 프란츠가 반대했다.

"알아."

아버지는 대답과는 달리 굴하지 않는 태도를 보였다. 아버지는 바위 위에 올려두었던 연장 중에서 도끼를 집어 들고 돌아와 통나무더미 앞에 멈춰 섰다. 온 힘을 다해 지렛대 역할을 하고 있는 통나무를 내리쳤지만 첫 번에는 이렇다 할 결과가 보이지 않았다. 프란츠가 짜증 섞인 욕을 내뱉었다. 마음먹은 대로 일이 진행되지 않자 두 사람의 불만은 점점 커져만 갔다. 마침내 프란츠가 아버지에게 새로운 제안을 했다.

"도끼로 조금씩 찍어나가기로 하죠."

"그러지."

아버지와 프란츠는 말을 마치기 무섭게 일정한 간격을 두고 도끼질을 시작했다. 도끼날이 바람을 가르는 소리가 날카롭게 귓전을 때렸다. 나는 두 사람이 그 일을 좋아한다고 생각했다. 적어도 내 눈에는 그렇게 보였다. 왜냐하면 프란츠의 얼굴에 갑자기 생기를 머금은 미소가 감돌았기 때문이었다. 아버지의 얼굴에도 미소가 떠올랐다. 문득 나 또한 그들과 함께 일을 하며 이 순간을 즐기고 싶다는 생각이 들었다. 프란츠와 같은 친구가 내게도 있었으면 좋겠다는 바람도 생겨났다. 함께 도끼질을 하고, 함께 일에 대한 계획을 세우고, 몸을 움직여 일을 하며 눈앞에 있는 저 강과 같은 강을 곁에 두고 통나무를 자르면서 큰 소리로 웃음을 나눌 수 있는 친구가 있으면 얼마나 좋을까. 하지만 그럴 가능성이 있었던 유일한 내 친구는 이미 사라져 버린 후였다. 욘에 대한 이야기를 하는 사람도 아무도 없었다. 물론 내게는 아버지가 있다. 하지만 그건 다른 얘기다. 아버지는 성인이고 내가 알고 있는 어떤 비밀을 간직하고 있는 사람이었다. 어쩌면 내가 모르고 있는 또 다른 비밀이 있을지도 몰랐다. 아버지를 신뢰할 수 있을지도 자신이 없었다.

도끼를 움직이는 아버지의 손놀림이 빨라졌다. 프란츠도 마찬가지였다. 문득 아버지의 몸짓에서 그게 마지막 도끼질이라는 것을 알게 되었을 때, 도끼날이 지나쳐간 곳에서 우지직 하는 소리가 들렸다. 곧이어 아버지의 다급한 외침도 들려왔다.

"달려!"

아버지는 등 뒤쪽으로 몸을 날렸고 프란츠도 커다란 웃음소리와 함께 아버지와 같은 행동을 취했다. 통나무더미의 양 끝을 받치고 있던 지렛대는 거의 동시에 부러져 쓰러졌고 함께 겹쳐졌다. 계획대로 된 것이다. 곧 산더미 같은 통나무가 와르르 무너져 내렸고 수천 개의 크고 무거운 종소리를 연상시키는 소리와 함께 강물 속으로 빨려 들어갔다. 수면을 때리는 수 백 개의 통나무들은 강 저편으로, 그리고 숲속으로 메아리를 만들어냈다. 강은 마치 끓는 물처럼 하얀 물방울들을 토해냈다. 난 이런 장관을 볼 수 있단 사실에 감사하지 않을 수 없었다.

하지만 아직도 남아 있는 통나무들이 많았다. 이 통나무들도 강물 위로 띄워 넣어야 했다. 우리는 쇠갈고리를 들고 일을 시작했다. 끌어당기고 밀치고 가끔은 쇠 지렛대로 꼼짝도 않고 겹쳐져 있는 통나무를 쑤셔서 분리하는 작업을 했다. 다시 수면 위에 물보라가 생겨났고 몇 분 지나지 않아 거짓말처럼 잠잠해진 수면위에는 스웨덴과 국경이 맞닿은 하류 쪽으로 흘러가는 통나무들이 열을 지어 그 모습을 드러냈다.

갑자기 피곤함이 몰려왔다. 어떤 특별한 순간을 기다리다 보면 나도 모르게 고조되는 기분에 없는 힘마저 생겨나는 듯한 기분이 든다. 하지만 그 순간이 지나면 온몸에 힘이 빠져나가고 더 피로해지기 마련이다. 그렇게도 내 몸을 잘 움직여주고 지탱해 주던 팔다리는 이제 내가 원하는 정도의 절반만큼도 움직여주지 않았다. 몸과 머리가 무겁게 축축 늘어졌지만 나는 아버지와 프란츠가 내 몸의 상태를 눈치 채지 못하도록 노력했다. 어쩌면 그래서 더 피곤했는지도 모른다. 무릎에 통증이 느껴졌다. 아버지가 마침내 휴식을 취하자고 말했을 때는 안도감마저 들었다. 대부분의 통나무들은 이미 강으로 들어갔지만 강가에는 아직도 한 더미의 통나무들이 남아 있었다. 나는 둥치에 나무십자가를 달고 있는 소나무 옆으로 거의 기어가다시피 해서 몸을 눕혔다. 그 나무십자가는 1944년 여름, 정장에 통이 넓은 바지를 입고 회색 가방을 들고 오슬로에서 왔던 이름 모를 한 남자가 독일군의 총에 맞아 숨진 것을 애도하기 위해 만들어 놓은 거라고 들었다. 나는 십자가 아래 덤불 속에 누워 커다란 소나무뿌리를 베개 삼아 휴식을 취했다. 그리고 잠에 빠졌다.

눈을 뜨니 욘의 어머니가 햇살을 등지고 서서 나를 내려다보고 있었다. 그녀는 손으로 내 머리를 쓰다듬고 있었다. 노란 꽃무늬가 있는 푸른 원피스를 입고 심각한 표정으로 나를 내려다보며 배가 고프냐고 물었다. 그 순간 나는 통 넓은 바지를 입은 남자가 바로 나일지도 모른다는 착각을 했다. 어쩌면 그는 죽지 않았을지도 모른다. 그리고 이곳에 누워 그녀를 올려다보고 있을지도 모르는 일 아닌

가. 하지만 그것도 잠시. 그 남자에 대한 생각은 말끔히 사라져버렸다. 나는 눈부신 햇살을 핑계로 눈을 깜박여 보았다. 그녀에 대한 꿈을 꾸고 있었다는 생각을 하자 얼굴을 붉히지 않을 수 없었다. 그렇다. 나는 그녀에 대한 꿈을 꾸고 있었다. 하지만 그게 정확히 어떤 꿈이었는지는 기억해 낼 수 없었다. 한 가지 확실한 게 있다면 꿈속에서 내가 상당히 격정적이고 이상할 정도의 뜨거움을 경험했다는 것이다. 그런데 그녀의 눈빛을 내 눈 속에 담고 보니 그걸 인정할 용기가 나지 않았다. 나는 그저 그녀의 질문에 고개만 끄덕였을 뿐이었다. 그리고 한쪽 팔을 땅에 기대고 몸을 일으켰다.

"곧 갈게요."

"그래. 음식은 이미 준비되었으니까 얼른 오렴."

그녀는 전혀 기대하지 않았던 미소를 내게 던지며 말했다. 난 얼른 고개를 돌려 그녀의 등 뒤에서 넘실거리는 강 쪽으로 눈길을 던졌다. 강 저편에 바르칼이 소유하고 있는 말 두 마리가 서 있었다. 귀를 쫑긋거리며 발굽으로는 땅을 차면서 말들이 강 건너편에 있는 우리를 보고 있었다. 그건 마치 말의 모습을 지니고 앞으로 닥쳐올 어떤 재앙을 경고하는 유령 같기도 했다.

그녀는 꿇고 있던 무릎을 펴서 몸을 일으켰다. 그 모습이 너무도 쉽고 자연스러워 보여 그녀에게는 관절이 없는 게 아닌가 하는 의구심이 들 정도였다. 아버지와 프란츠는 강으로 띄운 첫 번째 통나무더미가 있던 곳에서 모닥불을 피우고 있었다. 그녀는 두 남자가 있는 쪽으로 향하며 얼른 오라는 듯한 눈길을 내게 던졌다. 공기 중에는 훈제 고기 냄새와 커피향이 스며있었다. 통나무와 덤불들, 그리고 햇살에 덥혀진 바위들과 강가에서만 맡을 수 있는 독특한 냄새도 났다. 나는 이 강가에서 맡을 수 있는 냄새가 무엇으로 인한 것인지 알 수 없었다. 그것은 눈에 보이는 모든 것들의 조합으로 만들어진 게 아니었던가. 만약 이곳을 지금 떠나면 후에 되돌아온다 할지라도 다시는 맡을 수 없는 냄새일지도 몰랐다.

모닥불에서 멀리 떨어지지 않은 곳, 강가의 바위 위에 라스가 앉아 있었다. 그는 한 줌의 거친 잔가지들을 비슷한 길이로 하나하나 부러뜨려 바위 옆 경사진 잔디밭 위에 차곡차곡 쌓고 있었다. 쌓인 잔가지 앞에는 지렛대처럼 보이는 두 개의 날카로운 나뭇가지도 보였다. 그 모습은 마치 방금 우리가 강에 빠뜨린 통나무더미의 축소 모형 같았다. 나는 라스에게 다가가서 옆에 풀썩 주저앉았다. 휴식을 취하고 난 후라 다리의 통증도 가라앉은 것 같았다. 이제는 절뚝거릴 필요도 없었다.
"가지들을 참 보기 좋게 쌓았구나."
"그저 나뭇가지일 뿐인걸."
나를 돌아보지도 않고 말하는 그의 목소리는 나지막했고 어딘지 모르게 심각했다.
"그렇구나. 하지만 보기 좋은 건 사실이야. 아주 진짜 같아. 잘 만들어진 축소 모형 같은걸."
"난 축소 모형이 뭔지 몰라."

라스가 부드러운 목소리로 대답했다.

나는 잠시 생각을 해야만 했다. 사실 정확히 그게 뭔지 모르는 건 나도 마찬가지였다. 하지만 난 일단 입을 열었다.

"그건 어떤 커다란 물건을 똑같은 모양으로 크기만 줄여서 만든 걸 말하는 거야. 이해가 되니?"

"쳇. 이건 그냥 몇 개의 나뭇가지일 뿐이라고."

"좋아. 그럼 그렇다고 해 두자. 그런데 말야, 점심 식사는 하지 않을 거니?"

그는 고개를 저으며 들릴락 말락 한 소리로 "아니"라고 대답했다.

"난 점심 식사를 하지 않을 거야."

그는 내 말을 흉내 내어 '점심 식사를 한다' 라는 문장을 사용했다. 평소 같았으면 그저 '점심을 먹다' 라고 말했을 그였다.

"그래. 알았어. 좋을 대로 해."

나는 조심스럽게 일어나 왼쪽 다리에 무게 중심을 두었다.

"난 배가 고파."

말을 마친 후 나는 돌아서서 두 발자국 정도를 걸었다. 그때 갑자기 등 뒤에서 그의 목소리가 들렸다.

"오드를 죽인 건 나야. 내가 그랬어."

나는 몸을 돌려 다시 그에게로 되돌아갔다. 입속이 바짝바짝 마르는 것 같았다. 나는 거의 속삭이는 소리로 그에게 말했다.

"알고 있어. 하지만 그건 네 잘못이 아니야. 넌 그때 총알이 들어 있다는 걸 몰랐잖아."

"맞아. 나는 모르고 있었어."
"그건 단순한 사고였어."
"맞아. 그건 사고였어."
"정말 아무것도 먹지 않을 거니?"
"응, 나는 그냥 여기 있을래."
"알았어. 하지만 나중에라도 배가 고파지면 언제든지 오렴."

나는 머리카락에 가려진 그의 얼굴을 바라보았다. 그는 이제 겨우 열 살이었다. 움직이는 것은 없었다. 아무것도……. 그에게는 더 할 말도 없었다.

나는 모닥불을 향해 걸어갔다. 아버지는 통나무더미 위에 강을 등지고 앉아 있었고 그 옆에는 욘의 어머니가 앉아 있었다. 그들은 언젠가 아침녘에 둑 위에 함께 앉아 있던 것처럼 가깝고 다정해 보이지는 않았다. 그렇긴 하지만 그들이 꽤 가까이 앉아 있다는 것은 부인할 수 없는 사실이었다. 그들의 몸은 휴식으로 인해 편안해 보이다 못해 거의 늘어져 있다 해도 과언이 아니었다. 적어도 내 눈에는 그렇게 보였다. 갑자기 강렬한 적개심과 짜증이 가슴속에서 웅어리처럼 생겨났다. 프란츠는 그들의 맞은편 커다란 나무둥치를 의자 삼아 앉아 있었다. 양철 접시를 손에 들고 있는 프란츠의 얼굴을 나는 투명한 모닥불 연기를 통해 볼 수 있었다. 그들은 막 식사를 시작하려는 참이었다.

"트론, 여기 앉으렴."

프란츠는 자신의 곁에 있는 또 다른 나무둥치를 손바닥으로 탁탁

두들기며 내게 말했다.

"먹어야지. 그래야 또 일을 할 수 있지 않겠어? 그래, 살기 위해서는 먹어야지. 먹는 게 남는 거야."

하지만 나는 그 나무둥치 위에 앉지 않았다. 불현듯 솟아오른 반항심에 몸을 맡긴 나는 아버지의 등 뒤로 걸어가서 아버지와 욘의 어머니 사이를 비집고 들어가 앉았다. 둘 사이에는 거의 남는 공간이 없었기에 나는 특히 그녀 쪽으로 몸을 붙여 자리를 만들어냈다. 나의 날카롭기까지 한 몸짓은 그녀의 부드러운 몸을 어렵지 않게 밀어냈다. 갑자기 알 수 없는 슬픔이 솟구쳐 올랐다. 하지만 난 멈추지 않았다. 그녀는 내게 자리를 비켜주었다. 아버지의 몸은 목석처럼 굳어버린 듯했다.

"이제야 앉을 만한 자리를 찾았네요."

"정말 그렇게 생각하니?" 아버지가 내게 물었다.

"그럼요. 이렇게 좋은 사람들 사이에서 식사를 할 수 있다는 건 정말 행운이에요."

나는 프란츠의 눈을 정면으로 바라보았다. 그의 눈빛은 점점 굳어지기 시작했고 결국은 음식을 씹어 넘기기조차 어려운 듯 거북한 표정을 지었다. 그는 곧 시선을 접시 위로 떨어뜨렸다. 그의 얼굴에는 여전히 설명할 수 없는 기이한 표정이 사라지지 않고 있었다. 나는 내 몫의 접시와 포크를 집어 들고 음식을 가져오기 위해 모닥불 가장자리에 걸쳐져 있는 냄비로 다가갔다.

"음, 정말 맛있는걸요."

나는 웃음을 머금고 말했지만 공기 중에 울려 퍼지는 내 목소리는 의도했던 것보다 훨씬 높고 날카로웠다.

14

나는 꿈에서 벗어나 머리 위에 보이는 빛을 향해 허우적거렸다. 마치 물속에 있는 듯한 느낌이 들었다. 희미하게 빛나는 푸른 수면은 너무도 가깝게 보였지만 동시에 다가가기엔 너무 멀게 느껴졌다. 라일락 빛이 나는 저 아래 심연에서는 움직이는 것들을 볼 수 없었다. 더 늦기 전에 몸을 일으켜 이곳을 빠져나갈 수 있을지 확신이 서지 않았다. 난 있는 힘을 다해 팔을 뻗어 보았다. 문득 손등에 찬 기운이 닿는 느낌이 들었다. 두 다리를 버둥거려 머리 위를 덮고 있는 얇은 막 사이로 얼굴을 들어 올려 입을 크게 벌리고 숨을 쉬어 보았다. 그리고 눈을 떴지만 빛은 느낄 수 없었다. 어두운 심연에서 한 치도 빠져나오지 못한 나는 실망해서 쓴 입맛을 다셨다. 내가 숨을 쉬며 살아가고 싶은 곳은 이곳이 아니었다. 나는 심호흡을 한 다음 입을 굳게 다물고 다시 심연으로 돌아가려 마음먹었다. 그곳은 담요 밑 침대 안이었다. 부엌 옆 작은 침실 안에는 여전히 칠흑처럼 캄캄했다. 그곳이 내 침실이라는 걸 알게 되었을 때, 나는 계속 자유롭게 숨을 쉬어도 된다고 생각했다. 웃음과 함께 안도의 한숨을 베갯머리에 흩뿌렸다. 나도 모르게 눈물이 흘러내렸다. 나는 내가 흐느끼는 이유를 알 수 없었다. 그것은 처음 느껴보는 낯선 기분이기도 했다. 언제 내가 마지막으로 울었는지 기억할 수가 없었다. 한참을 흐느끼며 울고 난 뒤, 난 언젠가 아침이 되어 눈을 떴을 때 저 수면 위로 다가가지 못하게 된다면 그것은 나의 죽음을 의미하는 것이 되지 않을까 생각해 보았다.

하지만 내 눈물의 이유는 그게 아니었다. 난 지금 당장이라도 밖으로 나가 쌓인 눈 위에 몸을 던지고 추위가 온몸을 마비시킬 때까지 누워 있을 수도 있다. 가능한 한 죽음에 가까이 다가가 그 순간의 느낌이 어떤지 맛볼 용기도 있었던 것이다. 죽음을 맞이할 준비는 되어 있었다. 그러니 내가 죽음을 두려워한다고는 말 할 수 없다. 침대 옆 작은 책상 위에 놓여있는 시계를 쳐다보았다. 여섯 시였다. 평소 같으면 하루 일을 시작하고도 남을 시간이었다. 일어나야만 했다. 나는 담요를 옆으로 밀치고 몸을 일으켰다. 등에 느껴지는 통증은 없었다. 침대 난간에 걸터앉아 바닥에 깔린 카펫 위에 발을 내려놓았다. 겨울이면 영혼을 감전시킬 정도로 차가운 냉기에 갑작스럽게 심장마비를 일으키지 않기 위해서라도 카펫은 필요했다. 바닥에 보온용 절연재를 깔아야겠단 생각이 들었다. 만약 봄이 되어 그 때까지도 무일푼이 되지 않는다면 보온재를 설치하는 일은 충분히 할 수 있을 것이다. 사실 내가 무일푼이 되는 일은 없을 것이다. 하지만 언제면 돈 걱정을 안 하고 살 수 있을까? 나는 침대 옆 작은 램프의 스위치를 올렸다. 의자 등받이에 걸린 바지 위로 더듬거리며 손을 뻗다가 멈췄다. 이유는 알 수 없었다. 그저 옷을 입고 하루를 시작할 준비가 되지 않았던 것이다. 해야 할 일은 적지 않았다. 우선 계단 앞 마루청부터 갈아 끼워야 한다. 너무 낡은 마루청이라 누군가 떨어져 다리가 부러지기 전에 갈아야 했다. 오늘은 그 일부터 할 참이었다. 수리에 필요한 자재와 3인치 길이의 못은 미리 사두었다. 4인치짜리 못은 조금 길 것 같았다. 그 일을 마치면 마당에 흩어져 있는 큰 가지들을 모아 장작불을 때기에 알맞은 크기로 잘라 놓을 것이다. 겨울이 바로 코앞에 다가왔으니 이제 이 일은 조금도 미룰 수 없게 된 것이다. 오후가 되면 라스가 올 것이다. 그러면 우리는 함께 체인과 차를 이용해 거대한 나무뿌리를 마당에서 치워낼 것이다. 꽤 재미있는 일이 될 것 같은 예감이 들었다. 나는 창밖을 내다보았다. 눈은 어느새 그쳤다. 멀리 보이는 도로 변에는 쌓인 눈의 윤곽이 뚜렷했다. 어쩌면 오늘은 밖에서 일하는 것이 쉽지 않을 것 같기도 했다.

바지를 다시 제 자리에 두고 침대에 드러누웠다. 어렴풋이 기억나는 꿈이 아직도 날 혼란스럽게 만들고 있었다. 정신을 차리고 하나하나 분석해 나가면 혼란스러울 것도 없겠단 생각이 들었다. 난 그런 일에 남다른 소질이 있었다. 하지만 지금은 그것조차 귀찮게 여겨졌다. 내 꿈은 성애와 관련된 것이었다. 솔직히 말하자면 나는 그런 꿈을 자주 꾼다. 십대의 청소년만 로맨틱한 꿈을 꾸는 건 아니지 않은가. 나는 꿈속에서 욘의 어머니를 보았다. 그녀는 1948년 그 해 여름에 보았던 모습 그대로였고 나는 지금의 나와 조금도 다르지 않은 모습을 하고 있었다. 벌써 50년이 지났다. 나는 67살이 되었다. 하지만 꿈속에서 본 그녀의 모습은 50년 전과 변함없었다. 어쩌면 꿈의 배경 속 어느 그림자 안에 내 아버지도 있었을지 모른다. 어쨌든 나는 꿈속에서 느꼈던 그 팽팽한 긴장감을 풀어버려야 한단 생각이 들었다. 자리에 주저앉아 휴식을 취하듯 그렇게 자연스럽게 긴장을 해소시켜야 했지만 난 감히 그럴 용기를 내지 못했다. 어떤 식으로든 꿈을 이용해 애욕과 긴장을 풀어버리던 내 삶의 한 부분은 이제 먼 옛날얘기가 되고 말았다. 현재의 내 인생에서는 더 이상 변화시킬 것도 없다. 그저 이 자리에 머물고 있을 뿐이다. 가능하다면 앞으로도 계속 이 자리에 머무를 것이다. 그게 바로 내 계획이다.

자리에서 일어났다. 6시 15분이었다. 라이라는 침실처럼 사용하던 난로 옆자리에서 일어나 부엌으로 갔다. 내가 문을 열어수기를 기다리고 있는 것이다. 라이라가 고개를 돌려 내 얼굴을 쳐다보았다. 그 표정에는 신뢰감이 묻어 있었다. 나를 향한 그 신뢰감은 어쩌면 내게 합당한 것이 아닐지도 모른단 생각이 들었다. 하지만 그건 문제되지 않았다. 라이라가 가지고 있는 신뢰감은 내가 어떤 사람인지, 또는 무엇을 하는 사람인지에 상관없이 항상 존재하는 것일 수 있다. 자로 잴 수 있는 것도 아니다. 사랑스러운 친구, 라이라. 그녀는 참 좋은 친구라 할 수 있다. 나는 문을 열어 라이라를 현관 쪽으로 보냈다. 외등의 스위치를 올리고서 난 개의 뒤를 따라나섰다. 라이라는 노란 불빛을 머금은 눈 위를 뛰어다녔고 나는 그 모습을 미동도 않은 채 멍하니 바라보았다. 오슬리엔은 내 차에서 불과 몇 센티미터밖에 떨어지지 않은 곳까지 깨끗이 눈을 치워주었다. 널브러져 있는 거대한 자작나무 뿌리 주위의 눈도 말끔하게 치워놓은 후였다. 나중에 우리가 자작나무 뿌리를 치울 때 큰 도움이 될 것 같았다. 간혹 한밤중에 집 뒤편에 있는 화장실까지 가기 귀찮을 때 소변을 보곤 하는 오두막의 벽 한 쪽도 눈이 치워져 있었다. 어쩌면 그는 다음에 눈을 치우러 올 때 내 차가 자신의 트랙터를 막는 일이 없도록 이곳에 주차시키라고 넌지시 암시하려고 벽면에 쌓인 눈을 치워주었는지도 몰랐다. 그렇지 않다면 그도 화장실이 집밖에 있어서 내 마음을 이해하고 공감했기에 그곳의 눈을 치워 놓은 걸까?

나는 눈 위에서 라이라가 뛰어노는 모습을 바라보다가 다시 오두막 안으로 들어와 벽난로에 불을 지폈다. 오늘은 단 한 번 만에 불을 붙일 수 있었다. 곧 장작이 기분 좋게 타 들어가는 소리가 검은 철판 뒤에서 들려왔다. 나는 전등을 켜지 않았다. 대신에 어슴푸레한 새벽빛과 함께 노랗게 반짝이는 난로 불빛으로 방 안을 채웠다. 그 광경을 보고 있으니 마음이 편안해졌다. 지난 수천 년 동안 인간들이 모닥불 앞에서 느꼈던 그 감정과 다르지 않으리라. 밖에서는 늑대의 울음소리가 들린다 할지라도 모닥불 앞에서만은 안전하고 평화로운 마음을 지닐 수 있다는 것은 어찌 보면 이상한 일이기도 했다.

나는 여전히 전등불에는 손을 대지 않은 채 식탁 위에 아침상을 차렸다. 그리고 현관문을 열어 라이라를 안으로 불러들였다. 산책을 가기 전에 잠시라도 난로 옆에서 몸을 녹이라는 배려에서였다. 외등을 꺼버렸다. 자리에 앉아 창밖을 내다보니 어슴푸레한 새벽빛을 배경으로 그 윤곽만 조심스레 드러내고 있는 풍경이 눈에 들어왔다. 아직 해가 뜨기엔 이른 시각이었다. 강을 향한 나뭇가지 사이에는 어렴풋한 분홍빛이 마치 크레용이 남긴 자국처럼 스며들어 있었다. 그렇긴 하지만 밤사이 내린 눈으로 인해 이 모든 것들은 이전보다 더 선명한 윤곽과 함께 눈에 들어왔다. 하늘과 땅 사이에는 분명한 경계가 존재했다. 늦가을에 자주 볼 수 있는 풍경이라고는 할 수 없었다. 나는 천천히 음식을 씹었다. 더 이상 꿈에 대해서는 생각지 않았다. 식사를 마친 다음 식탁을 말끔히 치우고 현관으로 가서 목이 높은 장화를 신었다. 두껍고 낡은 재킷을 걸치고 귀마개가 달린 모자를 쓰고 장갑을 꼈다. 목에는 지난 20년 동안 내 목 주위에서 빈들반들 낡아 온 양모 목도리를 둘렀다. 그 목도리는 내가 이혼을 하고 혼자 살고 있을 때 누군가 뜨개질을 해서 만들어 준 것이다. 하지만 지금은 그녀의 이름도 기억나지 않는다. 기억나는 거라고는 항상 바쁘게 움직이던 그녀의 손밖에 없었다. 바쁜 손놀림을 제외하면 그녀는 상당히 조용하고 사려 깊은 여인이었다. 그녀와 함께 있으면 두 손 사이에서 맞부딪치는 뜨개질바늘이 내는 딸각거리는 소리가 정적을 이겨냈다. 그녀와의 관계는 시간이 지날수록 점점 흐려졌고 결국은 아무것도 남기지 못했다.

 라이라는 문 옆에서 산책 준비가 다 되었다는 듯 꼬리를 흔들고 있었다. 나는 선반 위에 있던 손전등을 집어 들고 한쪽 끝을 드라이버로 열어서 건전지를 갈아 끼웠다. 선반 위에는 이럴 때를 대비해 항상 새 건전지가 있었다. 우리는 함께 문을 나섰다. 언제나처럼 내가 앞장서고 라이라가 뒤를 따랐다. 라이라는 내 말이 떨어지기 전에는 기다려야만 했다. 이곳에서는 내가 보스였다. 우리는 둘 다 그것을 잘 알고 있었다. 하지만 그 시스템을 이해하고 있는 듯 라이라는 행복해 보이기만 했다. 개만이 지을 수 있는 미소를 얼굴에 띠며 라이라가 발걸음을 재촉했다. 몇 미터나 되는 높이로 껑충껑충 공중에 몸을 날리다가도 '이리 와!' 하는 내 목소리가 들리면 내 팔에 안길 듯 멈춰 서서 나를 올려다보는 충실한 개였다. 라이라는 임신 중이었다.

 나는 손전등을 켜고 언덕을 내려갔다. 오슬리엔은 다리까지 이르는 길에 쌓인 눈을 어느새 다 치워 놓았다. 건너편 소나무 가지 사이로 라스의 오두막이 보였다. 나는 교차로에서 걸음을 멈추고 손전등으로 길을 비춰 보았다. 그곳에는 여전히 눈이 쌓여 있었고 그 모습을 보는 순간 내가 그 길을 걸어갈 수 있을지 확신이 서지 않았다. 그렇다면 방법은 하나뿐이었다. 우리는 늘 가던 곳을 걷는 대신 직진을 하기로 했다. 라이라와 나는 단 한 번도 함께 그곳을 산책한 적이 없었다. 그 길은 대로로 향하는 마지막 오솔길이었다. 좁은 길이었기 때문에 나는 라이라를 앞에 두고 걸어야 했다. 우리는 둘 다 그렇게 걷는 것에 익숙지 못했다. 같은 길을 오르락내리락 하루도 빠짐없이 걷는 일을 두고 생각해 본다면 나는 도시의 황량한 골목길을 산책하며 살 수도 있을 것이다. 하지만 항상 머릿속에 떠오르는 생각의 한 자락은 지울 수가 없을 것이다. 도대체 이 일은 언제면 끝을 볼 수 있을까. 무슨 일이라도 일어나야만 할 텐데……. 불행 중 다행이라면 난 이제 그런 생각을 하지 않아도 된다. 하지만 또 다른 상념은 꼬리에 꼬리를 물고 이어지기 마련이다. 나는 이 시골길을 산책하며 왜 이 삶에 지치면 안 되는지를 생각해 보았다. 도대체 삶을 이어갈 이 힘을 비축해 놓았다가 어디에 써 먹어야 하는가? 나는 발 앞을 가로막은 눈 무덤을 넘은 후 손전등으로 앞을 비추면서 걸었다. 길의 어떤 곳은 이미 바람이 눈을 치워놓아 걷기에 편했지만 또 다른 곳은 무릎까지 쌓인 눈이 그대로 있어서 장화를 신고 오길 잘했단 생각을 하지 않을 수 없었다. 나는 장화 신은 발을 차례대로 규칙적으로 눈 속에 묻으며 걸었다. 먼저 오른쪽 다리를 들어 눈 속에 파묻고 그 다음엔 왼쪽 다리를 들어 눈 속에 파묻는 일을 반복하며 걷다보니 최악으로 보이던 부분은 무리 없이 지나쳐 올 수 있었다. 머리 위의 하늘은 맑았고 희미하긴 했지만 별무리도 보였다. 하늘이 맑은 걸 보니 더 이상 눈은 오지 않을 것 같았다. 해가 뜨면 이제 대지 위에 존재하는 모든 사물은 더욱 그 윤곽을 뚜렷이 내보일 게 틀림없었다.

문득 1945년 6월, 그날의 작열하던 태양빛이 떠올랐다. 나는 누나와 함께 오슬로 피오르 안쪽에 위치한 집의 일층 창가에 서서 밖을 내다보고 있었다. 눈부신 햇살이 물 위를 비추어 내리던 여름날, 우리는 바다 위 여기저기 정신을 잃을 정도로 축제 분위기에 들뜬 보트들을 볼 수 있었다. 그들은 돛을 활짝 편 채 전쟁 직후 맞이한 자유를 열광적으로 축하하고 있었다. 지치지도 않는 것 같았다. 배 위에서 노래를 부르는 사람들은 수줍음도 잃어버린 것 같았다. 물론 그들에게 수줍음이 문제가 되진 않았을 것이다. 하지만 나는 그 모습을 보기에 너무 일찍 지쳐버린 듯했다. 그건 기다림 때문이었을 수도 있다. 그런 사람들을 너무 많이 본 탓도 있었을 것이다. 시내의 칼 요한 거리, 숲속의 외스트마르크세트라는 물론 파게르스트란 해변에도 그런 사람들은 넘쳐났다. 목청 높여서 소리를 지르고 노래를 하며 끝없는 축제를 펼치는 사람들이 지겨워서 우린 그날만큼은 창밖을 내다보면서도 피오르 쪽은 눈길도 주지 않았다. 그쪽에서는 기다릴 가치가 있는 것들이 모습을 드러낼 일이 없었다. 대신에 누나와 난 길 아래쪽을 바라보며 아버지를 기다렸다. 마침내 리얀 역에서 닐센바켄의 비탈길을 터벅거리며 천천히 걸어오는 아버지를 발견했을 때, 우린 아버지에게서 눈을 뗄 수가 없었다.

아버지는 전쟁이 끝난 후 스웨덴에서 돌아오는 길이었다. 예정보다 훨씬 늦은 귀향이라고 할 수도 있었다. 낚싯대처럼 삐죽이 드러난 긴 물체를 등에 메고 오는 아버지의 걸음걸이는 관절이 없는 사람처럼 흐느적거렸고 힘이 없어 보였다. 다행히 부상당한 곳은 없어 보였다. 느린 걸음으로 무중력 상태에 있는 사람처럼 걸어오는 아버지를 보며 우리는 한참을 창가에 서 있었다. 우리가 왜 그때 역으로 아버지를 마중 나가지 않았는지는 기억해 낼 수 없다. 어쩌면 역까지 나가 아버지를 만나는 일을 부끄럽게 여겼을지도 모른다. 사실 난 수줍음을 많이 타는 소년이었다. 어머니는 열어놓은 현관문 앞에서 입술을 잘근잘근 깨물며 젖은 손수건을 손에 들고 발을 동동 구르며 서 있었다. 금방이라도 화장실을 가야하는 어린 소녀처럼 그렇게 발을 동동 구르던 어머니는 더 참지 못하고 비탈길을 뛰어 내려갔다. 그리고 이웃의 눈길도 아랑곳하지 않은 채 아버지의 품으로 몸을 던졌다. 당연한 일이었다. 남편을 기다리던 아내의 마음이라면 충분히 할 수 있는 행동이었고 해야만 하는 일이었다. 당시의 어머니는 젊었고 몸도 가벼웠다. 하지만 지금 내 머릿속에 남아있는 기억, 굳어져 버린 어머니에 대한 기억은 그로부터 한참이 지난 후의 모습이었다. 비참하게 어둠에 찌든 무거운 표정의 어머니인 것이다.

아버지가 그런 환영을 기대했을 거라고 난 확신하고 있었다. 우린 무려 8개월 동안이나 아버지를 보지 못했던 것은 물론, 소식도 듣지 못했기 때문이다. 아버지가 돌아온다는 사실도 불과 이틀 전에야 알았다. 누나는 총총걸음으로 계단을 내려가 길 아래쪽으로 뛰어갔다. 그리고 어머니의 모습을 그대로 복사하려는 듯 아버지의 팔에 안겼다. 나는 수줍음과 당황스런 마음을 숨기지 못하고 천천히 뒤를 따랐다. 어머니와 누나처럼 행동하는 건 쉽지 않았다. 마치 내 본연의 모습을 숨기고 거짓으로 행동하는 것 같아서였다. 그래서 난 더 천천히 걸었는지도 모른다. 우편함 앞에서 걸음을 멈추고 담장에 몸을 기댄 다음 어머니와 누나가 길 한복판에서 아버지에게 매달리는 모습을 바라보았다. 그들의 어깨 너머로 보일 듯 말 듯 아버지의 얼굴에 시선을 두며 나는 어찌할 바를 모르고 당황해 하기만 했다. 그때, 아버지의 눈길이 나를 찾아 두리번거리는 것을 보았다. 아버지와 눈이 마주쳤을 때 나는 가볍게 고개를 끄덕여보였다. 아버지 또한 나를 향해 고개를 끄덕이며 희미한 미소를 머금었다. 그것은 나만을 위한 미소였다. 비밀스러운 미소. 그날 이후 그 미소는 우리 둘만의 것이 되었다. 아버지와 나 사이에 맺어진 비밀스런 조약 같은 것이기도 했다. 너무나 멀리 그리고 오랫동안 떨어져 있었던 아버지였지만 그 미소로 인해 나는 아버지를 전쟁 전보다 훨씬 더 가까이 느낄 수 있었다. 나는 그때 열 두 살이었다. 지금까지도 그날 그 순간이 내 삶의 전환점이었단 생각을 떨쳐버릴 수 없다. 어머니에게서 아버지로, 한 점에서 또 다른 한 점으로, 그리고 새로운 길 위로 향하는 삶을 맛본 것이었다.

어쩌면 철들지 않은 가슴에 열정만 있었기에 가능했던 일인지도 몰랐다.

강가의 눈 쌓인 벤치를 향해 발걸음을 옮겼다. 백조의 호수. 어린 아이처럼 나는 그 강에 백조의 호수라는 이름을 붙여주었다. 손전등으로 비춘 호수는 세상을 향해 활짝 열려 있었다. 얼음은 보이지 않았다. 아직 얼음이 얼 만큼 기온이 내려가지는 않았던 것이다. 백조도 보이지 않았다. 그들은 빽빽하고 잘 마른 덤불 아래에서 깃털 달린 활처럼 목을 구부린 채 날개 사이에 머리를 집어넣고 밤을 보낼 게 분명했다. 적어도 해가 뜰 때까지는 물 위로 헤엄쳐 나오지 않을 거란 생각도 들었다. 만약 강에 얼음이 얼면 그들은 뭘 할까? 왜 그들은 다른 철새들처럼 얼음 없는 남쪽 나라로 날아가지 않는 것일까? 백조들은 겨울에도 노르웨이에 남아 있을까? 한 번 알아봐야겠다는 생각이 들었다.

나는 팔을 이용해서 원을 그리며 벤치 위에 쌓인 눈을 걷어냈다.

그리고 장갑 낀 손으로는 채 치워지지 않은 눈을 털어냈다. 벤치 위에 눈이 어느 정도 사라졌을 때 나는 외투를 엉덩이 아래까지 잡아당겨서 벤치바닥에 대고 조심스레 그 위에 앉았다. 라이라는 눈 위를 쿵쿵거리며 여기저기 뛰어다녔다. 그러다가 갑자기 어느 한 지점에 엎드리더니 좌우로 몸을 굴리며 두 다리를 공중으로 뻗은 채 그곳에서 풍기는 냄새를 온몸에 묻혀 가려는 시늉을 했다. 어쩌면 그건 조금 전에 이곳을 지나간 여우의 냄새일지도 몰랐다. 만약 그렇다면 나는 집에 돌아가자마자 라이라의 몸을 씻겨줘야 할 것이다. 이런 일이 오늘이 처음은 아니었기 때문에 집에 돌아가면 라이라가 묻혀온 냄새가 오두막 안에 진동하리라는 것쯤은 쉽게 예상할 수 있었다. 하지만 지금은 어둑어둑한 새벽이다. 그리고 난 백조의 호숫가에 앉아서 내가 원하는 생각만 떠올리고 싶었다.

15

집으로 향하는 언덕길을 올랐다. 나뭇가지 사이로 비추는 햇살은 각양각색의 빛을 띠고 있었다. 얼굴에 부딪치는 공기는 더 이상 차갑지 않았다. 쌓인 눈도 이제 녹아내릴 것이다. 빠르면 오늘 저녁 무렵에는 눈을 볼 수 없을 지도 모른다. 이전에 내가 무슨 말을 했건 지금 당장은 눈이 녹아 없어질 거란 사실이 약간 실망스럽기까지 했다.

마당에 있는 내 차 옆에 낯선 차 한 대가 서 있었다. 언덕 아래에서도 훤히 볼 수 있는 정경이었다. 그 차는 내가 사고 싶어 했던 미쓰비시 스페이스 웨건이었다. 이곳에서 살기로 결심했을 때 나는 험한 지형에서도 탈 수 있는 그런 차가 필요하다고 생각했다. 지난 3년간 조금만 움직여도 여기저기 삐걱거리는 소리가 들려오는 낡은 오두막에서 살다보니 그 차가 주는 느낌처럼 튼튼하고 조금은 억세다 싶은 것이 좋아졌다. 문득 들었던 그 생각 때문이었을까, 난 오늘 50대가 넘은 이후 단 한 번도 걸쳐보지 않았던 빨강과 검정 체크무늬가 들어있는 두꺼운 플란넬 셔츠를 골라 입었다.

하얀 색의 미쓰비시 앞에 한 사람이 서 있었다. 윤곽으로 보건데 여자 같았다. 짙은 색의 긴 코트, 모자를 쓰지 않아 바람에 흩날리는 머리카락은 물결치는 듯한 금발이었다. 곱슬곱슬한 머리카락이 자연산인지 파마를 한 건지는 알 수 없었다. 왠지 뒷마당의 거뭇거뭇한 나무들 사이로 소리 없이 어슴푸레 피어오르는 기진맥진한 피곤함을 본 것 같았다. 그녀는 한쪽 손을 이마 또는 머리에 얹은 채 편안한 자세로 서 있었다. 길 아래쪽을 내려다보며 내가 걸어 오르는 모습을 보는 듯했다. 나는 어디선가 그녀를 본 것 같은 생각이 들었다. 라이라가 그녀의 모습을 보자마자 바람처럼 그녀를 향해 뛰어갔다. 길을 걸으면서 오두막을 향하는 차의 그림자도 보지 못했었다. 눈 위에 남은 타이어 자국도 보지 못했다. 이 시간에 나를 방문할 사람이 있다는 것도 예상 밖의 일이었다. 여덟 시도 채 되지 않았을 거란 생각을 하며 시계를 보았다. 8시 30분이었다. 어쨌든…….

　오두막 마당에 서 있는 여인은 내 딸이었다. 자매 중 나이가 많은 딸이었다. 그녀의 이름은 엘렌이다. 그녀는 언제나 그렇듯이 손가락을 쭉 뻗어서 담배를 쥐고 있었다. 그 모습은 마치 누군가에게 담배를 권하는 것 같기도 했고 이 담배는 내 것이 아니라고 말하는 것 같기도 했다. 바로 그런 몸짓 때문에 난 그녀가 내 딸이라는 걸 멀리서도 대번에 알 수 있었다. 나는 그녀가 올해 서른아홉이 되겠다고 재빠르게 머리를 굴려 계산해냈다. 그녀는 여전히 매력적인 여인이었다. 그녀가 나를 닮은 건 아니었다. 그렇다면 그녀의 어머니는 매력적인 여인임에 틀림없었다. 거의 반 년 동안 나는 엘렌을 보지 못했다. 이곳으로 이사 오고 난 후 그녀와 말 한 마디도 나누지 않았다.

솔직히 그녀와 이야기를 나눠본 지는 훨씬 더 오래 된 것 같았다. 사실은 그녀에 대해 자주 생각해본 적도 없다. 그렇게 말하자면 그녀의 동생도 마찬가지였다. 내 머릿속에는 그 외에도 생각해야 할 일들이 산더미같이 있었으니 말이다. 내가 언덕 위에 도착했을 때 라이라는 이미 엘렌의 발치에 있었다. 꼬리를 흔들며 엘렌이 쓰다듬어주는 손길에 머리를 맡기고 있었다. 엘렌과 라이라는 한 번도 만난 적이 없었다. 그럼에도 둘은 마치 오래 전부터 알아온 사이처럼 보였다. 엘렌은 항상 개를 좋아했고 개들은 엘렌을 첫눈에 신뢰했다. 그녀가 어렸을 때부터 보아왔던 일이다. 마지막으로 엘렌을 보았을 때 그녀 역시 개를 키우고 있었단 사실이 기억났다. 갈색의 개. 그게 내가 기억하고 있는 전부였다. 오래 전 일이다. 나는 발길을 멈추고 내가 만들어낼 수 있는 가장 자연스러운 미소를 지었다. 그녀는 등을 곧게 펴고 나를 바라보았다.

"너구나."

"예, 나에요. 놀라셨나요?"

"놀라지 않았다고 한다면 거짓말이겠지. 이른 시각에 왔구나."

내 말에 대답이라도 하듯 그녀의 얼굴에 희미하게 번진 미소는 오래가지 않았다. 그녀는 담배를 입으로 가져가 천천히, 그리고 깊이 빨아들였다. 그리고는 담배를 몸에서 최대한 멀리 두려는 듯 담배를 든 손을 쭉 뻗었다. 그녀의 얼굴에서 더 이상 미소를 찾아 볼 수 없었다. 난 불안해지기 시작했다.

"이르다고요? 어쩌면 그럴지도 모르죠. 사실은 어젯밤에 잠을 거의 못 잤어요. 그래서 일찍 집을 나서는 것도 어렵지 않았고요. 일곱 시경에 집을 나섰어요. 하루 휴가를 냈어요. 오래 전에 결심했던 일이기도 해요. 내가 사는 곳에서 여기까지는 한 시간 밖에 걸리지 않더군요. 더 멀리 떨어져 있을 거라고 예상했는데 말이죠. 어쨌든 기분은 나쁘지 않아요. 아버지가 멀지 않은 곳에 사시니 말이에요. 방금 도착했어요. 15분 전쯤에요."

"자동차 소리를 듣지 못했어. 난 저 밑에 있는 강가의 숲을 산책하고 오는 길이야. 눈이 많이 쌓였더구나."

몸을 돌려서 난 손가락으로 숲을 가리키려고 했다. 하지만 내가 미처 등을 돌리기도 전에 그녀가 마당에 담배꽁초를 던지고 내 앞으로 다가왔다. 그리고 두 팔을 내 목에 두르고 따스한 포옹을 했다. 그녀에게 기분 좋은 향이 풍겼다. 키도 옛날 그대로였다. 사실 이상한 일은 아니었다. 30대의 나이에 키가 더 자라는 일은 거의 없을 테니까. 하지만 내가 나라 안 곳곳을 여행하던 그 시절에는 집에 돌아올 때마다 두 딸들의 키가 부쩍 자라 있었다. 적어도 내게는 그렇게 느껴졌다. 아이들은 나란히 소파에 앉아 침묵을 지키며 대문을 쏘아보고 있었다. 내가 곧 집 안으로 들어서기를 기다렸던 것이다. 하지만 그 모습은 항상 나를 당황스럽게 만들 뿐이었다. 동시에 불안감도 자아냈다. 현관 안으로 들어서서 바라본 두 아이의 얼굴은 항상 수줍음과 기대로 가득 차 있었다. 지금도 마찬가지다. 그녀가 내게 포옹을 해오는 순간, 나는 감당할 수 없는 불안감을 느끼며 당황했다. 그녀가 내 목을 끌어안고 이렇게 말했기 때문이었다.

"내 사랑하는 영감님. 이렇게 다시 볼 수 있다니 정말 행복해요."

"그래, 내 사랑하는 딸. 나도 그렇구나."

그녀는 내가 말을 마친 후에도 내 목을 감은 팔을 풀지 않았다. 그리고 내 귓전에 너무나 부드러운 목소리로 말을 이었다.

"아버지가 어디 살고 계시는지 알아내기 위해 80마일이나 되는 동네 구석구석을 다 수소문했어요. 물론 시청에도 전화해 보았고요. 몇 주째 그렇게 아버지를 찾아 헤맸는데, 마침내 어디에 계시는지 알고 보니 전화 연락도 할 수가 없더군요."

"전화는 일부러 두지 않았단다."

"그랬군요. 그런데 정말 이렇게 아버지를 찾아 헤매는 딸을 힘들게 해도 되는 거예요?"

그녀는 엄지손가락을 세워 몇 번이나 내 등을 찌르며 말했다. 계속되는 그녀의 손놀림에 내 등이 얼얼할 정도였다.

"이제 그만해. 난 이제 늙을 만큼 늙은 사람이야. 알았지?" 내 말이 떨어지기 무섭게 그녀의 눈에 눈물이 비쳤던 것 같다. 하지만 확신할 수는 없었다. 어쨌든 그녀는 내 몸을 감고 있는 두 팔에서 여전히 힘을 풀지 않았고 그래서 난 숨을 쉬기가 힘들 정도였다. 하지만 나는 그녀를 뿌리칠 수가 없었다. 그저 숨을 꾹 참고 겨우 쉬고 있을 뿐이었다. 그녀의 몸에 내 팔을 둘렀다. 시험적이라 해도 좋고 예의상이라 해도 좋았다. 그리고 그녀가 내 몸에서 팔을 풀어줄 때까지 기다렸다. 마침내 그녀가 포옹을 멈추었다. 나도 그녀의 몸에서 팔을 내리고 한 발자국 물러서서 숨을 크게 내쉬었다.

"엔진을 꺼도 좋을 텐데……."

나는 숨을 헐떡이며 그녀의 차를 턱으로 가리켰다. 새 차처럼 깨끗하게 칠한 하얀 미쓰비시 위로 내리쬐는 햇살이 눈을 부시게 했다. 나는 눈을 잠시 감았다.

"아, 그럼요. 그래야죠. 정말 이곳에 사시는 게 맞아요? 난 아버지 차조차도 알아보지 못했어요. 그래서 집을 잘못 찾아온 건 아닐까 한참을 생각했다고요."

나는 눈을 감은 채 차를 향해 걸어가는 그녀의 발소리를 들었다. 눈을 밟는 소리가 들리자마자 난 다시 눈을 떴다. 그녀가 막 자동차 문을 여는 참이었다. 몸을 숙이고 열쇠를 돌려서 엔진과 헤드라이트를 끄자 오두막 마당에 정적이 찾아왔다. 그녀가 흐느끼는 모습이 보였다.

"안으로 들어가서 커피 마실까? 난 좀 앉아야겠다. 눈 쌓인 길을 산책하고 오는 참이라 다리가 뻐근해. 말했듯이 난 이제 다 늙은 영감이라고. 참, 아침 식사는 했니?"

"아니요. 시간이 없었어요."

"그렇다면 뭘 좀 먹어야겠구나. 어서 들어오렴."

라이라는 들어오라는 내 말에 귀를 쫑긋 세우고 현관문을 향해 두 발자국 정도 몸을 움직였다.

"참 멋진 개와 함께 사시네요." 엘렌이 말했다.

"언제부터 키우기 시작했어요? 강아지는 아니죠?"

"반년도 더 된 것 같구나. 오슬로 외곽에 있는 동물 보호소에 가서 데려왔지. 정확한 이름은 기억할 수 없어. 그저 이 개를 보자마자 키우고 싶단 생각이 들었어. 마치 오랜 옛 주인을 만난 것처럼 날 보며 반갑게 꼬리를 흔드는 천진한 생명을 외면할 수 없었지. 내게 자기를 데려가 달라고 애원하는 것처럼 보이기도 했고."

나는 잠시 말을 멈추고 껄껄 웃었다.

"하지만 그 사람들은 이 개가 몇 살인지, 또 어떤 종인지도 모르고 있더군."

"아, 나도 그곳에 한 번 가 본 적이 있어요. 이 개는 잡종 같기도 하네요. 영국에서는 '국가 표준견'이라고도 한데요. 하지만 이 개는 너무 사랑스러워요. 이름이 뭐죠?"

엘렌은 영국에서 2년 정도 학교를 다닌 적이 있다. 물론 그 동안 배운 것도 많았을 것이다. 하지만 영국에서 유학했을 때 그녀는 이미 성인이었다. 유학 전에는 나이도 어렸고 공부에 흥미를 느끼는 것 같지도 않았다.

"'라이라'야. 내가 붙여준 이름은 아니란다. 목줄에 새겨져 있던 이름이야. 어쨌든 그곳에서 라이라를 데려온 건 아주 잘 한 일이라고 생각해. 단 한 순간도 후회해 본 적은 없어. 우린 아주 좋은 친구가 되었지. 라이라 덕에 여기 사는 게 훨씬 편하게 느껴지기도 해."

마지막 한 마디가 나 자신을 불쌍하게 보이도록 만들 수도 있단 생각이 문득 스쳤다. 이곳에서의 내 생활에 대해 간접적으로나마 불만을 표시하는 듯 들리기도 했다. 하지만 그 점에 대해 변명을 하거나 자세히 설명할 필요성은 느끼지 않았다. 상대방이 내 딸일 경우에도 마찬가지다. 나는 엘렌을 사랑한다. 그녀는 오늘 아침 해가 뜨기도 전에 길을 나섰고, 오슬로 외곽에서 시작하여 여기까지 오는 동안 적지 않은 도시들을 거쳤을 것이다. 그녀는 나를 찾기 위해 여기까지 온 것이다. 나는 이곳으로 떠나오면서 엘렌에게 내 거주지에 대해 한 마디도 언급하지 않았고 오늘까지도 그 점에 대해 심각하게 생각해 본 적은 없었다. 잘 한 일이라고 생각지는 않는다. 이상하게 생각할 수도 있는 일이었다. 그렇다. 나는 지금에서야 이런 생각을 하고 있는 것이다. 엘렌의 눈에 다시 눈물이 고였다. 그 모습을 보고 있자니 알 수 없는 짜증이 솟구쳤다.

　나는 현관문을 열었다. 라이라는 나와 엘렌이 오두막 안으로 들어설 때까지 문간에 앉아 기다렸다. 현관에 발을 디딘 나는 라이라에게 손짓으로 들어오라는 신호를 보냈다. 그리고 엘렌의 코트를 받아 비어있는 못에 걸고 그녀를 부엌으로 안내했다. 부엌에는 아직도 온기가 남아있었다. 나는 난로 안의 장작에 불씨가 남아있기를 바라며 조그만 환기 문을 열어보았다. 다행히 장작에는 타다 남은 불씨가 보였다.

　'다시 불을 피우기는 어렵지 않겠어.' 나는 장작을 넣어둔 나무 상자를 열어 불쏘시개로 사용할 잔가지들과 낡은 신문지를 꺼내 난로 안에 뿌렸다. 그리고 그 주변에 중간 크기의 장작 세 개를 비스듬히 세워 놓았다. 환풍기를 열어 공기가 통하도록 해 놓고 나니 장작이 타들어가는 소리가 기분 좋게 들리기 시작했다.

　"참 아늑한 곳이군요."

나는 난로를 닫고 주위를 둘러보았다. 그녀의 말을 확신할 수는 없었다. 조만간 이곳을 수리하고 꾸며서 아늑한 곳으로 바꾸리라는 마음은 있었지만 지금은 아늑하다기보다 그저 깨끗하고 잘 정돈된 곳이라는 생각 밖에 안 들었다. 어쩌면 그녀도 깨끗하고 잘 정돈된 오두막을 말한 건지도 몰랐다. 늙은이 혼자 사는 구질구질한 집을 떠올렸다가 예상과 달리 깨끗하게 정돈된 모습을 보고 던진 말이었을 수 있다. 만약 그렇다면 그녀는 우리가 함께 살았던 그 옛날의 우리 집을 기억하지 못하고 있는 게 틀림없다. 나는 구질구질한 것을 싫어했다. 엄밀히 말하자면 난 꼼꼼하고 소심하기까지 한 사람이다. 모든 것은 제자리에 정돈되어 있어야 하고 언제나 필요할 때 사용할 수 있도록 준비되어 있어야 만족하는 사람이다. 먼지와 지저분함은 나를 긴장시키기까지 한다. 만약 때에 맞추어 제대로 청소를 해 놓지 않는다면 다른 일까지도 수포로 돌아가 버린다. 특히 낡은 집 안에서는 말이다. 적어도 슈퍼마켓 계산대 앞에 계란 반숙을 흘린 자국이 있는 낡은 셔츠를 입고 벨트도 느슨하게 풀어헤친 채 멍하니 서 있는 늙은이가 되고 싶은 마음은 없다. 그런 내 모습을 상상하면 두렵기까지 하다. 닻이 없는 난파선 같은 남자가 시간의 흐름도 느끼지 못한 채 자신만의 몽롱한 생각에 갇혀 있는 걸 보는 것 같았기 때문이다.

나는 엘렌에게 자리에 앉으라고 권한 뒤 주전자에 깨끗한 물을 담아 커피머신에 부었다. 그러자 바로 '쉬익' 하는 소리가 들렸다. 아마 오늘 새벽에 집을 나서기 전에 커피머신의 스위치 내리는 걸 잊어서 한참 달아올라 있었던 모양이다. 심각한 일이 아닐 수 없단 생각이 스쳤다. 하지만 난 엘렌이 알아채는 걸 원치 않았다. 그래서 아무것도 아닌 척 몸을 돌리고 빵을 자르기 시작했다. 갑자기 화가 솟구쳤다. 구토를 할 것만 같은 예민함이 나를 덮쳤다. 손이 떨리기 시작했다. 나는 떨리는 손을 그녀에게 보이고 싶지 않아 비스듬히 몸을 돌려 설탕과 우유, 푸른색 냅킨을 건네주었다. 이것으로 식사 준비는 마무리된 것이다. 나는 겨우 두 시간 전에 배를 채웠던지라 음식을 먹을 마음이 생기지 않았다. 하지만 식탁 위에 두 사람이 먹기에 충분한 음식을 늘어놓았다. 그녀를 위한 배려였다. 만약 내 눈앞에서 혼자 앉아서 음식을 먹어야 한다면 당황할 것 같아서였다. 어쨌든 우리는 오랜 시간이 지나서 만났으니 말이다. 나는 정말로 음식을 먹고 싶은 생각이 없었지만 그렇다고 따로 할 일도 없었기에 그녀 앞에 앉아야 할 것 같은 의무감을 느꼈다.

그녀는 창밖에 보이는 강으로 시선을 던지고 있었다. 나는 그녀의 눈길을 쫓았다.

"저 강에 내가 백조의 호수라는 이름을 붙였지."

"정말, 저 강에 백조가 사나요?"

"물론이지. 두세 가족이 저 강에 터를 잡고 있어. 내 눈으로 똑똑히 본걸."

갑자기 그녀가 나를 향해 몸을 돌려 물었다.

"말해 주세요. 어떻게 지내시는지."

그녀의 말을 들으니 마치 내가 두 가지의 다른 생활을 하고 있는 것 같은 기분이 들었다. 그녀의 눈가에 비치던 눈물은 어느덧 자취를 감춘 후였다. 목소리는 마치 심문하는 것처럼 날카롭게 느껴지기도 했다. 난 그녀가 연극을 한다고 생각했다. 조금은 딱딱해 보이는 태도 뒤에는 언제나 정이 넘치는 그녀만의 모습이 있다는 걸 나는 잘 알고 있었다. 적어도 나는 그러기를 원했다. 세상과 세월로 변해버린 딸의 모습을 볼 자신이 없었을지도 모른다. 나는 심호흡을 하고 정신을 가다듬었다. 그리고 두 손을 의자 위 허벅지 안쪽으로 밀어 넣고 그녀에게 이곳에서의 내 생활을 조곤조곤 이야기하기 시작했다. 장작을 패고 목수 일을 하고 라이라와 매일 산책하는 일, 어려운 일이 생기면 언제라도 달려와 마치 자신의 일처럼 도와주는 좋은 이웃 라스에 대한 이야기를 들려주며 내가 얼마나 이곳 생활에 만족하고 있는지 설명했다. 전기톱과 체인을 들고 와서 마당에서 함께 일했던 라스와 내가 많은 공통점을 지니고 있단 얘기를 하며 은밀한 미소를 짓기도 했다. 하지만 그녀가 내 말에 귀를 기울이고 있지 않다는 걸 깨닫고 얘기를 멈추었다. 그저 앞으로 눈이 오면 걱정이라고 말했을 뿐이다. 하지만 그건 의미 없는 불평이 되어버렸다. 문득 나는 그녀가 차를 타고 이곳까지 오면서 길 양옆으로 말끔히 치워진 눈을 보았을 거란 사실을 떠올렸던 것이다. 오슬리엔은 제설기가 설치된 트랙터로 앞으로도 계속 눈을 치워줄 것이다. 물론 그에게 일에 대한 대가로 약간의 돈을 지불해야 하지만 말이다. 나는 계속 말을 이었다. 미소도 잃지 않았다. 나는 라디오를 즐겨 듣는다고 말했다. 매일 아침 라디오를 듣고 저녁이면 책을 읽는다고 했다. 물론 요즘은 디킨즈를 즐겨 읽는다는 말을 덧붙이는 것도 잊지 않았다.

그녀의 얼굴에는 진정어린 미소가 떠올랐다. 그녀의 눈가에는 눈물도 비치지 않았고 목소리는 더 이상 딱딱하지 않았다.

"아버진 늘 디킨즈를 즐겨 읽으셨죠. 기억해요." 그녀가 말했다. "의자에 앉아서 책을 읽으실 때면 언제나 딴 세상에 있는 사람처럼 보였죠. 그러면 나는 아버지에게 다가가 팔꿈치를 잡아당기며 무슨 책을 읽느냐고 물어보곤 했어요. 처음엔 내가 무슨 말을 하는지 모르는 듯 멍하니 있다가 갑자기 정신을 차리고 심각한 얼굴로 '디킨즈'라고 대답하던 일이 아직도 기억나요. 그런 아버지의 모습을 보고 디킨즈를 읽는다는 건 다른 여느 책을 읽는 것과는 차원이 다른 거라 생각했어요. 디킨즈의 책은 특별하다고 생각했죠. 다른 사람들도 그렇게 생각하는지 확신할 수 없지만 적어도 난 그렇게 생각했어요. 솔직히 말해서 나는 그 당시에 디킨즈가 작가의 이름인지도 몰랐어요. 디킨즈가 우리 가족만이 가지고 있는 특별한 책이라고 생각했죠. 아버지는 가끔 소리 내서 책을 읽기도 하셨죠."

"그래? 정말 내가 그랬단 말이니?"

"그럼요. 한 번은 데이비드 카퍼필드를 읽으신 적도 있었어요. 조금 자란 뒤에 나는 그 책을 꼭 한 번 읽어봐야겠다고 결심했어요. 당시에 아버지는 그 책에 질리지도 않았던 것 같아요."

"아, 그러고 보니 그 책을 읽은 지도 참 오래되었구나."

"지금도 그 책을 가지고 계시나요?"

"그럼. 그럴 거야."

"그렇다면, 꼭 다시 한 번 읽어보세요, 아버지."

그녀는 식탁 위에 올린 한쪽 손으로 턱을 괴고 말했다.

"내 삶을 무대로 나 자신이 영웅이 되건 안 되건 또는 그곳이 다른 사람의 손에 들어가든 말든 이 페이지는 읽혀져야 할 것이다."

그녀는 다시 미소를 지으며 말을 이었다.

"내겐 항상 그 첫줄이 공포처럼 다가왔어요. 그것은 우리가 각자의 삶을 자신의 의지대로 이끌어 갈 수도 없다는 사실을 의미한다고 생각했기 때문이에요. 어떻게 그런 일이 있을 수 있을까……. 생각하면 두렵기만 했어요. 그것은 스스로 어떤 일도 할 수 없어서 내 자리를 차지한 다른 사람들의 몸짓만 바라보며, 그들을 증오하고 질투하는 유령적인 삶이라 여겨졌기 때문이에요. 사실 나도 지난 세월의 어느 한 부분, 내 자신의 삶에서 벗어난 적이 있었거든요. 그건 마치 비행기에서 추락해서 허허벌판에 버려진 듯한 기분이었어요. 왔던 곳으로 다시는 돌아갈 수 없는 그 벌판에서 정처 없이 헤매며 올려다 본 비행기에는 내 자리에 다른 사람이 앉아 안전벨트를 매고 있더군요. 그 자리는 누가 뭐래도 내 자리였음이 틀림없었는데도 말예요. 내 손에 쥐어진 비행기 표도 아무 소용이 없었어요."

그녀의 말에 내가 무슨 말을 해 주기는 어려웠다. 그녀는 그런 내 속마음을 몰랐을 것이다. 그녀는 이런 이야기를 단 한 번도 내게 들려주지 않았다. 이유는 간단했다. 그녀가 이런 얘기를 하고 싶었을 때 내가 그 자리에 없었기 때문이다. 사실 나 또한 데이비드 카퍼필드의 그 첫 문장을 읽을 때마다 그녀와 같은 생각을 했다. 하지만 내가 할 수 있는 일은 없었다. 그저 페이지를 한 장 한 장 넘기는 일 밖에는. 그럼에도 그 단단해서 녹여버리지도 못하는 두려움은 나를 갉아먹었고 내 인생도 결국에는 모든 것들이 뒤죽박죽되어 버리면 어떻게 하나 하는 생각에 몸서리를 치곤했다. 사실 삶이 뒤죽박죽되어 버린 일은 자주 있었다. 그러나 다시 제자리로 돌아오기까지는 그리 오랜 시간이 걸리지 않았다. 물론 책 속의 이야기다. 현실은 다르다. 예를 들어 현실에서의 나는 라스에게 너무도 명백한 질문들을 던질 용기를 가질 수 없었다.

'내 자리를 차지했던 것이 당신이었소? 내가 살아야 했던 그 삶을 채간 것이 당신이었소?'

나는 아버지가 새로운 삶을 얻기 위해 남아프리카 공화국이나 브라질 같은 나라, 또는 밴쿠버나 몬테비데오 같은 도시를 여행하지는 않았다고 생각한다. 그는 새 삶을 살기 위해 다른 수많은 이들이 그러듯 홧김에 또는 갑작스런 열정, 절망감으로 인해 정적 가득한 한 여름 밤에 욘처럼 두려움으로 가늘게 뜬 눈을 하고 도망치는 일도 하지 않았다. 아버지는 뱃사람과는 거리가 멀었다. 비록 강가에 터를 잡고 산 적이 있긴 하지만 말이다. 그것은 아버지가 원했던 삶이었다. 라스가 이곳에 왔을 때 내 아버지에 대한 이야기를 단 한 마디도 하지 않았던 건 나를 배려하는 마음 때문이었을 수도 있다. 아니면 아버지를 머리에 떠올렸을 때 미처 그 자신과 나를 자신의 생각 속에 포함시키지 못했을 수도 있다. 그건 나도 마찬가지였다. 아버지를 떠올렸을 때 그곳에는 라스에게 내어줄 자리가 없으니까. 나는 그를 이해할 수 있을 것 같았다.

하지만 이 모든 일들은 지금 내가 떠올리고 싶은 것들이 아니다. 나는 자리를 박차고 일어났다. 갑자기 몸을 일으키다가 식탁 가장자리에 다리를 부딪쳤다. 그 바람에 식탁 위에 있던 컵이 흔들렸고 커피가 흘렀다. 식탁보에는 크림이 든 항아리가 엎어졌고 흘러버린 우유와 커피가 섞여 엘렌의 무릎 위로 흘러내리는 중이었다. 바닥이 수평을 이루지 않아서 생긴 일이었다. 이쪽 벽에서 저쪽 벽까지의 바닥 높이는 무려 5센티미터의 차이가 있었다. 나는 오래 전에 이것을 재어 본 적이 있다. 그때 손을 봤어야 했다는 후회감이 밀려들었다. 하지만 당시에는 바닥을 새로 간다는 게 너무 큰일처럼 느껴져 조금 더 기다리기로 했었다.

엘렌은 의자를 뒤로 밀치고 재빨리 일어섰다. 다행히 커피와 우유가 그녀의 무릎을 적시는 일은 일어나지 않았다. 그녀는 식탁보의 가장자리를 집어 올려 접어놓았다. 그리고 냅킨으로 고여 있는 커피와 우유를 닦았다.

"미안해. 서두르다 보니 이런 일이 생겼구나."

나는 내 입 속에서 쏟아져 나오는 말에 스스로 놀라지 않을 수 없었다. 내가 마치 장거리 달리기를 방금 마친 사람처럼 숨을 헐떡이며 말하고 있었다.

"괜찮아요. 얼른 식탁보를 벗겨내 빨면 그만인걸요. 개수대에 더러워진 부분만 넣고 비누가루를 뿌려두면 쉽게 해결할 수 있는 일이에요."

그녀는 이곳에 발을 들여놓았던 그 어떤 사람보다 더 신속하게 상황을 처리했다. 난 아무 반대도 하지 않았다. 그녀는 식탁 위에 있는 모든 것들을 재빨리 선반 위로 가져간 다음 식탁보를 벗겼다. 그리고 개수대로 식탁보를 가져가 얼룩진 부분을 조심스럽게 씻어낸 후 난로 옆 의자 등받이에 걸어놓았다.

"나중에 세탁기에 한 번 더 빨아야 할 거예요." 그녀가 말했다.

나는 나무 상자에서 장작 몇 개를 더 집어 난로 안에 던져 넣었다.

"시실 여기에는 세탁기가 없어."

말을 하고 나니 나 자신이 가난에 찌든 늙은이처럼 느껴져서 웃음을 터뜨렸다. 하지만 그 크지 않은 웃음소리는 전혀 매끄럽게 들리지 않았다. 엘렌은 개의치 않는다는 듯 내 말을 못 들은 척 했다. 난 그녀를 이해할 수 있었다. 이런 상황에서 적절한 말을 한다는 게 결코 쉬운 일이 아니다.

그녀는 몇 번이나 잘 씻어서 물기를 짠 행주로 식탁 위를 훔쳤다. 흐르는 물에 행주를 빠는 모습은 마치 우유와 커피로 범벅이 되어 수십 번은 헹구어야 얼룩과 냄새를 없앨 수 있다고 생각하는 것 같았다. 갑자기 그녀의 몸이 뻣뻣하게 굳어지는가 싶더니 그녀가 내게 등을 돌린 채 말문을 열었다.

"혹시, 내가 오지 않았으면 좋겠다고 생각하신 건 아니겠죠?"

그녀는 그럴 수도 있겠단 생각이 방금 떠오른 사람처럼 내게 물었다. 좋은 질문이었다. 난 잠시 뜸을 들였다. 생각을 정리하기 위해 나무 상자 위에 걸터앉은 내게 그녀가 다시 물었다.

"어쩌면 내가 빨리 돌아가기를 기다리는 건 아닌지……. 그런 생각이 들었어요. 그 누구에게도 방해받지 않는 조용하고 평화로운 일상을 다시 찾기 위해서요. 그런가요? 그 때문에 이곳으로 옮겨 오신 거죠? 일상의 평화를 찾기 위해서. 그런데 갑자기 동이 트기도 전에 나타나서 모든 걸 엉망으로 만들어 버린 건 아닌가요? 아버지가 원하는 건 이런 게 아니라는 생각이 문득 들었어요."

그녀는 여전히 내게 등을 돌리고 서 있었다. 손에 들고 있던 식탁보를 개수대에 떨어뜨린 채 두 손으로 선반 위를 짚고 있었다.

"난 이미 내 삶을 변화시켰어." 내가 말했다.

"중요한 건 바로 그거야. 농장에 남아있던 걸 모두 팔고 이곳으로 왔어. 그래야만 했거든. 그러지 않으면 그나마 남아있는 것들도 모두 엉망이 되어 버릴 것 같았어. 그렇게는 더 이상 살 수 없었지."

"이해해요. 진심으로 이해할 수 있어요. 하지만 왜 아버지의 이런 마음을 진작 우리에게 설명해 주지 않으셨나요?"

"그건 나도 모르겠어. 정말이야."

"내가 오지 않았으면 더 좋았다고 생각하시는 건 아닌가요?"

그녀가 고집스럽게 다시 한 번 물었다.

"모르겠어."

이 대답 또한 진심이었다. 난 그녀가 이곳에 나타난 걸 어떻게 이해해야 할지 정말로 알 수 없었다. 그녀의 방문은 내 계획과 전혀 상관없는 일이었다. 갑자기 그녀가 지금 이 오두막을 나서면 다시는 날 찾지 않을지도 모른단 생각을 하자 등골이 서늘해졌다. 그 생각은 갑작스런 두려움을 만들어냈고 나는 얼른 수습 해야만 했다.

"아니야. 그건 진심이 아니야. 네가 이곳을 찾아줘서 얼마나 고마운지 몰라. 그러니 시간이 된다면 조금 더 머무르렴."

"갈 생각은 없었어요."

그녀가 말했다. 개수대에서 조금 떨어진 곳으로 발걸음을 옮겼을 뿐 여전히 내게 등을 돌린 채였다.

"아직은요······. 하지만 아버지께 한 가지 제안을 하고 싶어요."

"그게 뭐지?"

"전화기를 설치하세요."

"이미 생각했던 일이야. 그래, 그렇게 하지."

그녀는 몇 시간을 더 머물렀다. 그녀가 오두막을 나서서 차에 시동을 걸었을 때는 이미 어둑어둑해진 뒤였다. 그녀는 라이라와 함께 산책도 했다. 내가 약 30분 정도 침대에서 쉬고 있는 동안 그녀가 라이라와 함께 산책을 하겠다며 밖으로 나갔었다. 왠지 모르게 오두막이 이전과는 다르게 보였다. 마당도 이전 같지 않았다.

그녀가 차창을 내리고 나를 쳐다보며 말했다.

"이젠 아버지가 어디 살고 계시는지 알았으니 안심이에요."

"그렇구나. 네가 안심이라니, 나도 기분이 나쁘진 않은걸."

그녀는 손을 흔들어 작별 인사를 한 후 자동차문을 닫았다. 그녀의 자동차가 언덕길을 내려가는 걸 보고 오두막 안으로 들어가 외등을 껐다. 그리고 현관을 지나 부엌으로 걸어갔다. 라이라는 언제나처럼 내 뒤를 따르고 있었다. 하지만 라이라가 내 곁에 있음에도 불구하고 오두막 안은 어딘지 모르게 비어있는 것 같았다. 나는 창을 통해 마당을 내다보았다. 어두운 유리창에 비친 내 그림자를 제외하면 아무것도 눈에 들어오는 게 없었다.

16

 통나무 수송 작업을 끝낸 뒤 프란츠가 우리 집을 찾는 일이 더욱 잦아졌다. 그는 너털웃음을 터뜨리며 휴가를 즐기고 있는 중이라고 농담을 하곤 했다. 대문 앞 판석 위에 허연 다리가 드러나는 반바지를 입고 앉아서 담배를 피우며 커피를 마시는 그 모습은 우스꽝스럽기도 했다. 하늘은 시리도록 파랬다. 옅은 푸른색에서 무자비할 정도로 짙은 푸른색으로 변하는 속도는 찰나에 불과했다. 나는 비가 왔으면 좋겠다고 생각했다.
 아버지도 비를 기다리는 것 같았다. 아버지에게는 여전히 조바심 어린 태도가 사라지지 않았다. 만약 내가 아버지의 입장이었다면 강가의 커다란 바윗돌 위에 앉아서 책을 읽거나, 노 젓는 배 안에 방석을 깔고 드러누워 하늘을 바라보거나, 아니면 소나무 아래 비스듬한 바위에 몸을 기대고 여유를 즐겼을 것이다. 아버지는 1944년 겨울 어느 날 그곳에서 일어났던 일에 대해서는 전혀 생각지 않고 있는 듯했다. 어쩌면 아버지의 머릿속이 그 일에 대한 생각으로 가득 차 있었을지도 모르지만 적어도 겉으로 보기에는 무덤덤하게만 보였다. 마치 햇살 좋은 날을 즐기기 위해 진짜 사나이라면 어떻게 행동해야 하는지 보여주기라도 하려는 듯 아버지의 모습은 그저 평안해보였다. 당시 아버지의 머릿속에는 온통 통나무 수송 작업에 대한 생각들만 가득 차 있는 것 같았다. 아버지가 고개를 들어 시선을 강 아래쪽으로 던지는 모습을 보면 나는 확신 할 수 있었다. 그 확신 속에는 약간의 반항심도 숨어 있었다. 그게 아버지에게 그토록 중요한 일이었단 말인가? 우리는 은밀한 약속을 하지 않았던가? 나 또한 그곳에 있었고 우리는 여름이 남긴 일들을 함께 감싸 안기로 무언의 약속을 하지 않았던가?

우리가 버스로 이곳에 온 바로 그 다음날, 아버지는 사흘 정도 날을 잡아서 승마 여행을 떠나보는 것이 어떻겠냐고 제안을 했다. 내가 그 제안을 거부할 이유는 전혀 없었다. 나는 아버지에게 어떤 말을 마음에 두고 있느냐고 물었다. 아버지는 바르칼의 말이라고 대답했다. 난 흥분을 감출 수 없었다. 바르칼의 말을 타고 달려 본 적은 있었다. 욘과 함께 한 일이었다. 하지만 그때는 말 위에 몸을 얹고 있었던 시간이 거의 없었다. 결과도 좋지 않았다. 적어도 내게는 그랬다. 하긴 그건 욘도 마찬가지였을 것이다. 지금도 그때를 생각하면 욘과 함께 했던 말 도둑 놀이를 전환점으로 얼마나 많은 것들이 변했는지 셀 수도 없을 지경이다. 어쨌든 그 날 이후 아버지는 자신의 제안에 대해 한 마디 말도 하지 않았다. 어쩌면 잊어버리고 있었는지도 모르는 일이었다. 그랬기 때문에 어느 날 아침 눈을 떴을 때, 열린 창을 통해 오두막의 뒤편에서 들려오는 말울음 소리와 말발굽 소리를 듣고 내가 놀란 것도 당연한 일이었다. 아버지가 시킨 잡초 베기는 손을 다칠까봐 전혀 안했고 '아픔을 느끼고 고통을 받아들이는 것은 전적으로 네 마음에 따르는 것'이라 말하며 내 눈앞에서 맨손으로 잡초를 뽑는 아버지를 보며 죄의식을 느끼고 있었기에 아버지가 나와의 약속을 지켜 주리란 생각은 꿈에도 하지 않았다. 그래서 더욱 놀랐던 것이다.

나는 침대 난간에 몸을 기대고 창밖을 내다보았다. 두 손으로 창틀을 짚고 유리에 얼굴을 바싹 가져가니 두 마리의 말이 눈에 들어왔다. 한 마리는 밤색이었고 다른 한 마리는 검은색이었다. 나는 그 말들이 욘과 내가 말 도둑 놀이를 할 때 타 보았던 바로 그 말들이라는 걸 대번에 알 수 있었다. 만약 누군가 그 날 아침에 내게 물었다면 나는 그게 좋은 징조인지 나쁜 징조인지 확신할 수는 없다고 대답했을 것이다.

나는 평소와 마찬가지로 침대 이층에서 뛰어내려 무사히 바닥에 발을 디뎠다. 다친 곳은 없었다. 내 무릎은 이미 상태가 많이 호전되어 있었다. 통증을 느꼈던 건 사실 이틀 정도 밖에 안 되었던 것 같다. 창밖에는 헛간에서 말안장을 들고 나오는 아버지의 모습이 보였다.

"전에도 그 말들을 훔친 적이 있나요, 아버지?"

아버지가 갑자기 뻣뻣하게 굳은 표정으로 창문 밖에 몸을 내밀고 있는 나를 돌아보았다. 하지만 곧 짓궂은 미소를 띠고 있는 내 얼굴을 보고 그 말이 농담인줄 알아챘다.

"얼른 옷을 갈아입고 나오렴."

"옙, 대장님."

난 큰 소리로 절도 있게 대답했다. 그리고 의자 등받이에 걸쳐있던 옷을 들고 거실로 가서 재빨리 옷을 입었다. 한 발을 들고 껑충 뛰어 바지에 다리를 집어넣고 운동화를 신었다. 너무 서두른 탓인지 현관 앞 계단을 내려갈 때는 반쯤 걸친 셔츠가 거의 벗겨져 소매 자락이 머리 위에서 휘날렸다. 겨우 옷매무새를 바로 하고 얼굴을 드니 헛간 문 옆에 서 있던 아버지의 얼굴에 스치는 웃음을 볼 수 있었다. 그새 아버지는 다시 헛간으로 들어가 두 번째 안장을 들고 나오던 참이었다.

"넌 이걸 써라. 아직도 말을 타고 싶은 마음이 사라지지 않았다면 말이야. 내 기억엔 네가 얼마 전에 말 타는 것에 관심이 있다고 한 것 같은데……."

"그럼요. 아직 잊어버리지 않고 있어요. 아버지도 함께 타실 거죠? 어디로 갈 건가요?"

"어디로 갈 건지 아직 생각하긴 이르단다. 우선 아침 식사부터 준비해야지. 그 외에도 준비할 게 많아. 시간이 걸려도 완벽하게 해야지, 안 그러면 사고가 날 수도 있거든. 그저 말 등에만 오른다고 되는 일이 아니란다. 그리고 우리는 이 말을 3일만 빌려서 타는 거란 사실을 잊지 말아야 해. 너도 알다시피 바르칼이 자신의 소유물에 대해서는 맺고 끊는 게 상당히 정확해서 말이야. 사실은 바르칼에게 말을 빌려달라고 했더니 두말없이 선뜻 응해서 조금 놀랐다."

나는 선뜻 말을 빌려 준 바르칼의 태도가 전혀 이상하지 않았다.

바르칼은 항상 아버지에게 호감을 가지고 있었다. 더욱이 프란츠가 해 준 얘기에 의하면 바르칼과 아버지 사이의 결속감은 내가 생각했던 것보다 훨씬 더 강했다. 어쩌면 아버지는 우리가 머물고 있는 오두막집의 임대비조차 지불하지 않고 있을지도 몰랐다. 전쟁 중에 다져진 두 사람의 신뢰와 결속이 계속 이어졌기 때문에 바르칼은 아버지에게 오두막을 아무 조건 없이 사용해도 좋다고 말했을지도 모르는 일이었다. 그렇다. 우리가 처음 이곳에 왔을 때와 비교하면 지금은 모든 게 달라졌다. 이곳의 숲과 강도 내게 낯설게 느껴지던 때가 있었다. 읍내의 광장과 상점 그리고 다리도 눈에 익숙지 않았다. 강 위에서 햇살을 받아 누런빛을 띠며 물살에 움직이는 통나무들도 처음 보는 광경이었다. 처음 만났을 때 난 그의 재산과 돈 때문에 그를 좋지 않게 보았다. 그건 우리에게 없는 것들을 소유한 사람들에 대해 흔히 가질 수 있는 감정이었을 수도 있다. 난 아버지도 나와 같은 생각을 하고 있다고 생각했다. 하지만 시간이 지나고 보니 그랬던 것 같지는 않다. 어쩌면 아버지는 바르칼이 이상하게도 선뜻 말을 빌려주었다는 말을 함으로써 내 마음을 가볍게 해 주거나 또는 우리가 머물고 있는 오두막을 포함한 여러 상황에 대한 나의 관심을 지우려고 일종의 연막작전을 구사했는지도 몰랐다.

 만약 그렇다면 나는 지금 아주 모호한 상황 속에 서 있는 것이 아닌가. 하지만 난 그 부분에 대해 더 이상 생각하지 않기로 했다. 이제 곧 여름은 끝날 것이다. 적어도 우리에게는. 통나무 수송을 하던 그날 느꼈던 무거운 기분과 무릎의 통증도 이제 거의 사라졌다. 지금 난 아버지와 마찬가지로 뭔가 하지 않으면 안 될 것 같은 즐거운 조바심에 시달리고 있다. 이 강가의 작은 마을에서 한여름의 아름다운 날 경험해 볼 수 있는 모든 것들을 심장에 넣어두고 싶은 마음만 가득했다. 다시 오슬로로 돌아가기 전에.

숲속 오솔길과 햇살 아래 높이 솟은 산등성이에 스며있는 마지막 온기를 짜내고, 열대의 야자수처럼 좁은 자갈길가에 줄지어 선 짙은 초록의 양치류 식물들 사이로 활을 떠난 화살처럼 달려, 멱을 감듯 깊이 고개 숙인 자작나무 가지가 만들어내는 눈부신 모습을 마음껏 동공에 담는 일, 그게 바로 우리가 하려던 일이었다. 우린 오두막을 나와 말고삐를 손에 쥐고 오솔길을 빠져나왔다. 얼마 전에 하룻밤을 보냈던 낡은 나무 외양간이 눈에 들어왔다. 갑자기 온몸이 열기에 휩싸이는 듯한 기분이 들었다. 열기는 말 등에서 생겨나 내 허벅지를 타고 올라온 후 후덥지근한 남풍을 맞아들이는 내 얼굴까지 침범했다. 우리는 말을 타고 강의 동쪽으로 가기로 했다. 가방에는 준비해 온 도시락과 야외에서 잠을 자게 될 경우를 대비해 가져온 담요가 들어있었다. 여분으로 가져온 방한용 외투는 담요와 함께 뭉쳐두었다. 말갈기는 잘 손질이 되어 반짝반짝 빛이 났다. 산의 서쪽 편에는 정상을 덮은 한 무리의 구름이 조용히 흐르고 있었으나 비가 올 기색은 보이지 않았다. 말안장에 몸을 파묻던 아버지는 비를 걱정하는 내게 세차게 고개를 저어 맑은 날이 될 것이란 확신을 주었다.

외양간 밖에서는 소치는 여인이 흐르는 물로 거품을 일으키며 양동이와 대야를 씻고 있었다. 반짝이는 햇살은 투박한 쇳조각 위로 내려앉았고 살을 파고들 것처럼 차갑고 깨끗해 보이는 물이 양동이 안으로 쏟아져 들어갔다가 다시 물방울을 튀기며 나왔다. 우리는 그녀에게 손을 흔들었다. 그녀도 손을 들어서 우리에게 답했다. 한 줄기의 물방울들이 공중에서 반원을 그린 후 땅으로 쏟아져 내렸다. 말들은 머리를 좌우로 흔들며 콧소리를 냈다. 그 모습을 본 처녀는 큰 소리로 웃음을 터뜨렸다. 하지만 악의가 있는 웃음과는 거리가 멀었다. 난 이번만큼은 얼굴을 붉히지 않았다.

그녀는 아주 매력적인 목소리를 지니고 있었다. 은빛 플루트를 연상시키는 소리. 아버지가 몸을 돌려 뒤따르고 있던 나를 바라보았다. 그때 나는 말안장 위에서 중심을 잡기 위해 이리저리 엉덩이를 움직이고 있었다.

"엉덩이에 힘을 빼." 아버지가 말했다.

"네 엉덩이가 말의 한 부분이라고 생각해. 그러면 쉬워질 거야."

난 아버지의 말이 틀리지 않다는 걸 곧 알 수 있었다. 말 위에 앉아 있는 게 편안하기까지 했다. 내가 원하기만 한다면 말이다.

"저 여자도 아니?" 아버지가 내게 물었다.

"그럼요. 서로 잘 아는 사이에요. 외양간에는 몇 번이나 간 적이 있어요."

내 말은 엄밀히 말해서 진실이라고 할 수 없었다. 나는 아버지가 '저 여자도'라고 말했을 때, 그렇다면 아버지가 의미하는 또 다른 여자는 누구일까 하고 생각해 보았다. 혹 욘의 어머니를 염두에 두고 한 말은 아니었을까. 그렇다면 아버지는 아직도 통나무를 강으로 옮기던 그날 내가 둘의 사이를 비집고 앉았던 사실에 화를 내고 있는 것은 아닐까.

"네 나이 또래에 맞는 여자를 찾아보는 것이 더 좋지 않겠니?"

"여긴 제 나이 또래의 여자들이 없어요."

적어도 그건 거짓이 아니었다. 이곳에서 두 번의 여름을 보내는 동안 나는 단 한 번도 내 나이 또래의 여자아이를 본 적이 없다. 하지만 상관없었다. 나는 내 나이 또래의 여자아이들에겐 관심 없었다. 내가 그들에게서 얻을 수 있는 건 아무것도 없었다. 난 내 목소리에 약간은 적개심마저 들어있다는 걸 스스로 느꼈다. 아버지는 내 눈을 똑바로 쳐다보더니 빙그레 미소를 지었다.

"그래, 네 말이 맞구나."

말을 마치자마자 아버지는 몸을 돌렸고 나는 아버지의 등 뒤로 흐르는 웃음소리를 들을 수 있었다.

"도대체 왜 웃으시는 거죠?"

감정을 누르지 못하고 내가 소리쳤다. 하지만 아버지는 뒤도 돌아보지 않고 허공에 대답을 흩뿌렸다.

"그건 나 자신을 향한 웃음이야."

적어도 나는 아버지가 그렇게 말했다고 생각했다. 그리고 그건 사실일지도 몰랐다. 그렇다. 아버지는 스스로를 향해 웃었던 게 틀림없다. 아버지는 종종 혼자 너털웃음을 터뜨렸다. 스스로를 향해 웃는다는 것, 그것은 내게 있어서 거의 전무한 일이었다. 하지만 아버지는 왜 하필이면 바로 지금 이 순간에 당신 스스로를 향해 웃었던 것일까? 이해할 수가 없었다. 갑자기 아버지가 발꿈치로 말의 옆구리를 부드럽게 건드리더니 속력을 내서 달리기 시작했다.

"자, 이제 달려볼까?"

난 아버지의 뒤를 따라 달렸다. 그건 쉽지 않은 일이었다. 말안장 위에서 이리저리 흔들리는 내 엉덩이가 제자리를 잡을 수 있도록 계속 신경을 쓰는 건 생각보다 어려웠다. 말이 속력을 내기 시작하면서 외양간은 우리의 등 뒤 나뭇가지들 사이로 희미하게 모습을 감추었고 햇살에 건강하게 탄 외양간 처녀의 다리와 억센 팔도 공기 중에서 한 점으로 사라졌다.

우리는 좁은 오솔길이 시작되는 지점까지 쉬지 않고 달렸다. 마침내 우리는 두 갈래의 길을 앞에 두고 선택해야 했다. 아버지는 언젠가 강 건너편 둑 위에서 욘의 어머니에게 그날이 이 세상의 마지막 날인 듯 정열적인 키스를 퍼부었던 그곳으로 가지 않았다. 대신 우리는 다른 길을 택했다. 동쪽으로 난 그 길은 점점 좁아지고 거칠어져 땅 위에 사슴 발자국 밖에 보이지 않는 그런 곳이었다. 고개를 들어 하늘을 보니 양 옆에 늘어선 키 큰 자작나무들이 획획 바람을 가르는 소리를 내며 지나갔다. 나는 목이 뻐근해지고 눈에서 눈물이 나올 때까지 하늘을 향해 고개를 들고 있었다. 곧 눈앞에는 맑고 깊은 시냇물이 펼쳐졌다. 그곳을 건너자니 얼음처럼 차가운 물이 말

다리 사이로 차고 올라와 내 허벅지까지 적셨다. 바지는 금세 흠뻑 젖어버렸고 가끔은 높이 튀어 오른 물방울이 내 얼굴을 때리기도 했다. 말들은 물방울이 튀어오를 때마다 그걸 즐기는 기색이 역력했다. 푸루산에 가까워지면서 주변의 경관은 조금씩 변하기 시작했다. 비탈진 산등성이에 자리한 나무들은 벌목공들이 미처 손대지 못한 듯 그 자연스럽고 건강한 모습을 자랑했고 양 옆에 보이는 소나무들은 이전보다 더욱 빽빽하게 숲을 메웠다. 우리는 정상까지 향하는 좁디좁은 오솔길을 지나는 중이었다. 정상에 이르렀다 싶을 때 우리는 말을 세우고 왔던 길을 되돌아보았다. 촘촘한 나무들과 금방 손질을 한 듯한 목장 사이로 멀리 보이는 강은 은빛을 띠고 있었다. 산등성이 위에 걸쳐 있던 구름 조각들은 이제 계곡의 반대편으로 이동하고 있는 것처럼 보였다. 장관이었다. 솔직히 말하자면 오슬로의 피오르 경관보다 훨씬 멋있었다. 이곳에 서서 저 거대한 자연을 바라보는 건 지금이 마지막이 될 지도 모른다는 생각이 들었다. 그렇다고 해서 우울해진 건 아니었다. 정확히 말하면 우울한 기분보다는 짜증스런 기분이 더 강하게 느껴졌다. 나는 다시 걸음을 재촉하고 싶었다. 아버지가 이곳에서 필요이상으로 많은 시간을 허비한다고 생각했다. 나는 서쪽으로 가보고 싶었다. 말 위에서 몸을 튼 나는 아버지에게 이렇게 말했다.

"여기서 이렇게 오래 머물 수는 없어요."

아버지는 내게 희미한 미소를 던졌다. 그리고는 말 머리를 돌리더니 동쪽으로 달리기 시작했다. 그곳은 스웨덴과 접한 국경지대였다.

국경의 이쪽과 저쪽은 하나도 다른 게 없었다. 하지만 눈에 보이는 건 다르지 않다 하더라도 느낌은 확연히 다를 거란 생각이 들었다. 확실했다. 스웨덴은 한 번도 가보지 않은 나라였기 때문에 다른 느낌을 줄 거란 생각에는 한 치의 의심도 없었다. 아버지는 스웨덴에 대해서 내게 단 한 번도 말해 준 적이 없었다.

내 생각은 틀리지 않았다. 산등성이를 내려와 빽빽하게 서 있는 나무들 때문에 한 치 앞을 볼 수 없을 정도로 좁은 오솔길을 지날 때 말은 길 위에 굴러다니는 거친 돌멩이들을 피해 조심스럽게 한 발자국씩 앞으로 내밀었다. 경사도 심했다. 난 몸을 한껏 뒤로 젖히고 두 다리를 쭉 뻗어 말의 옆구리에 붙였다. 자칫 잘못하다 말의 목 부분으로 고꾸라지는 것을 방지하기 위해서였다. 말발굽 소리가 우리의 등 뒤에 메아리를 만들었다. 조용히 한 걸음씩 앞으로 나간다는 말은 이런 경우에 들어맞을 수 없다. 하지만 상관없었다. 우리에게 시끄럽다고 핀잔을 주는 사람은 찾아 볼 수도 없었으며 쌍안경이 장착된 총을 어깨에 메고 따라오는 독일군 순찰대도 없었으니 말이다. 경비견을 거느린 국경 순찰대도 눈에 띄지 않았고 말을 타고 우리를 쫓아오는 미군도 없었다. 조심스럽게 우리가 지치기만을 기다리며 일정한 거리를 유지하면서 따라오다가 마침내 우리가 피곤해지고 긴장이 풀린 틈을 타서 무자비하게 총부리를 겨눌 사람은 없었던 것이다.

나는 말안장 위에서 조심스럽게 몸을 돌려 뒤를 보았다. 정말 빼빼 마른 회색 말을 타고 우리를 쫓는 사람이 없는지 확인하기 위해서였다. 집중해서 귀를 기울여 보기도 했다. 하지만 우리가 타고 있는 말이 만들어내는 발굽 소리 외에는 아무것도 들리지 않았다.

언덕의 끝에서 우리는 마침내 평지를 발견했다. 우리의 등 뒤에는 산등성이가 만들어내는 거대한 그림자가 있었고 따갑게 내리쬐는 햇살을 벗어난 말들은 그제야 안도의 숨을 쉬는 것 같았다. 아버지는 한 그루 오래된 소나무가 서 있는 언덕 꼭대기를 손가락으로 가리키며 이렇게 말했다.
"저 위에 있는 소나무가 보이니?"
그곳에는 아버지가 가리키는 소나무 한 그루 외에 특별히 볼 것도 없었다.
"그럼요." 나는 큰 소리로 대답했다.
"바로 저 곳에서부터 스웨덴 땅이 시작된단다."
아버지는 여전히 소나무를 손으로 가리키며 말했다.
"그렇군요. 소나무까지 누가 먼저 가나 내기 할까요?"
나는 말의 옆구리를 힘껏 발로 찼다. 순간적으로 말이 속력을 냈고 그 바람에 나는 고삐를 놓쳐 뒤로 나자빠졌다. 말의 엉덩이 부분에서 한 바퀴 몸을 빙그르 돌린 나는 보기 좋게 땅으로 곤두박질을 쳤다. 그 모습을 보던 아버지가 멀리서 큰 소리로 외쳤다.
"멋있어. 아주 환상적인 묘기야! 한 번 더 보여줄래?"
그리고는 커다란 웃음소리와 함께 전속력으로 말을 달렸다. 그렇게 백여 미터를 달린 아버지는 어느새 나를 앞서가기 시작했다. 아버지는 앞으로 몸을 숙여 반원 모양의 안정된 자세를 하고서 전속력으로 달리는 말 위에 앉아 있었다. 아버지의 얼굴에는 이 세상 모든 사람이 다 덤벼도 좋다는 자신감이 묻어 있었다. 하지만 그곳에는 나 외에 이렇다 할 경쟁 상대가 없었다. 그리고 나는 빈 쌀자루처럼 납작하게 키 큰 잔디 사이에 누워서 두 마리의 말과 함께 내게로 다가오고 있는 아버지를 보고 있었다. 통증은 없었다. 하지만 나는 잔디에 등을 묻고 한참을 그렇게 누워 있었다. 아버지는 말에서 내려 나에게 걸어왔다.

"웃어서 미안하다. 하지만 조금 전의 네 모습은 서커스에서나 볼 수 있을 정도로 웃겼어. 물론 네겐 전혀 우스운 일이 아니겠지만 말야. 와! 널 보며 웃었던 내가 바보처럼 느껴지네. 다친 데는 없니?"

"없는 것 같아요."

"그저 조금…… 네 영혼의 한 부분?"

"아주 조금…… 예, 그럴지도 몰라요."

"조금 쉬는 건 어떠니, 트론?"

아버지는 말을 마치자마자 내게 손을 내밀었다. 난 아버지의 손을 잡았고 아버지는 내 손을 통증이 느껴질 만큼 꽉 움켜쥐었다. 하지만 내 손을 잡아 나를 일으키지는 않았다. 대신에 갑자기 무릎을 꿇고 땅에 앉더니 나를 와락 끌어안았다. 난 아버지의 가슴에 얼굴을 묻은 채 무슨 말을 해야 할지 먹먹하기만 했다. 너무 갑작스러운 일이었고 놀라지 않을 수 없는 일이었다. 물론 아버지와 나는 항상 좋은 친구였다. 아니, 한 때는 좋은 친구였다. 그리고 앞으로 얼마든지 다시 좋은 친구 사이가 될 수도 있을 것이었다. 아버지는 성인이었고 나는 대개의 경우 아버지를 절대적으로 존중하고 또 존경했다. 우리 사이에는 여전히 비밀스러운 약속이 존재하고 있었다. 그럼에도 불구하고 이렇게 서로 포옹하는 일은 이전에 단 한 번도 없었다. 사실 포옹을 하는 대신 경사진 비탈길을 데굴데굴 구르면서 서로에게 장난으로 주먹질을 하는 게 우리에겐 더 어울렸다. 그러기 위한 공간은 얼마든지 있었다. 하지만 아버지가 내게 해 주는 포옹. 이건 장난이라 하기에는 어울리지 않았다. 옳은 일처럼 여겨지지도 않았다. 나는 손을 어디에 두어야 할 지 몰라 당황하기 시작했다. 아버지의 두 팔을 뿌리치고 싶지도 않았고 아버지가 내게 하는 것처럼 아버지를 힘껏 끌어안고 싶지도 않았기 때문이다. 그래서 난 두 팔을 허공에 내맡겼다. 다행히 오랫동안 그러고 있을 필요는 없었다. 아버지가 나를 감싸 안았던 두 팔을 풀고 금방 자리에서 일어났기 때문이다. 아버지는 내 손을 잡아당겨서 날 일으켜 세웠다. 아버지의 얼굴에 미소가 가득했다. 하지만 난 그 미소가 나를 향한 것인지 확신할 수 없었다. 무슨 말을 해야 할 지도 알 수 없었다. 아버지는 내가 타고 있던 말의 고삐를 건넨 후 내 셔츠에 묻은 덤불과 먼지들을 털어주었다. 아버지는 어느새 평소의 조용하고 신중한 사람으로 되돌아가 있었다.

"스웨덴으로 들어가 보는 게 어때? 나라 전체가 곧 우리 눈앞에서 사라지기 전에 말이야. 저 쪽엔 이제 보스니아만과 핀란드밖에 안 남았어. 하지만 우리에게 핀란드는 소용없는 나라나 마찬가지지."

나는 아버지가 무슨 말을 하고 있는지 도무지 이해할 수 없었다. 하지만 아버지는 내가 이해하기를 기다리는 것 같지도 않았다. 아버지는 곧 말에 올라탔고 나도 말안장에 올라앉았다. 이번에는 고상하게 보이려는 노력조차도 하지 않았다. 그렇게 할 수도 없었다. 뻣뻣해진 온몸 곳곳에서 통증이 느껴졌다. 우리는 꼭대기에 홀로 외롭게 서 있는 소나무를 지나 스웨덴 국경 안으로 발을 들여놓았다. 내 짐작은 틀리지 않았다. 실제로 경계선을 지나도 달라진 건 없었지만 느낌만은 확실히 달랐던 것이다.

그날 우리는 계곡으로 불쑥 튀어나온 절벽 아래서 밤을 보냈다. 그곳에는 이미 누군가가 모닥불을 피워놓은 흔적이 있었다. 우리는 흩어져 있는 소나무 잔가지들을 모아 두 개의 침상을 만든 다음 그 위에 몸을 눕혔다. 하지만 솔잎들은 이미 시들어 갈색으로 변한 뒤였다. 손으로 한 번 쓰다듬으면 우수수 떨어져 나가 버릴 정도로 힘도 없었다. 그래서 우리는 시든 솔잎이 붙어있는 가지들은 치워 버리고 가까이 있는 나무에서 새 가지를 잘라 다시 침상을 만들었다. 소나무 가지로 만든 침대에 얼굴을 묻고 있으려니 취할 듯 강한 솔 향에 기분이 좋아졌다. 돌멩이로 둥글게 바람막이를 만들고 그 안에 모닥불을 피웠다. 그리고 행복한 식사를 했다. 우리는 울타리를 만들기 위해 가져온 동아줄을 길게 엮어 사방의 네그루 소나무에 일정한 간격을 두고 묶었다. 그리고 그 안쪽에 두 마리의 말을 풀어 놓았다. 모닥불 옆 우리가 앉아있는 곳에서는 말들의 모습을 볼 수 없었다. 때는 이미 8월이었고 어스름한 저녁 빛이 벌써 숲을 덮고 있기 때문이었다. 하지만 우리는 말들이 이름 모를 풀들로 푹신하기까지 한 땅 위에서 가끔은 돌멩이들을 걷어차기도 하고 서로에게 말을 걸듯 목으로 만들어내는 부드러운 소리를 들을 수 있었다. 모닥불의 불꽃은 내 머리 위의 바위산을 붉게 물들였고 그 광경은 머릿속에 맴돌고 있던 조각난 생각들을 잠 속으로 한데 몰아넣었다. 강렬하고 선명한 꿈을 만들어내기에 부족함이 없는 자장가였다. 한밤중에 잠이 깼을 때 나는 그곳이 어디인지, 또 왜 내가 그곳에 있는지 기억해 낼 수 없었다. 모닥불은 여전히 타고 있었고 어슴푸레 다가오는 새날을 밝히기에 부족하지 않았다. 나는 자리에서 일어나 조심스럽게 발을 옮겨 말들이 있는 곳으로 다가갔다. 갑자기 머릿속에서 모든 기억들이 한 순간에 되살아났다. 천천히 흐르는 강물처럼, 길 위의 나무뿌리와 자갈들이 운동화 밑바닥을 조용히 스쳐갔다. 나는 울타리를 사이에 두고 고요한 것들에 대해 이야기하며 나지막한 목소리로 말들에게 말을 걸었다. 그때 내가 무슨 말을 했는지는 이제 기억나지 않는다. 그리고는 강렬하고도 아름다운 선을 지니고 있는 말들의 목덜미를 쓰다듬어 주었다. 나는 내 손가락에 묻어온 그들의 냄새와 함께 가슴속에서 고개를 드는 평정을 느낄 수 있었다. 갔던 길을 되돌아오며 나는 잠에 취해 몇 번이나 돌부리에 걸려 넘어질 뻔 했다. 절벽 아래 이른 나는 지체 없이 담요를 머리끝까지 끌어올린 후 잠에 빠졌다.

이제는 되돌릴 수 없는 지난날이다. 난 지금 낡은 오두막, 오래된 부엌에 앉아 앞으로 내게 다가올 날들을 이용해서 어떻게 하면 이곳을 살기 편안하고 아늑한 곳으로 바꿀 수 있을지 계획을 세우고 있다. 갑작스럽게 나를 방문했던 딸은 이미 가 버렸고 그녀의 사랑스러운 목소리, 손가락에 달려 있던 담배꽁초 또한 그녀의 자동차가 뿜어내던 주홍빛 불빛과 함께 사라졌다. 문득 바라본 창밖의 풍경은 조금 전과 다른 빛을 머금고 있다. 시간이 지남에 따라 저렇듯 서로 다른 색을 만들어내는 자연은 그 변화의 경계를 단 한 점의 틈새도 없이 너무 자연스럽게 이어나가고 있었다. 가끔 사람들은 자신이 외국에서 생활했던 지난날을 이야기하며 그때는 지금과 달랐다고 말을 한다. 나 또한 지난 날 그들과 같은 상황에 있었다면 그들과 다르지 않은 얘기를 했을지 모른다. 하지만 지금은 아니다. 집중을 해서 생각을 모으고 내 기억 창고에 발을 들여놓으면 마치 선반 위에 놓인 오래된 영화들을 골라내듯 순간순간의 기억들이 내 몸을 스쳐지나가는 것을 느낄 수 있다. 아버지와 함께 말을 타고 숲길을 지나 스웨덴 국경을 넘던 일. 적어도 그 당시의 내게 있어서 스웨덴이라는 나라는 외국이 분명했다. 절벽 아래 피워 놓은 모닥불 옆에서 잠을 청했던 그날 밤, 나는 다시 잠을 깼다. 아버지는 뜬 눈으로 절벽을 올려다보고 있었다. 모닥불의 붉은 빛이 아버지의 이마와 짧고 억센 수염이 뒤덮인 양 볼을 비추고 있었다. 비록 아버지가 다시 눈을 감고 잠드는 모습을 볼 만큼 오래 깨어있진 못했지만 난 그때 보았던 아버지의 그 모습을 사랑했다.

아버지는 나보다 한참 전에 일어나서 말에게 물을 주고 씻겼으며 갈기를 빗질해 주었다. 그리고 다시 하루를 시작할 생각에 조바심마저 생긴 듯 분주하게 움직였다. 하지만 아버지의 목소리에는 긴장감이나 조바심으로 인한 날카로움이 묻어있지 않았다. 나는 꿈에서 채 헤어나기도 전에 아버지와 함께 짐을 싸고 말 등에 안장을 얹은 다음 다시 길을 떠났다.

/

물 흐르는 소리가 들려왔다. 강이 모습을 드러내기도 전이었다. 우리는 작은 언덕을 돌아 강가에 도착했다. 나뭇가지들 사이로 보이는 반짝이는 물결은 거의 하얗게 보였다. 공기는 어느새 변해서 숨쉬기가 즐거울 정도였다. 나는 그 강이 오두막 옆을 흐르던 강과 같은 강이라는 걸 대번에 알아챘다. 같은 강. 하지만 스웨덴 안으로 깊숙이 뻗어 들어간 남쪽 부분이라는 것만 다를 뿐이었다. 흐르는 물살로 같은 강인지 다른 강인지 알아낼 방법은 전무했지만 느낌으로 확신 할 수 있었다.

곧 우리는 강둑에 도착했고 거기서부터 말머리를 남쪽으로 돌려 강을 건넜다. 물 위에는 통나무가 하나 떠있었다. 아래쪽을 보니 몇 개의 통나무가 얕은 여울목에 떼를 지어 멈춰 있었다. 아버지는 도끼를 꺼내 육지 위의 작은 소나무 두 그루를 내리쳤다. 그리고 함께 신발을 신은 채 강으로 걸어 들어갔다. 운동화를 신은 나와 목 높은 장화를 신은 아버지는 도끼로 찍어내 만든 두 개의 작대기를 들고 여울목에 멈춰 있는 통나무들을 흐르는 물살 속으로 밀어 넣었다.

아버지의 얼굴에 걱정스러운 기미가 비쳤다. 수면이 충분히 깊지 않아서 통나무를 실어 나르기 쉽지 않을 듯했다. 단번에 통나무더미를 하류로 보내려던 아버지의 계획에 차질이 생긴 게 확실했다. 우리는 소나무 작대기를 들고 말 위에 올라탄 채 하류 쪽으로 달렸다. 그 모습은 마치 한 무리의 기사들을 이끌고 고대 잉글랜드의 적군이었던 노르만족에 전쟁을 선포하며 달리는 아이반호처럼 보였으리라. 나는 언젠가 영화 속에서 보았던 장면을 상상해 보려고 했지만 둑 옆으로 무성하게 솟아오른 덤불 사이를 달리는 말의 잔등 위에서는 쉽지 않은 일이었다. 언제 어디서 적군이 튀어나올지도 모른다는 생각마저 들었다. 우리는 물살이 꺾이는 지점에 이르렀다. 그곳에는 낮아진 수면으로 인해 모습을 드러낸 바짝 마른 두 개의 커다란 바위가 있었다. 두 개의 바위 사이에는 통나무 하나가 마치 쐐기를 박아놓은 듯 꼼짝 않고 누워 있었고 그 위에는 상류에서 떠내려 온 수 십 개의 통나무들이 차곡차곡 쌓여 있었다. 아버지가 원하던 광경이라고는 할 수 없었다. 아버지는 안장 위에서 무너져 내릴 것 같은 모습을 하고 있었다. 그런 아버지를 보고 있으려니 고통스러울 정도였다. 불안해지기 시작했다. 난 말에서 뛰어내려 물속으로 들어가 꿈쩍 않고 쌓여있는 통나무들을 쏘아보았다. 불안한 마음을 감추지 못하고 둑까지 뛰어갔다 되돌아오는 일을 반복하면서도 나는 통나무에서 눈을 떼지 않았다. 가만히 있을 수가 없었다. 가능한 모든 각도에서 쌓여 있는 통나무들을 들여다보며 해결방법은 없을지 고심했다. 마침내 머리를 번쩍 스쳐가는 생각에 나는 큰 소리로 아버지에게 외쳤다.

"저기 있는 저 통나무에 밧줄을 동여맨다면,"

나는 문제의 원인이다 싶은 통나무 한 개를 손가락으로 가리키며 말을 이었다.

"그리고 바위에서 조금만 끌어낼 수 있다면 해결할 수도 있을 것 같아요. 그러면, 다른 통나무들은 저절로 따라올 것 같은데요."

"그곳까지 걸어 들어가기는 쉽지 않아."

아버지의 목소리는 이미 포기한 듯 차갑게 식어있었다.

"더구나 그 통나무를 바위로부터 1밀리미터라도 움직이는 건 거의 불가능해."

"맞아요. 그럴 수도 있겠네요. 하지만 말들의 힘을 빌리면 되지 않을까요?"

"그렇군."

나는 아버지의 대답에 한 줄기 안도감을 느꼈다. 말들에게 뛰어간 나는 안장에 매여 있던 내 밧줄과 아버지의 밧줄을 풀어서 둘을 엮은 다음 튼튼하게 매듭을 지었다. 머리 위에서부터 밧줄을 덮어 내려 쓴 나는 그걸 가슴에 두른 뒤 옆구리를 거쳐 등 쪽에 단단하게 조였다.

"아버지는 반대쪽을 맡으세요."

나는 뒤도 돌아보지 않고 아버지를 향해 외쳤다. 대답도 기다리지 않고 둑으로 달려간 나는 눈어림으로 거리를 재어본 다음 물속으로 몸을 날렸다. 차가운 강물 때문에 심장이 얼어붙을 것 같았다. 얕은 강은 오래지 않아 끝나고 갑자기 깊어진 물속에서 난 허우적거리며 헤엄을 쳐서 강의 한복판으로 나아갔다. 물살은 세지 않았지만 내 몸 하나 정도를 내가 왔던 곳으로 되돌려놓기엔 충분한 힘을 지니고 있었다. 난 다시 있는 힘을 다해 헤엄쳤고 마침내 흐르는 물살에 몸을 맡길 수 있는 지점까지 갔다. 첫 번째 통나무를 향해 손을 뻗은 나는 통나무를 짚고 몸을 일으킬 수 있는지 가늠해 보았다. 운동화를 신은 발로 여기저기 몸을 지탱할 만한 곳을 찾아 짚어보던 나는 마침내 나무둥치로 생각되는 한 부분에 발을 올려놓을 수 있었다. 그리고 그 위에 올라서서 몸의 균형이 잡힐 때까지 가만히 서 있었다. 그리고 번쩍 든 한 손으로 밧줄을 꾹 쥔 다음 다른 통나무를 향해 몸을 날렸다. 서로 얽혀있는 통나무들 위를 뛰어다니던 나는 내 몸에 익숙해지는 일정한 리듬을 느낄 수 있었다. 어떤 통나무는 내가 뛰어내리는 순간 빙글 돌아 방향을 바꾸기도 했지만 그럴 땐 다른 통나무로 몸을 날려서 균형을 잡았다. 아버지가 둑 위에 서서 내게 외쳤다.

"도대체 거기서 뭘 하고 있는 거니?"

"날고 있는 중이에요!"

"언제 그런 기술을 배웠지?" 아버지가 다시 소리쳤다.

"아버지가 다른 데 한 눈 팔고 있을 때요."

나는 큰 소리로 웃음을 터뜨리며 문제의 원인이라 할 수 있는 통나무 위로 몸을 날렸다. 다행히 수면 바로 아래에 보이는 그 통나무의 양 끝에 밧줄을 맬 수 있는 부분이 보였다.

"아무래도 물속으로 들어가야 할 것 같아요."

난 아버지를 향해 외쳤다. 아버지가 대답을 하려고 채 입을 열기도 전에 난 물속으로 뛰어들었다. 물살은 통증이 느껴질 만큼 거세게 내 등을 때렸고 마치 내 일을 방해하려는 듯 두 팔을 잡아끌었다. 나는 눈을 치켜뜨고 밧줄을 맬 곳을 찾았다. 그리고 머리 위로 매듭진 밧줄을 끌어올려 통나무에 단단히 묶었다. 모든 게 순조로웠고 난 한참동안 그렇게 기분 좋은 표류를 만끽했다. 그저 일정한 간격으로 숨을 쉬면서 통나무에 손을 얹어 중심을 잡는 데만 집중을 하고 있었을 뿐이다. 잠시 후 난 다시 수면으로 떠올랐다. 아버지가 맞은편에서 이미 매듭 짓는 일을 시작하고 있었다. 이제 내가 해야 할 일이라고는 무사히 둑 쪽으로 헤엄쳐 가는 일 밖에 없었다. 마침내 뭍으로 올라 온 나는 마른 땅 위에 물방울을 뚝뚝 떨어뜨리며 서 있었다.

"정말 잘 했어. 훌륭해!"

아버지가 미소를 지으며 육지 위에 던져진 밧줄의 한쪽 끝을 마구에 묶었다. 그리고는 고삐를 들고 말 앞에 서서 "당겨!"라고 큰 소리로 외쳤다. 말은 있는 힘을 다해 밧줄을 끌었지만 변한 건 없었다. 아무것도 움직이지 않았던 것이다. 아버지는 다시 소리쳤다. 강 쪽에서 뭔가 긁히는 소리가 들려왔다. 마치 뭔가 부러지는 소리처럼 들리기도 했다. 순간 바위 사이에 끼어 멈추어 있던 한 무더기의 통나무들이 움직이기 시작했다. 하나씩 분리된 통나무들은 흐르는 강물에 몸을 맡기고 하류 쪽으로 방향을 틀어 움직였다. 나는 아버지의 얼굴에서 만족스러운 표정이 떠오르는 것을 보았다고 생각했다. 나를 쳐다보던 아버지의 눈에 자랑스러워하는 내 모습이 비치고 있었음은 물론이다.

III

17

 내가 알고 있는 모든 것을 감추고 있던 커튼이 떨어져 내린 기분이었다. 다시 태어난 느낌이라 해도 좋았다. 눈에 들어오는 색도 같지 않았고 향도 틀렸으며 내 속에 존재하고 있는 어떤 느낌도 이전과는 달랐다. 그것은 온기와 한기, 밝음과 어두움, 또는 보라색과 회색처럼 대비되는 명백한 차이라고는 할 수 없었다. 그 차이점은 어쩌면 두려움과 행복 사이에 존재하는 모호한 상이성이라고 해도 좋을 것이었다.
 과거에도 가끔씩 설명할 수 없는 행복감에 빠져들 때가 있었다. 강가의 오두막을 떠난 후에도 첫 주는 완전히 떨쳐내지 못한 그 여름의 기억으로 가끔 온몸을 덮쳐오는 행복감을 경험했다. 리얀 역을 지나 닐센바켄의 언덕길을 내려와 모세베이엔을 거친 다음 7킬로미터나 떨어져 있는 오슬로 시내로 자전거를 타고 가다보면 말할 수 없는 행복감과 기대감으로 가슴이 벅차오르는 걸 느낄 수 있었다. 하지만 동시에 설명할 수 없는 조바심이 생겨서 이유를 알 수 없는 웃음을 터뜨리기도 했다. 그 어떤 일에도 집중할 수가 없었다. 길을 지나며 바라보는 광경과 피오르의 장관은 이전부터 속속들이 알고 있는 것들이었지만 그 여름 이후부터는 다르게 느껴졌다. 잉기에르스트란 해변과 로알 아문센 박물관 쪽으로 뻗어있는 네소덴, 분네 피오르도 마찬가지였다. 좁은 해협 위에 자리한 멋진 다리, 그 밑으로 눈을 돌리면 볼 수 있는 작은 '여우섬'과 바로 뒤에 위치한 또 다른 섬, 말름까지도 이전과 다르게 보였다. 비페탕겐 부두 위에 점점이 보이는 사일로와 미국 함선을 위해 만들어놓은 맞은편 항구 요새의 회색벽도 낯설게 보였고 심지어 시내를 덮고 있는 8월의 하늘조차 생소해 보였다.

자전거를 타고 외스트바네 역을 향했을 때 하늘에는 거의 하얗게 보일 정도로 희미하고 어슴푸레한 빛이 번져 있었다. 나는 회색 반바지에 단추를 풀어헤친 셔츠 차림으로 베께라게를 지나고 있었다. 왼쪽에 보이는 철로와 오른쪽 에께베르그 피오르의 경사진 바위산, 갈매기 울음소리, 기차역 노숙자들이 풍기는 크레오소트 냄새, 문득 코를 찌르는 짠 바닷물의 향, 이 모든 것들이 떨리는 공기 속에 공존하고 있었다. 8월말, 여름의 끝 무렵이었지만 여전히 무더웠다. 나는 열린 가슴 안으로 불어오는 후덥지근한 바람을 맞으며 내 귀에만 들릴 수 있을 정도로 나지막이 콧노래를 부르며 햇살 속을 달렸다.

난 아버지의 자전거를 물려받았다. 온 나라 안을 뒤져도 새 자전거를 구하는 건 하늘의 별따기보다 어렵던 시절이었다. 아버지는 그 자전거를 몇 해 동안 사용한 적이 있지만 집을 떠나 있는 시간이 길어지면서 지하실에서 애물단지 노릇만 하고 있었다. 당시에 아버지에겐 자전거가 전혀 필요 없었다. 아버지는 새 시대가 왔다고 했다. 그리고 새로운 계획을 세우고 있었다. 자전거는 아버지의 새로운 계획안에서 아무 역할도 맡을 수 없었다. 어쩌면 그 말이 자전거를 내게 물려주기 위한 핑계에 불과할지라도 나는 기분이 좋기만 했다. 나는 자전거를 타면서 일종의 자유를 느꼈고 아버지의 몸짓과 생활을 흉내 내 보기도 했다. 깨끗이 닦아서 기름칠을 한 자전거가 윤기로 반짝였다. 바퀴는 어느 한 군데 조금의 삐걱거리는 소리도 없이 중심에서 뒷바퀴까지 연결된 체인 사이에서 부드럽게 잘 움직였다. 내리막길을 달릴 때면 나는 페달 위에 발을 올려놓은 채 기분 좋은 질주를 즐겼다. 나는 바닷가에 위치한 외스트바네 역 쪽으로 방향을 바꿔서 역 앞에 자전거를 세워 놓았다. 그리고 작열하는 태양과 어슴푸레한 실내 사이에 그려진 빛의 경계선을 넘었다. 나는 사람들이 만들어내는 먼지 묻은 공기 속에서 열차들의 도착시간을 알리는 전광판을 바라보았다. 키가 큰 사람들의 장벽을 뚫고 검댕이로 그을린 유리 속 전광판의 숫자를 자세히 읽어내는 건 쉬운 일이 아니었다. 역 안에서 유니폼을 입은 안내원의 팔을 끌어당겨 오슬로에서 엘베룸을 거쳐 오는 열차들의 시간을 꼬치꼬치 캐묻는 사람은 아마 나 밖에 없었을 것이다. 그는 한참동안 나를 바라보았다. 나를 알고 듯한 눈치였다. 사실 난 이전에도 그에게 같은 질문을 한 적이 있었다. 셀 수 없을 정도로 자주 그랬다. 하지만 그는 언제나 말없이 전광판을 손가락으로 가리킬 뿐이었다. 전광판에는 내가 이미 본 정보 밖에 없었다. 그 어떤 비밀스러운 정보도 없었고 누락된 정보도 없었다.

언제나처럼 나는 필요이상으로 일찍 도착했다. 기둥에 몸을 기댄 후 역 안을 비추는 어슴푸레하고 낯선 빛 속에 빽빽하게 모여든 사람들을 하나하나 살펴보았다. 하지만 그 어느 누구도 내가 찾는 사람은 아니었다. 역 안의 조명은 한낮의 것도, 한밤의 것도, 또는 아침에 볼 수 있는 빛과도 거리가 멀었다. 그곳엔 사람들의 발자국과 목소리가 만들어내는 메아리가 끊임없이 울려 퍼지고 있었지만 눈을 들어 올려본 둥근 지붕 언저리에는 열을 지어 앉아 있는 비둘기들 사이로 거대한 정적이 자리하고 있었다. 회색, 흰색, 얼룩진 밤색 등 색색의 비둘기들이 고개를 비스듬히 한 채 나를 내려다보고 있었다. 그들은 철 기둥 사이로 틈만 있으면 둥지를 지어 한 평생을 살아갈 보금자리를 만드는데 여념이 없는 것 같았다.

물론 그날도, 그는 오지 않았다.

1948년의 늦은 여름 내내 엘베룸에서 오는 기차를 내가 얼마나 고대했는지 모른다. 자전거를 타고 역으로 달려간 것만 해도 셀 수 없이 많았다. 그때마다 나는 온몸을 조여 오는 긴장감과 기대감에 몸살을 앓았고 그건 내게 있어 일종의 행복이었다고도 할 수 있다.

물론 그는 오지 않았다.

그리고 오랫동안 기다렸던 비가 내렸다. 나는 하루걸러 한 번씩 자전거를 타고 오슬로 시내로 가서 엘베룸에서 오는 기차를 기다렸다. 노란 비옷을 입고 방수모를 쓴 내 모습은 로포텐(대구잡이로 유명한 노르웨이 최북단 항구도시-역주)에서 온 어부처럼 보였을 지도 모른다. 웰링턴 부츠를 신고 페달을 밟으면 고여 있는 빗물 위를 구르는 자전거바퀴가 흙탕물을 튀겨냈다. 철로가 터널 안으로 사라졌다 다시 산등성이 왼편에서 모습을 드러내기 전에 보이는 에케베르그 산등성이에는 빗물로 만들어진 조그만 폭포수가 흘러내리고 있었다. 거리에 촘촘히 서 있는 집과 빌딩들은 빗속에서 그 어느 때보다 더 짙은 회색빛을 띠고 있었고 거기에선 어떤 눈도, 귀도, 어떤 목소리도 찾아볼 수 없었다. 나는 그 회색빛 거리에서 어떤 이야기도 들을 수 없었다. 그러던 어느 날, 나는 역으로 가는 일을 더 이상 하지 않게 되었다. 그 다음 날도 또 그 다음 날도. 마치 연속적으로 이이지는 날들 사이에 거대한 장막이 드리워진 것 같은 기분이었다. 그건 새로 태어난 느낌과도 비슷했다. 그날 이후 나를 지나쳐 가는 나날들은 색깔도 달라졌고 냄새도 달랐으며 언제나 옳다고 생각하며 가슴 속에 간직해온 그 느낌도 달라졌다. 그건 온기와 한기, 밝음과 어두움, 또는 보라색과 회색으로 명백히 대비되는 차이점은 아니었다. 그것은 내가 느끼는 어떤 감정, 즉 두려움과 행복 사이에 느낄 수 있는 모호한 차이점이라 할 수 있었다.

그 해 늦가을, 한 통의 편지가 도착했다. 우표에 찍힌 도장을 보니 발신지는 엘베룸이었다. 겉봉에 적힌 수신자의 이름은 어머니의 것이었다. 주소 또한 우리가 살고 있는 닐센바켄의 주소였다. 하지만 봉투 안에 들어있는 편지에는 우리 세 명의 이름이 모두 적혀 있었다. 성도 적혀 있었다. 비록 우리 모두 같은 성을 가지고 있었지만 말이다. 오래 전에 써 놓은 듯한 편지였다. 그리고 짧은 편지였다.

그는 우리가 함께 했던 지난날에 감사한다고 썼다. 지난 시간을 되돌아보면 행복하기만 하다고 적혀 있었다. 하지만 이제는 그에게 다른 시간이 찾아왔다고 했다. 집으로 다시 돌아가는 일은 없을 거라 했다. 그는 스웨덴의 칼스타에 있는 한 은행에 지난여름 통나무 수송 작업으로 벌었던 돈을 넣어두었다고 했다. 은행에는 이미 편지를 써 놓았으며 편지에 동봉한 위임장을 가지고 그 은행으로 가서 신분을 확인하면 돈을 찾을 수 있을 거라 했다. 항상 행복하기를 바라며……. 그걸로 끝이었다. 내게 돌아오는 어떤 특별한 인사말은 찾아볼 수 없었다. 알 수 없었다. 장문은 아니라도 적어도 나만을 위한 인사말이나 당부의 말은 기대했는데 말이다.

"통나무?"

편지를 다 읽은 후 어머니가 했던 단 한 마디의 말이었다. 어머니는 그때 보였던 무거움과 어두움을 이후 평생 지니고 살았다. 걸을 때 움직이는 엉덩이와 팔에도 무거움이 실렸고 목소리에는 어두움이 묻어 있었다. 심지어 깊은 잠에 빠져 비몽사몽의 세계를 경험하듯 어머니의 눈썹마저도 어두운 무거움을 간직했다. 문제는 내가 지난여름에 있었던 일을 어머니에게 말해주지 않았다는 것이다. 단 한 마디도! 난 그저 정리해야 할 일만 마치면 곧 집으로 돌아오겠다던 아버지의 말만 믿고 있었다. 그리고 아버지가 집으로 돌아오면 모든 게 해결될 거라고 믿었던 것이다. 하지만 아버지는 그날의 짧은 편지 한 장으로 약속을 대신했다.

어머니는 외삼촌에게 돈을 빌렸다. 어머니에게는 1943년 남쪽 바닷가의 어느 경찰서를 탈출하다 게슈타포의 총에 맞은 동생 말고 다른 동생이 있었다. 외삼촌의 이름은 '아문'이었다. 총에 맞아 세상을 떠난 다른 외삼촌의 이름은 '아르네'. 그들은 쌍둥이였다. 그들은 태어나면서부터 모든 걸 함께 했다. 함께 학교를 다녔고 함께 크로스컨트리 스키를 탔으며 함께 사냥을 했다. 하지만 이제 '아문' 삼촌은 이 모든 걸 혼자 해야만 했다. 그는 볼레렝가 시내에 아르네 삼촌과 함께 살던 조그만 아파트에서 아직도 혼자 살고 있다. 외로운 사냥꾼인 셈이다. 그는 결혼을 하지 않고 평생을 독신으로 살았다. 당시에는 서른 한 두 살이 넘지 않았으리라 짐작된다. 하지만 그의 아파트는 노인에게 나는 퀴퀴한 냄새로 가득 차 있었다. 적어도 내가 그를 방문했을 때는 그랬다.

어머니는 삼촌에게 빌린 돈으로 스톡홀름행 기차표를 샀다. 칼스타는 스톡홀름으로 가는 길에 있었다. 기차는 오슬로 동역에서 이른 아침 출발해 글롬마 강을 따라 콩스빙에르를 기점으로 남쪽으로 꺾은 다음 스웨덴으로 갈 예정이었다. 칼스타로 가기 위해서는 글라프스 피오르 옆에 위치한 샬로텐베르그와 아르비카를 거쳐야 했다. 칼스타는 베네른이라는 거대한 강 옆에 자리한 베름란 구(區)의 중심도시이자 항구도시이기도 했다. 우리는 당일 오후 다시 집으로 돌아올 예정이었다. 어머니는 나와 함께 가고 싶어 했다. 누나는 집에 있어야 했다. 누나는 입을 삐죽거리며 불만을 표시했지만 그건 내 잘못이 아니었다.

이번에는 모세베이엔 가(街)를 거쳐 외스트바네 역으로 자전거를 타고 가는 대신 리얀 역에서 오는 기차를 탔다. 피오르 위에 펼쳐져 있는 하늘은 더 이상 여름을 머금고 있지 않았다. 회색빛 하늘은 거의 파도에 닿을 듯 낮게 느껴졌고 거센 바람은 하얀 거품을 만들어서 여기저기 보이는 섬들 사이로 바닷물을 밀어내기 바빴다. 나는 플랫폼에 서서 철로 위로 바람을 싣고 하늘을 향해 날아오르는 한 여인의 모자를 바라보았다. 셀 수 없이 많은 소나무 가지들이 거센 돌풍 때문에 땅으로 곤두박질치듯 비틀거리고 있었다. 하지만 어느 하나 꺾어진 나무는 없었다. 내가 어렸을 땐 돌풍 속의 나무들을 보며 그것들이 언젠가는 꺾어지고 말리라는 생각을 했다. 아래층 창가에 앉아서 붉은 듯 누런빛을 띤 여린 나뭇가지들이 집과 언덕을 삼킬 것처럼 피오르 위쪽으로부터 불어오는 거센 바람에 곧 항복하고 말 것 같은 모습을 볼 때 마다 항상 긴장을 늦추지 못했다. 금방이라도 부러질 것처럼 보이는 나무들이었지만 이상하게도 정작 부러지는 일은 없었다.

외스트바네 역에 도착했다. 나는 서로 다른 기차들이 어느 플랫폼으로 들어서는지 정확하게 알고 있었다. 물론 그 기차들이 언제 출발하는지도 알았다. 난 어머니와 함께 우리가 탈 기차가 정차할 플랫폼으로 들어섰다. 오른쪽 어깨너머에는 막 역으로 들어오는 열차를 두고 왼쪽 어깨너머로는 안면이 있는 사람들과 인사를 나누었다. 짐을 운반하는 포터와 역무원들은 물론 구내매점을 지키는 여인, 그리고 구역질이 날 만큼 독한 냄새를 풍기며 항상 뭔가를 들이

키고 있던 두 남자와도 눈인사를 주고받았다. 그들은 항상 병 하나를 가지고 그 안에 든 걸 나눠마셨는데 그 때문인지 거의 매일 역 밖으로 쫓겨나곤 했다. 하지만 그들은 매번 다시 역 안으로 들어왔다.

난 창가 쪽 좌석에 기차의 뒤쪽을 보고 앉았다. 어머니는 기차가 가는 방향과 반대로 앉으면 항상 멀미가 난다고 했다. 사실 적지 않은 사람들이 가지고 있는 문제이기도 했지만 나와는 상관없는 일이었다. 기차는 글롬마 강을 따라 움직였고 블라께르 역과 오르네스 역을 거치면서 '핑', '핑' 하는 소리를 냈다. 그러면 열차의 바퀴는 철로의 연결지점을 치고 지나가며 덜커덩거리는 소리로 응답했다. 나는 눈썹 위를 깜박이며 지나치는 빛을 벗 삼아 잠깐 잠에 빠졌던 것 같다. 그 빛은 햇살이라 할 수 없었다. 그건 물 위에 낮게 펼쳐진 하늘에서 번져 나오는 회색빛이었다. 나는 강가의 오두막으로 가는 꿈을 꾸었다. 내가 앉아 있는 곳은 오두막으로 향하는 버스 안이었다.

잠에서 깬 나는 침침한 눈을 비비며 글로마 강을 내다보았다. 갑자기 그 해 여름 이후 강은 항상 내 가슴 속에 자리하고 있었다는 걸 느낄 수 있었다. 흐르는 물은 나의 벗이었다. 우리는 북쪽으로 향하고 있었고 강은 남쪽에서부터 시내 쪽으로 흐르고 있었다.

나는 글롬마 강에서 눈을 돌려 어머니를 바라봤다. 어머니의 얼굴에도 철로 옆에 서 있는 전신주와 나뭇가지를 통해 듬성듬성 내리비추는 빛이 나타났다 사라졌다. 어머니는 눈을 감고 있었다. 무거운 눈, 둥근 볼. 잠에 빠져 있는 어머니의 모습은 왠지 낯설기만 했다. 아버지를 향한 설명할 수 없는 감정이 솟구쳤다. 젠장! 아버지는 저 어머니와 나를 남겨두고 영영 사라진 것이다.

오! 나는 어머니를 사랑했다. 그렇지 않았다고는 절대 말할 수 없다. 내 앞에 앉아 있는 어머니의 어두운 얼굴에서 엿본 우리의 미래는 결코 밝지 않았다. 3분 정도만 바라보아도 어머니의 그 무거운 얼굴은 내 두 어깨로 온 세상을 짊어져야 할 것 같은 기분을 심어주기에 충분했다. 숨쉬기 힘들 정도로 가슴이 답답해졌다. 자리에 가만히 앉아 있을 수도 없었다. 나는 자리에서 일어나 객실 문을 열고 통로로 나갔다. 창에 기대서서 열차 밖으로 지나쳐가는 들판을 바라보았다. 추수가 끝난 들판에는 옅은 황토색 가을빛이 스며있었다. 그 풍경을 바라보는 사람은 나 외에도 한 사람이 더 있었다. 구부정한 등을 하고 담배 연기를 내뿜고 있는 그의 모습은 딴 세상에 있는 듯 멀게 느껴졌다. 내가 다가가자 그는 여전히 꿈속에서 헤어나지 못한 듯 몽롱한 눈길에 호의적인 미소를 담아서 고개를 끄덕였다. 그는 아버지와 전혀 닮지 않았다. 나는 열차의 통로 끝까지 걸어가 벽에 달린 물통을 한 바퀴 돈 다음 다시 담배를 들고 있는 사내를 지나쳐서 처음의 그 자리로 돌아왔다. 잠시 바닥을 쏘아보던 나는 열차의 다른 칸으로 가서 빈 객실을 찾아서 들어갔다. 문을 닫은 후 창틀에 머리를 기댄 채 마치 내게로 향하듯 흐르다 어느새 내 등 뒤로 사라져가는 강물을 바라보았다. 그 모습을 보며 나는 눈물을 흘렸던 것 같다. 잠시 후에 난 눈을 감고 목석처럼 꼼짝도 하지 않은 채 잠에 빠졌다. 얼마나 잤을까. 열차 승무원이 객실 문을 열고 들어와서 칼스타에 도착했다고 알려주었다. 우리는 플랫폼에 나란히 서 있었다. 철로 위의 열차는 우리 등 뒤에서 다시 출발하려는 참이었다. 이제 곧 철로를 망치로 두드리는 듯한 소리를 내며 스톡홀름으로 향하겠지. 통풍기가 바람을 걸러내는 심술궂은 소리, 전신주 사이로 늘어진 케이블을 지나는 바람소리, 플랫폼에서 아내인 듯한 여인에게 스웨덴어로 "젠장, 빨리 오지 않고서 뭘 하는 거야?"라고 고함치는 소리가 내 귓전을 스쳤다. 남자의 아내는 역 안을 메아리치는 고함 소리에도 꼼짝 않고 가만히 서 있었다. 그녀는 산더미 같은 짐으로 둘러싸여 있었다. 잠으로 조금 부은 듯한 어머니의 얼굴에 길을 잃었을 때 볼 수 있는 당황스런 표정이 나타났다. 어머니는 단 한 번도 나라 밖으로 발을 내디딘 적이 없었다. 하지만 난 외국에 가 본 적이 있었다. 비록 사람의 그림자 하나 찾아볼 수 없는 숲속이긴 했지만 말이다. 칼스타는 오슬로와 다른 모습을 하고 있었다. 사람들이 말하는 모습도 달랐다. 단번에 발견할 수 있는 사실이었다. 그들이 사용하는 단어는 물론 억양조차 달랐다. 외국에 왔다는 걸 실감하기는 어렵지 않았다. 시내는 오슬로보다 훨씬 잘 정돈되어 있었고 역에서 바라본 거리에 지저분한 모습은 조금도 찾아볼 수 없었다. 하지만 우린 어디로 가야 할 지 알 수가 없었다. 어머니와 나는 가방을 한 개밖에 가져오지 않았다. 그곳에서 밤을 묵을 생각도 없었고 시내 관광을 할 생각도 없었기 때문이다. 우리는 은행으로 가서 볼 일만 본 후에 다시 집으로 돌아갈 생각이었다. 은행의 이름은 베름란즈 방크였다. 우리는 그 은행이 시내 중심의 어딘가에 있다고 짐작만 할 뿐이었다. 은행에서 일을 마치면 우리는 뭔가를 먹을 참이었다. 나는 아버지가 우리에게 남겨준 돈을 찾으면 카페에 들어가서 오랜만에 근사한 음식을 먹는 게 당연하다고 생각했다. 하지만 난 어머니가 도시락을 싸 온 것을 기억해냈다. 가방 속에는 만약을 대비해서 싸 온 도시락이 그대로 들어있었다.

우리는 역 건물의 타일 바닥을 가로질러 철로 옆으로 나란히 나 있는 맞은편 인도로 향했다. 그리고 예른베그스가탄을 지나 시내 중심으로 걸어갔다. 거리의 양 옆을 둘러보는 일은 잊지 않았다. 혹시라도 은행간판이 눈에 띄기를 기대하는 마음에서였다. 아버지가 보낸 편지에는 은행주소도 적혀있었지만 우리는 그 주소를 찾을 수 없었다. 어머니와 난 길을 걸으며 쉬지 않고 서로에게 물었다. "보이니?" 라는 질문에 "아니요." 또는 "아직……." 이란 대답만 미리 정해놓은 듯 튀어나왔다.

나는 옆구리에 가방을 끼고 클라라 강의 어귀까지 짧지 않은 길을 걸었다. 클라라 강은 거대한 숲이 있는 북쪽에서부터 흘러와 바로 이곳에서 세 줄기로 갈라졌다. 세 줄기의 강은 칼스타를 거쳐 베네른 강에서 다시 합쳐졌다.

"멋있지 않니?"

어머니가 내게 물었다. 나는 그렇다고 생각했다. 하지만 강에서 실려 온 얼음처럼 찬 공기는 주변을 둘러보며 아름답다고 느낄 수 있을 만큼의 여유를 허락하지 않았다. 온몸이 꽁꽁 얼어붙은 것 같았다. 열차 안에서 채 잠을 깨기도 전에 늦가을의 한기와 차가운 바람 속으로 걸어 나와야 했기 때문에 더 몸을 떨었는지도 모른다. 나는 얼른 해야만 하는 일을 끝내버리고 싶었다. 우리를 그곳까지 오게 만들었던 일. 계좌를 만들고 나간 돈과 들어온 돈을 나타내는 숫자들 밑에 두 줄을 긋고, 가지고 있는 돈은 얼마이며 사용한 돈은 얼마이며 또 남아 있는 돈은 얼마라고 말하는 은행원의 모습이 문득 떠올랐다.

우리는 강에서 방향을 돌려 우리가 서 있던 길과 평행으로 난 또 다른 길을 걷기 시작했다.

"춥니?"

어머니가 물었다.

"가방 안에 목도리가 하나 있어. 여자 목도리는 아니니 안심하고 할 수 있을 거야."

"아니요. 전 하나도 안 추워요."

어머니에게 대답하는 내 목소리에는 어딘지 모르게 초조하고 짜증 섞인 날카로움이 묻어있었다. 사실 난 이후에도 내 목소리의 그런 점 때문에 자주 비난을 받았다. 특히 여자들에게 그런 비난을 자주 받았던 것으로 기억된다. 하지만 그건 내가 여자들에게만 그런 목소리를 내서가 아니었을까. 인정해야 할 일이다.

잠시 후 나는 가방 속에서 목도리를 꺼내야만 했다. 그건 아버지의 목도리였다. 하지만 난 개의치 않고 목에 두른 뒤에 턱 밑에서 매듭을 짓고 끝을 평평하게 만들어 외투안으로 집어넣었다. 그렇게 하자 금방 가슴부분이 따뜻해졌고 훈기가 온몸으로 퍼져갔다.

"아무래도 지나가는 사람에게 물어봐야겠어요. 이렇게 무작정 돌아다닐 순 없잖아요."

"아니야. 우린 찾을 수 있어." 어머니가 말했다.

"그럼요. 결국엔 찾을 수 있겠지요. 하지만 쓸데없이 시간을 허비하는 건 정말 바보 같은 짓이에요."

나는 어머니가 낯선 사람에게 다가가 길을 물어보는 걸 두려워한다는 걸 잘 알고 있었다. 어머니는 사람들이 자신의 말을 알아듣지 못하면 어쩌나 싶은 생각에 두려워하는 게 분명했다. 어머니는 그럴 때 갖게 되는 당황스럽고 난감한 느낌을 견디지 못하는 것이다. 도시에 처음 와 보는 시골 아낙네처럼 보이는 것만은 무슨 일이 있어도 피하고 싶은 거라고 어머니는 언젠가 그렇게 말 한 적이 있다.

"그렇다면 제가 물어 볼게요."

"원한다면 그렇게 하렴. 하지만 어쨌든 우린 곧 그 은행을 찾을 수 있을 거야. 난 확신해. 틀림없이 이 근처에 있을 거야."

나는 어머니의 말을 한 귀로 흘리고 길을 걷고 있는 사람들 중 가장 먼저 눈에 띄는 남자에게 다가갔다. 난 그에게 베름란즈 방크가 어디에 있는지 알려 달라고 말했다. 그는 정상적인 사람으로 보였고 술에 취한 것 같지도 않았다. 말끔한 옷차림에 새것처럼 보이는 코트를 걸치고 있는 남자였다. 나는 내가 선택한 단어들이 알아듣기 쉽고 명확한 거라 자신하고 있었다. 하지만 그는 입을 멍하니 벌린 채 그냥 날 바라봤다. 마치 코 위에 눈이 하나 밖에 없는 외눈박이를 보는 것처럼 날 바라본 것이다. 갑자기 내 가슴 속에서 불기둥이 솟구치는 것 같았다. 내 얼굴은 뜨겁게 달아올랐고 목이 따끔거리기 시작했다.

"당신, 귀먹었소?"

"뭐라고요?"

그의 말은 마치 개가 짖는 소리처럼 들렸다.

"귀 먹었냐고요. 사람이 하는 말을 못 알아듣겠어요? 당신 귀가 좀 잘못된 거 아니에요? 나는 베름란즈 방크가 어디 있는지 가르쳐 달라고 물었어요. 우리는 그 은행이 어디에 있는지 알아야만 한다고요. 이제 알겠어요?"

그는 여전히 내 말을 이해하지 못하고 있는 것 같았다. 단 한 마디도. 우스꽝스럽기 짝이 없는 상황이었다. 그는 나를 물끄러미 바라보더니 천천히 길 양 옆을 돌아보았다. 그의 눈에는 긴장감과 두려움이 서려 있었다. 마치 자기 앞에 서 있는 청년이 방금 정신병원에서 탈출한 위험한 머저리이며 지나가는 사람이 있다면 얼른 도움을 요청해야겠다는 생각을 하는 것도 같았다.

"한 방 날려줄까요?"

만약 그가 내 말을 이해하지 못하고 있다면 분명 이 말도 알아듣지 못할 거라 생각한 나는 생각나는 대로 마구 말을 내뱉었다. 만약의 사태가 발생하더라도 밑질 건 없단 생각에 더욱 의기양양했는지도 모른다. 나는 눈앞에 서 있는 사내만큼이나 키가 컸고 지난여름 통나무 수송 작업을 하면서 여기저기 불쑥 솟은 근육으로 인해 꽤 건장한 몸집을 하고 있었다. 강 아래위로 거센 물살을 헤쳐 가며 노를 저었던 것도 이유가 될 수 있었다. 오두막에서 돌아온 후에는 거의 매일 자전거를 타고 외스트바네 역에서 집까지 왕복했으니 약한 몸이라 할 수는 없었다. 나는 내 몸에 자신이 있었고 어느 누구라도 이길 수 있단 생각도 가지고 있었다. 반면, 눈앞의 사내는 그다지 힘을 쓸 수 있을 것 같지는 않았으니까. 하지만 그는 어쩐 일인지 나의 마지막 말은 이해한 모양이었다. 갑자기 그는 눈을 둥그렇게 치켜뜨고 경계심을 보이기 시작했다. 나는 그에게 내가 한 말을 되풀이해서 들려주었다.

"한 방 먹고 싶은 게 소원이라면 얼마든지 그렇게 해 줄 수 있어요. 사실 나도 당신 소원을 들어주고 싶은 마음이 생겼거든요. 말만 하세요."

"아니에요."

"뭐가 아니란 말이죠?"

"싫어요. 당신과 싸울 생각은 없어요. 만약 내게 주먹을 날린다면 나는 즉시 경찰에 신고하겠어요."

그는 마치 영화배우처럼 또박또박 말을 했다. 그 말을 듣고 있자니 나는 짜증이 나서 견딜 수가 없었다.

"두고 보죠."

나는 말과 함께 거의 자동적으로 주먹을 불끈 움켜쥐었다. 빈틈없이 움켜쥔 손가락 마디마디가 뜨겁다고 생각했다. 나는 그 용기가 어디에서 생겨난 것인지 알 수 없었다. 태어나서 그 누구에게도 해본 적이 없던 말을 내뱉었다는 생각과 함께 나도 모르게 내려다본

길 위에는 발 밑의 자갈돌 무더기를 시점으로 몇 개의 선이 쭈욱 뻗어 있었다. 그것은 정확히 오각형을 이루고 있었으며 나는 그 중심에 그려진 원 위에 서 있었다. 그로부터 50년이 지난 오늘도 난 눈을 감으면 마치 빛나는 화살처럼 그 오각형의 선들을 뚜렷하게 떠올릴 수 있다. 늦가을의 어느 하루, 칼스타라는 낯선 도시에서 본 오각형의 선들은 내가 택해야 하는 또 다른 길이었을 수도 있다. 그 순간에 명확하게 느껴진 못했지만 시간이 갈수록 어떤 운명처럼 선명하게 머릿속에 자리 잡았던 그 길 위의 각각 다른 선들. 만약 내가 그 중 하나의 선을 택했다면 그건 분명 톱니바퀴처럼 다른 선과도 이어져 결국 아무도 멈출 수 없는 상황을 만들어 냈을지도 모른다. 그렇게 보면 발을 뺄 수조차 없는 운명 속으로 빨려 들어가는 건 한 순간이다. 그때 내가 그 사내를 주먹으로 쳤다면, 내 인생은 어느 방향으로 흘러 어떤 모습을 지니게 되었을지 참 궁금하다.

"머저리 같은 놈."

나는 사내를 그냥 두고 자리를 피하기로 마음먹었다. 움켜쥐고 있던 주먹에서는 스르르 힘이 빠져나갔고 내 앞에 서 있는 사내의 얼굴엔 한 줄기 실망의 빛이 떠올랐다. 나는 그에게 경찰을 부를 수 있는 기회를 주지 않았던 것이다. 그 순간, 등 뒤에서 어머니의 목소리가 들렸다.

"트론!"

길 아래쪽에서 들리는 목소리였다.

"트론! 은행을 발견했어. 여기야, 여기! 베름란즈 방크가 여기에 있구나!"

난 어머니의 목소리가 필요이상으로 크다고 생각했다. 그 순간 어머니가 나를 부른 건 어쩌면 다행이었다. 어머니의 목소리로 인해, 나는 선택의 갈림길이라 할 수도 있었던 그 원에서 벗어날 수 있었고 빛나는 화살처럼 보이던 자갈돌 사이의 틈새 길도 어느새 빛을 잃어버렸다. 오각형의 선들은 눈 녹듯이 사라졌고 회색빛 구정물이 되어 근처 하수구로 흘러내려가 버렸다. 내 오른쪽 손바닥에는 손톱자국이 선명하게 남아 있었다. 하지만 선택은 이미 내려졌다. 만약 그날 칼스타에서 낯선 남자에게 주먹질을 했다면 내 인생은 지금과는 전혀 달라졌을 것이다. 나 또한 지금과는 완전히 다른 사람이 되어 있을지도 모르는 일이다. 그렇다. 어떤 면에서 보자면 나는 행운아다. 전에도 말한 적이 있을 것이다. 그리고 그것은 진실이다.

나는 은행 안으로 들어가고 싶지 않았다. 그래서 창문 사이 회색 벽돌에 한쪽 어깨를 기대고 아버지의 양모 목도리를 두른 채 밖에서 어머니를 기다렸다. 10월의 바람이 내 얼굴을 때렸다. 클라라 강의 맑은 기운이 실어오는 바람이었다. 문득 뱃속이 간질거리는 느낌을 받았다. 마치 오랜 시간 달리기를 한 후 멈추었을 때 느끼는 가쁜 호흡이 뱃속에 자리한 것 같은 느낌이었다. 그것은 누군가가 잊어버리고 미처 끄지 못한 불빛 같기도 했다.

어머니는 아버지가 보낸 위임장을 들고 은행 안으로 들어갔다. 어머니의 모습은 단단히 준비가 된 듯 당당해 보였지만 한 편으로는 위축되어 보이기도 했다. 어쩌면 자신의 외국어 억양을 부끄러워하고 있는지도 몰랐다. 거의 30분이 지나도 어머니는 은행에서 나오지 않았다. 추운 길 위에 서서 반시간을 가만히 서있는 건 쉬운 일이 아니었다. 온몸이 떨렸다. 몸살을 앓을 것 같은 느낌도 들었다. 마침내 어머니가 은행 밖으로 나왔을 때 나는 그녀의 얼굴에 떠오른 몽롱한 표정에 당황하지 않을 수 없었다. 하지만 내 몸에는 이미 강으로부터 불어온 찬바람이 만들어낸 보이지 않는 얇은 장막이 둘러쳐져 있었기 때문에 작은 외부적 마찰을 견뎌내기에 큰 문제는 없었다. 그래서 어머니의 표정 또한 한 발자국 떨어져서 관조하는 자세로, 또는 냉담하기까지 한 자세로 받아들일 수 있었다. 나는 허리를 곧게 펴고 어머니에게 물었다.

"어떻게 됐어요? 의사소통에 문제는 없었나요? 돈은 찾았어요? 아니면 아예 계좌조차도 없다고 하던가요?"

"아무 문제없었어." 어머니가 대답했다.

"아주 순조롭게 처리됐지. 물론 계좌도 있었고, 그 계좌에 들어있는 돈을 빼서 내게 주었지."

말을 마친 어머니는 약간 긴장한 표정으로 큰 웃음을 터뜨렸다.

"하지만 거기에는 150 크로네 밖에 없었단다. 글쎄, 너무 적은 돈이라고 생각하지 않니? 물론 난 통나무 수송 작업에 대해 아는 게 없다만……. 네 생각은 어떠니? 통나무를 운반하면 어느 정도 벌 수 있는지 넌 혹시 알고 있니?"

당시 열다섯 살이었던 내가 자신 있게 대답할 수 있는 질문은 아니었다. 하지만 나는 계좌에 있어야 할 돈이 적어도 어머니가 찾은 돈의 열 배는 되어야 한다고 생각했다. 프란츠는 아버지의 방식대로 통나무를 운반하면 좋은 결과를 얻을 수 없다고 입버릇처럼 말했다. 그건 절망적인 프로젝트였다. 그가 아버지를 도왔던 건 단지 그가 아버지의 친구였기 때문이다. 그리고 그는 아버지가 왜 그리도 절망적이었는지 잘 알고 있었다. 오슬로 집으로 돌아오기 전에 아버지와 함께 강의 중류에 막혀서 움직이지 않던 통나무들을 다시 떠내려 보낸 것만으로는 충분치 않았던 게 분명했다. 7월의 장마 이후 강물이 계속 높은 수면을 유지할 거라던 예상도 빗나갔고, 낮고 거센 물살에 이리 저리 부딪치던 통나무들이 여기저기 멈춰서 움직이지 않는 바람에 그걸 다시 흐르는 물로 돌려놓으려면 다이너마이트를 사용해야 가능할 정도였으니, 제대로 목적지까지 도착한 통나무들은 분명 강물에 실려 보낸 양의 십분의 일밖에 되지 않았을 것이다. 만약 정말 그렇다면 150 스웨덴 크로네는 적당한 가격이라 할 수도 있었다.

"글쎄요, 통나무 수송으로 얼마나 벌 수 있는진 잘 모르겠어요."

우리는 은행 앞 보도에 서서 한참동안 서로를 쳐다보았다. 어머니를 향한 내 표정은 이전에도 자주 그랬듯이 조금 퉁명스러웠고 어머니는 그런 내 모습을 당황한 눈빛으로 바라보았다. 하지만 어머니의 얼굴에서 기분 나쁜 표정이라곤 전혀 찾아볼 수 없었다. 어머니는 잠시 입술을 잘근잘근 깨물더니 갑자기 미소를 띠며 내게 말했다.

"그래. 오늘 우리는 함께 소풍을 왔다고 생각하면 되는 거야. 너와 나. 자주 있는 일은 아니잖니, 그렇지?"

어머니가 큰 소리로 웃음을 터뜨렸다.

"웃지 않을 수 없는 건 말이지……."

"웃기는 일이라도 있었어요?"

"오늘 우리가 이 은행에서 찾은 돈은 노르웨이로 가져갈 수 없다고 하는구나."

어머니는 다시 큰 소리로 웃었다.

"통화제한법인가 뭔가 하는 것 때문에 말야. 난 그런 것들에 대해선 조금도 생각해 보지 않았어. 그건 인정해."

틀린 말은 아니었다. 어머니는 거의 대부분의 시간을 항상 자신만의 생각에 갇혀 살았고 주변에서 무슨 일이 일어나는지에 대해서 전혀 신경 쓰지 않았다. 그러나 그날, 어머니는 갑자기 꿈에서 깬 사람처럼 보였다. 어머니는 소리 내서 웃으면서 내 어깨를 잡았다.

"너한테 보여줄게 있어. 오는 길에 봐 두었지."

우린 함께 역 쪽으로 걸어갔다. 온몸에 스며들던 한기는 더 이상 느낄 수 없었다. 어머니를 기다리다 뻣뻣하게 굳은 두 다리는 마비된 것처럼 아무 느낌도 없었지만, 그것도 걸음을 옮기면서 조금씩 나아졌다.

우리는 어느 옷가게 앞에서 걸음을 멈췄다.

"바로 여기야."

어머니는 나를 앞세우고 가게 안으로 들어갔다. 한 남자가 계산대 뒤에서 걸어 나오더니 우리에게 목례를 했다. 어머니는 미소를 지으며 명쾌하고 분명한 목소리로 말했다.

"이 젊은이에게 맞을 만한 양복을 찾고 있어요."

어머니의 목소리에서는 예전의 그 어떤 수줍음이나 당혹감도 찾아볼 수 없었다. 양복들이 걸려 있는 진열대 쪽으로 걸어가는 어머니의 발자국 소리에서는 고상함마저 묻어났다. 어머니는 진열대에 걸려 있는 양복 한 벌을 꺼내 왼팔에 걸친 후 이렇게 말했다.

"바로 이런 양복을 원해요. 내 아들에게 말이죠."

어머니는 미소를 지으며 다시 그 옷을 진열대에 걸어놓았다. 남자는 미소를 담은 목례와 함께 나의 허리둘레와 등 길이를 재었다. 그리고 내게 셔츠 사이즈를 물었다. 물론 나는 그런 것들에 대해 전혀 생각본 적도 없었기 때문에 대답할 수 없었다. 하지만 어머니는 그 질문에 문제없이 대답했다. 남자는 진열대로 가서 내게 맞을 것 같은 짙은 푸른색 셔츠를 골라서 내게 건네주고 가게 뒤편을 가리키며 입어보라고 말했다. 그의 얼굴에서는 미소가 떠나지 않았다. 나는 그가 가리키는 곳으로 들어가서 조그만 사각의 공간에서 양복을 못에 걸어 놓은 후 옷을 벗기 시작했다. 그곳에는 작은 의자와 커다란 거울 하나가 있었다. 가게 안이 너무 더워서 뱃살에 개미가 기어다니는 것처럼 가려웠다. 두 팔도 마찬가지였다. 문득 현기증과 함께 밀려오는 졸음 때문에 난 그만 의자 위에 주저앉고 말았다. 두 팔을 무릎 위에 올려놓고 난 양 손으로 머리를 감싸 쥐었다. 내 몸에는 짙푸른 색 셔츠 한 장과 속옷 한 장만이 걸쳐져 있을 뿐이었다. 만약 그때 어머니가 날 부르지 않았다면 난 아마 깊은 잠에 빠져버렸을 것이다.

"트론? 무슨 일 있니? 괜찮아?"

"그럼요, 어머니. 괜찮아요."

난 대답과 함께 자리에서 일어나 양복을 입었다. 먼저 바지를 입고 푸른 셔츠 위에 외투를 걸쳤다. 옷은 맞춤복처럼 몸에 꼭 맞았다. 거울에 비친 내 모습을 찬찬히 살펴보았다. 허리를 굽혀 신발을 신은 뒤, 다시 한 번 거울을 들여다보았다. 거울 속에 있는 사람은 내기 이닌 것 같았다. 상의 단추를 채운 후, 난 손등으로 두 눈과 양 볼을 비볐다. 둥글게······. 그리고 머리카락 사이로 손가락을 넣어 귀 뒤로 빗어 넘겼다. 손가락으로 입술을 문지르니 그제야 얼어붙은 입술에 핏기가 도는 듯했다. 나는 잠을 깨면서 동시에 창백한 얼굴에 핏기를 주기 위해 손으로 얼굴을 몇 번 때렸다. 그리고 다시 거울을 보았다. 입을 굳게 다물고 몸을 비스듬히 한 다음 거울 속 어깨 너머로 비치는 나의 뒷모습도 찬찬히 바라보았다. 다시 반대편으로 몸을 돌려 거울을 본 나는 마치 내가 이전과 전혀 다른 사람이 되어버린 듯한 착각에 빠졌다. 더 이상 어린 소년처럼 보이지 않았다. 다시 손가락으로 머리를 빗질한 다음 난 그곳을 걸어 나갔다. 내 모습을 본 어머니의 양 볼이 붉게 물들었다고 생각했다. 어머니는 입술을 한 번 깨물더니 계산대 뒤에 서 있는 남자에게 걸어갔다. 어머니의 걸음걸이는 가게 안으로 들어올 때와 마찬가지로 여전히 기운차고 활발해 보였다.

"저 옷으로 하겠어요." 어머니가 말했다.

"정확히 98 크로네 되겠습니다."

그는 환한 미소를 지으며 대답했다. 나는 탈의실 앞에 서서 어머니가 돈을 지불하는 모습을 지켜보았다.

"감사합니다, 부인."

"당장 이 옷을 입어도 될까요?"

내 목소리에 둘은 약속이라도 한 듯 동시에 나를 향해 몸을 돌리며 고개를 끄덕였다. 그는 내가 입고 갔던 낡은 옷들을 종이 가방에 넣어주었다. 나는 그 종이 가방을 돌돌 말아 옆구리에 끼고 걸었다. 우리는 왔던 길을 되돌아서 기차역으로 가는 도중에 카페 하나를 발견하고 안으로 들어갔다. 어머니와 나는 팔짱을 끼고 걸었다. 우리는 그날 하루 종일 마치 연인처럼 팔짱을 끼고 가벼운 발걸음으로 낯선 도시를 함께 걸었다. 어머니의 하이힐 소리는 기분 좋은 소리를 내며 도로 위에 울려 퍼졌고, 길 가에 줄지어 서 있는 빌딩 벽에 부딪쳐서 메아리를 만들어냈다. 난 마치 무중력 상태에 있는 듯 가볍게 걸음을 옮겼다. 평생 한 번도 춤을 춰보지 않았지만 그때만큼은 내가 춤을 추고 있다고 느낄 정도로 가벼운 걸음걸이였다.

우리는 그날 이후 한 번도 팔짱을 끼고 걷지 않았다. 어머니의 몸짓에 깃든 무거움은 오슬로로 되돌아왔을 때에도 사라지지 않았고 평생을 따랐다. 하지만 새로 구입한 양복은 내 몸에 너무 잘 맞았고 걸음을 옮길 때마다 기분 좋게 나를 따라와 주었다. 강에서 불어오는 차가운 바람은 여전히 건물들 사이를 배회하고 있었고, 내 손은 피부를 뚫고 들어온 손톱이 남긴 상처 때문에 부어서 통증이 느껴졌다. 주먹을 꼭 쥐어보니 통증은 더욱 심해졌다. 하지만 그 순간만큼은 통증도 신경 쓰이지 않았다. 기분은 날아갈듯 했으니까 말이다. 양복은 몸에 꼭 맞았고, 도시의 거리는 걷기에 아무 불편함이 없었다. 언제 아픔에 굴복할지 결정하는 건 전적으로 우리들 자신이니까.

번역 | 손화수(Hwasue S. Warberg)

한국외국어대학교의 영어과와 무역대학원을 졸업했다. 1998년 노르웨이로 이주해 노르웨이 크빈헤라드 고등종합학교 강사, 크빈헤라드 예술학교 전임강사로 활동하는 한편, 노르웨이 문학협회 소속 번역가로도 일하고 있다. 옮긴 책으로는 〈아침에 꽃다발 먹기〉〈피렌체의 연인〉〈행복을 훔치는 도둑, 우울증〉〈요한 기사단의 황금사자〉〈내 몸이 궁금해〉〈악동 테리에〉〈보자기유령 스텔라〉등이 있다.

말 도둑 놀이 UT OG STJÆLE HESTER

퍼 페터슨 작 | 손화수 역

2009년 9월 1일 초판 1쇄 인쇄 | 2009년 9월 1일 초판 1쇄 발행

도서출판 가쎄 [제 302-2005-00062호] | 서울 용산구 한강로1가 용산파크자이 D동 606호
전화 02.2071.6866 | 팩스 02.2071.6877 | 홈페이지 www.gasse.co.kr | 인쇄 정민문화사

ISBN 978-89-93489-02-6 | 값 11,800 원
파본이나 잘못된 책은 교환하여 드립니다.